市民之路

杜素娟 著

文学中的中国城市伦理

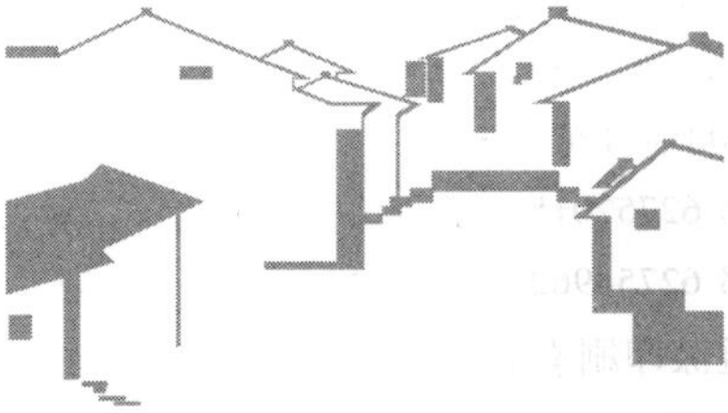

北京大学出版社
PEKING UNIVERSITY PRESS

图书在版编目(CIP)数据

市民之路:文学中的中国城市伦理/杜素娟著. —北京:北京大学出版社,2014.12

ISBN 978-7-301-25078-5

Ⅰ. ①市… Ⅱ. ①杜… Ⅲ. ①中国文学—当代文学—文学研究 Ⅳ. ①I206.7

中国版本图书馆 CIP 数据核字(2014)第 261184 号

书　　名:市民之路——文学中的中国城市伦理
著作责任者:杜素娟　著
责 任 编 辑:尹　璐　王业龙
标 准 书 号:ISBN 978-7-301-25078-5/G·3919
出 版 发 行:北京大学出版社
地　　址:北京市海淀区成府路 205 号　100871
网　　址:http://www.pup.cn　新浪官方微博:@北京大学出版社
电 子 信 箱:sdyy_2005@126.com
电　　话:邮购部 62752015　发行部 62750672　编辑部 021-62071998
出版部 62754962
印　刷　者:北京溢漾印刷有限公司
经　销　者:新华书店
965 毫米×1300 毫米　16 开本　18 印张　234 千字
2014 年 12 月第 1 版　2014 年 12 月第 1 次印刷
定　　价:49.00 元

前　　言

城市伦理是指把城市作为道德主体的研究。由于城市社会人际关系和生存方式的特殊性,它所产生的伦理吁求和伦理价值,很多都并不能用传统的伦理视角和伦理价值标准去解读和衡量;单纯依靠传统的道德伦理体系,也许并不能维持城市空间真正的“正义”和“善”,达到真正的“和谐”。要做好城市的道德伦理建设,就必须尊重城市社会的实际生存状况,揭示城市伦理的独特结构及其多元吁求。在城镇化急速发展的今天,随着人口的城市聚集,城市的道德建设问题显得至为重要。如何揭示城市生存的基本伦理吁求,并发现城市伦理构成的薄弱环节和缺失,对于引导城市伦理的健康发展是一个新的课题。

本书的主旨意在对中国城市伦理的发展进行一番梳理和分析。中国城市从源起机制到发展轨迹,从结构到功能都跟西方城市存在诸多差异。在中国城市的形成和发展过程中,也沉淀着只属于中国城市的历史基因和精神痕迹。在漫长的时期里,中国都是一个农业社会,农耕伦理不仅覆盖着广大的乡村,对于城市也有着深刻的影响,中国的城市伦理在相当长的时期里都受到宗法制农耕伦理的制约;中国又是一个注重依赖政治权威维持社会秩序的国家,城市伦理也从未能脱离政治意识的影响和浸染。在农耕伦理和政治伦理的双重约束之下,本应成为城市伦理核心主体的市民伦理、市场伦理都是零散而边缘的。产生并依赖于市场经济的市民概念和市民群体,不断被“国民”“大众”“人民”“革命群众”等概念所覆盖甚至替换,难以呈现清晰的实体,更难以表达自身的伦理感受和伦理吁求。这就使得中国的市民伦理走过了一条相当曲折、艰难且时隐时现的发展道路。中国的城市伦理就是在宗法农耕伦理、政治伦理的夹击之下,凭借市民伦理虽然边缘、多变但却绵延不绝的发展,不断寻找着用以维持自身人际关系、空间秩序的价值原则和行为规范,也不断构建着属于自身的对于公平、正义、平等的理解方式和演绎方式。

城市伦理本身是一个动态的研究对象,并不存在一成不变的城市伦理。即便当下的城市伦理,依然处于不停的调整和变动之中。要分析中国城市伦理,就必须面对中国城市伦理发展所携带着的这些复杂历史记忆和痕迹,寻找那些对中国城市伦理发展来说至为重要的关键词和核心问题,然后我们就可以比较清晰地看到中国城市伦理在结构和功能上的变迁,以及由此而来的伦理细节的更变。

基于这种设想,本书用六个阶段、从两个角度对中国城市伦理发展的轨迹进行分析和陈述。六个阶段,指的是古代时期、近代时期、民国时期、新中国成立后十七年阶段、“文革”后的二十年、新世纪。古代时期是城市伦理的源起阶段,此时期的城市执行的是农耕伦理,其功能也以政治军事功能为主,至于市场功能以及建立在市场功能之上的市民群体及其伦理吁求,都是以边缘、碎片的方式存在的,所以我们把它描述为“城市伦理因素的模糊性存在”的时期。近代时期是城市伦理的雏形时期,城市功能由政治中心转变为经济中心,随之而来的城市中的道德观念和价值理念也发生了很大的变化。但是由于此时的城市发展不均衡,部分新锐城市出现的新伦理吁求难以大面积普及,处于“孤立无援”的状态,体现为新伦理自我怀疑和自我否定的困境。民国时期是城市伦理发展的关键期,城市功能经济化,市民群体有比较完整的呈现,公共空间意识、阶层平等意识、制度正义意识以及日常生活价值意识都有了长足的发展,城市伦理所特有的关键词在这一时期均有提出,奠定了城市现代性发展的基础。遗憾的是,这种发展势头随着战争的爆发,以及新中国成立后社会建设思路的改变而被中断。新中国成立后十七年逐渐进入了一个"革命拟仿时代",以机械的方式仿造乌托邦式社会空间。公有制的实施切断了市场的发展,依赖市场而存在的市民意识走向衰微,"人民"概念的确立,甚至取消了"市民"概念的合理性。这一时期的市民意识只能在日常生活领域,以无声且潜在的方式隐存,其伦理体验和吁求都无法出现在话语表达之中。"文革"后的二十年,本书把它又作了细分。"创伤恢复期",大约对应七八十年代,这一时期虽然发现了城市伦理的"空洞"现象,但强大的思维惯性和道德惯性,使得这一时期的城市里依然弥漫着"后革命时代"的价值标准,虽然精英群体的强烈发声,一定程度上削减了"革命"余音,但精英视角并不能真正表达市民群体的生存感受和吁求。其后的时期大约对应 80 年代末到 90 年代末、新世纪初期,本书称之为"市民伦理的合理性立论期"。这一时期城市人群开始以"谋生者"自居,随之而来的对于城市空间的要求,对于人际关系的缔结方式,都发生了很大的变化,以现代市民意识为核心的城市伦理结构开始清晰呈现。新世纪是城市伦理的新因素呈现时期,是市民意识的进一步发展。例如,从宏观价值到微观价值的变化,从个人德性追求到个人法律理性的变迁,从认知义务到认知权利的改变等等,标志着市民意识更为成熟、更为深入的发展。

当然,以上这种阶段划分只是为了方便观察分析,并不代表绝对的框架意义。

为了更好地观察和细致分析城市伦理细节的变化,本书除了分期分段展开研究之外,主要从两个角度切入,一是社会史角度,这是分段研究的基本依据;二是文学叙事角度。城市伦理作为一个新的研究对象,率先进入中国哲学界和伦理学界的视野,但其研究十分薄弱。虽然学界对于城市伦理的研究价值一再强调,但深入研究却显得困难重重,基本停留在概念梳理或是在宏观道德分析的层面上,提出一般性的道德规范要求,均未能深入揭示城市伦理发展的细节研究和细节揭示,从而无法真正起到对于城市伦理的考察和引导作用。造成这种尴尬研究状况的一个重要原因,是缺乏对城市生存共同体展开深入具体研究的角度。诸如城市生活方式、谋生方式、人际关系缔结途径等等,在操作上存在较大难度,容易流于概念表层的泛泛而谈。结合这个问题,本书引入了文学叙事角度。城市生存历来是文学表现的一个重要主题,“城市文学”创作更是文学创作中的一个成熟类型。探讨城市生存中的伦理现象和道德问题,更是文学由来已久的命题。历代的城市题材小说,对于中国当代城市人文环境和生存伦理的系列问题,都有着一定程度的透视和展现。通过研究城市文学来透视和分析城市伦理,可以获得一条直接且具体的观察渠道,近距离审视城市生活共同体所表现出的纷繁复杂的生存状态、伦理吁求和社会道德问题。这是本书使用文学叙事展开观察和分析的一个主要依据。

目录

Contents

第一章

城市伦理的源起

第一节 农耕伦理覆盖下的中国古代城市

中国古代城市在漫长的发展时期,并不缺乏灿烂、繁荣的发展景象,也在文学作品中有着或详或略的记叙,诸如春秋时期的“人民之众,车马之多,日夜行不绝,輷輷殷殷,若有三军之众”[①],汉代的“方都列万室,层城带高楼。奕奕朱轩驰,纷纷缟衣流”[②],唐代“南陌北堂连北里,五剧三条控三市”[③],宋代的“上牵下橹日夜来,千人同济兮万人利。利何谓,国之漕,商之货,实所寄”[④],明代的“有市籍者,骆驿释捆载,殷殷隆隆,万货川徙”[⑤]……透过这些文字,不难看到中国古代城市在发展中

① 《史记》卷六十九“苏秦列传”。

② 鲍照:《代阳春登荆山行》,载《先秦汉魏晋南北朝诗》(中册),中华书局 1983 年版,第 1268 页。

③ 卢照邻:《长安古意》,载《中国历代文学作品选》(中编),上海古籍出版社 1980 年版,第 9 页。

④ 梅尧臣:《汴之水二章送淮南提刑李舍人》,载《宛陵集》卷二十四。

⑤ 柳人曾:《游庙市记》,转引自孟彭兴:《明代商品经济的繁荣与市民社会生活的嬗变》,载《上海社会科学院学术季刊》1994 年第 2 期。

曾经取得的成就。如果我们认可城市是一个在经济模式、生活方式、社会关系缔结、空间结构都与乡村存在巨大区别的空间,那么我们就有理由相信城市伦理在本质上应该与乡村伦理存在诸多差异——生产模式不同会导致生产关系不同,生活方式不同会导致价值观念不同,人际关系不同会导致伦理关系的缔结方式不同。但事实上我们会诧异地发现,中国古代的城市空间与乡村空间,在伦理特质和伦理结构上并没有什么本质的差异。无论怎样的经济繁荣都并没有为中国古代城市塑造出属于自身的精神结构和伦理特质。相反,对于产生于农耕生活的宗法制血缘伦理,城市空间却显示出比乡土空间更为细密的恪守和忠诚。

在中国古代漫长的城市发展史中,虽然商业经济的发展也曾屡次激起城市社会在伦理意识和价值观念上的反叛,但那些作为美德而存在的、以农耕伦理为基础的道德律令,并未受到根本的动摇。在相当长的历史时期里,正是这种基于农耕生活的宗法血缘伦理体系,整饬并维持着中国城市空间里的人际秩序和精神结构。所谓"城市伦理"在中国古代城市的发展历程里还只是一些碎片式的存在、边缘处的隐行,我们不能不说这是中国城市发展中的一段诡异的行程。

一、制暴 · 示权:中国古代城市的非经济性源起

对于中国古代城市出现的节点,学界的论证可以一直推溯到仰韶文化晚期和龙山文化早期。文献资料也不乏如此记载:"黄帝时为五城十二楼"(《史记 · 封禅书》)、"黄帝筑邑造五城"(《轩辕本纪》)、"黄帝始立城邑以居"(《淮南子 · 原道训》)、"鲧筑城以卫君,造郭以守民"(《吴越春秋》)……关于"城"和"筑城"的描述在古代文献中屡见不鲜。根据相关统计,《春秋》和《战国》中,提到"筑城"之处有八十多处;更有学者根据考证提出,春秋时的城邑已经约有九百多个。[1] 可以肯定的是,中国古代城市的发展早在春秋战国时代就进入了第一个高峰时期,

---

① 参见潘英:《中国上古史新探》,文明书局 1985 年版,第 253—262 页。

并从此走上稳步发展的道路。

但这并不意味着古中国拥有跟西方，特别是跟古希腊同等概念的“城市”，更不能推理出古中国拥有跟古希腊一样的“城市伦理”。应该说，在很长的历史时期里，中西方的“城市”并不是相同的概念。

从其形成的机制来说，作为西方古代城市的代表，古希腊城市的产生机制可以描述为“因市集城”——人们为了经商的方便，聚集在一起从事手工业和商业贸易，渐渐形成了城市。在古老的爱琴海海岸，古希腊人种植葡萄、橄榄为生，不能自给自足的粮食是他们生存的大问题，交换的强烈需求和愿望因此而生；地中海和黑海的交通便利促成了商品交换的实现，雅典、科林斯、米利都、马塞利亚这些古老的城市渐渐在贸易行为中崛起并闻名。这些城市从诞生的那一刻起，负载的就是组织贸易交换的职责和功能：“每一个城邦对于周围地区来说都是一个市集，农夫们在那里卖掉他们的产品，换取钱来支付他们的赋税和租金（在某些地方），和购买从外地输入的商品及乡间作坊不能生产的制品（当这些可以用钱支付的时候）”[①]。同样的城市诞生机制换了一种方式，又在中世纪的欧洲腹地重现。十字军东征造成了封建领主制的动摇，寻求自由的农奴逃出领主城堡的管束，为了谋生他们集结成市，以自由贸易为生。市集逐渐演变成为城市，与封建领主居住的城堡抗衡而立，并发展为逃亡农奴的庇护所。这种与封建领主抗衡的城市，其力量同样来自商业贸易带来的经济效益。可见，无论古希腊还是中世纪欧洲，发展商品经济是他们得以诞生的契机，也是他们得以生存的力量之源。

中国古代城市却有着完全不同的产生机制。如果说西方城市的产生是“因市集城”，那么中国古代的城市也许可以描述为“因城而设市”。严格意义上来说，中国古代的城市在早期相当长的时期里，其本质是“城”而非“市”。中国古代城市的特殊之处，就在于它的“城”和

---

① 〔法〕保罗・贝罗克：《城市与经济发展》，肖勤福等译，江西人民出版社 1991 年版，第 52 页。

“市”是割裂的。甚至很长时间内,中国的“城”对于“市”都是警惕和排斥的,因此,中国最早的“市”是在城外而不是城内。即便是“市”得以入城以后,依然是在很长的时间内被划地限围,处于官方严密的监督之中。

这都跟中国城市产生的机制有关。

《黄帝内传》中说:“帝既杀蚩尤因之筑城”;《墨子·七患》中言:“城者,所以自守也”;《礼记·礼运》中道:“城,郭也,都邑之地,筑此以资保障者也”;《吴越春秋》中说:“凡欲安君民,兴霸称王”,“必先立城廓,设守备”。在这些文字中透露出的信息十分明确:首先,中国的筑城者都是政治统治者。他们负有保护自身政权稳固以及所属民众安全的职责,为了实践这个职责,以高高的围墙圈起一块可进、可攻、可以储备物质、可以保护民众的地方,就会成为最好的选择。如《诗经·文王有声》中所言:“文王受命,有此武功,既伐于崇,作邑于丰。”“作邑”毫无疑问是一种政治职责,也是一种政治策略。这和西方城市由普通民众的商品交换而促成城市的产生是截然不同的。其次,中国古代的“城”也因此承载着完全不同的功能。《国语·齐语》中说:“桓公筑葵兹、晏、负夏、领釜丘,以御戎狄之地,所以禁暴于诸侯也;筑五鹿、中牟、盖与、牡丘,以卫诸夏之地,所以示权于中国也。”这几乎是对于古代城市功能最集中最完美的描述:所谓“城”,一为“禁暴”,二为“示权”。一个受人尊敬、被人信任的城池,必须具备的就是这样的功能:显示筑城者,也就是政治统治者的威严和不可侵犯的神圣之权,也威慑任何试图反抗或破坏这权力的暴力行为。

了解了这种产生机制,我们就不难想象“城”对于“市”的警惕和排斥了。

如果说“城者,所以自守也”,那么“市,买卖所之也”(《说文》)。这是完全不同的两个空间。“城”的功能是维持政治秩序的井然和稳定,能否具备最大的军事防御能力是它的建设重点;而“市”则是“以其所有，易其所无"的商业场合(《孟子·公孙丑》)，货品纷纭、人员杂乱、群体集结是它不可避免的先天特点。这对于追求秩序控制的军事防御来说必然是一种威胁。因此，"市"在起源之初就是被排斥在"城"之外的。

《世本·作篇》中谈到"祝融作市"，这个"作"并非指的是像筑城一样建筑某个固定的商业场所，而只是对于买卖活动的组织。"市"并没有固定的场所，凡是进行买卖交易的地方都是"市"。因此"作市"就是一件很能显示组织能力的大事情。《易·系辞下》中有"日中为市，致天下之民，聚天下之货，交易而退，各得其所"。其中，"交易而退，各得其所"正是说明了"市"的这种非固定性，这种最初的"市"是物物交换的临时场所。不难看出，在相当长的时期内，"城"与"市"都处于地理空间上的割裂状态，并没有必然的联系。有"城"未必有"市"，有"市"也未必就有建筑意义上的固定场所。以"市"入"城"，对于"城"来说是一种需要谨慎考虑和选择的开放行为。

根据古文献的有关记载，殷商时期才开始有了在"城"中设"市"的行为："殷君善治宫室，大者百里，中有九市"(《六韬》)；"宫中九市，车行酒，马行炙"(《太平预览》)。到了西周，在"城"中设"市"才逐渐变得普遍起来，更可贵的是，"市"的地点和时间也开始固定下来。《周礼·考工记·匠人》中说："匠人营国，方九里，旁三门。国中九经九纬，经涂九轨，左祖右社，面朝后市"。这句话就提到了位置相对固定的"市"。自此，本来各自独立的"城"与"市"逐步融合，渐渐演变为复合意义上的一体化的"城市"。

这种"城"与"市"的分离状态，说明中国古代城市在起源上就"不是'经济起飞'的产物，而始终是作为政治和军事中心而产生和发展的。在国家产生以前，它是部落或部落联盟的政治军事中心，国家产生以后，是国家首脑和地方官吏的政治军事中心"①。跟古希腊城市不同，它

① 王守中：《关于中国古代城市起源的两个问题》，载《山东社会科学》1992年第1期。

“并不是商业发达的后果和动因，并不具备贸易中心的性质”[①]，事实上，很多作为军事堡垒的城邑之所以选择设“市”，很大程度上也是为了吸引人口，招徕民众，增强国势的政治需要，如《史记》所言：“聚者有市，无市则民乏。”因此，从社会整体意义上来说，中国古代城市“未能构建独立于自然经济之外的商品经济结构，而在政治结构的从属关系下，形成了以政治关系为主体特征的城市经济结构形式，并成为有助于封建经济关系延续的要素之一”[②]。

理解中国古代城市的起源机制，并不只是具有“史”的意义。因为这种起源机制所赋予城市的功能期望，使得中国古代城市“始终是政治中心功能占主导位置，各级城市就是各级政府的治所所在地，作为政治中心统治着乡村”[③]。对于城市政治和军事功能的看重，在漫长的古代时期根深蒂固，正如越建越高的城墙，结实而厚重。城市的政治功能与商业功能，在中国古代的城市发展中并不是能够和谐相处、并蒂而开的双生花。政治功能凌驾于经济功能之上的显明特点成为中国古代城市发展道路上巨大的负赘，渗透在城市发展的每一种艰难的感受之中。

二、抑商·轻商：城市商业功能的底部滞留

如前所述，由于城市政治功能的强化，作为城市应有的经济功能——组织商品生产和贸易的功能——一直处于被抑制的状态，这几乎是中国古代城市必须接受的宿命。在这宿命的背后，隐藏着重重原因与纠葛。

（一）城市空间的贵族化造成商业功能发展的先天局限

与西方不同，中国政治化的城市形成模式带来的第一个特点就是城市空间里的核心居民是贵族而不是平民。作为大大小小的政治权力

① 《中国文明起源座谈纪要》，载《考古》1989 年第 12 期。
② 张鸿雁：《论中国封建城市经济发展的总体特点》，载《中国史研究》1997 年第 3 期。
③ 王守中：《关于中国古代城市起源的两个问题》，载《山东社会科学》1992 年第 1 期。

中心,城市成为王公贵族、官僚富绅的居住地。这和西方封建时期的城市里,以平民为主体的状况是完全不同的。城市空间的贵族主体化,对城市商业功能的消极影响可从两个方面体现出来:

其一,造成商品市场的狭小。

对中国古代城市的商品经济来说,这算是一个怪诞的命运。在城市里集结的贵族和官僚群体无疑是购买力最为强大的群体,但他们的存在非但没有刺激正常市场的兴旺,反而成为城市商品经济发展的一个长期阻碍。这并不难理解,当上层群体住进城市并需要解决生活消费问题的时候,特权的运用让他们不必向民间的市场垂询。一方面他们依赖于土地所用权直接或间接接受土地的供奉,另一方面他们设立了官营手工作坊来解决这个问题。这种特权基础上的生活方式,造成了上层社会与民间市场的疏离。

对民间工商业来说,官营工商业的存在是命运怪圈的致命一环。官营手工业由官府财政供养,专门服务于上层社会,基本不面向民间市场。官营手工业拥有强大的资金来源,稳定的优质消费群,也拥有最优秀的技艺和最熟练的从业人员。这一切都是民间手工业所无法比拟的。官营手工业的强势存在,让民间工商业失去高端市场,小本经营也让其产品质量和生产技艺徘徊不前;而粗劣的产品质量,又让其进一步失去上层消费群体的信任。在这种恶性循环之下,民间工商业的市场十分逼仄,生产能力也十分有限,完全不具备与官营手工业抗衡和竞争的能力。在中国古代城市早期,城市的民间工商业甚至是被忽略的。《晋语・国语》在解释社会阶层与各自生活来源时,这样说道:“公食贡,大夫食邑,士食田,庶人食力,工商食官,皂隶食职。”在其划分和总结的各类人群中,是没有平民工商这一群体的,其中的“工商食官”一句的“工商”,指的就是官营工商业;而“食官”则指出了官营工商业的赢利方式——依靠官府来赢利。一个重要的信息是,在当时的社会中,对于“工商”的理解就是“官营工商业”,而非私营工商业。“官营工商业”才是古代城市工商业的主流概念，即便在汉唐与宋朝这样城市商业得到极大发展的时期，其主流工商业也大多是官营的，私营工商业在规模和实力上都很难与之相提并论，自然也难以得到平等发展的机会。所谓贵族化城市空间对于城市民间工商业的伤害，正是体现在这里。

这种情况在中国古代时期到底有着多大的普遍性和持续性？我们不妨从一部并不古远的作品《红楼梦》中略窥一斑。在曹雪芹这位清代贵族生活的体验者和表现者笔下，“市卖品”这个商品类别并不鲜见，并且对其有着明确的评价。第四十四回中，贾宝玉对市场流通的“胭脂”作出了这样的评论：“那市卖的胭脂都不干净，颜色也薄。”①第四十五回，薛宝钗派人给林黛玉送了一大包洁粉梅片雪花洋糖，送东西的婆子说：“这比买的强。”②第六十回，贾环问芳官要了些蔷薇硝回来送给彩云：“你常说，蔷薇硝擦癣，比外头的银硝强。你且看看，可是这个？”③第二十七回，则借贾宝玉之口直接说到：“我这么城里城外，大廊小庙的逛，也没见个新奇精致东西。”④在第七十四回中，王夫人误认为大观园中被“痴丫头”捡到的十锦春意香袋是王熙凤遗落的，王熙凤委屈万分，于是作了如下辩解：“太太说的固然有理，我也不敢辩我并无这样的东西。但其中还要求太太细详其理：那香袋是外头雇工仿着内工绣的，带子穗子一概是市卖货。我便年轻不尊重些，也不要这劳什子，自然都是好的。”⑤

在上述文字中，“市卖货”“买的”“外头的”，都是指来自民间市场、出自民间工商业的货品。不难看出，这些在市场上销售的、来自民间工坊的“市卖货”在贵族阶层那里得到的评价颇为低下。与之相对，贵族们信任的是官营甚至御用作坊所生产的东西。王熙凤话中所提到的

① 曹雪芹等：《红楼梦》，人民文学出版社 1982 年版，第 611 页。
② 同上书，第 629 页。
③ 同上书，第 841 页。
④ 同上书，第 381 页。
⑤ 同上书，第 1048 页。

“内工”,指的就是官营的御用手工作坊,“外头雇工”则是普通的用来供应市场需求的民营作坊。像王熙凤这样的贵族女子,是不屑于使用这种来自民间作坊的“市卖货”的,只有那些来自官营作坊的、由“内工”制作的物品才符合她们的身份。因此在《红楼梦》中,对于生活用品的使用,贵族家庭崇尚的是被称为“内用”“上用”“宫制”的物品。第七回中薛姨妈派人给小姐们送去的头花,就是“宫制堆纱新巧的假花儿”①;第二十四回王熙凤给林黛玉送去的是“两小瓶上用新茶”②,连第四十二回刘姥姥回家,府中赠送的礼物里也有“一盒子各样内造点心”和“两斗御田粳米”③。在这些细节中,消费的倾向性是十分明显的。

在历经汉唐宋明几度商业崛起之后,清代城市中的“市卖品”依然处于这等地位,民间工商业的发展处境可见一斑。事实是,在漫长的古代时期,民间工商业大多数时间都是在被官营手工业所霸据的城市市场链条中寻找零散的缝隙,并且以模仿、跟随官营工商业的生产和创意作为发展的方向,被官营工商业裹挟着挣扎前行。在这种生存状况之下,又该如何想象让城市的民间工商业成为城市经济的主体,并带动城市文化的变化呢?答案自然是悲观的。

其二,城市空间的贵族化还造成城市的单一消费型发展,影响城市生产能力的提升。

如前所述,作为城市里核心居民的王公贵族和官僚阶层,他们的生活资料一方面通过城外属地属民的呈贡来获得,一方面通过城内设立的官营手工业作坊来满足。官营手工业作坊的运作资金也不来自市场,而是由官方的财政拨款。总体来说,这种贵族化的政治性城市在本质上是依赖政府的财政收入来支撑的,它本身不具备创造货币价值的功能。因此,财力最雄厚的政府所在地就会成为最繁荣的城市。在很

---

① 曹雪芹等:《红楼梦》,人民文学出版社 1982 年版,第 112 页。
② 同上书,第 329 页。
③ 同上书,第 578 页。

长一段时间内,这都是中国古代城市发展的基本特征。它们因政治而生,也因政治而衰。无论一个城市曾拥有怎样繁荣的商业景象,但只要它作为军事和政治中心的功能丧失掉,就会迅速地衰落和凋零,如邯郸、临淄、南阳等城市就经历过这样的过程。正如一些学者所言:"如果城市是由原来工商业荟萃的'市'自然发展起来的,它是不会随着政治军事中心的转移而失去其经济价值的"[①],但是正因为中国古代城市的工商业不具备独立的地位和自然发展的状态,只是作为政治军事中心的附属而存在,所以这些城市一旦失去政治军事地位,也就难以独立维持其繁荣的商业景象了。

更为重要的是,在这种靠财政支撑的寄生性城市中,其消费功能必然大大超过其生产功能,很难激发城市自然的经济创造力。在中国漫长的古代时期,城市的优越性都被定位在方便消费的目的之上,而不是为了方便组织生产。能够满足个人多样的消费需要,是古代时期对于城市优越性的一个普遍性理解和定义。

班固《西都赋》中写到:"于是既庶且富,娱乐无疆,都人士女,殊异乎五方,游士拟于公侯,列肆侈于姬姜。"其中所渲染的城市优越性的重点就在于个人的高档消费,以及生活的豪华奢靡。到了唐朝亦是如此,《唐国史补》中描述长安的生活,就描述为:"长安风俗自贞元侈于游宴,其后或侈于书法图画,或侈于博弈,或侈于卜祝,或侈于服食"[②],都城的优势和魅力依然被定位在满足个人享乐的方面。从唐朝开始,士大夫阶层的家庭开始大规模地从乡间向城市迁居,迁居的主要原因是:"士大夫发迹垄亩,贵为公卿,谓父祖旧庐为不可居,而更新其宅者多矣。复以医药弗便,饮膳难得,自村疃而迁于邑,自邑而迁于郡者,亦多矣"[③]。其中说得十分清楚,士大夫迁居的原因就是不满于乡村"医药

① 王守中:《关于中国古代城市起源的两个问题》,载《山东社会科学》1992 年第 1 期。
② 《唐五代笔记小说大观》,上海古籍出版社 2000 年版,第 197 页。
③ 洪迈:《容斋随笔》卷十六"续笔",中华书局 2005 年版,第 415 页。

弗便,饮膳难得”,也就是无法满足他们的个人消费需要。不难看出,相对于乡村,中国古代城市最主要的优越性在于能够满足人们的生活消费,吸引士大夫大规模向城市迁徙的原因也就发生在这里。

这种消费型的城市定位带来的一个重要的后果,是造成城市商业的发展大多集中于服务业和生活消费业。例如,唐朝时期,城市中的行业大致可分为一百二十行,多是服务性、生活消费业和娱乐业;到了两宋,城市中的行业增加为四百一十四行[①],但以服务业、生活消费业和娱乐业为主体的格局并没有改变,主流行业依然是“米铺与米市、肉铺与肉市、鱼行与鲞铺、酒楼饭馆、茶肆、水果行、陶瓷工艺品铺、布帛铺与染织品、金银珠宝行、书籍铺与刻印”[②],以及各种娱乐项目诸如小唱、杂剧、傀儡、讲史、小说、影戏、散乐、诸宫调、商谜、杂班、弄虫蚁、合声、说浑话、叫果子等[③]。两宋的城市经济繁荣,本质上只是服务业、生活消费业和娱乐业的繁荣。两宋富商巨贾的数量十分惊人,仅东京“资产百万者至多,十万而上比比皆是”[④],但这些群体赚取来的金钱大多用在了个人日常消费之上,以至于两宋时期奢靡之风盛行。

另外,过于单一的消费性经济发展也严重妨碍城市生产功能的提升。由于把个人消费当作经济活动的最终目的,造成工商群体几乎没有扩大再生产的意识。以《金瓶梅》为例,西门庆广开财源,赚来的钱就主要用来支付奢华的个人生活费用。在他的家里“大宴三六九,小宴天天有”;家中庭院建筑巍峨豪华,富丽堂皇,以至于官僚都要借他的庭院举办宴会;他家中妻妾成群,生活优渥,还豢养家奴和艺伎,极尽声色之乐。《金瓶梅》里的富商生活场景在两宋时期是有着很大的普遍性的,同样的风气在王安石的批评文章中也能看到:“士民富庶,财物毕会,难

---

① 参见漆侠:《宋代经济史》(下),上海人民出版社 1988 年版,第 723 页。

② 林正秋:《宋代城镇十大类商店初探》,载《商业经济与管理》1999 年第 2 期。

③ 参见孟元老:《东京梦华录》卷五“京瓦伎艺”。

④ 李焘:《续资治通鉴长编》卷八五。

以俭率,易从奢变”[①],“天下以奢为荣,以俭为耻”[②]。

在个人消费欲望被当作经济的终极目标时,把资金投入到可扩大生产规模和改进生产技术的意识就会十分薄弱。

同样以两宋为例,两宋时期富商众多,但他们的钱财一部分投入到个人奢侈的日常生活享受中被消费掉了,另一部分用来攀附权贵,换取政治庇护,或是直接换取官位来光耀门庭;而流入王公贵族手中的财富,也同样在奢靡的个人享受中被消费掉了。在这些巨额财富中,真正能够回到生产环节被投入到生产运营、扩大生产规模、改进生产技术的部分就寥寥无几了。其实当时的生产业也多是生产个人消费的奢侈品或日用品。如果商业带来的利润只是作为个人用以满足个人消费的资金,而没有成为发展生产的成本,这些利润就不能化为社会的财富和生产技术革新发展的资本。作为生产组织者的商人,迷恋于把个人消费看作商业行为的最终目的,必然缺少组织再生产的意识和进取心。正如一些学者所说,“不论是从财产来源还是经营模式看,西门庆都不具备新兴商人的性质,而更多地带有封建商人的特征”[③]。

这种单一的消费性的商业繁荣并不能真正推动社会生产的革新与进步,也无法催生成熟的资本主义生产模式和生产关系。两宋城市经济如此繁荣却没有出现生产技术革新或扩大生产规模的热潮,就很能说明这一问题。这种生产意识的薄弱同样跟城市空间的贵族化有着根深蒂固的联系。

(二)等级式政治管理思维带来对于商人群体的道德批判,从而导致官方对于商业发展的人为压制

面对商业发展问题,中国古代的统治者只怕是最为纠结的了。表面看来,“重农抑商”是他们一贯的立场,但是用俯瞰的态度观察历史的

---

① 《王文公文集》卷三十二“风俗”。

② 《王文公文集》卷一“上皇帝万言书”。

③ 曹炳建:《明代资本主义萌芽时期封建商人的典型——〈金瓶梅〉西门庆形象新论》,载《河南大学学报》2006年第1期。

进程,就不难发现一个有意思的现象:一方面"抑商"政策延绵不绝,另一方面"宽商"政策也在间歇性地延续着。这就像是一场旷日持久的拉锯战,每当"抑商"带来的伤害开始呈现时,"宽商"就会出现;反之,每当"宽商"带来的狂欢过于喧嚣时,"抑商"便会加剧。这种钟摆式的现象本身,就足以证明中国统治者面对商业发展并不是单纯的拒绝和排斥。

如果说中国统治者不喜欢商品经济,或者不了解商品经济能够带来巨大的收益,是极其不正确的;同样,如果把统治者面对商品经济的复杂心情简单地概括为"敌意"或"歧视",也是不恰当的。直白而言,中国古代统治者对于商业本身并没有恶感,真正让他们产生恶感的是经营商业并从中获利的那个人群;历朝历代他们所要限制的根本对象,也并非是"商业"本身,同样是那个借着货币的力量逐渐壮大的人群。正是这种对于"人群失控"的想象和焦虑,最终导致中国历代统治者在"宽商"与"抑商"之间的苦苦徘徊。

中国古代的传统政治体系依照的是宗法制等级秩序,是通过严密的等级层次划分来实现"治人"的目标,从而达到权力的稳定和政局的平衡的;而要保持这样的等级秩序,就需要严格控制高低贵贱尊卑的层次,限定层次化的个人社会权利和生存权利,并培养社会个体对于这种等级秩序的认知和遵从能力。因此,"恪守本分"是传统道德的一个重要的行为标准,所谓的"本分",就是按照等级秩序被天然限定的个人身份和个人权利;美德要求人们去尊崇这种不以个人意志为转移的等级规定,而压制人们正当的、与义务付出相对等的权利要求。中国宗法制的社会秩序和伦理秩序,就是这样获得稳定和保障的。

按照这种等级秩序,最高统治者高居整个统治阶梯的顶端,以"溥天之下,莫非王土"的绝对地位拥有生存资料的无限制获得权;其次是王公贵族、官僚阶层;至于普通的"民",因为等级地位的低下,在生存资料的获得上是不可以超越上层阶级的,个人财产的拥有必须符合个人的等级身份，即所谓："衣服有制、宫室有度、蓄产人徒有数，舟车甲器有禁。……虽有贤才美体，无其爵不敢服其服；虽有富家多赀，无其禄不敢用其财"[①]。这段话最清楚地说明了对于社会财富分配的等级原则。因此在古代社会，财富分配所关系到的从来不只是钱财本身数量多少的问题，而是关系到整个社会等级秩序的稳定，以及君权核心原则的大问题。

因此我们就可以理解，当普通的民间商人通过经商手段获得了超越自己等级身份的巨大财富时，他们最根本的问题就是突破了等级秩序对于自己财富权利的限制；而在等级社会秩序之中，居于下层的商人群体是没有权利以自己的劳动和智慧去换取超越身份规定的财富的。他们的这种身份突破，才是对于"王土"概念的最大僭越和威胁。因此，在《史记·货殖列传》中，他们的罪恶就被描述为"千金之家比一都之君，巨万者乃与王者同乐"，以及"馆舍布于州郡，田亩连于方国；身无半通青纶之命，而窃三辰龙章之服；不为编户一伍之长，而有千室名邑之役；荣乐过于封君，势力侔于守令"，归结起来就是"以财力相君长"[②]。在这些罪名的归纳中，可以非常清楚地看到，商人群体最令人反感的正是凭借财富获得了与"一都之君""王者"同样的享乐；没有"青纶之命"，却身着官僚们才能享用的服装，管理只有官方才有权管理的民众。他们打破了上下尊卑的限定，造成了"见车马不辨贵贱，视冠服不知尊卑"[③]的局面，在"王土"概念之下，这不只是打破了尊卑贵贱的固有秩序，更是对于特权阶层所持特权的冒犯。商人群体不能见容于官方也就可以理解了。

在长期"抑商"政策的背后，隐藏的是森严的人际等级划分，以及对于下层民众正当生存和生产权利的剥夺和限制；同时折射出的也是等

① 董仲舒：《春秋繁露》之"服制""度制"篇。
② 仲长统：《昌言》之"理乱""损益"篇。
③ 《宋书·周朗传》。

级秩序顶端群体对于自身特权的悍然维护。正是特权阶层认识到商人对于财富的占有,会在严整的贵贱尊卑体系上打开缺口,才会对商人群体充满警惕和反感;也才会使得他们一方面希望通过商业发展促进社会经济的繁荣,但另一方面又忌惮商人群体对于自身特权的冒犯,从而出现“抑商”和“宽商”的双线痕迹。

在这样的政治思维的主导之下,城市平民商人群体的个人财富不但得不到尊重,事实上根本就被视为是不合道德的,是一种“恶”。因此,“无商不奸”的概念被无限制扩大,“商则长诈”①“贾穷伪于市”②“商贾者,于小人之类为巧”③的看法也就历经各代绵延不绝了。在这种观念背后实际上是对于平民阶层个人财产权的一种极端否定。就这个问题,我们可以和西方作个比较。在西方城市中也存在过对于商人的轻视现象,如古希腊商人的地位就低于农民,普通公民要想担任社会公职必须十年内没有从商的经历,但这种身份上的歧视并没有导致对商人个人利益的侵夺。相反,古希腊城邦虽然排斥商人从政,但却会动用城邦力量为商业发展创造条件并且保护本城邦经商者的利益。这跟中国古代城市里对于经商者财产权的压制、漠视甚至剥夺是十分不同的。归根结底,造成这种现象的深层原因,还是因为中国根深蒂固的等级阶层思维,是这种等级思维对普通经商人群的财富拥有权作出了非合理的裁定,才使得经商者对于财富的占有,被视为道德上的“恶”。

既然视商人对于财富的占有为“恶”,那么对于商人的压制也就是以一种“善”的面目而出现的,附带着种种不可否定的“善”的理由。例如,把“抑商”理解为国家正义,理解为对于古朴民风的维护,把“抑商”看作天下太平的保障。这一逻辑使得“抑商”作为一种官方立场得到了充分的理由,从而十分牢固地盘踞在各代的商业政策之中。

---

① 桓宽:《盐铁论》之“力耕”篇。
② 傅玄:《傅子·检商贾》。
③ 王夫之:《读通鉴论》卷十四。

从整个古代城市的发展状况来看,利用政治权力对商业进行抑制和打压的方式,大致表现为如下情况:

其一,对商业行为进行时空限制。从城市发展的早期阶段开始,城市管理者就开始对"市"的规模和时间进行限制,在城市中指定地域、规定交易时间,凡违令者皆依法进行惩处。这种限制到了唐代发展为著名的"坊市制度"。以唐长安为例,长安的空间被大致分为108坊,商业区只占两坊,即西市和东市,而且还被用围墙与城市的其他地方隔开,并规定严格的经营时间:"以日午击鼓三百声而众以会,日入前七刻击钲三百声而众以散"[①]。这种市场是由官方限定的交易场所,时间和空间都直接由官方决定,而不是由市场交易需要的本身来决定。

坊市制度一直持续到两宋时期才得以突破:"北宋时代的商业首先突破了市场的地区限制,在都市的任何地区均可进行交易;其次是突破了交易的时间限制,每天从黎明至深夜或通宵皆可以进行交易。自周秦以来,市场有规定的专设地区和交易时间的传统习惯,经过了约两千年的时间到宋代才完全废除。商业资本在国内市场上才真正的取得了自由活动的权力"[②]。但是这依然不能证明官方压制态度的转变,宋朝坊市制度的破产主要是自身强大的市场需求所造成的。宋朝由于商业的快速发展,限定时间和空间的坊市交易难以满足人们的要求,于是逐渐出现了临街摆摊和草市交易的形式,这两种交易方式都是市场需求本身自发地对于"官市"的突破,是经商者在"官市"之外自行选择的交易地点。就官方态度而言,直到宋真宗时期,还在使用坊市制度来打击街市和草市,并把它视为市场管理的重要举措。李焘在《续资治通鉴长编》(卷五一)中说"禁鼓昏晓,皆复长安旧制",说的就是官方的这样一种努力。但由于宋朝民间商业发展的强劲势头,这种努力最终以失败告终,街市和草市最终获得了合法地位。不过,如果把这理解为两宋时

---

① 宋敏求:《宫城》,载《长安志》卷二。

② 胡寄窗:《中国经济思想史》(下册),上海人民出版社1981年版,第10页。

期官方对于商业打压态度已经转变,却并不准确。

其二,以重税抽利和盘剥对商业利益进行分割。

如前所述,由于商人的个人财产并不具备西方伦理和法律意义上的神圣性,打压和盘剥从商者的个人权利和个人财产,不仅合法而且符合道德的原则。这就造成了历代执政者对于商人群体的无情盘剥。《左传·昭公二十年》就曾这样描述春秋时期的齐国:"偪介之关,暴征其私,承嗣大夫,强易其贿……内庞之妾,肆夺于市",在这些文字中,"暴征其私""强易其贿""肆夺于市"这些字眼再清晰不过地揭示了从商者毫无保障的经商状况。直到唐朝的文献中,"搜督甚峻,民有不胜其冤自经者,家若被盗"[①]的现象也是十分普遍的。两宋时期,当坊市制度不再能够限制私人商业的发展时,官方转而开始分割市场利益。针对街市,征收"侵街房廊钱"[②];针对经商者自行组织的草市,"令扑买坊务者收抵当"。两宋时期的行政收入基本上全部取自税收:"州郡财计,除民租外,全赖商税。"[③]为了保证商税收取的顺利和周密,宋政府"凡州县皆置务,关镇亦或有之,大则专置官监临,小则令、佐兼领"[④],保证税收的地域覆盖性;"军兴而用益广,前为三司者皆厚赋暴敛,甚者借内藏、率富人出钱,下至果菜皆加税"[⑤];同时对经商者进行专门的户籍管理,名为"坊郭户",在这种户籍资料中,详细登记经商者的家庭情况和赢利情况,划分详细的等级,以便根据财产数目征收赋税。通过税收的方式对市场和经营行为进行管理,原是正常的管理方法,但是在两宋时期由于根深蒂固的"轻商"思想,这种管理往往演变为对于经商者个人财产和权利的任意践踏。

于是我们才会惊讶地发现,越是在商业繁荣的两宋时期,经商群体

---

① 欧阳修、宋祁:《新唐书》卷五十二。
② 马端临:《文献通考》卷十九"征榷考六·杂征敛"。
③ 徐松:《宋会要辑稿·食货》。
④ 脱脱等:《宋史》卷一八六"食货志下八·商税"。
⑤ 欧阳修:《欧阳修集》卷三三"尚书户部侍郎参知政事赠右仆射文安王公墓志铭"。

的崇官心理越是发达。两宋时期的商人前所未有地依附于权贵和官僚阶层,通过不断地向官员行贿,来换取其政治庇护、商业资源,保证自身商业行为的顺畅和安全。这本身就是政治势力强行介入经济链条的畸形反应。

三、底层·碎片:城市伦理因素的模糊性存在

在古代时期,由于城市的经济功能没有得到全面深入的发展,城市伦理在这时也就很难得到完整且独立的呈现。所谓城市伦理,就是在城市社会中形成的道德伦理意识、行为规范以及价值观念等。一般而言,由于城市在社会关系、社会结构、经济活动、生活方式等方面都存在着与乡村极大的不同,所以建立在其上的城市伦理也必然与建立在乡村基础上的农耕伦理是不同的。例如,乡村社会往往是同姓同族的血亲居住方式,其社会关系以血缘关系为主;而城市因为政治、军事或商业目的,往往形成的是“陌生人”社会。乡村社会是以农民为主体,城市社会是以独立的工商业阶层为主体。乡村社会需要家族成员协作进行生产和劳动,因此看重整体利益,强调个人对于整体利益的服从;城市社会的商业交易,则更注重个人权益。乡村社会为了维持人际秩序,需要强化家族首领的权威,因此往往强调宗法等级;城市社会为了保证商品贸易活动的自由和顺畅,则更强调公正和平等。乡村社会与城市社会之间存在的种种生存环境和生存方式上的差异,势必形成不同的伦理感受和伦理吁求。

由于城市伦理基于更为先进的生产关系,所以城市伦理往往会成为一个社会中最具有活力、也最具有前瞻性和挑战性的部分,对于推动社会道德的现代性发展,起着关键性的作用。

以西方为例,中世纪以后的欧洲宗教道德的控制十分严苛,制定并执行着“一种不仅超越人类个体而且也超越人类总体的天意、上帝或理

性”[1]，宣扬一种“以神为中心、以来世幸福为精神寄托、以禁欲主义为道德戒条的观点，以及竭力否定人的价值、蔑视人的存在、贬低人的现世生活的幸福和意义”[2]的社会道德伦理体系，严重束缚了人们的思想自由和行为自由，压制了自然科学和社会科学的发展。在反抗这种神本位的宗教道德体系的过程中，以“市民”为主体的城市伦理就扮演了非常重要的角色。即便是在统治最为严苛的中世纪，市民阶层一旦出现就成为特别活跃而勇敢的一个阶层。表现在文学上，就是中世纪“城市文学”的出现。城市文学出现于 12 世纪，立足于从事工商业的市民阶层，所以又被称为“市民文学”。在奉行神学道德的现实社会里，城市文学率先起来讽刺教会和僧侣，揭露他们的残暴、贪婪和虚伪，呼吁自由和平等，要求破除宗教神权的压制，要求拥有个人财富和个人权利，拒绝做上帝和教会的玩偶，要求更多的社会参与权。正是以市民意识为核心的城市伦理，为文艺复兴运动的兴起奠定了坚实的基础，成为文艺复兴运动的核心力量。同样地，在 18 世纪反对王权的斗争中，以市民意识为中心的城市伦理同样提供了对于“平等”“自由”“博爱”“人权”等核心的伦理要求，为启蒙运动奠定了基础。

毫无疑问，在西方，“市民”群体对于民主、平等、自由和个人权利的吁求，一直成为推动西方社会伦理发展的核心动力，成为与封建伦理体制相抗衡的中坚力量。西方之所以会出现这种现象，就是因为从古希腊时期开始，城市社会就形成了以城市自身特色为基础的独立的城市伦理。诸如对于个人权利保障的更多的要求，对于个人价值和个人利益的格外看重，对于人与人之间，以及社会阶层之间更多的平等和自由的呼吁，这些道德要求和价值观念，都成为西方城市伦理的核心内容，并且在此后的城市发展史中一直贯穿了下去，形成了一种道德上的传承性。就算在宗教道德极为严苛的中世纪，这种城市伦理都未曾失落：

---

① 李泽厚：《伦理学纲要》，人民日报出版社 2010 年版，第 22 页。
② 宋希仁主编：《西方伦理思想史》，中国人民大学出版社 2004 年版，第 150 页。

市民们努力保持着身份的"自由",对于自治权一直有着明确的吁求。[①]这就使得城市伦理能够代表先进的生产关系和生产力,不断向社会提出更为先进的伦理要求。正是因为城市伦理的存在,无论是来自宗教的神权伦理还是来自于封建制度的王权伦理,都很难在西方社会长久地居于核心地位,活跃而前卫的城市伦理不断对权威伦理进行挑战,推动着整个社会伦理体系的不断变革,使得社会伦理不断进行自我调整,以适应社会生产方式的迅速发展。

反观中国古代城市空间却不难发现,在中国古代城市里,既没有成熟的市民群体也不存在完整而独立的城市伦理。这个发现虽然令人沮丧,但它却是不能不客观面对的事实。

(一)中国古代城市依然是依靠血缘和类血缘缔结的伦理空间,换句话说,在本质上,中国古代城市里被奉行,并且对于人们的伦理世界发生作用的,依然是古老而牢不可破的农耕伦理

与城市伦理不同,农耕伦理建立在乡村社会基础之上。在农耕生活中,个人的生存极大地依存于家族和集体的力量,为了族群和自身的生存,必须协调好彼此的关系,把自我克制放在行为规范的首位。因此,强调个人对于族群和家庭利益的服从,强调血缘等级关系的牢固与整饬,并按照血缘等级关系来分配权利和义务。这些都和从个人角度要求平等和公正的城市伦理存在很大差异。

中国传统社会所依存的正是这样的农耕伦理。以家庭为社会的基本单位,在家庭空间中按照天然的血缘秩序排定伦理关系和伦理秩序,限定个人先天的伦理身份,并依照这种身份分配权利和义务。其轴心是"父子秩序",辅以"长幼秩序""夫妻秩序"等,赋予"父"以绝对家庭权威,以此保证家庭的稳固和安定。以这种家庭伦理模式为基点,类推而出国家关系和社会关系,由"父子关系"类推出"君臣关系",由"父"及"君",由"子"及"民",由"家"及"国"。这样就形成了以血缘和类血

① 〔比〕亨利·皮雷纳:《中世纪的城市》,陈国梁译,商务印书馆1994年版,第118页。

缘关系为基础的伦理体系。这种血缘和类血缘的伦理体系，不仅把个人变成被动服从家庭整体利益的一个伦理构成，也让国家政治关系获得了类似血缘秩序的天然合理性。“君”拥有了与“父”相同的天赋权利和地位，国家空间的社会政治伦理关系也由此获得了与家庭血缘关系一样的天然等级秩序。对于个人而言，自身的价值就在于如何终其一生接受、遵守并实践这种“类天然”伦理秩序所赋予自己的先天身份。人与人之间权利与义务的分配，也必须按照这种伦理秩序来实现。如《孝经》所言：“夫孝始于事亲，中于事君，终于立身”，讲的就是这样一种伦理限定。①

重要的是，这种产生于农耕生产关系的宗法制伦理，不仅牢牢地控制着古代中国的乡村，也牢牢地控制着古代中国的城市。

从城市规划和建筑设计上来说，中国古代城市遵循的就是宗法等级伦理，如“前朝后市”“左庙右社”的空间划分，形成了以王宫为核心的城市布局，突出的就是君权至上、尊卑有序的伦理秩序；即使城墙的高度也按照权力的等级和差异进行详尽的规定，如《左传》中的记载：“天子之城千雉，高七雉；公侯百雉，高五雉；子男五雉，高三雉。”“天子之城高九仞，公侯七仞，子男三仞。”

从社会构成来说，与中国的乡村社会一样，由于贵族的集聚，城市的基本单位也不是独立的个人而是一个个的家族。这些贵族家庭采取“聚族而居”的方式，逐渐形成庞大的家族体系，成为城市世俗空间和政治空间的主流力量。如徽州城的祝氏，迁自江陵，繁衍多代，人口众多，被称为“半州祝家”②；同样，湖州武康县的钱氏，聚居累积，也形成很大的城市家族势力③，与乡村式的宗法家族在本质上有着相通性。这种特点一直到清代作品《红楼梦》中依然有着真实的展现，显示出古代城市

---

① 参见杜素娟：《现代性伦理的设想》，法律出版社 2012 年版，第 5—6 页。
② 参见弘治《徽州府志》卷九“人物三·隐逸”。
③ 参见嘉靖《武康县志》卷三“山川志”。

宗法特征的惊人持续性。正如《红楼梦》中四大家族所表现出来的伦理特点，他们一方面在家族内部按照血缘关系排定天然而不可更改的伦理关系，以上下尊卑不可颠覆的稳定结构保持家族内部的伦理秩序；另一方面，通过联姻、结拜、共事等途径缔结社会关系网；同时通过由家及国、由父及君的类血缘的类推方式，由家族血缘伦理类推出国家政治伦理，家庭中的家长制和国家中的君主制被一脉打通，“家”与“国”这两个空间互相重叠、互相印证，支撑着同一种宗法等级伦理。

即便是商业交换本身，也被赋予了宗法等级的色彩。《周礼·地官·司市》中说：“大市日昃而市，百族为主；朝市朝时而市，商贾为主；夕市夕时而市，贩夫贩妇为主。”把商业行为按照经商者的身份进行了等级区分：贵族、大商户和底层小商贩。不同的阶层在不同的时段出现，界限清晰，秩序井然，是非常明显的等级制度的体现。到了两宋时期，管理者依然习惯于把经商的市民进行等级划分。“宋朝不仅在户籍上将城市居民与乡村民户区分开来，分别编籍，而且按财产和经济状况划分为若干等级。其中，城市坊郭户一般分为十等。”①

另外，由于等级制度的根本标准是血缘和类血缘关系，城市空间也像乡村社会一样体现出浓厚的“熟人社会”的特征。在“熟人社会”中，个人被按照等级身份进行了区分，个人的权利和义务也根据等级身份进行不同的限定，个人对于这种先天的区分和限定，除了无条件的接受和服从并没有任何自由选择的可能。在儒家孔孟时期对于“五伦”关系的最初设想中，本是含有平等的契约思想的，如强调“君不君，臣不臣”，就是在强调权利和义务的对等性，但汉代以后形成的“三纲伦理”，却以“忠孝混同”的思想慢慢消解了这种契约思想，随着城市的政治专权化，宗法等级伦理已经统一了城乡的伦理空间。

唐代以后特别是宋明时期，城市工商业有了很大的发展和转折，但却不足以改变覆盖着城市空间的宗法等级伦理。在城市中，依然没有

---

① 陈国灿：《论南宋江南地区市民阶层的社会形态》，载《史学月刊》2008 年第 4 期。

形成能够取代血缘和类血缘伦理关系的新型社会关系。虽然随着工商业的发展，市民阶层的力量有所发展，他们在一定程度上也形成了超越血缘和类血缘关系之上的社会关系，构筑了初步的公共伦理空间，但由于整个城市在本质上的宗法特质，使得他们所要求的契约式的关系缔结、个人权利的呼吁，都很难得到道德伦理体系的支持。而市民阶层本身的孱弱和守旧，也使得这些新的道德追求只能是模糊且微弱的。

（二）真正意义上的市民阶层孱弱而且守旧，不具备改变城市宗法式社会结构的主观意识和能力

如果按照西方市民群体的特点来观照中国古代城市居民的状况，就不难理解为什么很多学者认为中国古代时期没有真正意义上的市民了。西方概念中的"市民"应该是在城市中以工商业独立谋生、拥有城市自治意识和参与热情、对于城市社会有话语权和主导影响力的群体。按照黑格尔的说法，市民社会首要的条件就是"各个成员作为独立的单个人的联合"[①]；有学者更为具体地表述，市民社会应该具备"保护个人自由""反对政治专制""对市场经济的弘扬以及对国家干预活动的应对"等等基本要素[②]。如果按照这一标准，中国古代城市里的确很难找到成熟的这一群体。

首先，如果我们把拥有自由身份的民间工商从业者看作是市民的雏形的话，那么这个群体本身在数量上就十分有限。中国古代城市的核心居民是王公贵族和官僚富绅，居住在城市中以工商业独立谋生的人群比例很小。即便是在宋明以后，工商业得到了较大反展，工商人口在古代城市中的人口比例最多也只占十几分之一。另外，民间工商业者的社会地位一直十分低贱，处于社会底层。春秋战国时期，这部分人群被明确归类，定名为"市人"[③]，专指在特定的"市"中进行交易并以此

---

① 〔德〕黑格尔：《法哲学原理》，商务印书馆 1996 年版，第 197 页。

② 参见邓正来：《市民社会理论的研究》，中国政法大学出版社 2002 年版，第 138 页。

③ 《春秋左传注疏》卷二十"唐宋注疏十三经"，中华书局 1998 年版，第 226 页。

谋生的人群。秦时他们的户籍被打入另册，官府以法令的方式对商人展开了“算缗”“告缗”，禁止衣丝乘马的歧视手段和打压手段，使他们长期以来扮演着城市里的底层贱民的角色，甚至被当作谪戍的首选。唐代开始他们才初步获得与城市其他平民同等的地位，在《旧唐书·郭子仪传》中有这样的文字：“鱼朝恩括士庶私马，重兵捉城门，市民由窦穴而遁去，人情危迫”①，在这段文字中，他们与其他城市平民被并称为“市民”。到了宋明时期，随着“市籍”的取消，拜金主义的盛行，商人的地位有所提高，以他们为核心的市民阶层在数量和财力上都有了空前的扩大，但整个社会轻视商业人员的风气并没有改变，以经商为主业的市民依然被认定为低等的贱民。当时大凡在意自己身份和社会地位的人“皆不肯为市井商贾，或举货营利之事”②。

这种长期屈辱和低下的社会地位，给中国古代城市中的市民群体造成极大的自我身份价值识别的困难。例如，《金瓶梅》中西门庆在谈到儿子的未来时，就希望自己的儿子不要重复自己的道路：“不要学你家老子，做个西班出身，虽有兴头，却没十分尊重。”（第五十七回）西门庆富甲一方，却有着如此明确而又强烈的自我价值否定，从中透露出的的确是古代工商市民群体辛酸的生存感受。而“虽有兴头，却没十分尊重”，也正是让他们无法释怀的自我身份体验。

但是，他们用来解决这种身份识别困难的方式却是令人惊讶的——那就是遵循给他们带来伤害的等级秩序，对自己的身份进行从“奴”到“主”的再设定。

例如，西门庆在自己的家里就进行了微型的等级社会的设定。第二十回元宵家宴中作者特意详细地交代了西门庆一家在宴席中的座次顺序：“西门庆与吴月娘居上座，其余李娇儿、孟玉楼、潘金莲、孙雪娥、西门大姐都在两边列坐，……春梅、玉箫、迎春、兰香一般儿四个家乐，

① 《旧唐书》卷一百二十，中华书局 1975 年版，第 3462 页。
② 陆游：《老学庵笔记》卷九，中华书局 1979 年版，第 113 页。

在旁栗筝歌板,弹唱灯词。独于东首设一席与女婿陈经济坐,小玉、元宵、小莺、绣春都在上面斟酒。那来旺儿媳妇宋蕙莲却坐在穿廊下一张椅儿上……。”在这张座次表中,夫妻主仆,贵贱尊卑,一目了然,秩序严整。西门庆居于家庭位置的最上端,集父权和夫权于一身,而妻妾婢从皆依附于他,他也掌握着所有这些人的荣辱和命运。不仅家庭如此,在商业雇佣关系中也是如此。对于雇佣关系,西门庆使用的也是宗法等级制度的处理方式。他与伙计之间是完全没有平等关系的,他可以任意践踏伙计的个人权利、人身自由和人格尊严;而面对这些践踏,店伙也表现出一种仆从的心态,无条件地服从,甚至连自己的妻子也拱手相送。在原应平等的商业雇佣关系中,体现的却是毫无新意的宗法等级制度色彩的人身隶属关系。

从中我们能够发现的意味是令人深思的,对于新兴的市民阶层来说,他们虽然受到宗法等级伦理制度的压制,但对于这个秩序本身他们却没有表示反感,他们反感的只是自己在这个秩序中的位置。于是,改变自己在这个等级秩序中的位置,就成为他们解决自我身份价值确定的唯一途径。

西门庆这样富甲一方的富商尚且如此,地位更低的市民对于自己身份悲剧的成因就更无明确意识了。《醒世恒言》头回中有一篇《徐老仆义愤成家》,讲到一个名叫杜亮的仆人,他的主人性情暴戾,可他宁愿被主人打死也不肯背离主人。而这种行为是被其自身视为美德来遵循的,甚至作者本人也对这种行为表示了热情的赞赏,称之为“千古奇人”。《醒世恒言》中的另一篇《陈多寿生死夫妻》中,朱家女儿多福与陈家儿子自幼定亲,男方后来生了癞病就主动提出退婚。但朱多福坚决不肯,并悬梁自尽表示不愿改嫁他人。这样的执着对于从未谋面的两个人来说简直没有任何情理可言,朱多福所执着的不过是等级家庭秩序之下“三从四德”的道德规范,而她也同样得到作者的大力赞赏。通过这些文学作品都不难看出当时市民阶层道德意识的陈旧性,他们对于等级伦理的自觉遵循跟其他社会阶层并无不同,他们所拥有的也同样是对于等级秩序的由衷认同和忠实的实践。

作为对于封建等级秩序深刻认同的另一个表现,就是市民阶层所表现出的旺盛的崇官意识。这种崇官意识,首先表现为对于官僚阶层的贿赂和攀附。通过贿赂特权阶层去赢得商业机会和商业利润,这几乎成为两宋时期富商们的致富共识。西门庆作为明代商人的鲜明代表,其经商获利的最大特点就是和官僚结合,依附于封建统治者手中的特权力量。西门庆头脑灵活,处事圆滑,善于通过与权贵结交获取政治权力,为自己的经商行为大开方便之门。他通过行贿蔡京,与蔡京结为义父子,得以走上仕途。当然,西门庆的仕途之路最终还是为了能够更顺畅地获得经商的便利和特权,垄断机会和资源。西门庆的经商之道,在当时的年代具有普遍的代表意义。无论贿官、买官还是捐官,其本质都是官商勾结,钱权交易。商人结交权贵官僚或是花钱买仕途,其根本目的基本与政治无关,主要还是为了获得政治庇护,或是利用政治特权来赢得经营特权占有经营机会和资源,最终达到赢利的目的。在这样的钱权交易中,市民阶层的政治愚昧和冷漠表现得十分透彻。

其次,对于权力的艳羡,更表现在市民阶层对于仕途和官位的追逐之上。《三言两拍》中的《钱多处白丁横带　运退时刺史当艄》(《初刻拍案惊奇》卷二十二)一文,通过"郭七郎"的抱怨,表达了官本位的价值观。虽然他家境富裕,但却抱怨连连,因为"家里有的是钱,没的是官"。在这样的价值观支配下,《金瓶梅》中的西门庆最终用金钱换得了一席官位,而《三言两拍》中的经商群体更是把个人和家庭的希望寄托在自己或者后代能否获得官位之上。《张廷秀逃生救父》(《醒世恒言》卷二十)中,张廷秀出身布商之家,但家庭所有的问题和困难最终却需要张廷秀做官以后才能解决。《吕大郎还金完骨肉》(《警世通言》卷五)中的吕大郎虽然是成功的商人,但他真正受到别人赞扬和羡慕的却是他懂得让后代走仕途,而且子孙"多有出仕显贵者"。

在这些行为中，凭借特权以不公平的方式占有财富和生存资源，没有得到市民阶层的怀疑和批判，有的只是深深的认同和艳羡。正如上文提到的“郭七郎”的逻辑推断：“做了官，怕少钱财？而今哪个做官的家里不是千万百万，连地皮多卷了归家的？”对于政治特权，市民阶层表现出的欲望不是批判，而是试图跻身其中，分得一杯羹。这也就形成了明代市民社会中，经商者热衷于进入仕途的畸形景象。孱弱、守旧而蒙昧，这样的市民阶层，显然无法承载变革社会伦理的历史任务，更不具备撼动宗法伦理的意识和力量。

（三）城市新伦理因素的碎片式呈现

那么，在古代城市的发展历程中，有没有出现过不同于宗法制血缘伦理的道德吁求呢？答案自然是肯定的，只是这种新的吁求过于微弱，没有形成完整的结构，也没有导致社会主流伦理意识的变革，归根结底，这些新的伦理因素还只能以一种碎片的方式模糊地存在于社会伦理意识的底层和边缘。

1. 在“义”“利”冲突中，个人权利意识的萌发

中国传统的宗法伦理体系的基础是道义论，本质上是一种利他主义，认为只有摈弃私利欲望、“出于义务心的、为义务而义务”[①]的行为才是真正符合道德的。从伦理思想发展的线索来看，孔孟在理解倡导“义”时，其实并不排斥个人之“利”。孔子言：“富与贵，是人之所欲也”[②]；他强调的是要用符合“义”的方式去追求个人之“利”，即“以义取利”。但是汉代以后，孔孟的儒家思想被大面积地进行了重新的阐释，只要是“私利”就是不合理的、违背道德的。到了宋明理学时期，更是把“公利”和“私利”彻底对立起来，认为只要追求“私利”就一定会伤害“公利”和“他利”：“欲利己者必损人。”[③]这样就把传统伦理的道义内容

---

① 王海明：《伦理学原理》，北京大学出版社 2009 年版，第 132 页。
② 《论语·里仁》。
③ 《粹言》卷二。

推上了极端,以"存义去利"的口号彻底抹杀了个人利益存在的合理性,要求个人无条件地放弃个人利益,服从于群体利益。这种极端化的道义论伦理,既不尊重人的自然人性需求,也不尊重个人合理的社会生存权利,体现出宗法制伦理体系最为残酷和不近人情的一面。

相对于这种主流伦理观念,商业行为本身就隐含着不同的声音。商业行为的根本原则就是"逐利",相对于极端道义论来说,其包含的最可贵的因素就是要求认可个人财富和个人利益的合理性。只要民间商业行为存在,这种要求就未曾断绝过。特别是到了宋明时期,重商主义风气盛行,商品经济得到空前发展,市民阶层得到空前的壮大,要求认可个人利益合理性的声音也空前响亮。李觏提出"利可言乎?曰:人非利不生,曷为不可言!……孟子谓'何必言利',激也!焉有仁义而不利者乎?"[①]直接对于儒家正统道义观点的义利观提出质疑。同样苏洵也指出:"利在则义存,利亡则义丧"[②],叶适更是直接得出应该"以利和义,不以义抑利"[③]的看法。到了明代,李贽的功利主义学说更是清楚地体现出市民伦理的特点,在《焚书·续焚书·答周二鲁》中,他说:"士贵为己,务自适。如不自适而适人之道,虽伯夷叔齐同为淫僻。不知为己,惟务为人,虽尧舜同为尘垢秕糠",这种对于个人立场、个性独立的强调,对于宗法制等级伦理的冲击是可以想象的。而"致一之理,庶人非下侯王非高,在庶人可言贵,在侯王可言贱"(《李氏丛书·老子解下篇》)则体现出市民阶层要求平等的心声;当然,李贽思想中最能体现这种新型道德要求的还是他的功利主义伦理思想。他反对儒家道义论所宣称的"正其义不谋其利,明其道不计其功"的说法,指出儒家长久以来以"义"贬"利"的做法是偏激的,肯定商业经济的重要性,并在《四书评·大学》中提出"不言理财者,决不能平治天下"的务实观点;更反对

① 《李觏集》卷二九"原文"。
② 苏洵:《史论》卷九"利者义之和论"。
③ 叶适:《习学记言》卷二七"三国志·魏志"。

否定人的自然属性以及基本生存权利，批评以“天理”灭“人欲”的狭隘思想，强调“穿衣吃饭，即是人伦物理”的人性化主张。在李贽的这些思想中所体现出的对于个人利益，特别是物质生存权利的认可，都存在与西方城市伦理的多点对接，充满了新型城市道德要求的闪光点。

这种对于个人权利的道德要求，对于社会生活的影响也是明显的。到了宋明时期，追逐个人财富已经成为平民社会被认可的事情而少有道德的谴责。“致富发迹”题材在宋明时期的文学创作中迅速膨胀，就是这种道德变化的明显体现。在《三言二拍》中致富故事非常多，更重要的是在以往的作品中虽然也会有致富故事，但这种致富往往都是勤劳的结果，或是某种义举的报酬。在《三言二拍》中，这种模式当然也是存在的，如《醒世恒言》中《施润泽滩阙遇友》一文中的主人公施润泽就是拾金不昧，得到失主的感谢，在失主的帮助下致富的故事；《徐老仆义愤成家》中的阿寄则是通过自己敏锐的经商头脑和勤劳品质而致富，这些以义取利的传统致富模式在《三言两拍》中的确并不鲜见。但值得注意的是，《三言两拍》却并没有局限于这样的故事模式，有许多故事是恰好不能用“以义取利”来概括，甚至是违背这一原则的。《警世通言》中的《宋晓官团圆破毡笠》《老门生三世报恩》等篇，主人公的致富和发迹都基本上凭借的是偶然的运气。像《宋晓官团圆破毡笠》中的主人公在破庙中偶然捡得八大箱珍珠宝贝的故事，是不具备现实普遍意义的。但是从这些故事中，我们能够看到的是这一时期的市民已经不再羞于说“利”，而是把“逐利”当作十分正当的愿望进行了表达。在这些看似荒诞的致富故事背后所隐藏的对于个人财产和商业之利的看法，代表着一种传统伦理中所没有的生存要求，它认可人的天然欲望，承认个人具有追逐自身生存利益的合理性。对于过于抹杀个人权利的传道礼教道德体系来说，这都是具有积极意义的新的伦理因子。

除了财富态度的改变，个人权利意识的萌发也在社会生活的其他方面引起了令人瞩目的变化。我们不妨以礼教道德禁忌最为明显的两性关系题材为例,作一个侧面观察。

在唐传奇中,“私情”题材比较多见。所谓“私情”,就是违背传统礼教限定的男女情感,唐传奇对于“私情”的大面积描写已经表现出一定的个人权利和个人自由意识的萌发。但唐传奇所表现出的个人权利意识和个人自由意识,还不能够用坦白的方式进行表达,还携带着礼教道德枷锁:其一是对于主角身份往往有着很狭窄的限定,即“才子佳人”或“英雄美人”,其身份少有市民色彩。男性或是才华出众或是英武过人,女性也大多具有很高的贵族化的文化修养,可以与男性进行诗词唱和式的情感交流。这些身份限定突出的不是现实世俗色彩,而是传奇色彩。其二是强化“私情”发生的道德前提和诗意特征,即以“私情”载“大义”,或以“私情”显“才情”。作者在讲述这类故事时,往往赋予主人公符合礼教的情感动机,或是出于报恩或是出于才华的知音之感,或是表达对于侠义的仰慕之情,而甚少认同“私情”发生的情欲动机。例如,唐传奇中的《莺莺传》,在莺莺与张生的“私情”发生前先铺垫了张生对于莺莺一家的恩情,突出了张生对于莺莺的“恩人”身份,再让莺莺折服于张生过人的才华。至于“情欲”动机,莺莺不但没有,相反是一再拒斥和否定,甚至在情欲行为发生之后,莺莺依然对此背负着无以摆脱的深深罪感。类似的还有《虬髯客传》,虽然故事的中心线索是红拂女夜投李靖,是“私情”加“私奔”的犯禁故事,但这故事却在前半段极力铺垫了李靖的英雄身份,以及李靖投奔杨素却不被赏识的怀才不遇的境地。身为杨素侍婢的红拂,夜间投奔李靖就带上了“慧眼识英勇”的色彩,是对于英雄的补偿式肯定。红拂对李靖的投奔,同样不是出于情欲而是以侠义色彩的行为方式,表达了惺惺相惜之情。在这些作品中,作者对于“私情”的层层铺垫,都是为了把“私情”讲述得符合礼法的基本规则,因此看似“发乎情”,却又“止乎礼”。

到了宋明时期,这一题材所包含的个人权利和个人自由的吁求就十分明显地表达出来了。如果说北宋的志怪小说和传奇体小说中还带有唐传奇的诸多上述特征,如女性的贵族色彩,“私情”的礼教阐释等等,但到了南宋,这些叙事特征就渐渐变得模糊。南宋小说的女性首先不再具有诗词歌赋样样精通的贵族才女色彩,甚至连相貌也未必出众,显示的是女性形象的平民化,同时男性也不再是才子英雄,大多商贾旅客形象,突出的也是平民特征。“私情”的发生,也多是为了追求金钱,如《吴约知县》《临安武将》(《夷坚志补》卷八)等;或是为了追求公平公正,如《解三娘记》(《乐善录》卷四)、《满少卿》(《夷坚志补》卷一一)等,这种故事表现出的都是普通市民阶层的生活愿望。

南宋小说的这些特点在明代的《三言两拍》就更为突出了。首先“私情”同样不再是传奇色彩的才子佳话和英雄传奇的专属,而是普通市民男女的故事,如《崔待诏生死冤家》(《警世通言》卷八)中的男女主人公就是普通的奴婢和碾玉工匠、《金明池吴清逢爱爱》(《警世通言》卷三十)的主人公是酒店女儿和乡绅之子;此外,《张舜美灯宵得丽女》(《喻世明言》卷二十三)、《闲云庵阮三偿冤债》(《喻世明言》卷二十三)、《闹樊楼多情周胜仙》(《醒世恒言》卷十四)等小说中,男女主人公的身份都已抹去传奇色彩,带有市井身份的普遍性。另外,他们情感发生的前提也同样很少再设置合乎礼教的道德前提和铺垫,这些男女多是通过独立交往从而达成情感默契的,男女之情的生发更贴近情感动机;而且,男女双方对于自身的“私情”也更少负罪感,相反他们更为明确地把这种不被公共道德规范认同的情感认定为自己的权利,从而进行主动的维护。例如,《崔待诏生死冤家》中的养娘秀秀跟崔待诏私奔,不但没有崔莺莺那样的负罪感和自我惩罚意识,相反,在她被原来的主人惩罚致死后依然愤愤不平,乃至重返人间进行复仇,复仇完毕后还把自己的丈夫也带入阴间。这都显示出“秀秀”对于自身权利清醒且主动的维护和伸张意识。同时,就故事的叙述者来说,态度也发生了很大的变化。在以前的作品中,对于“私情”故事,叙述者虽然表示同情,但又常常通过悲剧的设置,甚至主观的说教,显示符合社会礼教规范的道德立场。但《三言两拍》中的叙述者虽然也在部分故事中表示出对于“三从四德”的倡扬,但这种立场却并不稳定,而且从总体来说也并不占主流。相反,很多作品中都体现出对于道德礼教的解构和无视,《乔太守乱点鸳鸯谱》(《醒世恒言》第八卷)对于“无媒苟合”的男女主人公,并没有按照礼教对他们进行惩罚,反而通过乔太守“移干柴近烈火,无怪其燃;以美玉配明珠,适获其偶”的判词,对他们的爱情表示尊敬、理解甚至赞美。更有意思的是,对于乔太守这样离经叛道的评判,市民们的反应却是:“都说好个行方便的太守,人人诵德,个个称贤。”这种描写直接写出了社会伦理的巨大变化,体现出新型道德的生发。

另外,个人权利意识的萌发甚至部分地触及市民阶层在政治态度和政治意识上的细微改变。对于个人权利的吁求,必然唤起市民阶层的相关伦理要求,如对封建等级限制的突破、对平等社会关系的要求、对公平竞争的向往等等。一旦这些愿望难以实现,不满和怨愤就会从市民阶层的情绪上表达出来。对于官吏的批评在历代的文学作品中并不少见,但以往的描写是把官员分成“贪官”和“清官”两个类别加以描写,在批判贪官的同时又以清官形象表达对于官吏制度的信心。但到了宋明时期,这一特点很明显有了微妙的改变。在《三言两拍》中有一篇《滕大尹鬼断家私》,滕大尹断案如神,工作能力很强,是一个称职的官员,因此被称为“贤明大尹”。毫无疑问这是一个清官形象,但令人意想不到的是,对于这样一个清官形象,小说却写到他在断案中发现有空可钻,可以私吞巨额钱财时,就利用职权篡改文据,神不知鬼不觉把千两黄金纳为己有,而百姓对此一无所知依然视其为“清官”。这种描写在以前的文学作品中几乎是难以想象的,因为它彻底粉碎了百姓对官方的信任。特权体制之下,所谓的“清官”也许只是民众一厢情愿的幻想,利字当头,如果没有制度的限制,仅凭官员自身的个人德性是很难抵制金钱诱惑的。这篇小说既是对于真实人性的深入揭示,也是对于特权体制的深层质疑,其政治评价深度是令人惊讶的。

落实到现实的社会政治关系中，中国古代市民也的确产生过一些与“顺民”并不符合的社会行为。虽然中国古代社会是一个皇权至上的特权体制社会，商人群体整体上是怯懦且顺从的，但由于他们是与特权阶层最容易发生激烈利益冲突的群体，一些反抗性的举动也在持续出现。例如，从唐代开始，“罢市”这种现象就间歇性地出现过。据记载，唐德宗时为了应付内乱造成的巨大军事开支，大肆向民间征敛，并把“商户”作为主要的征敛对象。商户在不堪其苦的情况下采取了大规模的集体罢市。[①] 北宋徽宗时，由于官方强行压制物价将近40%，导致众多商户难以为生，商户们也曾联手罢市表示反抗。[②] 因为经济利益而展开的罢市，是市民阶层利用自己在经济活动中的作用和影响力，自发与官方势力展开的利益斗争和抗衡。如果按照传统宗法制礼教道德标准来看，这种行为当然是一种违背君权的“恶”。但是，当工商市民成千数万集结在一起，以“街议汹汹”“拦邀诉求”等浩大的规模，用“罢市”的方式表示抗议时，在他们的概念里这种行为绝对不是“恶”，而是“善”。只有“善”的行为才会如此公开、如此理直气壮地展开。在这里，区分“善恶”的标准已经出现了区别。传统礼教道德中，“溥天之下，莫非王土”，作为民众无条件地奉献才是“善”；但在市民的道德中，个人的物质财富应该得到保护，个人能够平等拥有劳动所得才是“善”。在这种对“善”的认知的分歧中，对于传统道德的挑战已经悄然开始。

2. 在“皇权”和“民意”间，个人权利意识的模糊性和局限性

通过上一点的分析不难看出，宋明以后的社会道德的确发生了很大的变化，但如果就此得出结论，认为宋明时期以市民伦理为核心的城市伦理已然成熟，依然为时过早。事实上，虽然新的道德要求已经提出，但这种新型道德要求始终无法被主流社会所接受，更无法在思想领域占据主导地位。相反，这种新型道德传播伊始，就激起了主流道德体

① 参见刘昫：《旧唐书》卷一百三十五“卢杞传”。
② 参见脱脱等：《宋史》卷三百一十七“钱惟演传”，中华书局1977年版，第10351页。

系猛烈的阻止和否定。

毫无疑问,唐末五代政治失序、社会动荡,儒家道德受到佛道思想的消解,以及新兴市民伦理的挤压,都在很大程度上造成了宋初的道德风气混乱;特别是拜金主义的盛行更是极大地推进了传统道德的崩溃:"骨肉亲知以之而构怨稔衅,公卿大夫以之而败名丧节,劳商远贾以之而捐躯损命,市井交易以之而斗殴戮辱"[①]。这种种现象既是商品经济发展的必然产物,也是新旧道德交替时期的必然现象。这种现象在西方发展史上也十分常见,中世纪末期文艺复兴运动以后,城市的壮大,市民阶层的崛起,也造成了欧洲社会宗教道德动摇,在一定程度上产生了类似的道德危机。但纵观西方发展的历史,西方的人文学者和知识分子并没有因此而压制和否定市民阶层的伦理要求,而是积极迎合这种要求,探讨和提供新的道德标准和行为原则,引导这种新型道德走向正确的方向,启蒙运动在一定程度上就可以视为这样的努力。但在中国情况却完全不同。

面对市民阶层崛起所带来的传统道德危机,统治者以及知识分子阶层的共同反应,就是对其进行强力压制。宋明理学直接把市民伦理的崛起看作是道德崩溃的一部分。换句话说,刚刚崛起的城市伦理,直接被贴上了"恶德"的标签打入另册,而没有得到理性的分析、辨识和认可,更谈不上引导。更为重要的是,理学家们用来抵制佛道思想和城市伦理思想的正是传统的宗法制等级伦理。欧阳修在《新五代史》(卷十六)就认为,社会出现道德危机就是因为"三纲五常之道绝""君君、臣臣、父父、子子之道乖"。因此,解决社会道德问题的思路没有走向对于新道德合理部分的梳理、辨认和引导,而是走向对于传统宗法等级伦理的强化。强化君权,也就是结束五代以来政治混乱带来的君权的动摇,重树君权至上的核心理念,巩固中央集权的政治统治;呼吁伦理纲常和宗法道德规范,在"义利之辨"中彻底否定"利"的合理性和必要性。刚

① 李之彦:《东谷随笔》,第 32 页。

刚崛起的以个人本位为特色的城市伦理，受到重创和压制，再一次在“义利之辨”中被否定，并再次失去在城市中动摇宗法等级伦理的机会和力量，被打入社会伦理的边缘和底层。

正是由于这种新伦理要求的边缘化和底层化存在，使得市民群体的社会政治意识并不具备清晰的理性认知。虽然对于特权造成的伤害有着深切的感受，但他们却缺乏明确的认知理性以及坚定的反抗意识。

首先他们在理解自身命运悲剧时呈现出很大的局限性。例如，在《崔待诏生死冤家》中，虽然养娘秀秀不肯接受自己悲惨的命运，即使已然死去也要鬼魂返世进行复仇，但她却并没有意识到造成自己悲惨命运的是等级压制和人身依附关系，也意识不到这是特权阶层为所欲为带来的伤害，而只是把自己的命运悲剧归咎于一个底层兵士郭排军身上，认为是他多管闲事，多次到主人面前搬弄口舌、“闲磕牙”才造成了自己的悲剧，因此她满腔怒火地借鬼魂之身向郭排军复仇。这一故事非常清楚地显示出当时市民阶层的意识局限性。

同样，他们的“罢市”行为中也存在诸多局限性。在西方城市史上，市民的罢市或其他反抗行为，目的十分明确，一般定位于城市自治权的要求和维护，其背后隐藏的是十分明确的个人利益和个人权利的要求。但中国古代城市的市民却并非如此。一方面，他们缺少要求城市自治的意识。由于城市的核心是政治权力机关，要求城市自治就类同“造反”。他们的行为虽然部分地背离了“顺民”的道德要求，但在最根本的权力认知上，中国的市民却毫不动摇地接受了“王权”意识。于是，我们看到他们所有的抱怨和不满，基本上都比较明确地指向“地方官员”而非“王权”。他们不认为“王权”是他们痛苦的根源，他们只认为地方官员是自己痛苦的根源。所以，在中国古代城市的“罢市”运动中，斗争的矛头从来没有指向皇权，而只是指向直属的管理者，如明末万历时发生的最为著名的罢市运动，就只是反抗当地的矿监和税监。换句话说，他们反对的既不是王权也不是社会制度，而只是一些具体的行政管理人员。他们罢市的主要目的是要通过制造声势,获得朝廷的同情和关注,达到惩治贪污官员的目的。只要皇帝对这些官员进行斥责和责罚,他们的罢市就算是达到了目的。这和西方历史上发生的直接要求改变城市管理权,要求把权力抓到市民自己手中的要求是截然不同的。这样我们就可以理解中国古代市民在罢工时采用的“拦邀诉求”现象。所谓“拦邀诉求”就是集结起来,向更高一级的官员诉冤,希望借助更高一级的官员得到公平和公正,如上面提到的唐德宗时期的那次大罢市中,市民们就是选择了向宰相卢杞“哭诉”。面对不公正的社会待遇和政治打压,他们除了用罢市的方式争取权力上层的同情和支持,再就是梦想自己直接进入权力系统,通过拥有政治特权来维护自己的经济利益。这也就导致了前文曾经分析到的“崇官”心理,商人一旦拥有足够的财富,其梦想就会演变为通过买官、贿官的方式让自己或自己的子孙跻身到权力阶层之中。

这些现象都足以说明,在市民阶层中宗法等级伦理深入人心。他们并不具备“反抗王权”的意识。事实上,他们跟乡土社会的民众一样,把“反抗王权”自觉地视为伦理意识中的雷区和大忌,是一种道德上的最大的“恶”,这一点他们和农民阶层并没有区别。《水浒传》中“招安”事件的发生,根本上就是因为作为普通民众的宋江等人始终没有真正找到“反抗王权”的道德理由和伦理支撑。作为特权政治的受害者,此时的市民阶层改变自身处境的方式不是对于这种特权政治的否定,而是积极的认同和不择手段的趋附,努力与政治特权达成联手,或是在钱权交易中结为利益共同体。这显然跟西方概念上的市民意识存在着太多的差距。

因此,虽然宋明时期中国工商业有了很大的发展,商人的社会地位有所提高,市民阶层的数量和规模也有了很大的扩展,但如果我们相信“自治和自由才是新型市民政治文化的精髓所在”①,那么就不难看出,

① 徐勇:《古代市民政治文化的独特性与局限性分析》,载《江汉论坛》1991年第8期。

在中国古代时期并没有产生成熟的市民阶层，更不能说明中国古代城市拥有独立的市民意识。虽然此时的市民阶层“具有一定程度上的个人自主意识，却又容易盲从，反叛传统又愚忠于封建伦理”①，这使得他们对于等级伦理制度并不具备清醒的反思能力，对于压制他们的政治特权也更多依附与顺从。正如学者们的结论，“没有成熟的独立政治意识，不能在政治舞台上自立，无力也无法成为独立政治力量，只能依附于官府而生存”②，几乎是中国古代城市中市民阶层从未改变的特征。

这样的市民阶层是不可能产生成熟的市民伦理的，更无法独立于封建伦理体制之外并与之抗衡，主宰城市空间的就依然只能是建立在农耕生活之上的宗法制等级伦理。

第二节　求变和惧变中的近代城市伦理

从晚清末年到20世纪初的这段时间，城市发展出现了诸多微妙的变化：经济功能加强、市民阶层崛起、社会关系改变、价值观念更新……这一切都意味着一个新的阶段的开始。在这个阶段，城市空间中盘踞已久的宗法等级伦理开始松动，新的伦理关系和伦理吁求已浮出水面，以市民伦理为核心的城市伦理也已初步形成。当然，对这个阶段评价过高也是不符合实际的——毕竟，城市伦理尚不成熟，市民阶层尚未具备更高权能，价值体系依然新旧杂陈、矛盾重重。也许只有在历史和文化的发展链条中，用俯瞰的视角才能发现这个阶段所具有的承前启后的“过渡”意义，才能对这一阶段进行客观评价。但一个事实是，无论具体的情形如何复杂，中国城市从传统向现代的过渡，的确将在这个阶段悄然发生。

---

① 杨万里：《宋词与宋代的城市生活》，华东师范大学出版社2006年版，第139页。
② 邱少雄：《中国商贾小说史》，北京大学出版社2004年版，第89页。

一、从政治中心到经济中心:城市功能的转变

一个需要注意的现象是:中国城市的近代变革并非是按照自身逻辑在原有的大城市中自然发生,而是以新城市的崛起而突兀呈现的。在中国传统大城市功能保持不变的情况下,中国崛起了一批拥有完全不同功能的城市。这些城市以其特殊的城市功能和强大号召力成为近代社会城市发展的范本,从而逐步影响到全国各地的传统城市,确立了现代性的城市模式。

之所以出现这种特殊的局面,主要是因为西方势力的介入。鸦片战争以后,西方国家强迫清政府开埠通商,在城市的选择、商业经营的内容和模式的确立上,西方的强势影响都是第一位的。西方势力避开了中国传统的城市,开辟了新的空间,开始塑造与中国传统城市模式完全不同的、西式色彩浓厚的新城市。这种近代城市发展的模式,其有利之处是能够较快摆脱中国传统城市发展模式的束缚,让近代城市与西方城市实现了奇迹般的快速接轨;其不利之处则是,近代城市在摆脱传统城市发展模式的束缚之时,却不得不接受另一个巨大的代价——殖民经济对于自身的强大限制。但无论如何,这批面孔和气质完全不同的新城市,在中国土地上的出现,将带来巨大的经济影响和文化影响。它们将把中国城市的发展,直接带上现代化的轨道,从而为城市伦理的改变提供重要契机。

(一) 城市空间的非政治性想象

长时期以来,中国城市都在君权维护的庞大系统中寻找并确立着自己的位置和价值。传统的郡县制设置让这些城市变成了政治系统上的一个个纽襻和环节。它们作为大大小小的政治中心,在全国各地缔结着各级行政关系、传递着君主的信息。所有的城市都围着这同一个中心而运转,这也是所有城市所负载的最神圣和最重要的使命。为君权提供根基维护、为士绅提供入仕机会、为平民提供政治保护是这些城

市的主要功能。

近代的中国土地上却崛起了一群“异类”。说它们是“异类”,是因为它们跟传统城市从设置到模式都有太大的不同,甚至可以说是一种“违背”。

从建城理念而言,这些城市违背了中国传统城市的政治安全原则。一个明显的例子是对于地理位置的选择。在古代,城市大多选址在“易守难攻”的地理位置。维护政治安全,这是中国古代城市的首要原则,或是视野开阔、利于观察的平原地区,或是有着天然屏障的险要之处,再加上高高的城墙、深深的护城河,共同表达着凛然不可侵犯的防御姿态。但近代崛起的这批城市却一律位于沿海、沿江的开放式地区,没有城墙,没有护城河,致力于扫清一切交通上的阻隔。四通八达的交通,人员往来的便利,是它们共同的追求。无论是上海、天津、汉口、青岛、广州还是重庆都体现出这种共同的特点。这种城市设置理念是与传统城市设置南辕北辙的,它体现出的是完全开放的态度和愿望。如果从传统的政治防御理念来说,大力发展这些毫无防御优势的城市,简直每一个都是败笔。传统城市注重政治安全,所以要选在环境封闭、利于防守的地址;而近代崛起的城市注重商业条件,意在满足原料、产品、人员的快速流动,因此开放而便利的地形就是首选。正如学者所言:“开埠通商城市在中国城市的发展进程中是一种新的形式,它是一种开放型城市,是一个开放系统,这是它区别于原始城市、传统城市的一个显著特征之一。”[①]这种从封闭到开放的走势和信念,率先展示出近代城市不同于传统城市的自我发展理念。

从城际关系缔结来说,这些城市违背了传统城市对于政治秩序的遵循原则。中国古代城市因以政治功能为主,是完全被纳入到封建行政体系之中的,使用的是省府州县的行政等级管理,城市归所在地的行

---

① 何一民:《论析近代中国大城市崛起的主要条件》,载《西南民族学院学报(哲社版)》1998年第6期。

政政府管辖(如上海就隶属于江南省的松江府,汉口隶属于汉阳县),它们既没有对自身进行自治管理的权力,更没有与其他城市缔结关系的权力。在中国传统城市中,城际关系靠行政级别进行互相辨认,并根据行政级别展开或隶属或平行的关系缔结,从而保证高效的政治配合,维护整个政治秩序的井然有序。对于这样的城际关系秩序,近代崛起的那些新城市一开始就缺乏敬意。一方面,它们用原料的购买和商品的销售,营造出城际的另一种秩序。这种秩序打破了地方行政级别的限制,试图在政治网络之外建构另一种关系图谱。这个图谱的原则不是彼此的服从、隶属或各自为政,而是以互需互利为原则的利益共图。在这种原则之下,它们通过商业贸易学习用另外一种方式和谐相处,这是从未尝试过的一种关系体验,那就是平等、自由,契约和对等的权利和义务。它们甚至学习用这种原则,打破国际界限,实现国际非政治的关系缔结。如上海所做的"集印度、日本、英国之棉纱,销售于沿江沿海各埠,集全国之棉花土布,销售于国内外,……集苏闽皖浙赣湘鄂等省之茶,销售于英、俄、法、德、奥、美及日本、朝鲜,故江苏各地商人,无不与上海有关系"①;再如天津作为的"不仅为华北、东北地区的商品进出口基地,同时也成为商人作为南华地区与西伯利亚之间转运茶叶和呢绒的一个重要转口贸易港"②。这种关系缔结方式的学习,有力地改变了中国传统城市在政治秩序中所形成的"非主即从"的观念。这些城市致力于打造四通八达的经济通道,营建畅通的经济枢纽,突破中外政治的阻隔,以商业行为沟通城际和国际贸易,这需要中国古代的传统城市所难以想象的勇气。

另一方面,这些城市也并不准备接受行政级别对于自身权限的制约,敢于依靠市场效应、规模效应、资金效应、人才效应,营造自己作为

---

① 马学强:《近代上海成长中的"江南因素"》,载《史林》2003 年第 3 期。

② 何一民:《论析近代中国大城市崛起的主要条件》,载《西南民族学院学报(哲社版)》1998 年第 6 期。

经济中心的新身份。它们大胆吸纳附近区域的资金、物源和劳动力，同时也影响着周边城市的发展模式。在此基础上，它们以强大的经济号召力和影响力，越来越有力地表达出自己的自治要求。作为这种努力的结果，1908年，晚清政府实施“新政”，颁布了《城乡地方自治章程》，突破了传统的中央集权的城市管理模式，尝试着赋予城市一定的自治权。1925年，广州成立了第一个市政府，成为中国现代市政制度的开端。城市被赋予了前所未有的自我管理的权利。这种自治愿望的达成同样是中国古代传统城市所未能享用过的。

这些与传统城市相比而呈现出“异类”特征的新城市，传达出的正是现代性城市发展的信念。如果说中国古代的城市是因政治而生，那么近代崛起的这批城市则是为经济而兴，从兴起的那一刻开始，这些城市背负的就是经济发展的期望与梦想。这些城市的发展与兴旺，都取决于它们在多大程度上能够实现和激发自身的经济功能。这种经济功能的彰显，为中国城市的发展提供了不同于传统城市的另一种可能：城市发展不再依靠政治地位和政治便利，也终于得以摆脱随着城市政治地位的起落而兴衰的宿命。它们命运的密码不再是单一地由君权决定，而是来自它们对于经济发展的自身掌控。它们也因此得以在严密的政治体系之外，实现并追逐自己作为“经济中心”的发展之梦。对于中国城市发展的历程来说，没有比这更为重要的事件了。

（二）城市空间的经济一体化架构

近代城市相对于古代城市最大的成就，是对于经济一体化的城市空间的架构。古代城市并非没有繁荣的商业，也并非没有产业化的细节，其最大的问题是没有架构起独立而完整的城市经济。这种缺陷严重束缚了城市走向现代化的脚步。相比之下，虽然近代城市并没有达到经济的高水平发展，但了不起的是它开始收拾古代城市碎片式的商品生产和经营，一方面对其进行扩充和提升，另一方面把其纳入到完整的城市经济链条之中。这才是近代时期对于城市经济发展最重要的贡献。

1. 改变古代城市中贸易范围和购买群体的“碎片化”状态，购买群体初步整合，贸易范围大幅度扩张

在第一节中我们论述到中国古代时期城市各阶层居民与市场的疏离，造成了购买群体和购买行为的零散化状态。但在晚清以后，由于传统农业迅速衰落，乡土社会的自足和安宁不再能维持，乡土社会渐趋凋零，很多依赖土地生活的人趋于破产。在这种背景下，“进城”就成为一种普遍的社会现象。一部分是破产农民，他们进城后主要从事薪水低廉的劳务工作；一部分是乡绅，当土地不能为他们带来更多收益，他们转而进城投资工商业；再一部分是来自乡村的知识分子，近代城市职业的多元化，如出版业、教育业的发展，为他们提供了新的就业机会，他们也从追寻安宁的乡居生活，转向到都市谋生。从统计数字来看，20 世纪初到 1928 年，天津每年流入 3 万人，是平均城市净增人数的 95.86%；1894 年上海的工人数量只有 3 万人，1928 年就上升为 22 万①；江苏在清末时期县城人口占总人口的 9.7%，到了 1919 年则达到 19%②。这些来自乡村的人口来到城市后，生活供应基本与土地脱节，他们的生活起居、一餐一饭都需要从市场获得。同时，由于贵族阶层逐渐走向没落，再加上土地产出的衰微，贵族大家族纷纷衰败。庞大的官营手工业也渐渐走向衰落。没落的贵族阶层要满足生活所需也越来越多地依靠市场。在这种情况下，原本零散的购买群体逐渐被整合起来，他们丰富而多样的消费需求刺激着商品种类的丰富，从满足生活需求的农副产品、手工业品，到满足工业生产的原料以及各种工业产品，都成为贸易的内容。虽然这一时期的商品还是以天然产品和手工业产品为主的初级商品，但购买群体的整合已经为城市经济的一体化架构打好了坚实

① 参见乐正：《近代城市发展的主题与中国模式》，载《天津社会科学》1992 年第 2 期。
② 参见王树槐：《中国现代化的区域研究：江苏省》，台湾中研院近代史研究所 1984 年版，第 490 页。

的基础。

同时,贸易范围也发生了变化。中国古代城市以短途贸易为主,特别是城乡贸易为主,长途贸易较少;近代城市却凭借他们天然的开放式地理位置,以及江河湖海所带来的巨大的交通便利,把城乡贸易和近区域贸易,扩展到城际贸易、长途贸易以及进出口贸易,大大拓展了商品贸易的地域空间。这一时期的贸易"主要的是越区贸易和越项贸易,这有利于形成一定的经济规模和商品的社会容量,而相关的城市也就成为国内甚至国际贸易的重要集散地"①。其中,进出口贸易的崛起更是成为此时十分扎眼的、标志性的城市经济新符号,也成为近代城市区别于传统城市最为重要的一个特征。

在中国古代传统城市中,进出口贸易也并非没有,但其规模、影响是非常狭小的,并没有出现大众化的社会市场。例如,我们可以在《红楼梦》中多处看到西方物品的出现,第六回中出现的西洋摆钟,第四十一回出现的西洋穿衣镜,第五十二回出现的内有珐琅画的西洋鼻烟盒,第五十七回出现的金西洋自行船等等,但仔细阅读就不难发现,这些西洋物品大多以日用奢侈品为主,并且也只是流通到社会上层狭小的贵族家庭生活之中,并且大多是由家庭中最尊贵的成员才能使用,《红楼梦》中提及的这些西洋物品,大部分都是在宝玉、王熙凤等人的生活中出现的。另一个颇有意味的安排是,作者总是让这些物品通过下层人的视角展现在读者面前,如西洋摆钟和西洋穿衣镜就是通过刘姥姥这样一个贫穷农妇的视角所展现。在刘姥姥的眼中,这些西洋物品是完全陌生、令人惊异而骇怪的。这一方面强化了这两样东西的奇异和珍贵,另一方面也足以体现这些西洋舶来品与普通民众的巨大距离。同样,西洋鼻烟壶则是通过晴雯的视角所展现的,晴雯作为宝玉房中地位不低的大丫头,其见识之广是刘姥姥之流所不能比拟的,但即便如此,

① 何一民:《论析近代中国大城市崛起的主要条件》,载《西南民族学院学报(哲社版)》1998年第6期。

印着西洋珐琅画的鼻烟壶依然让晴雯感到十分新奇。作者这样写道："里面有西洋珐琅的黄发赤身女子，两肋又有肉翅，里面盛着些真正汪恰洋烟"[①]，正是这样的西洋货品让病重的晴雯"只顾看画"而出了神，连原本用鼻烟治疗鼻塞的目的都忘了。透过这些细节描写，我们不难看出，即便是在晚清时期，在繁华的都城之中，中外贸易在种类、范围和流通层面上都是十分狭窄的，并未形成真正的独立市场。

相比之下，近代文学中却给我们展示了完全不同的情况和现象。在近代吴趼人的多篇小说中，曾反复记叙同样的发家史，即经营洋货起家。在《发财秘诀》中，他笔下的生意人"把二三万现银存放在十三行第一家字号'伍怡和'里生息，顺便就托他带点洋货来，自己却在藩台衙门前开了一家'丙记'洋货字号，又到香港中环地方开了一家'丙记'杂货店，自己却往来于两间，喜得年年赚钱，他便一年比一年富起来。"[②]在著名小说《二十年目睹之怪现状》中，另一个人物也以同样的方式发财："那洋货店自归了他之后，他便把门面装潢得金碧辉煌，把些光怪陆离的洋货，罗列在外。内中便惊动了一个专办进口杂货的外国人，看见他外局如此热闹，以为一定是个大商家了，便托出人来，请他做买办。"[③]从这些描述不难看出，靠贩卖洋货起家，已经成为时兴且具有高收益的商业经营模式。按照史料记载，当时经营洋货的既有中国人，也有外国人。1837 年，在中国开办的外国洋行共 150 家，1894 年发展为 552 家，到 1913 年达到 3805 家，1930 年则达到 8297 家。[④] 而中国人开办的洋货店，则更是多如牛毛，遍布大街小巷。这在小说《文明小史》中可以得到更为直接的印证，这篇小说中这样描述当时的城市街道："到了棋盘街，一看两旁洋货店、丸药店，都是簇新的铺面，玻璃窗门甚是好看。"[⑤]

---

① 曹雪芹等：《红楼梦》，人民文学出版社 1989 年版，第 724 页。

② 吴趼人：《发财秘诀》，载《中国近代珍稀本小说》(16)，春风文艺出版社 1997 年版，第 519 页。

③ 吴趼人：《二十年目睹之怪现状》，上海古籍出版社 2005 年版，第 434 页。

④ 参见孙健：《中国经济史——近代部分》，中国人民大学出版社 1989 年版，第 165、243 页。

⑤ 李伯元：《文明小史》，花山文艺出版社 1996 年版，第 130 页。

而此时的洋货店在经营种类上也十分丰富，小说《十尾龟》中写到仅是一个经营妇女用品的小店铺，就囊括了各种日常小物品："什么衣镜、妆镜、香水、香胭脂、绒单、锦线单、保险打、自鸣钟，夹夹杂杂，总有二三十种。"[①]从这些描述中，都不难看到，中外商品贸易的种类和范围，都已经达到前所未有的广度和丰富度。外国商品的销售对象已经不再是贵族大户，而是对准了普通的市民阶层。小说《海上繁华梦》还特意写到当时上海举办的中外通商盛会，规模和场面已经相当壮观："沿黄浦滩从白渡桥起，至法兰西租界十六铺桥北止，由工部局打样，西人竖了无数灯杆，穿好铁线，到期挂上几万盏五色纸灯，又于每根灯杆上边高悬各国旗帜。跨街另穿铁线，线上满挂万国国旗……各国领事署并各银行、各大洋行、各国著名西商住宅门口，哪一处不悬灯结彩，热闹非凡。"[②]洋行和西商的大量涌入，对于中国城市来说是一个重大的事件，意味着近代中国城市开始架构城际和国际互相交叉交融的商贸空间。这对于促进中国城市经济结构的一体化同样是一个坚实的基础和推动力。

2. 城市生产活动的零散以及经济链条残缺的问题得到初步改善

中国古代城市的经济功能主要体现为对于商品交换活动的组织，但对于产品生产的组织就相对薄弱。生产技术较高的官营手工业基本上不面向市场，而面向市场的家庭手工作坊，不但技术水平有限、产品质量缺乏保障，而且不具备产业化特征，处于一种零散的生产状态。

近代以后，这种状态大大改观。由于传统农业的衰落，众多富商、乡绅都走上了到城市选址办厂的道路。在近代小说《黑籍冤魂》中，主人公陈述把企业办在上海的理由时就这样说到："上海是个通商口岸，百货囤积，所以商务最为兴旺。纱厂若在上海开设，洋纱有洋庄销路，生意必大，利息必丰。"[③]这段表述传达出的其实是当时的一种社会共

---

① 陆士谔：《十尾龟》，中国文史出版社 2003 年版，第 63 页。

② 海上漱石生：《海上繁华梦（附续梦）》，上海古籍出版社 1991 年版，第 377 页。

③ 彭养鸥：《黑籍冤魂》，载《中国近代珍稀本小说》（17），春风文艺出版社 1997 年版，第 178 页。

识。上海在1911年只有48家工厂，1933年就上升为3485家[①]；1933年上海工业总产值达11亿元以上，超过全国工业总产值的一半[②]。工业生产能力的提升，不但让上海成为商贸中心，同时也成为工业中心。"民国年间，仅上海一地就集中了全国工业的50%以上（资本、工厂数、工人数及产值均是如此）"[③]。这使得上海这座城市的性质发生了巨大的变化，"以前它几乎只是一个贸易场所，现在它成为一个大的制造中心。……主要的工业可包括机器和造船工业、棉纺业和缫丝业"[④]，这样的变化不但发生在上海，也同样发生在天津、汉口等城市之中，小说《宦海》就从一个侧面让我们看到当时广东的情况。《宦海》的主人公陈连泰本是一个在香港工厂做工的普通工人，因为勤奋好学掌握了机器维修和机器制造的技术。回到广东后，他就专门从事机器维修和机器制造，没想到生意越做越大，"几年里头，陈连泰居然发了一百几十万两银子的财"[⑤]。陈连泰这样的普通人能够发家致富的原因，一是有过硬的技术，能够解决别人不能解决的问题，二是讲仁义，在行业中拥有优良的声誉，但还有一个更为重要的原因，就是拥有市场。可以想象，如果当时没有工业的崛起，没有林立的厂房和机器，一个专门维修和制造机器的人又如何能获得经济效益呢？陈连泰的发家致富是有其时代背景和条件的，是广东新增的大量工业生产为他的机器维修和制造提供了广阔的市场。否则，陈连泰的发家是不具有基本可能性的。在这些文学作品中都透露出同样的信息，那就是在20世纪初的近代城市中，经济活动不只是商业贸易，也包括了日益扩大和普遍的工业生产。这基本上成为近代城市发展的一个共同特征。

于是，随着城市生产功能的提升，城市经济链条也开始了初步的

① 参见张仲礼主编：《近代上海城市研究》，上海人民出版社1991年版，第90—91、142页。
② 参见何一民主编：《近代中国城市发展与社会变迁》，科学出版社2004年版，第76页。
③ 乐正：《城市功能结构的近代变迁》，载《中山大学学报（社科版）》1993年第1期。
④ 徐雪筠等译编：《上海近代社会经济发展概况（1882—1931）——海关十年报告》，上海社会科学院出版社1985年版，第158页。
⑤ 张春帆：《宦海》，载《中国近代珍稀本小说》（10），春风文艺出版社1997年版，第120页。

架构。

近代时期，私人投资办厂成为一股风潮，导致了对资金的巨大需求。为满足这种需求，外资银行率先出现，成为资金市场的主力军。《官场现形记》第三十三回中，藩台到上海准备调查官员贪污一事，准备到银行查账。负责配合调查的上海道便问是哪一家银行，藩台反问：银行难道还有两家吗？上海道这样回答："但只英国就有麦加利、汇丰两爿银行。此外俄国有道胜银行，日本有正金银行，以及何兰国、法兰西统通有银行，共有十几家呢。"[①]这段描写非常清楚地展示出当时上海外资银行林立的情况。在外资银行的影响和带动下，国家银行、民间银行也逐渐在近代城市中发展起来，同时中国传统的银号、钱庄、典当行等民间金融业也在西式银行经营模式的影响下纷纷进行自身改良和发展，成为金融业的重要部分，如《二十年目睹之怪现状》第二回里就有普通市民把家中余钱放进钱庄生利息的情节。在近代小说中，银行、钱庄、投资、入股，都是极其常见的生活词汇，说明在近代城市中已经形成了日渐成熟和庞大的金融体系，并且已经成为普通市民生活中不可或缺的部分。金融业的日趋成熟，构建了城市"资金—生产—贸易—赢利—资金"的完整现代经济链条，对于促进城市独立空间的形成具有重大的作用。

同时，这一经济链条的形成，又直接促进了城市更为细节化的经济链条的形成，体现为服务业、交通业、出版业、教育业、娱乐业等一系列经济空间的拓展和崛起，最终促成近代城市经济空间结构的整体改变，形成了更具现代色彩的一体化城市经济结构。假如我们认定现代意义上的"城市"首先应该具备经济上的独立性，即独立于政治体系以外的自身架构的完整性，那么我们此时就可以确信，真正现代意义上的"城市"已经粗具规模了。

---

① 李伯元：《官场现形记》，人民文学出版社 1957 年版，第 567 页。

二、从等级秩序到独立自由:道德观念的转变

近代城市经济功能的提升和发展,不仅让城市的经济结构发生了改变,更是在社会结构、文化结构一系列的层面上促生了一系列微妙的变化,生产关系的重新缔结带来城市社会关系的重新缔结。城市的性质一旦转化为以"营利"为核心的系列经济活动的中心,那么"作为一种营利事业,城市需要最大限度地清除其营利道路上的各种障碍,因此,封建社会纵横交错的权力网络以及建立在这个权力网络之上的错综复杂的法律体系就自然而然地成了城市的敌人。也就是说,城市需要受到最少的权力限制"①。于是,到了近代时期,随着城市经济的成熟,城市与传统宗法制特权政治体系以及宗法制血缘伦理的矛盾就空前激化了。长期制约着城市生活的农耕伦理第一次暴露出难以为继的衰势;而新的城市经济和城市生活不断强化着对于新的社会伦理的感受和吁求。在这种情形之下,曾经以碎片的方式散存于城市底层和边缘的城市伦理也就浮出了水面。

(一)"血缘社会"的崩塌与"陌生人社会"的初步缔结

1. 市民群体的变更:从"边缘群体"到"核心群体"

为了论述的方便,我们在论述中国古代城市时,也频繁使用"市民"一词,但正如我们在前一节的分析,中国古代城市中的市民带有太强的封建依附性,并不是真正意义上的、能够与西方概念并提的"市民"群体。中国出现真正具有现代意义的市民群体,正是在近代以后。

在贵族群体和官僚地主群体之外生存于城市、拥有人身自由并能自主谋生——假如说这是"市民"的最基本条件的话,古代城市里的市民群体所占的城市人口比例也并不高。在中国古代传统城市中,城市的核心主体是王公贵族、官僚阶层以及依附于他们的富商和乡绅。相比之下,普通的工商业人口只占十几分之一,甚至几十分之一。在这样

---

① 张康之:《城市市民社会与近代国家的产生》,载《人文杂志》2009年第4期。

的城市内,所谓市民,是孱弱且被动的边缘群体。在城市中他们没有社会地位,没有话语权,没有归属感,自然也没有参与的意识和热情。

在近代崛起的新城市中,情况却大为不同。首先,工商业人口的比重得到了大幅度增加。如果说商业功能的提升"只是把商品与金钱从乡村聚集到城市,增强了城市的流通、消费功能",那么生产功能的提升"则把商品生产者和一大批急于求职的雇佣劳动者从乡村吸引到城市,扩大了城市的人口、经济和空间规模"①。工业生产带来的巨大利润,吸引了大量来自乡村的士绅阶层投资者,也吸引了大批农村劳动力。例如,在近代小说《黑籍冤魂》中,谢子晋就是富有乡绅,听说上海的纱厂很挣钱,于是就拿出十五万两银子到上海置地办厂、购买机器。这从一个侧面反映出当时社会中斥资办厂的热潮。上海自不必言,近代天津的商户数为 26426,其总人口为 84440,商户数目占到 1/3;汉口商户数为 12328,其总人口为 16000,商户数目占到 3/4。②

除了工商业人口之外,由于近代城市中文化教育、新闻出版、娱乐消费、生活服务等各个方面的城市功能都链条般呈现出提升效应,也催生了许多古代城市中没有的现代行业,在工商人口之外增加了更多职业人口,如产生于新的文化和社会事业的教师、律师、医生、编辑、记者、娱乐业以及服务业的从业人员;另外,由于工业生产大多是劳动密集型的产业,需要大量低技术含量的劳动力,城市人口远远不能满足这种需求,这就为广大的农民群体走向城市敞开了大门。于是大批农民开始离开土地,到城市的工厂里做工。如近代小说《市声》中的"王阿大""大巧"等都是来自乡村在工厂里从事低技术工作的农民,他们成为城市中又一新的人群,即产业工人群体。

如果我们依然用"在贵族群体和官僚地主群体之外生存于城市、拥有人身自由并能自主谋生"这个条件来参看的话,此时的市民数量已经

① 乐正:《近代城市发展的主题与中国模式》,载《天津社会科学》1992 年第 2 期。
② 参见桑兵:《论清末城镇社会结构的变化与商民罢市》,载《近代史研究》1990 年第 5 期。

有了前所未有的增长，并占城市中最大的比重。

其次，古代市民的核心群体是一些小手工业经营者甚至无业游民，其文化素养和社会地位都极其低下。但近代城市市民的核心群体却不同，一部分是具有激进创新思想的官僚阶层，如受到洋务派影响的官僚群体；另一部分是新兴的资产阶级，他们由传统的工商业者和近代形成的买办阶层构成，往往具有资金雄厚、经济头脑敏锐的特点，是现代工商业的主力群体；还有一部分是接受了西方影响的知识分子，他们具有纵贯中西的文化视野，对国家的政治、文化、社会生活都具有分析和批评的能力。这三部分人是近代城市中市民的核心群体（产业工人还不具备这种核心地位）。不难看出，这样组成的核心市民群体，其文化素养、社会地位及社会影响力都不是古代市民所能够比拟的。这群数量庞大、具有经济实力，且有着较新头脑和视野的群体，在受到西方浓重影响的近代城市里崛起，其社会关系的缔结方式、对于自身社会身份的理解、对于社会制度的要求，以及对于道德伦理的感受，都将与传统市民有着重要的不同。从他们出现并崛起的那天起，传统的城市伦理空间已经面临巨大的挑战和威胁，动荡和解体已然在所难免。

2. 社会空间的变更：从“熟人社会”到“陌生人社会”

如前所分析，中国古代的城市空间是由贵族和官僚主宰的空间，在这个空间里他们按照血缘关系缔结私人空间，按照类血缘的宗法等级关系缔结公共空间。《红楼梦》中四大家族盘根错节的血缘关系、亲属关系、结拜关系等，形成一个巨大的熟人网络，盘踞着四大家族所在的各大城市。这种情况是古代城市社会的精妙缩影，从中投射出中国古代社会的基本性质，无论乡土社会还是城市社会，都遵循着血缘和类血缘关系的缔结法则，构成同样的“熟人社会”，遵循着基于农耕生活的宗法制伦理。

近代城市中市场的巨大作用和经济链条的逐渐完备，第一次对这种熟人社会产生巨大冲击。在近代城市中，政治特权的控制力当然不可避免，但已经无法成为主宰经济活动的唯一因素。市场一旦形成，经济规律的自主运转将是任何阶层和政治权力都难以真正掌控的。传统城市为了维护政治特权的稳定，会在社会阶层之间设置鲜明界限，培养道德上的等级观念，划分地理概念上的贵贱有别的居住格局，以及限定市场的范围和区域，培养人群对于"贵贱尊卑"的等级关系的认知与恪守。但在近代城市中，经营与获利成为城市生活的主流声音，为了达到这一目的，必须尽力打造不受阶层区分限制的经济平台，促进各阶层之间在商品生产和商品交易中的互动与互需。要保证经济链条的运转，就必须对传统城市中森严的阶层壁垒进行弱化甚至消解。

近代城市中庞大的市民群体，来自五湖四海，他们各自以投资者、劳力付出者和脑力劳动者等身份进入城市，彼此之间既没有共同的政治渊源，也没有共同的血缘联系。他们在本质上是一群"陌生人"。所谓"陌生人"，就是指不能用直接和间接的血缘等级顺序进行关系缔结和统一管理的人群。近代城市为了保障经济活动的顺畅进行，必须把这些彼此陌生的劳动者缔结在同一个生产活动或是经营链条之中。在这种缔结中，传统的血缘和类血缘等级原则很难起到关键作用。恰恰相反，要让这些彼此陌生的人群在同一个经济活动中和谐相处，必须开辟另外的原则——保证双方的平等关系，保证每个人的付出得到对等的报酬，这就是"平等互利"。

"平等互利"原则是与宗法等级原则在本质上截然对立的伦理原则，事实上这种原则一旦深入人心，宗法等级秩序就势必崩溃。"平等互利"是陌生人社会缔结社会关系的最重要法则，在这种原则之下，"陌生人们"根据自己所能提供的资本或劳力，来获得个人的收益。这就意味着：个人的生存状况和价值实践，不再由传统的等级秩序所能决定，而是更多地取决于其在经济链条中的位置和作用。陌生人缔结的社会最大程度上消解了宗法等级的控制，自给自足的城市经济链条在一定程度上开始抵抗政治特权链条的侵扰。在这样的社会空间里，对于大多数普通个人而言,确定自己在经济链条中的位置,要远比确定自己在政治等级链条中的位置重要,是市场而不是政治特权决定着他们生存的质量和条件。货币对于社会的影响逐日增强,在贸易、生产、消费一体的城市经济空间里,它是新的上帝。这个上帝给人的新的希望就在于,对于它的追逐可以使用较为公正的市场自由竞争,而不再是靠着血缘或类血缘的天然世袭特权才能获得。这就决定了当近代城市社会开始呈现"陌生人社会"的特点时,社会关系和社会阶层的重新缔结与划分就都具有可能性,这意味着新的起点的形成。

(二)新的伦理因素的呈现与吁求

1. 自我意识的改变:从"臣子身份"到"职业身份"

古代城市中的普通市民阶层在认知自己身份时,依然是按照宏观的政治伦理来展开的,即在"君—臣—民"这一宗法等级政治秩序中来寻找、确立自己的身份。这种陈旧的身份意识,也就是很多学者认为中国古代城市中没有真正市民阶层的原因。近代城市由于建立了相对独立而完整的经济链条,使得普通市民的生存环境和条件从政治空间转向了经济空间。如前文所述,如何在经济秩序和经济链条中找到自己的位置,才是关系到他们生存的首要因素。相对于"君—臣—民"这一陈旧的社会身份体系,近代城市搭建的是"城市—职业—个人"的新秩序,在这个新秩序中如何确立自己的"职业身份"才是最重要的。

从"臣民身份"到"职业身份",这是一个重大的身份意识转变。

"臣民"身份是按照宗法等级制度来约定的,这种身份对个人提出的中心要求,是尽其一生去认知并实践个人对于君权的无条件服从和自觉维护的义务,并把这种义务的实践作为衡量个人道德修养的重要标准。中国传统的伦理空间是一种"家国同构"的伦理空间,把"君"等同于"父",把"臣民"等同于"子";从而顺利地从"父—子"双向伦理关系中类推出"君主—臣民"双向伦理关系,"君"于是获得了和"父"同等的天然权威地位,也使得"君主—臣民"双向伦理关系获得了与"父—

子”伦理秩序同等的天然合理性和不可违逆性。在中国传统伦理体系和道德观念中,无论“君主—臣民”伦理关系还是“父—子”伦理关系,在本质上都是一种权利和义务的不对等关系。特别是在汉代以后,儒家思想原有的权利义务对等缔结的要求被逐步清除,“臣子”身份被强化的是无条件的服从和忠诚。这种身份意识被作为美德奉行,使得社会空间中最基本的平等关系无从建设。

在近代城市中萌生的“职业身份”则截然不同。“职业身份”是个人能力与经济链条相结合的产物,是个人在经济秩序中按照自己的经济能力进行的自我定位。假如说“臣子身份”确立的前提是对于自身等级义务的认知,那么“职业身份”确立的前提则恰好是对于自己职业权利的认知;“臣子身份”需要个体不断压抑个人的愿望,而服从先天义务的要求,“职业身份”则释放个人愿望,追求个人能力回报的最大化;最重要的是,“臣子身份”压制个人的平等愿望,消解人的平等意识,而“职业身份”则培养个人的平等意识。

因此,从“臣子身份”到“职业身份”的转变,意味着权利与义务关系的重大转变。“臣子身份”的认知最终导向对于权利与义务不对等关系的接受,强调君主的绝对权利以及臣子的无条件义务付出,导致阶层式的伦理心态和权威之下的奴性人格,在行为方式上表现为“严守习俗、不加批评地服从权威、相信命运、二元价值观、认同权力人物”①等特点。“职业身份”的认知则会打破这一切。职业空间是没有先天等级秩序和身份限定的空间,这个空间能够运行的前提,就是能够在经济活动中不断缔结互利与合作的关系;而要缔结互利与合作的关系,职业身份持有者之间就必须拥有对等的权利义务关系。所谓对等的权利义务关系,就是指任何一方的权利都是对方所必须履行的义务,而任何一方必须履行的义务,也就是对方所持有的权利。如果一方不履行应尽的义务,另一方就有权利终止自己的义务行为,也就终止了对方的权利。因

① 韦政通:《伦理思想的突破》,中国人民大学出版社 2005 年版,第 51 页。

此，只有在双方权利和义务对等的情况下，这种互利与合作的关系才能够缔结，经济活动也才能够展开。一旦这种对等的权利和义务关系被打破，合作和互利的经济关系将难以维持和缔结。

因此，在这个空间内，每个职业个人的权利都必须得到尊重，否则经济合作双方都无从达到获利的目的；也因此，一个成熟的“职业身份”持有者，必须具有平等意识，既熟知自己的权利、对方的义务，也要熟知对方的权利和自己的义务。可见，从“臣子身份”到“职业身份”，这一自我意识的转变，将赋予近代市民前所未有的“平等”意识和“公正”概念，让真正意义上的市民阶层的出现拥有了可能性。

2. 社会意识的改变：从“王土意识”到“自主意识”

在中国古代传统城市中，对于社会的认知停留在“溥天之下，莫非王土”的概念之上。由于城市是政治中心，这个概念比之乡土社会还要强烈。在西方封建时期，为了躲避压迫和盘剥，普通百姓会逃向城市寻求庇护，而在中国封建时期，为了躲避压迫和盘剥，普通百姓则逃向山林寻求庇护。中国古代的城市向来是政治势力最为集中的地方，生活在城市中的普通百姓难以从政治控制之下得以解脱，“王土”的概念不但体现在社会制度之上，更是以伦理道德的观念形态深入人心。在这样的王土概念之下，城市里普通居民的行为准则是如何做好某个“君”的“民”，而不是如何做好某座“城”的“人”。普通市民对于自己居住城市的管理既没有话语权，也没有参与意识，更休谈自主意识。

近代崛起的新城市却在用另一种方式打造城市空间。由于这批近代城市是在西方影响下而崛起的，在城市建设和规划上受到西方深刻的影响。例如，对于城市实体公共空间的大力建设就是典型的西方模式的呈现。所谓实体公共空间就是公共设施、公共服务和公共场所的建设，如生活方面有供电、供水、道路、交通、通讯、邮局、安全、卫生、公园等公共设施和服务，文化方面如学校、电影院、图书馆、博物馆、展览馆等等，这些设施和场所打造了一个由市民共享的公共空间。这种共享是不分等级也不分贵贱的，在统一的收费条件下，所有的市民接受同样的服务。这是前所未有的共享空间，这种资源共享大大提升了市民对于城市这一生存共同体的认同感。在这样的共享空间里，人人都是主人，并且由于他们的评价对于这些设施和建设具有影响作用，他们也第一次拥有了对于城市建设的话语权。

事实上，很多具有营利性质的城市建设事业和城市文化事业，都开始了对于市民的取悦。最典型的莫过于城市新媒介和新文学的兴起和发展。从清末到民国初年，在全国各大城市先后发行的报刊约600种，大部分都以普通市民为主要读者群。为了迎合普通市民的需要，这些报刊的发言立场和评论角度都以民间为根本，与官方报纸截然不同。它们以独立的姿态面向社会，成为市民阶层的情绪载体和思想代言。甚至，为了让更多文化水平较低的市民能够接受自己的刊物，很多报刊在语言形式、办刊内容上都进行了通俗化、趣味化的大力改良，以至于最终推动了白话报刊的出现（民国初年就已经创办了100余种白话报刊）。不仅报刊如此，其他如戏剧表演、文学创作等等也都在内容和形式上更贴近市民的感受和需求，难登大雅之堂的小说也因为受到市民的欢迎而大行其道。这些现象都表明市民阶层开始受到城市社会的尊重。

近代城市以公共实体空间和文化空间搭建出一个独立的共同体，在这个共同体里市民第一次拥有了自我的主体认同。通俗来说，此时的市民虽然未必能认同“国”是“大家”的，但已经可以认同“城”是“大家”的。这就是从“市民”走向“国民”的可贵起点。

这种市民对于城市的认同感，是市民逐渐建立自我身份认同和城市自主意识的起点，也激发了他们与专制特权体制抗衡的自觉意识和空前勇气。表现在文学上，这一时期出现了众多对特权阶层进行猛烈批评的作品，其中最有成就的便是著名的谴责小说，这些小说把批判的目标直接地投放到中国宗法制权力系统的高层——官场。我们在前一节也曾提到,古代时期的文学作品中特别是晚明时期的文学作品对于官场的批判也有深入的表现,但由于市民社会的弱小和特权政治不可撼动的主导地位,这些批判只能以零散的方式昙花一现。但到了近代时期,我们却可以看到市民社会在批判官场上所爆发出的前所未有的勇气。

李伯元的《官场现形记》自 1903 年开始在《繁华报》上连载,《活地狱》在《绣像小说》上连载,这两部作品对于官场的批判力度即便今天来看也是相当令人震惊的。在《官场现形记》中,他指出了中国政治体系的专制特性:“中国一向是专制政体,普天下的百姓都是怕官的,只要官怎么,百姓就怎么”,“中国的官大大小小,何止几千百个;至于他们的坏处,很像是一个先生教出来的”。这个坏处就是利用手里的“公权”来谋“私利”:“遍天底下的买卖,只有做官的利钱最好”。这些文字一针见血地指出了宗法专制特权体系的巨大问题。刘鹗在《老残游记》中更是延续了《三言两拍》中出现的揭示“清官之恶”的传统,专门把揭示“清官之恶”作为重点任务。正如他自己的自评:“历来小说,屇揭赃官之恶。有揭清官之恶者,自〈老残游记〉始。”①虽然从文学史的角度说,这个自评并不特别准确,但却表现出作者要对“清官”进行前所未有的分析和清理的明确意图。在刘鹗笔下,“清官”从来都只是虚伪的表象,或是因为百姓崇官心理的存在而凭空制造出来的幻想。刘鹗毫不客气地让读者看到所谓“清官”背后的事实,他们多是漠视民权、肆意妄为以树立自己政绩为真实目的的“酷吏”。比起“贪官”,他们对于民权的侵害更大、更隐蔽,因此也更为可怕。“清官”形象的存在是民间对于宗法专制政治体系的最后一丝善意的理想。刘鹗对于这一“清官”梦想的否定,本身就代表着近代市民挑战专制政治体系的不凡理性和勇气。吴趼人的《二十年目睹之怪现状》更从普通市民的立场,揭示“官”对于“商”的巨大伤害。在他看来,官员以“公权”谋取“私利”侵犯了普通经

① 刘鹗:《老残游记》第十三回。

商者的利益,因为他们的行为制造了利益博取中的不公平原则。官员手中的“公权”一旦与一些投机商人结合,对于大部分以智慧和勤劳来换取利润的经商者来说,都将是一种巨大的利益剥夺。从这个角度说,公权私用的官员是破坏市场公平公正原则的罪魁祸首。正是基于这一认识,吴趼人对于官场表达了极大的不屑,认为不入官场、不与官场勾结,是所有有良知商人的美德。他笔下的理想人物以诚实经商者而自傲,坚定地拒绝与官场发生任何纠葛,便是对于这一美德的具体呈现。

在上述作品中表现出的面对政治特权的骄傲态度和批判力度,都是在以前的城市发展时期很难看到的。从中可以看到近代时期城市市民的自我身份认同和自我价值评价的空前提升。也正是因为拥有了这种认同感和自我信心,此时的市民对于自己所居住的城市空间,才会萌发更多的自主意识甚至自治要求。他们对于城市发展和城市建设都表现出前所未有的热情。1905 年上海成立了“上海城厢内外总工程局”,拥有对于市建设、公用事业、文教卫生等方面的管理权;1919 年厦门开“厦门市政会”,负责市政工程的审议和筹款,掌管市政施工;1907 年广州成立“粤商自治会”和“广东地方自治研究社”,同样呼吁更多的城市自治权。[①] 这些数据都非常清晰地展示出近代市民管理城市的热情。与此同时,各种市民组织也都应运而生。既有上述各种市政管理组织,也有公益、文化、联谊、宗教等各种社会组织;既有经济组织性质的商会、同业会,也有政治组织性质的团体,如著名的兴中会、光复会等。市民社会组织的组建意味着市民阶层开始在政治权力体系之外建构自己独立的社会空间和组织力量,而且凭借这种空间和力量与政府体制和权力机构展开既有配合也有抗衡的互动关系。

在此时发生的一系列历史事件中,市民都扮演了重要角色。1905 年上海总商会倡议全国各重要城市共同发起抵制美货运动,持续时间

---

① 参见焦润明:《中国近代市民社会的崛起与文化选择》,载《沈阳师范学院学报(社科版)》1999 年第 1 期。

达8个月之久,成为市民利用自身力量维护自身利益的第一次全国性事件。随后,1907年的抵制英货运动,1908年的抵制德货运动,1909年的抵制日货运动等等,都是由全国各地城市的市民们依靠自身的社会组织承担并进行的。此后,市民社会组织的影响力从经济领域逐渐推进到政治、文化等领域,最为突出的便是1909—1910年在全国范围内出现的国会请愿运动,其目的在于市民要凭借自己的力量来维护自身的政治权力。市民仅凭自身的组织力量与强权势力甚至国际势力抗衡,这在古代城市时期是不能想象的。

除了政治和经济运动,募捐、救灾、兴学等也都成为市民阶层塑造社会形象、显示社会主导力的方式。《九尾龟》第一百八十七回中就写到了市民自己组织的西式"义卖"活动。其中写到淮扬地区连年遭受运河水灾,于是上海商人自发组织起来展开募捐活动,为了最大量地筹到善款,他们学习西方人的做法举办慈善义卖会。由商人们的家眷在慈善会上售卖自己的私人物品,卖得的货款集资为救灾善款。在小说的这段描写中,商人们募捐要救助的是淮阳地区的灾民,而不是要解决自身的问题,这说明他们开始凭借自己的力量而不是依靠政府的力量去解决社会问题,这是非常明显的主体价值和主体意识的表现。

近代城市里的市民所表现出的这种自治和参与社会发展的力度,是以前生活在"王土"空间中的古代市民所无法具备的,这是他们试图从传统的政治控制力量下脱身的努力,也是他们获得独立发展意识和展示主体价值的预演。

3. 道德意识的改变:从"循规意识"到"自由意识"

"职业身份"的确立以及"自治意识"的出现,让生活在城市里的人们获得了更多勇气,不仅在经济、政治领域,更要在生活领域中努力把自己的伦理追求变成新的道德现实。

在漫长的礼教伦理时期,人们习惯于按照礼教的要求来塑造自己的人格、理解自己的人生、确定自己的价值。这就是我们所说的"循规意识”。除此以外，他们对于自由没有更多要求和想象，但是商业市场的发展改变了这一切。

工商业发展为城市里的人们提供了一个独立于政治特权体系之外的独立链条，只要有能力在这个链条中寻找到自己的位置，就能获得生存的机会。这个经济链条把市民社会塑造成一个可以进行自主掌控的私人领域。在这个领域里，平等互利是基本原则，交换对象可以根据自己的判断和选择进行自由选择；于是人与人之间不再具有先天的等级秩序和附属关系，每一个人相对于另一个人都是独立的。这是一种非常可贵的生存教育和理念培养。作为结果，平等自由的商品交换所蕴含的价值原则，开始渗透到社会的各个角落以及个人的生活。从晚清时期的政治谴责小说到民初盛行的言情小说，其本身的演变也验证了自由意识从政治经济领域向个人生活领域逐步渗透和转移的进程。

如同谴责小说猛烈批判政治特权一样，言情小说把攻击的目标定在了家庭特权之上。如果前者是对“君权”的质疑，后者则是对于“父权”的质疑。这是自由意识在社会生活和家庭生活中深入化的鲜明表现。林纾翻译的小说《迦茵小传》就把人生痛苦和悲剧的根源指向了“父权”。迦茵的悲剧根源被理解为是“父亲的遗弃”，因为被父亲遗弃才造成了她的私生女身份和低微的社会地位。“父亲”是她人生悲剧的罪魁祸首。同时，男主人公在与迦茵相爱后，也受到自己父亲的阻挠，但男主人公勇敢地反抗了父亲的指令，拒绝父亲包办的订婚，这又指出了争取人生幸福的方式，那就是推开“父权”造成的障碍。在民初的小说中“父辈”这个群体受到了前所未有的质疑和否定，几乎所有爱情悲剧全是由这个群体的专制和蛮横一手造成的。以苏曼殊的小说为例，作为民初颇负盛名的言情小说家，他笔下的《断鸿零雁记》《碎簪记》《焚剑记》等爱情悲剧都是由于“父亲”“母亲”“叔叔”“姨母”等长辈的独断专行而造成。同样的悲剧模式还出现在李涵秋的《广陵潮》、吴双热的《孽冤镜》、陈蝶仙的《玉田恨史》中。在徐枕亚《双环记》中，不但讲述了一对青年男女被包办婚姻夺去爱情自由导致人生悲剧的故事，更直接进行了主观的议论："可怜娇弱之小儿女，慑服于家长权力之下，因以沉沦孽海，失败情场者，比比皆是"①。

更可贵的是，这一时期的小说不仅批判了作为"他者"存在的"父权"，同时也有一些更为激进的小说，触及了作为"自我"存在的"父权"，如徐枕亚的《玉梨魂》。这篇小说写到青年男女梦霞和梨娘的爱情悲剧，梨娘是一位携带幼子的寡妇，在爱上青年教师梦霞之后感情不能自拔。最终两人深深相爱却难成眷属，梨娘因绝望而自杀。但在这篇小说中，导致悲剧发生的不是常见的父母长辈的干扰，而是来自梨娘内心深处的自我道德约束。梨娘爱上梦霞，但"寡妇守节"的传统道德教诲却深深根植在她心中，使她背负上了沉重的罪感。她无法隔绝对梦霞的爱，但同样摆脱不了内心的罪感，最终在挣扎中崩溃。不难看出，真正把梨娘逼上绝路的并非是某种具体的外在道德压力，而是已经转化为内在道德要求的伦理准则。"三纲五常"的道德伦理早已经化为个人内在的道德准绳和自我要求，在这种刻骨铭心的"循规意识"之下，就算没有外在的逼迫，"梨娘"们也会被自己追杀而死。无论作者是有意所为还是无意所为，这篇小说都比其他小说更为深刻地写出了传统宗法伦理对于个人心灵的无形戕害，从而带有更为深沉的悲剧色彩。这说明在民初时期，人们对于宗法专制伦理的危害已经在相当大的社会层面上得到了共识，对于自由的想象也成为大部分人的共同意识。他们从作为社会基本单位的家庭入手，对家庭等级伦理展开攻击，倡导一种可以自由选择的人生方式，其意义远远超出对于婚姻爱情的解放价值。正如当时的文人所指出的，中国与西方的差异体现为四个问题，即"婚姻不自由也，重男轻女也，财产世及也，义务教育之不知也"，而造成

---

① 徐枕亚：《双环记》第十三章。

这四个差异的根源就是“宗法之为障也”，因此，“宗法不变，则四者不革”①。通过这段推论不难看出，对于婚姻家庭问题的思考，最终还是为了思考社会文化变革的问题；爱情婚姻的不自由，最终还是指向文化的弊病。影响颇大的《国民报》在1901年就撰文指出，在中国伦理培养下的中国人“以柔顺为教，特别之奴隶根性，已深入于脑浆”，这种自由意识的缺乏是文化落后的表现，因此“欲脱君权、外权之压制，则必先脱数千年牢不可破之风俗、思想、教化、学术之压制”②，在这句话中，自由意识已被视为是中国社会文化发展的前提。

综上所述，从获得平等经商的自由，到参与城市社会建设的自由，再到个人婚姻爱情的自由，这条线索中表达出来的是多方位的自由意识的萌发。正是这种从社会各个方面提倡自由意识的新伦理声音，让近代城市的社会生活呈现出诸多新景象：“变革的内容几乎涉及生活的各方面，从生到死，从婚姻到家庭，从衣饰装扮到娱乐嗜好，从礼节称谓到人际关系，从日常举止到社会意识，其间都体现了资产阶级试图改善个人生活，以及试图改善个人与社会发生联系中各种关系的引导意向，从而铸造新的国民人格，养成健康的生活方式。”③这些都足以说明近代城市在伦理变革中所显示出的不同以往的动向。虽然这一时期的自由意识还没有达到真正成熟的理性水平，但变革已经启动却是不争的事实，而这对于在漫长古代时期接受宗法伦理观念的城市来说，已经足够珍贵了。

三、从赞歌到否定：孤立无援的“自由”吁求

近代城市从晚清到民初经历了一个思想解放、新伦理萌芽的过程，

---

① 铁樵：《论言情小说撰不如译》，载《小说月报》第6卷，第7号。
② 王忍之：《辛亥革命前十年间时论选集》第1卷，三联书店1960年版，第69、73页。
③ 何一民：《辛亥革命前后中国城市市民生活观念的变化》，载《西南交大学报（社会科学版）》2001年第3期。

随着城市生产方式和经济关系的变化,近代城市社会在社会结构、生活方式、人际关系缔结方式等各个方面发生了区别于传统社会的新特点。这些新特点决定了近代城市社会在价值观念、行为规范、道德标准等方面开始与传统社会产生分歧;盘踞在中国城市里的宗法制等级伦理受到一定程度的批判;平等自由的概念得到初步的推广。但从另一个方面说,这并不意味着近代城市社会已经拥有了成熟的城市伦理体系。

(一)中国近代城市社会发展的殖民模式,一开始就注定了中国近代城市伦理发展的先天不良

无可讳言,中国近代城市的现代性起步虽然归因于自身社会结构的改变,但这种社会结构的改变却是建立在西方经济文化强势介入的前提之下的。换句话说,中国近代城市的现代性起步,并不能完全归因于自身文化环境下的自主演变,西方殖民文化势力是不可忽视的重要推手。中国近代城市的很多新伦理都是在西方影响下直接出现的,并不是完全来自本土伦理的自然演化。如果说"城市社会的道德只能内生于城市社会结构自身"①,那么这种在外力作用下产生的道德吁求就难免携带诸多的隐患和问题。

首先,城市之间存在伦理感受和伦理吁求的巨大差距,使得朦胧出现的新道德很难得到更大范围的共鸣和认同。

由于中国近代城市的发展是一种殖民式的发展,所以中国城市与城市之间在发展上存在极大的不均衡现象。比较发达的城市多是在西方影响下、在开埠通商基础上发展起来的,集中在河、海沿岸,这些城市成为商业经济发达、新伦理吁求也最为强烈的地方;而在中国其他大中小城市中,因为没有发达的、与西方经济紧密相连的社会环境,其经济发展滞后,社会风气闭塞,农耕伦理还把持着这些城市的道德空间。在这些未经西方经济涤荡和重组的城市里,由于城市中的经济链条不完备,商业活动没有成为城市的核心内容,无法产生对于自由、平等等伦

---

① 杨秀香:《关于城市伦理的几个问题》,载《伦理学研究》2004 年第 4 期。

理要求的共鸣,居于主导地位的依然是传统的宗法道德伦理体系和君主专制的政治观念。

这种整体参差不齐的发展状况,让中国近代城市之间的差距表现得十分明显。二者在道德感受和伦理吁求上彼此相差甚远。当新伦理思潮向这些发展较慢的城市传播时,必然遭遇强烈的抗拒,价值冲突在所难免。在这些守旧的城市中,新伦理往往被看作是道德的堕落,是一种“恶”,为了抵抗这种“恶”,传统道德便被作为“善”进行了夸大和宣扬。

在这样巨大的城际之伦理差距的格局中,新的城市伦理需求始终是被看作传统伦理的对立物而存在的。这种“非此即彼”的二元对立的道德模式,使得新的城市伦理缺少与本土伦理的内在交接点,要么是在浮浅的崇洋心理下被片面理解,要么是被视为一种外来的破坏性的、入侵性的“异物”而受到拒斥。它内在的本土合理性和必然性,无法得到深入的探讨、反思和认定。

其次,即便是在发达城市里,新的城市伦理需求也常常因为被视为一种“西方文化”而受到抵制。

众所周知,在中国近代城市中殖民势力的存在始终对中国本土利益形成巨大的威胁和掠夺。西方各国在当时的开埠城市里,大量设置租界,占据城市的实体空间;也利用自身的资金、技术以及法律特权,搜刮中国的本土资源和劳动力,赚取巨额利润,压制中国本土工商业者的经营活动,侵占本土经营者的利润空间。中国本土被塑造成西方的商品推销市场和原料供应市场,这对于中国本土工商业的发展是一种巨大的创伤。于是,在当时的城市空间中,对于殖民入侵的反感是一种普遍存在的情绪。因为仇恨西方势力,从而仇恨一切带有西方色彩的文化和观念,也是一种普遍的社会现象。如鲁迅所言:“因为多年受着侵略,则故意和这‘洋气’反一调:他们活动,我偏静坐;他们讲科学,我偏扶乩;他们穿短衣,我偏着长衫;他们重卫生,我偏吃苍蝇;……这才是保存中国固有文化，这才是爱国，这才不是奴隶性。”[①]这段话的确说出了从近代城市开始就挥之不去的一种“仇外”的文化心理。当新伦理在与传统伦理的冲突中被归类于西方价值模式和道德模式的时候，就算在发达城市里，这些城市新伦理也会受到质疑和抵制。被西方政治经济入侵的焦虑体验常常推及对于道德观念入侵的假设。李定夷在他为吴双热的《廿年苦节记》写作的“弁言”中说：“晚近数十年间，欧风美雨侵入华夏。自由之说行，重婚不为羞；平等之说行，伦常可泯灭。”在这句话中，非常明确地表现出把“自由”“平等”视为“欧风美雨”，从而忽略其合理性的倾向。一旦要求个性解放、个人独立的新伦理，被看作是入侵而来的“异物”，是对于中国传统道德体系的破坏性入侵，那么就算在发达城市里，它也会引发恐惧、不安和反感。

于是，对于传统礼教道德的倡扬，常常会以挽救民族文化、抵制外来影响的“善”的面目而出现。这样我们才能理解为什么1914年以后在文学发展中出现了一个极其怪异的现象：许多曾经对宗法礼教伦理进行过猛烈抨击的作家，在新伦理传播的过程中却纷纷出现了“倒戈”现象，从对于旧伦理的批判转而表达对于旧伦理的拥趸。

以写作《玉梨魂》的徐枕亚为例，他的一部《玉梨魂》写出了道德负荷对于个人生活的毁灭，引起了市民阶层对于传统道德弊病的共鸣和反思；但后期他却以《玉梨魂》的故事和人物为基础，进行了同一个故事的第二次叙述，形成了另一部作品《雪鸿泪史》。同一个故事同样的人物角色在叙事中却有微妙的变化。《玉梨魂》中守寡的青年女子与心爱的男人深夜幽会、互通款曲，这样的情节被叙述得优美而坦荡；但在《雪鸿泪史》中还是同样的场景，同样的故事情节，深夜的幽会却硬生生地多了一个“第三者”——丫鬟，且从头到尾都在场。不但“半夜幽会”的场景中多了一个丫鬟，就连整个恋爱过程都多了一个丫鬟——两人之间的书信来往全都经过了这个丫鬟之手。这种“第三者”设置是令人匪

① 《鲁迅全集》第六卷，人民文学出版社1981年，第84页。

夷所思的，因为就算近代社会中礼教还比较严苛，但毕竟时代已经变化，与《会真记》的时代大为不同；要说近代社会青年男女之间没有直接交往的机会和渠道，显然是不符合事实的。作者为何要以违背事实的方式，赋予一对近代男女以古代社会的交往方式呢？作者在《雪鸿泪史·例言》中说得很清楚，写这本书就是为了“矫正《玉梨魂》之误”，这句话基本是对于《玉梨魂》的否定。写作《雪鸿泪史》时的作者，显然认为男女主人公的深夜幽会和书信私相传递是一种错误，因为这些行为不符合“男女授受不亲”的传统礼教。于是，为了纠正这个错误，作者在《雪鸿泪史》中设置了丫鬟这一角色。这个角色的存在清理了幽会的情欲内容，也赋予书信往来一种“情之正”的证明，让这种原本并不符合礼教道德的“男女幽会”变得中规中矩，符合“发乎情，止乎礼”的传统道德要求。如果说《会真记》中的男女让丫鬟在场是迫不得已，那么《雪鸿泪史》中的丫鬟在场则显得迂腐而牵强，我们只能解释为作者试图通过这一设置来表达自己已然改变的道德立场，即作者对于“男女授受不亲”传统训诫的认同与遵循。同样，曾以《孽冤镜》批评封建家长制给青年自由恋爱带来伤害的吴双热，也在后期写出了礼教回归的作品《廿年苦节记》。这部作品热情歌颂了一位自愿为夫守节二十年的年轻寡妇，这二十年里她恪尽孝道奉养公婆，尽母职抚养小姑，并且在公婆去世小姑出嫁之后，自杀殉夫。这样一个把个人生存权甚至生命权都置于“父权”和“夫权”之下的女性形象，竟得到了作者极高的评价，认为她是“千古不朽”“节孝双全”的模范。难以想象曾经在《孽冤镜》中尖锐批判家长制的作者，竟然会在此后写出如此丧失人权意识、违背人性原则的作品。

那么，怎么来理解民初小说家们的这种近乎集体性的、对于传统礼教道德的皈依呢？这固然是道德观念时代局限的体现，但更为重要的原因还是在于没有认识到新的伦理要求是城市社会健康发展的必然趋势，而是把新伦理的出现看作“欧风美雨”侵袭下的道德混乱，从而对以

“自由平等”为核心的新伦理产生恐惧和抵制的情绪。“自由平等”并没有在“权利”的层面上得到理解，而是在“西方社会风气”的层面上进行对号入座，于是李定夷的小说以《自由毒》为名猛烈攻击“自由”理念，把“自由”看作一种毁灭性的力量，认为自由思想的泛滥是对青年人的毒害，是一种严重的社会道德危机，也就不奇怪了。

同时，也正是把“自由平等”思想看作西方“有毒思想”的入侵，把新伦理萌芽带来的社会风气改变和行为规范改变，看作这种入侵带来的本土道德危机，才会在士大夫阶层的知识分子那里激发了一场本土道德保卫战。正如梁启超在分析《雪鸿泪史》的创作机制时所说的，这类作品反映出的文化心理在根本上是出于对“儿女情多，风云气少，甚者为伤风败俗之行，毒遍社会”①的担忧。

正是出于这种文化心理，这一时期的知识分子才会不约而同地把倡扬传统礼教看作抵制西方道德异物侵入的屏障；从民初对于自由平等的歌颂转向对自由平等的否定。其中隐含着的正是一个不对等的概念转换过程，早期对于“自由平等”的理解发自感性的生存要求，属于一种个人权利的概念；后期对于“自由平等”的理解却转而定义为西方不良的社会文化和风气，属于外来文化的概念。因此，后期对于“自由平等”的否定和逃避，在本质上是根植于殖民文化带来的本土道德危机感。

也许我们可以这样评述，正是由于殖民文化冲突的存在，才使得“自由平等”这些城市伦理的崭新因素被粗暴地划归于“欧风美雨”，从而难以得到在近代城市社会中大面积传播和认可的机会。

（二）“非个人本位”的社会构成使得个人伦理吁求无法成为社会性共识，造成了中国近代城市伦理发展的后天不足

从伦理学的角度说，任何一种形态的社会空间内都由整体道德共识与个体道德认知组成。所谓整体道德共识就是“一定时空条件环境

---

① 梁启超：《论小说与群治之关系》，载《新小说》1902年第1号。

下的或大或小的人类群体为维护、保护、延续其生存、生活所要求的共同行为方式、准则或标准”,并且,“任何群体都需要这种伦理要求,并将它变为自觉意识来约束、统治个体,以维护其群体与族类的生存延续”①,毫无疑问这种整体道德共识是基于群体利益的,而个体道德认知则是基于个人特殊的、具体的生存感受而产生的道德体会和需求。相对于作为社会道德共识的既定道德,新的伦理因素一般都以个体道德认知的形式出现。只有这些以个体道德认知面目出现的新伦理被整体道德共识所接纳和兼容,新伦理才有可能逐步推广并成为新的共识内容,从而改变社会道德内容。这就要求一个社会的道德共识具有较高的兼容度,而这种兼容度的前提说到底决定于一个社会中个人的地位。个人越是受到社会的尊重,这种兼容度就会越高,那么个体道德认知被整体道德共识所接受和宽容的可能性也就越大。

中国传统道德体系是不具备真正的“个人”概念的。虽然儒家强调“求诸己”“尽其在我”,道家要求“自足”,佛家要求“依自不依他”,看似对于个人的强调和尊重无处不在,以至于不少观点都认为中国传统伦理体系是存在“个人”概念的。其实,只要仔细分析就不难发现:中国传统道德思想所强调的“己”和“我”,不是指向“己”和“我”的个人利益或个人感受,而是指向“己”和“我”把外在道德戒律转化为自我意识的能力和行为。在中国的传统道德思维中,礼教道德的规范是以“天道”的方式存在的,个人既不能质疑也不能违抗,只有用心去领悟这“天道”的内涵并把它变成个人自觉的、发自内心的内在道德意识。对个体而言,能否体悟这先验存在的道德戒律并把它内化为自身的内在道德自觉,决定着一个人“德性”的高低。这就是为什么在中国传统道德体系中会存在对于“己”和“我”的强调,但非常明显,这跟强调个人权利和个人利益完全不是一回事。

由于中国传统礼教道德自身带有比较明显的辅政色彩,对这样的

---

① 李泽厚:《伦理学纲要》,人民日报出版社2010年版,第24页。

道德体系来说，压倒一切的首要目的是社会人际秩序和精神秩序的稳定。为了达到这一目的，道德教化的主要方式就是摈弃和压制过于芜杂的个人生存感受和伦理吁求。正如一些学者所言，中国传统道德是一种被宗教化的道德体系，它强调的是道德的先验性和义务性："对个体来说，道德常常以与个体幸福相冲突、对抗而展现，常常要求个体牺牲一己的幸福。它以超越甚至否定个体的感性幸福、快乐以至生命、生存而取得崇高的尊严地位"①。这种对于个人感受和个人利益的忽视，使得个人的道德吁求一旦与作为绝对权威的礼教道德相冲突，就只能面临被抑制和被否定的结局。

在近代城市社会中，以个人权利和平等自由为核心的新伦理还只能以个人道德认知的方式出现，它被排斥在社会道德共识之外就是很自然的了。

表现在文学叙事中，虽然对于自由平等的吁求以及对于礼教道德的质疑都已经出现在字句之中，但未曾被触动的社会道德共识始终最大程度地控制着社会成员的道德思维，在这种道德思维中，对于整体利益和整体秩序的追求依然高于一切。这就意味着，一旦社会成员对于个人利益和个人自由的要求给集体利益和整体秩序带来威胁，这些要求就不再被视为拥有道德上的合理性，也就从一种道德上的"善"，转变为道德上的"恶"。于是，对民初文学中高涨的自由呼吁是如此之快地演变为对于自由的恐惧这一怪异的现象，就很容易理解了。

在这一时期的近代社会中，正是由于社会整体道德共识对于新伦理的强烈排斥，使得这些新伦理既没有找到与本土道德资源契合的节点，也无法真正得到西方伦理的精神支援，从而落入两难处境。作为这种两难处境的表现，文学作品中遍布着又要自由又害怕自由毁掉社会固有秩序的矛盾情绪。一方面人们认为个人权利应该得到满足："当然

---

① 李泽厚：《伦理学纲要》，人民日报出版社 2010 年版，第 24 页。

以个人为本位"[1];另一方面又认为这种个人权利的索取应该以遵循固有的家庭礼教制度为底线:"然风格不完,风纪堕落,正赖吾国旧有之家族主义为过渡时代之维系"[2],即在不触动旧有道德伦理秩序的前提下,满足个人权利的要求:"提倡新政制,保守旧道德。"[3]这里有一个非常明显的矛盾,旧道德的终极目的是对于君权和父权的维护,新道德的终极目的是对于个人自主权利的维护,如果旧道德不变,新政制从何而立?只有一个合理的解释,这一时期对于"新政制"的想象,其实指向旧的君权制度和家长制度的改变,即指向改良,希望原本严苛的君权和父权能够略作松动,赋予底层更多一点自由。这种"自由"是由上而下赋予的,是在不触动原有宗法秩序的前提下的"宽限"行为。其本质,依然是把权利的柄端寄托于道德权威阶层的手中。中国传统伦理最大的弊端——权利和义务的单向设置,并没有在这种想象中有所改变。

在这种情况下,那些在近代城市空间中依次响起的新伦理的声音,注定只能面临失声失语的痛苦处境,在这一时期,新伦理的失声失语恰是显示着从宗法伦理向现代伦理过渡的痛感和艰难。城市道德空间的巨变,还要等待更为成熟的时机。

---

① 姚公鹤:《上海闲话》,上海古籍出版社1989年版,第125页。
② 同上。
③ 包天笑:《钏影楼回忆录》,中国大百科全书出版社2009年版,第391页。

第二章

现代城市伦理的形成与崛起

关于民国城市伦理的思考，有两点需要我们的注意：

其一，关于城市精英人群在城市伦理形成过程中所起的作用。

在城市社会的各种秩序的形成过程中，向来有两种秩序生成方式，一种是在某种人为力量支配或设计下的秩序，一种是随着社会成员的活动而自然产生的秩序。前者是一种带有前瞻性的理性秩序，后者是一种实践性的感性秩序。作为社会秩序的重要内容，伦理秩序的形成自然也是如此。来自社会成员自发的伦理吁求，固然是伦理发展和变革的最根本动力，但这种伦理吁求因为处于一种感性状态，而往往止步于强大的伦理标准和行为惯性的约束。特别是中国传统伦理秩序依靠道德戒律的绝对权威性，历来拥有超强的稳定性。宋明时期中国工商业就开始逐步发展，但是直到清代末年，中国的伦理体系都没有本质的改变，以至于费正清先生认为“清末城市生活的特征，无论在政治方面还是在经济方面，都与500年前宋代的情况极为相似”[①]。这种具有超强稳定性的伦理体系以及伦理观念，渗透在个人价值选择和行为选择

---

① 费正清主编：《剑桥中华民国史》（第一部），上海人民出版社1991年版，第37页。

的每一个细节之中，形成强大的道德行为惯性。就算在新的伦理吁求层出不穷的清末民初，也难以改变这种惯性。因此，一种新的伦理秩序的形成，如果仅仅等待城市伦理的自发形成，其过程将是漫长而反复的。在前一节的分析中，我们已经看到了新伦理一边萌发又一边自我否定的尴尬处境了。

在这种情况下，对于伦理秩序的理性思考和理性设想就显得尤其重要。毫无疑问，这种理性思考和理性设想需要社会精英阶层去完成。我们所指的精英阶层，指的是随着工商业发展而崛起的经济精英和文化精英群体。他们的基本特点大致包括三个方面：一是在谋生途径上不再依赖传统的政治权力体系；二是在思维方式上具有平民立场；三是拥有良好的文化修养和开阔的文化视野。

一个值得注意的现象是，这样的精英人群可以说每个时代都有，但这类人群成为城市的核心人群，却只在两个时期发生过，一是民国时期，二是新中国成立后的七八十年代。民国以前，城市里的核心人群并不是这样的精英人群。在古代时期，城市社会的核心人群是由“王族”“地主”“士人”“官僚”组成，他们形成了城市中的“士绅社会”，这跟乡村社会基本是一致的。近代以后，虽然工商业崛起，但这些工商企业中也大多是由地主、士人、官僚来投资的，在 1913 年以前，一般商人投资的企业在城市中只占到 18.3% 。这就意味着占据近代城市社会上层空间的，依然是原有社会的核心人群。这种社会结构看似新的却是旧的，在很大程度上是原有社会结构的轻微变形，其结构本质并没有发生大的变化。这些阶层所奉行的依然是代表他们土地权和政治特权的宗法制道德伦理，就算他们在商业行为中萌发了对于平等自由的要求，这要求也会在其强大的固有道德的压制下而变得苍白无力。我们在上节的分析已经证明了这一点。

但民国时期的情况十分不同，核心人群发生了悄然但却不容忽视的变化。以往的一些研究认为民国时期城市社会的核心人群是工人和城市贫民，实际上这是不准确的。所谓核心人群，指的是城市居民中拥有文化话语权和影响力的人群。他们的价值观往往得到整个社会的大面积认同和模仿，他们的生活方式也常常会成为底层民众奋斗的目标和方向。他们不一定是数量最多的人群，但他们一定是对其他人群具有巨大影响力的人群。如果以此标准来看，民国时期特别是民国初期，工人和城市贫民作为底层民众并不拥有话语权，也不拥有经济影响力，他们往往是城市中沉默而隐形的人群，基本不拥有对于其他人群的控制、影响、传播和同化的能力。当然如前所述，民国时期的核心人群也不再是传统的士绅阶层。1913 年以后地主投资企业所占的比例由55%下降到 22.3%，[①]同时官僚投资的企业也在逐渐下降，以工商业最为繁盛的上海为例，到了 1936 年，被调查的 238 家企业中，官僚投资的只有 24 家，仅占 10%。[②] 这就意味着，在城市社会工商业领域，原有的地主和官僚群体性质的投资群体已经不再具有压倒式的优势，并且趋于逐步的缩减之中。

民国时期的工商业投资人和创办人，大多是与官僚权力体系关系较为疏远的普通商人、工厂主、洋行高级职员、工程师、技师、手工业者、金融业主、华侨甚至技工、学徒等平民色彩的人群，他们正是我们所说的新的经济精英群体。同时，工商业经济发展催生了新式的教育业、出版业、文化娱乐业等职业领域，在这些领域成长起来的知识分子同样不再依附于传统的权力仕途体系，获得了独立的谋生途径和平民视角，形成了真正的现代知识分子群体，成为新的文化精英群体。现代知识分子群体的崛起，同样是民国初期的一件大事。这个群体与传统的士大夫知识分子的一个重要不同，还是他们与城市的关系。传统的士大夫知识分子对于乡土的认同感十分强烈，对于他们而言，都市空间只是为

---

① 参见吴承明：《中国资本主义的发展述略》，载《中华学术论文集》，中华书局 1981 年版，第 325 页。

② 参见陈真等编：《中国近代工业史资料》（第一辑），三联书店 1957 年版，第 247 页。

了寻求仕途发展的客居之地，他们的财富、家庭、归宿都寄存于乡村。传统士大夫跟土地的关系较之跟城市的关系要密切得多。而现代知识分子从乡村走向了都市，是以都市的公共空间和文化产业体系作为安身之本，并展开自身对于文化产出、社会交往和社会影响力的追求和经营。[①] 更重要的是，这些新崛起的文化精英人群和经济精英人群一样不再是朝堂政治体系的受益者，相反，他们更能感受到朝堂政治体系对于他们的威胁和不利；在对城市空间的理解上，他们最有勇气作出不同于传统的理解和解释。

可见，一方面是工人和贫民阶层尚未拥有自己的话语平台和途径，只能在城市中无声地存在；另一方面是传统的士绅阶层渐趋衰落，文化和经济的话语权落在了这些新崛起的精英阶层手中。作为新的城市核心人群，他们因此得到了一个主导社会风向、传播自身观念的黄金时期。他们将通过自己的感受和想象，介入到城市伦理的人文构建之中，为市民合理的伦理吁求提供理论支持，并且利用其拥有的文化和经济话语权，在城市空间中传播对于“新文化”和“新价值”的理念和狂想。

因此，至少在对于民国时期伦理状况的分析中，是不能忽略精英阶层的人为力量和思想痕迹的。他们所提供的文化理想，将对民国时期的城市伦理起到举足轻重的作用。

其二，关于民国时期的伦理形态。

当我们谈论民国时期的城市伦理时，我们无法指向某个固定的单一形态。民国时期的伦理是在“传统”和“现代”两股力量的作用下形成的。

一方面，对于伦理的现代性吁求已经是市民浅层心态中的共识。三个重要的因素决定了这一特点：其一是政体的改变，虽然这是一个政局不稳、内忧外患持续不断的时期，但帝制的结束却是一个不争的事实。政治体制的改变，能够以比较直接的方式对固有的等级伦理进行

① 参见许纪霖：《都市空间视野中的知识分子研究》，载《天津社会科学》2004 年第 3 期。

消解。其二是城市经济文化的空前发展，固定了城市作为经济和文化中心的地位，而现代出版业、教育业的迅速发展，也使得城市居民素质得到了大幅度提升，这些都为城市伦理的独立发展提供了良好的条件。其三是文化启蒙运动的开展，为城市伦理的新因素提供了理论支持和理性关照，对于在城市空间促进新的道德共识体的形成起到了巨大的作用。这三个因素使得民国时期的城市社会发生了诸多质的变化，如社会结构从一体政治结构转向多元职业结构；家庭结构从大家族的聚居方式开始转向夫妻子女的核心小家庭；社会阶层从等级固化转向基于个人奋斗和自由竞争为基础的阶层流动；社会关系缔结方式从血缘和地缘依据转向业缘依据；人格构造从依附性人格转向创造性人格；个人价值从等级价值认知转向职业价值认知……。这些变化都赋予了城市社会现代性的起点。

但是另一方面，在城市市民的深层心态中，对于传统道德的记忆和依赖也并未消退。虽然一部分传统道德规范已不再被遵守，但是传统道德体系所提供的价值标准、行为依据，却依然支配着人们的道德选择。在"新"伦理背后藏着"旧"道德，传统道德的因素既影响着人们对于现代性的理解和追求，也激发着人们对于道德危机的感知和焦虑。

固然，"传统与现代是一不可分割的'连续体'，任何一个社会都是处于这个'连续体"中的，并且都是'双元的'或'混合的'，即任何一个社会制度都是'传统'与'现代'的结合体"①，但很少有一个时代像民国时期一样，如此纠结在"传统"与"现代"的博弈之中。对于"现代"的想象和追求，是这个时代所呈现出的鲜明心态和理性的追求，但对于"传统"的记忆和恪守，也从未在这个时代的行为习惯和潜在意识里真正湮没。二者势均力敌，彼此纠结着造成这个时代城市伦理建构中最大的困惑和难题。

"新"与"旧"，"传统"与"现代"在对抗中互相区分，也在博弈中互

① 金耀基：《从传统到现代》，中国人民大学出版社 1999 年版，第 97 页。

相融合。正因为民国时期城市伦理处于这样的复杂状态，才使得这一时期的城市伦理呈现出多元而开放的状态，展示着城市伦理从传统到现代演变的艰难过程。正是这种变动的、多元的状态，让民国时期的城市伦理出现了现代城市伦理的立体结构，呈现这一时期伦理发展最大的成就。虽然这一时期的城市伦理依然是矛盾重重，但却具备了现代性城市伦理的雏形并呈现出现代性城市伦理的基本架构。

要说民国时期最大的伦理改变是什么，首当其冲就是城市空间意识的改变。虽然民国时期的城市伦理同样没有达到真正的成熟，也依然携带着种种旧的负赘，但有一点毋庸置疑，它确实改变了陈旧的等级政治模式的城市空间意识，开始探索更为现代性的城市空间伦理结构。它至少在公共意识、阶层意识和日常意识等层面为城市空间伦理的变革提供了新的伦理思考和伦理探索范式。

第一节　公共空间意识的出现

公共意识的萌发和提出，应该是民国初期城市伦理思考的最大成就。所谓“公共空间”，并不是一个有着固定内涵的词汇，从不同的角度出发，“公共空间”的概念是不一样的。从日常生活的范畴来说，“公共空间”基本上是相对于“私人空间”而言，指的是普通社会成员所共有的空间和领域，大多是指物质环境意义上的公共空间；但从政治范畴来说，“公共空间”并不是一个实体概念，而是指相对于国家权力体系而言的、普通社会成员的公共权力和话语空间。就民国初期的情况来说，“公共”的意义基本上就是一个与“朝堂政治”相对应的概念。民国时期精英阶层最大的文化狂想，就是要打破传统的朝堂式社会空间，构建具有公共性的新空间，这种新空间与传统空间最大的区别就在于其普通社会成员公共共有权的实现。因此，对于“公共空间”的所有设想和营建都明确地指向传统朝堂式空间的消解。

一、空间共有权的吁求

民国初期还并不存在真正成熟的都市社会，其城市社会最大的矛盾也还不是日常生活范畴内私人领域与公共领域的协调问题，而是不断萌生的自由平等需求与陈旧的朝堂政治之间的矛盾。如前分析，中国传统的社会空间特别是城市空间，是典型而严密的朝堂政治空间，被君主核心的等级权力体系长久覆盖。当“朝堂意识”笼罩着整个社会空间，“溥天之下，莫非王土”的概念深入人心，君主专制的权力体系作为一种硬性介质横亘在普通社会成员与社会空间之间，这就意味着，普通社会成员没有跟社会空间直接缔结关系的资格，不能对社会空间是否合理的问题进行讨论、批评和舆论干涉，自然也就不具备参与其构建的权利。因此可以说，在朝堂政治体系之下，社会空间是不具备公共性的，也不可能存在真正的“公共”概念和“公共”意识：“这个具有中心整合机制功能的政治权力并不具有公共性，而是强调其个体所有性质，无论此个体仅仅依托于特定个人，还是来自于家族、宗教或组织群体。在权力的等级结构秩序下，共同体成员对于特定‘权力中心’的服从或认同，乃是臣民意义上的臣服，通常具有一种‘不可选择性’或‘被动选择性’。”[①]在没有公共性的空间里，普通社会成员必然丧失社会空间的共有权，甚至共有意识。

鲁迅的《药》就清楚地展示了这一状况。被捕的青年知识分子夏渝在狱中向狱卒宣讲：“这大清的天下是我们大家的。”[②]这简单的一句话却激起了普通民众强烈的反感和抗拒。从“红鼻子阿义”“康大叔”这样的底层狱卒，到身份较高的“驼背五少爷”；从“二十多岁的人”到“花白胡子”；从茶馆主人老栓夫妇到茶馆里所有的民众——他们毫无例外

---

① 杨正联：《论公共政治秩序的逻辑变迁路径》，载《人文杂志》2013年第2期。

② 鲁迅：《呐喊·彷徨》，江苏文艺出版社2006年版，第24页。

地为这句陌生的话语感到错愕和震惊。这不但是一句他们无法接受的话,而且是违背了他们基本道德原则的话。红鼻子阿义狠狠地抽了夏瑜一个耳光,其余人等则为这耳光齐声叫好,这并不是一句简单的民众的“奴性”或者“愚昧”就能解释的现象。普通民众之所以对这句“天下是我们大家的”如此震惊,就因为在朝堂意识之中存在着一条“空间—政治权力—普通社会个体”的伦理关系链条。在这个链条中,普通社会个体不具备与空间建立隶属关系的资格,政治权力体系作为一种硬性介质横亘在普通社会成员与社会空间之间,只有权力阶层拥有空间的支配权和发言权;而普通社会成员只能通过进入政治权力体系成为权力的拥有者,才有可能拥有对于空间的支配权和发言权。也就是说,普通的社会成员如果不通过权力介质的作用就不可能拥有空间权利,成为空间主体,也就不可能拥有对空间形态、空间秩序进行调整、改变、构建甚至发言的资格。他们只能长久地沉默,甚至失语,没有其他的选择。

更为严重的是,由于这种空间关系排列被作为一种正统的道德秩序看待,只有遵循这种关系排列,才是符合道德的,反之,任何试图打乱这种空间伦理秩序的行为,都会立刻被判断为是不道德的——这就是“红鼻子阿义”掌掴夏瑜的道德依据。《药》中的民众对于夏瑜异口同声的讨伐,不是出于蒙昧无知,相反是出于过于明确和牢固的道德立场和道德原则,正是为了维护道德的标准和原则,他们才如此一致地否定那个试图打乱原有秩序的夏瑜。

如果我们能够看到以上问题,我们就能知道《药》的意义远远不是“揭露民众的愚昧和奴性”这么简单,无论作者自己有没有明确的意识,这部作品对于揭示中国传统社会空间秩序的问题、普通社会成员空间共有权以及共有意识的欠缺问题,都作出了巨大的贡献,这比批判民众愚昧,具有更为深层而恒久的现代意义。

在任何一个时代,空间权利都是普通社会成员的基本权利:“空间权利已经成为一种基本人权，空间正义是社会正义的基本内容；人的平等权利不仅体现在人格、机会、制度等方面，也深刻体现在空间权利上；空间权利是人的一种实体性、基础性权利；没有平等的空间权利，也就没有人的真正、现实平等。”①而在所有的空间权利中，空间共有权又是最基本的。只有拥有了空间共有权，普通社会个体才能真正成为社会空间的主体，才可能享有对于社会空间的发言权、参与权和干涉权。否则，所谓的个人自由和个人发展权利都将成为空洞的言辞，同时，所谓公正、平等、权利的伦理设想也都将无从谈起。

夏瑜的那句“天下是我们大家的”所包含的正是对于空间共有权利的吁求。这种权利吁求并不只是体现在《药》这一篇文章中，而是民国初期文学中普遍存在的伦理吁求。这一时期的文学以家庭批判和乡土批判的题材居多，在以往的研究中，我们一般都是从对个人独立和自由的伦理要求入手，来理解这种创作现象的。这固然是对的，但从伦理建构的意义来说，其中蕴含的空间权利要求更值得注意。

从空间感受的角度去看这一时期的文学作品，无论家庭题材还是乡土题材，虽然表达的情绪不尽相同，但有一样东西却是共同的，那就是一种空间的虚无感和异在感。冰心的笔触主要以年轻人为主，这些年轻人跟自己所立处的外在空间全部处于一种互不兼容的紧张关系。这种紧张关系或者通过父子关系来表现，如《斯人独憔悴》；或是通过个人与习俗的紧张关系来表现，如《庄鸿的姊姊》；或是通过个人与社会政治文化环境之间的紧张关系来表现，如《去国》。在以往的研究中我们习惯于用个人和宗法伦理的矛盾，来解释这种紧张关系，但如果从空间感受的角度来看这些故事，也许我们可以有更深层的解释。

例如，《斯人独憔悴》中的颖铭和颖石参加了学生运动，父亲一气之下把他们关在家里，不让他们出去惹是生非，被剥夺了自由的兄弟俩就只能逐日憔悴了。在这个故事的表意层面，“父权”当然是被批判的重

---

① 陈忠：《空间批判与发展伦理》，载《学术月刊》2010 年第 1 期。

点。但是，假如我们不对这样的父亲进行符号化、妖魔化的简单理解，假如我们相信任何一种行为都出自判断的话，那么我们可以看到更多的问题。颖铭兄弟参加学生运动是向社会发言，向社会表明自身看法和观点的行为；父亲不许他们参加这样的活动，是因为父亲认为他们这样的做法会给家里以及他们自己带来巨大的麻烦，因为这样的行为是一种造次和冒犯。什么是造次和冒犯呢？就是越权。颖铭兄弟认为自己拥有空间共有权，所以应该有资格对空间问题发表意见；而父亲不认为普通人拥有这种资格，所以他认为这就是一种越权，所以是造次和冒犯。造次的行为会受到惩罚，所以是一种危险。可见，之所以在父子间会出现截然相反的不同判断，最根本的原因还是对于空间权利理解的巨大差异。颖铭兄弟的这种空间吁求，不是简单的个人自由和个人独立的要求，还包括对于整个社会空间话语权的追求。因此，我们可以看到《去国》中留学归来的英士，他的苦恼就不是来自父权，而是来自自己试图改变社会而不能的处境。英士以学救国的梦想，在现实中处处碰壁，最后只能黯然“去国”。英士与颖铭兄弟的处境看似不同，但又有本质上的相同：他们有着共同的空间想象，在他们的空间想象中，毫无疑问空间是公共性的，因此他们有充足的理由认定自己是空间权利的拥有者，因此可以理直气壮地对空间发言、对空间进行参与。这是一种空间主体性的自我认知，他们的悲剧只是因为现实的空间形态和空间秩序并不支持这种想象和认知，于是，他们在这样的空间中注定找不到归属感和存在感，只能与外在空间构成一种彼此的“异物”关系。

这种异在感在鲁迅的《狂人日记》中达到顶峰。《狂人日记》中的青年最大的特点就是对于外在空间的旺盛的言说和评论欲望，这种欲望的产生同样来自对空间公共性的认定和假设。他对外在空间展开的所有言论和评点都是极为可贵的公共理性的体现，但现实空间中公共性的欠缺，使得他的这种空间权利得不到认可和接受，他的行为只能被视为越权，而他所表达出的公共理性也只能被解释为疯癫。

这种个人与空间的紧张关系,在郁达夫的系列作品中几乎就成了真正的主题。无论是《沉沦》,还是《银灰色的死》,甚至中后期的《南迁》《迷羊》和《袅萝行》,这些作品中几乎没有具象的施压者,没有其他作品中所习见的君权父权符号或礼教舆论符号,主人公所抒发的自卑、虚无、茫然,正是一种空间的异在感受。虽然郁达夫的小说多以两性关系为题材,但真正给人带来压抑之感的并非是两性之间的关系,而是个人欲望与外在空间理性之间的关系。郁达夫笔下的主人公最大的痛苦,就是个人的价值追求和伦理吁求得不到外在空间的理解和支持。这种个人在空间中的孤独、无助和被不断否定的感觉,成为其小说中最本质的痛苦。

这种空间不适感,是民国初期以及中期文学中普遍存在的感受和情绪。最重要的是,这种空间异在带来的不适感基本上无从缓解。例如,作为个人与社会的冲突,空间不适感几乎就是文学作品中的常见情绪,但古代到近代文学中的空间不适感大多是可以缓解的。"空间转移"就是解决这种不适感常用的模式。所谓空间转移,即当人物在某个具体的空间内遭遇挤压和否定时,就会以空间的转换来解决这一矛盾。例如,"出走"和"乡隐"就是比较常见的空间转换方式。爱情故事中的"私奔",历史故事中的"弃暗投明"或"上山为王",侠义故事中的"行走江湖",名士故事中的"辞职归隐"都是出走模式的变形范式;而"乡隐"本身就是另一种"出走"模式,它包括肉体的"乡隐",如告辞繁华地,回归旧乡里,以及精神的"乡隐",即"寄情山水"。这些行为模式让人物从一个空间转移到另一个空间,从而让受到挤压和否定的自我得到安全的转移和保护,以达到保存自我意识、实现个人独立的目的。

但在民国初期的文学中,这种通过空间转移来保存自我,实现自由的模式普遍受到质疑甚至否定,作家们已经不再信任肉体或精神的"出走"模式可以解决问题。在庐隐的作品《蓝田的忏悔录》中,蓝田为了摆脱继母包办的婚姻而毅然选择出走:"我果然的走了,果然的战胜了这种不自由的婚姻。”[①]这是典型的出走模式，但却不是这篇小说的结局，蓝田从家庭的出走成功了，但出走以后却发现她依然没有归宿。出走只不过是让她从一个不自由的婚姻落入另一场不自由的感情，最终难逃被人玩弄的结局。此类扫兴的结局在庐隐笔下随处可见。《象牙戒指》中的女主人公跟自由恋爱的对象结了婚，但作者却让男主人公在婚后死去；《丽石的日记》中的女主人公顺利地结了婚，丈夫也没有遭遇厄运，但却发现婚姻也不过是另一座牢笼和坟；《或人的悲哀》中的女主人公试图投身革命，但却发现那只能是在想象中才能存在的激情空间，现实中依然通向自我的消解和虚无。郁达夫的小说拥有更强的空间不稳定性，他笔下的人物一直处在漂泊不定的状态中，“出走—归隐—再出走”这样的空间移动简直就是一个死循环的怪圈。从日本的城市到日本的乡间，从日本的乡间再到中国的城市，从中国的城市再到中国的乡间，从北方到南迁，这样频繁的空间转换，却不能改变他笔下主人公的精神处境，除了作者后期在《迟桂花》中臆想的精神乌托邦，他并不能帮助他笔下的人物找到一处可以容身的外在空间和环境。鲁迅的《伤逝》更是对于“出走式”空间处理模式在理性上给予了彻底否定。小说中的子君用出走的方式，从“叔叔”所代表的父权压制下逃离出来，与涓生一起搭建出两个人的自由世界。但在鲁迅看来，这种出走的胜利不过是故事的起点，真正残忍的现实逻辑还在后面。舆论、失业、安全感的丧失最终让子君和涓生发现，没有任何一寸空间可以帮助他们实现想象中的自我和幸福，他们其实根本就没有任何选择权，他们以为的逃离只不过是另一种陷入。

在这一时期的作品中，“归隐”是另一条走不通的道路。在古代文学中，朝堂式的“城市”常常意味着“约束”，而远离朝堂的“乡土”则意味着“自由”。于是，为了逃离权力倾轧的城市空间，士大夫等知识分子常常选择回归乡土；但在民国时期，乡土已经不再能承载这样的空间想

---

① 凡尼等:《庐隐作品精编》，漓江出版社 2004 年版，第 195 页。

象与寄望。事实上，当现代的知识分子们从城市空间向乡土转身，他们眼中的乡土世界不但不是世外桃源，反而意味着更为顽固且严苛的空间逼迫。如果说他们通过城市生存题材表达的是绵延不绝的孤独和虚无，那么通过乡土他们表达的就是深深的质疑和绝望。鲁迅的《故乡》可算作其中的代表之作，贫穷、愚昧、荒凉，让“我”眼中的乡村呈现出的是精神的荒原气氛。小时候和“我”兄弟相称的闰土此时自觉自愿地以“奴”自居，恭恭敬敬地叫了我一声“老爷”；而年轻时娇俏可人的“豆腐西施”也已经在生活的重压下变得狡猾而庸俗。如果说城市空间给人逼迫的话，在这样的乡村，作者同样觉得“四面有看不见的高墙，将我隔成孤身，使我非常气闷”①。这样的乡土不再能成为知识分子的精神寓所，正如作者所说：“故乡的山水也都渐渐远离了我，但我却并不感到怎样的留恋。”②

为何乡土不再能负载知识分子精神的寄托了？为何“出走”也不再能帮助人们获得独立和自由？为什么在这一时期的作品中，难见真正成功的“出走”或“归隐”？（冰心《去国》里的英士的确是走了，但那不是自我的胜利，而是自我的灰飞烟灭。这跟古代文学中通过空间转移，获得潇洒自我的模式完全不同。）归结为一点，为什么这一时期的文学不再能通过空间转移来获得自我保存和实现了？

一个根本的原因就是对于空间权利理解的不同。在古代时期的空间意识中，社会空间特别是城市空间被理解成国家权力体系所拥有的空间，普通社会成员并不具备共有权、参与权和发言权。因此，这个空间对于普通社会成员来说是可以放弃的。通俗来说，就是普通社会的个人空间是被设定为与社会空间的二元并列关系，“独善其身”和“兼济天下”的二元价值模式所包含的就是这样的二元空间。既然存在这样的二元设定，那么通过空间转移，自然可以缓解个人与社会之间的紧张

① 鲁迅：《呐喊·彷徨》，江苏文艺出版社2006年版，第54页。
② 同上。

关系。但在这种缓解背后,一定是个人对于社会参与权力的放弃。

但民国初期及以后,对于空间的理解发生了巨大的变化。社会空间与个人空间被理解成一体化的关系,个人空间与社会空间是无法分割的。社会空间不再被看作是权力空间,而是用来满足所有社会成员寄寓需要的公共性空间。这个空间跟每一个社会成员的财产权利、生命权利与自由权利息息相关。个人空间不再是外在于社会空间之外的想象物,而是互相嵌合在一起的复杂结构。而且,我们特别需要注意的是,这一时期空间意识的萌发是以精英阶层作为主体,也主要是在知识群体中展开迅速传播的,正如庐隐在《海滨故人》中的表述:“进了学校,人生观完全变了。不容于亲戚,不容于父母,一天一天觉得自己孤独,什么悲愁,什么无聊,逐件发明了”[①];“既然进了学校,有了知识,叫我屈服在这种顽固不化的威势下,怎么办得到!”[②]这些都说明了当时空间共有意识萌发的主体特征。这种萌发于精英阶层并通过精英阶层展开社会传播的思想,必然带有精英文化的特点。

精英文化的一个非常重要的特点就是理想化。这一时期对于空间公共性的设想也因此带有非常明显的理想色彩,在本质上是文化精英和经济精英阶层虚拟而出的理想化空间,因此他们对于社会空间的公共性有着非常高的设想,设想社会的每一个成员都可以公正平等地参与政治,发表意见;每一个社会成员的个性自由和个性独立都能得到尊重;每一个社会成员的生命权、发展权、选择权也都可以得到满足。正是这种对于社会空间公共性的理想虚拟以及对于社会共有权的高度重视,才使得这一时期的文学普遍表现出上述的空间焦虑感和空间绝望感。一旦空间共有意识萌发出来,那么以“出走”或“归隐”方式实现的自我完整,都只不过是对于公共权利甚至个人权利的放弃,并不能被理解为精神价值的实现。

---

① 凡尼等:《庐隐作品精编》,漓江出版社 2004 年版,第 274 页。

② 同上书,第 272 页。

没有空间共有权的获得，个人权利和个人自由独立就别无实现的途径。这一独特的空间思维，让这一时期的作品中难觅“出走”和“归隐”的模式，被空间所排斥的人群除了死亡和苟活几乎没有其他的结局。“死亡”成为这一时期十分常见的结局。不仅冰心、庐隐、鲁迅的作品大多是以死亡结局，同时期的其他作家也是如此。王统照的《一叶》《月影》《鞭痕》都以死亡作为主要情节；废名的《浣衣母》《阿妹》等作品更不乏死亡的内容；而郁达夫笔下的苟活的人物，其处境则比死亡还要悲惨。冷风、残月、暗夜、衰草、枯藤、荒园、坟墓成为群体性的空间感受，出现在不同作家的笔端。

二、空间共有权的实践

文学是社会生活和社会声音的折射，通过这一时期的文学作品，我们真切地看到了在社会现实空间中切实存在的对于共有权的强烈吁求。要实现空间共有权，就需要构建公共空间的营建；在民国早期和中期，公共社群、公共传媒的迅猛发展就可以视为公共空间构建的成果。

公共社群是通过人际网络的重新缔结来营造实体性的公共空间。有别于政治秩序或是政治秩序制约之下的伦理秩序的关系缔结，公共社群的缔结以利益的一致和平等为主要原则。公共社群依靠群体的力量，形成自己的利益立场和意见角度，组建出与国家权力不同的公共话语权力和行为权力，这种权力就是一种公共话语权和公共参与权。依靠这种权力，没有进入国家政治权力体系的社会成员也能拥有对社会进行评论和干预的资格。这种公共权力有时体现为对国家行政权力体系的配合，有时体现为与国家行政权力体系的抗衡。可以说，公共社群的存在和发展，在本质上表达出的是权力的寻求，但这种寻求不再依赖国家政治权力体系而获得，而是试图在国家政治权力体系之外，建构出自己的权力空间。这是一种基于公共空间共有权才能产生的行为。民国初期在文学、经济、政治、公益、教育、文化娱乐等各个领域都出现了大量的民间团体和民间组织。其中影响比较大的，如文学社团自 1921 到 1923 年，全国大大小小的社团就有 40 余个；到 1925 年就达到 100 多个；到 1926 年达到 130 多个；到抗战爆发时已经达到 200 多个。[①] 这些社群大多都有一种以上的出版刊物。从 1911 年到 1915 年全国各行各业的经济团体达 107 个，遍布在工业、商业、交通、手工业、矿业等领域，其中工业性团体占 46%。[②] 在这些经济团体的基础上，组织更为严密的商会得到了长足的发展，从 1904 年到 1912 年，除一些偏远地区以外，商会已经遍布全国各大中城市，多达 900 多个，还不包括一些无从统计的商务分所。[③]

公共传媒则是通过独立的传播平台和传播途径的建构，形成意见性的公共空间。所谓公共传媒，就是立足公共利益、服务于公共空间和普通民众的社会工器。公共传媒是在官方传媒体系之外开拓的、用来表达普通社会成员意见与评论的公共舆论空间。这个舆论空间在本质上是对于官方舆论控制的抗衡，致力于表现非官方的、来自社会普通成员的意见，并在官方舆论体系之外建构多元化的社会舆论空间。近代以后，公共性的传媒就开始逐渐发展，以民营报刊为主要形式。跟公共社群组织一样，以报刊为主要方式的公共传媒也是民国时期最为重要的公共领域的体现："报纸和学会是近代中国公共领域的核心组成部分，中国近代公共领域形成的重要标志，就是政论性报刊的出现。"[④]民营报刊的非官方立场让它的发展颇为艰难。近代以来，民营报刊一直得不到合法的认可，不仅受到官方行政方式的压制、取缔和攻击，而且也受到官方立场的社会价值评价的歧视："一般报社主笔、访员均为不名誉之职业。不仅官场中人仇视之，即社会上一般人，亦以其搬弄是非

---

① 参见钱理群等：《中国现代文学三十年（修订本）》，北京大学出版社 1998 年版，第 13 页。

② 参见虞和平主编：《中国现代化历程》（第二卷），江苏人民出版社 2007 年版，第 404 页。

③ 参见徐鼎新：《旧中国商会溯源》，载《中国社会经济史研究》1983 年第 1 期。

④ 许鑫：《晚晴民国时期传媒公共性的生成与演变（1815—1949）》，载《新闻与传播研究》2011 年第 5 期。

而轻薄之。"[①]但这种状况本身就恰好说明了公共性传媒与官方舆论在观察立场和思维角度上的差异和冲突。也正因为这个原因,我们可以看到报刊的发展跟整个社会的空间公共权力认识的发展是亦步亦趋的。普通民众对于自身公共权力的认识越明确,民营报刊就会越繁盛。受维新运动的刺激,民营报刊一度呈现繁荣的发展状态,"据统计,1905—1912 年,全国发行报刊近六百种,其中大部分为民营报刊,清廷控制的不到 10%"[②]。民国初期,民营报刊更是进入迅猛的发展势头,1912 年仅是"到北京民政部进行登记,要求创办的报纸就达 90 多种"[③], 1921 年时全国报纸数量达到 1134 种,其中日报的数量达到了 550 种[④]。目前国家图书馆收藏的民国时期报纸有 3000 多种,刊物 10000 多种。[⑤] 民营报刊由民间力量独立创办,不依靠官方资助,其收入来源依赖报刊的市场经营,而市场的经营又依靠报纸的发行量,也就是在普通市民那里的受欢迎度,这就使得民营报刊与官方保持着很大的距离,跟市民阶层关系亲密。于是,为了争取更多的民众,白话报刊也开始创建和盛行,仅 1919 年就出版各类白话报刊 400 多种[⑥]。

近代时期的报刊还是以娱乐、商业信息提供或知识传播为主流,关注社会现实问题,对政治进行评议的非常少,但到了民国时期,随着报刊公共性的逐日加强,报纸的内容也越来越多地聚焦于社会政治的评点和议论,如著名的《大公报》就设置了"社评"栏目,专门对国家政治时事进行每日点评,还开设了"社会问题""社会科学""公开评论"等专门性的副刊,表现出旺盛的议政热情。独立性、民间立场和议政意识基本上是民国时期报刊公共性的三个基本特征。这种公共性特征明显的

① 袁进:《近代文学的突围》,上海人民出版社 2001 年版,第 45 页。
② 秦绍德:《上海近代报刊史论》,复旦大学出版社 1993 年半,第 17 页。
③ 方汉奇:《中国近代报刊史》(上),山西人民出版社 1981 年版,第 676 页。
④ 参见戈公振:《中国报学史》,中国新闻出版社 1985 年版,第 287 页。
⑤ 参见李金铨主编:《文人论政:知识分子与报刊·序》,广西师范大学出版社 2008 年版,第 1 页。
⑥ 参见钱理群等:《中国现代文学三十年(修订本)》,北京大学出版社 1998 年版,第 9 页。

报刊，为普通民众提供了话语平台和公共权力的实践领域，同时也培养和激发着普通民众对于公共空间的感知能力和运用能力。

公共社群和公共传媒就这样通过实体和意见的双重建构，初步构筑了民国初期的公共空间。虽然这一时期的公共空间谈不上成熟，但它已经具备了公共空间的三个重要特点，为后世公共空间的构筑提供了最基本的原则和雏形：

首先，公共空间应该是一种权利空间，它应该以维护普通社会成员的个体利益为前提，努力寻找群体利益和个人利益的契合点。

“朝堂政治”下的“公共”概念，是以民众利益对于上层权力阶层利益的服从为基本原则的，其基本结构不是社会成员之间的平等关系，而是民众与上层权力阶层之间的附庸关系。因此，“朝堂政治”之下的“公共利益”，往往只是权力阶层利益的代名词；所谓“集体”“公共”的概念常常是虚伪的，“经常以情感的、无条件的、非互相报偿的责任义务为特征”①，其本质是单一地强调普通社会成员的义务而忽略其权利；当“公共”概念被强调的时候，指向的不是个体民众权益的维护，而是个体民众以牺牲自我的方式对于上层权力阶层权益的服从。对于集体利益和公共利益的强调常常是以对普通民众利益的牺牲作为结局的。在这种“公共”概念中，隐藏着极其不平等的社会关系，为了解决这个问题，在道德教化和伦理体系中，“无我”“忘我”“无私”就成为最被推崇的至高道德境界。在这样的道德语境之下，个人要实现美德的满足，牺牲掉个人欲望和个人利益是必须的前提和条件。

相比之下，现代意义上的“公共空间”是基于平等和互利原则而缔结的。其空间公共性的一个基本要求，就是必须最大限度地追求公共利益与个人利益的一致性，而不是单方面强调追求个人利益对于公共利益的牺牲或是服从。真正的“公共”利益，一定是一种共有利益，就算“群”与“己”在细节上存在矛盾，但在整体上却一定是一致的，因为任

---

① 李泽厚：《伦理学纲要》，人民日报出版社 2010 年版，第 49 页。

何“公共”利益的强调，都必须以尊重普通民众的“个体”权利作为前提。只有拥有这种“公共”概念，普通社会成员才会得到尊重和平等。我们可以在民国时期的公共社群的形成和发展中，看到这种实验性的范本，这对于纠正中国传统空间伦理中以集体利益的名义压制个人利益、以国家权力取缔个人权利的惯性思维有着重要的意义。

其次，公共空间不只是一种公共权力拥有的空间，还应该是一种公共权力实践的空间，合理而健康的公共空间不只是为普通社会成员争取公共共有权，而且能够培养和激发普通社会成员行使这种公共共有权的能力。民国时期城市自治热潮可以从一个侧面反映出对于这种空间权力行使能力的吁求和实践。

在中国传统的城市模式中，“市政”只是国家政府管理中的一个部分，是“国政”的附属内容，不存在自治因素。近代以后，对于城市自治的呼声越来越高，但城市自治始终难以摆脱国家政治的纠缠和压制，真正的城市自治也始终只是在理念的层面上被提及。真正大面积地提及城市自治，是在民国时期。民国初期，就初步提出了要让市政独立于国政的现代性城市建设思想；“五四”以后，中国的经济和文化精英分子把西方的城市自治思想在中国进行大量传播，对于以市民自治代替官僚治市的讨论更是掀起了一股思想热潮。他们的观点大多受到西方城市自治思想的影响：

一方面强调城市自治的核心基础是为了更好地保障和促进普通市民的利益：“凡关于一市市民生命财产的保护、卫生的讲求、教育的设施、道德的维持、贫穷的救济、交通的布置，皆包含在内。换言之，在市政范围内所办的事全是为一般市民生活求安适、求快乐、求进步”①；“盖市者，既为市民公同利害之结合团体。市民自当有权要求予以满足

① 臧启芳：《市政和促进市政之方法》，载陆丹林编纂：《市政全书（第一编）》，中华全国道路建设协会1928年版，第29页。

其欲望”[①],这种思维角度是从普通市民的个体利益和群体利益来思考城市自治的问题,把促进市民利益增长作为自治的目的。另一方面强调对市民自治能力的提高是展开城市自治的主要途径。更重要的是,他们强调市民自治能力的关键问题是参政议政能力。同时,也强调对市民进行市政教育是城市自治的重中之重,认为“欲举办市政,根本问题,在乎教育市民以市政学识”[②]。在教育方式上,主张把学校教育和社会教育结合起来(社会教育包括各种通俗宣讲、业余学校、讲习所、公共演讲所等等方式),通过这种结合打破传统教育的概念,把教育对象从儿童和青少年向所有的市民阶层扩展,提升全体市民的文化素质和参政能力。

这种对于城市自治的理性思考对社会产生的影响是巨大的,甚至连部分政治领域的精英分子也认同了这一观点,加入到推进城市自治的队伍之中。当然,政治阶层对于城市自治的理解同西方还是有着较大的差别,他们基本上还是从国家立场甚至政党立场的角度来理解城市自治的,把促进城市的自治内容看作是提高国家管理效果的一个手段和途径:“市政是和人民直接关系的政治,它是改良新社会的思想,提高近代的文化,实现群众福利,于人民以政治调理,养成其运用四权的能力,实现三民主义,走上大同之路的唯一工具。”[③]虽然这种党国立场的城市自治思路有很大的局限,但有一点是必须肯定的,那就是认可普通市民权力实践能力的培养,他们认识到了对于城市建设来说,市民有无行使自身权力的能力是至关重要的问题:“我国人民妇孺,智识闭塞,不但无国家思想,至于国家之危亡,民生困苦,亦不知由何而来。救国之主义,种种之建设,均所未闻,何况主人翁耶?”因此,在城市建设中他

---

① 张君劢:《近代市政之由来及其根本识掌》,载《道路月刊》第2—3期《附录》,第5页。

② 陈良士:《国民市政常识之培植》,载陆丹林编纂:《市政全书(第一编),中华全国道路建设协会1928年版,第69页。

③ 金禹范:《筹备无锡市政的几个要点》,载《无锡市政》1929年10月1日,第19页。

们主张应该“以唤起民众,开通民智为要务”[①]。这种重视普通社会民众权力实践能力的看法,对于城市建设来说是相当可贵的。

虽然,由于中国国政意识带来的强大的惯性,对于城市自治问题的思考一直难以摆脱党国利益的干扰,也最终被国政和党政意识所覆盖,以至于没有在民国时期得到充分的发展,但我们也必须看到,民国时期对于市民自治能力培养的呼吁和实践都是切实存在的。这给后世的城市建设提供了非常重要的资源和理念,空间共有权是对于权力拥有的强调,但自治意识则是对于如何实现这种权力的强调。一个城市的市民是否具有自治能力,也就是决定了他们是否具有权力实践的能力;没有权力实践的能力,所谓的空间共有权将只是一个噱头而已;所谓的公共空间,也很难在现实中健康而合理地发展。

最后,公共空间还应该是一种公共义务空间,对于公德的培养也是这个空间能够成立的一个基本条件。

权利和义务是一组相辅相成、互相依赖的关系:“一个人所享有的权利只应该是对他所负有的义务的交换”[②],一个人只享有权利而不尽义务,或是只尽义务而不享有权利,都是不可想象的。从这个意义上来说,绝对的权利空间是不存在的,在人们享有权利的同时,必须负起相应的义务,才能维持一个空间健康合理的发展。对于空间公共性的建构,不只是权利意识的培养,也应该是义务意识的培养。因此,公共空间不仅是一种公共权力空间,也是一种公共义务空间。

由于中国传统伦理体系是宗法制血缘和类血缘的关系缔结方式,人际关系的缔结特别依赖于血缘关系和地缘关系,造成了中国传统社会中公共空间意识的缺乏,这带来的一个直接的后果就是无法培养出基于社会公共空间关系的公民身份认知。人们按照血缘和地缘关系构建自己的生存空间,这种空间是一种私人身份取向的空间,而不是普遍

---

① 刘瑞泉:《公安局各署宜招集街长作纪念周之我见》,载《市政月刊》1928 年第 1 期。

② 王海明:《伦理学原理》,北京大学出版社 2009 年版,第 223 页。

取向的公共空间。在这种私人身份取向的空间里，人们按照血缘和地缘身份来缔结彼此的权利和义务关系，也就是说人们只对有血缘和地缘身份关系的对象尽义务，对于没有血缘和地缘身份关系的对象，义务意识就会十分淡薄。如梁启超所言，中国传统伦理体系在本质上是“一私人与他私人交涉之道义，仍属私德之范围也”①。

叶绍钧的《潘先生在难中》正是指向了这种公共责任和义务意识缺乏的现象。小说描写了作为教师的“潘先生”在军阀混战中的经历，十分发人深省。读完这篇小说你会发现，无论是从家庭角度还是职业角度来看潘先生，他都是一个极具责任心的人。他冒着战争危险，把妻儿送到上海避难，一路上极尽人夫与人父之责；到了上海以后，他又惦记着自己供职的学校的动态，又冒着危险只身原路返回。就是这样一个把家庭义务和职业义务都做得很好的人，在面对社会和陌生大众时却显露出惊人的冷漠。从头到尾，他关注的都是他自己那狭小的个人生存空间，对于外在的社会公共空间他从未顾及。甚至，在军阀结束生灵涂炭的混战之后，他欣然答应了为胜利一方歌功颂德的任务。虽然在落笔的那一刻，脑子里也闪过无辜灾民的画面，但那只是一瞬间的闪念，并没有影响他继续认真地把“公高岳牧”“德隆恩溥”的文字写完。这篇作品深刻地揭示出普通市民公共责任和义务意识的缺乏。缺乏了公共空间的责任义务意识，仅仅呼吁公共空间权利的拥有是无法构建合理的社会公共空间的。

因此我们可以看到，对于这种社会责任和义务意识的培养也是民国初期市民教育的重要内容。这种责任和义务教育，大到国家公民义务，小到市民社会责任，都渗透在当时的通俗宣讲、白话报刊、文学作品、讲习所、学校教育之中。例如，由官方直接支持的通俗宣讲就注意到了这个问题，在 1912 年元月，临时政府教育部对通俗宣讲提出的要求中，就提到“宣讲标准大致应专注此次革新之事实，共和国民之权力

① 沈鹏等编：《梁启超全集》(2)，北京出版社 1999 年版，第 660—661 页。

义务,及尚武、实业诸端,而尤注重于公民之道德"[①]。作为当时市民教育最重要的方式,也是影响最大的方式,通俗宣讲活动也的确注意到了这一内容,使得批评社会责任和义务意识缺失成为其中屡见不鲜的内容。在由都市宣讲员所撰写的《都市风俗谈》中,就这样写到:"乃今日每办一公益事,棘手万端,无一非公家补助,求诸社会之自谋,实万难也。由此可见公德缺乏之一斑"[②];而在另一篇宣讲稿中,也有这样的批评:"有一般人,专以自由为名,想怎么便怎么,侵占人家,只图自利。你要规劝他,不但不听,说'你管不着,这是我的行动自由'。有时胡言乱道,你要禁止他,他又说'这是我的言论自由,你没有箝制我的权力'"[③]。在这段话中,也直接批评了把权利和义务割裂理解、只有权利意识而没有义务意识的错误行为。

公共义务的行使是权力实践能力的体现,也是保障公共权利实现的关键。在公共空间中,只有社会成员之间缔结平等互利的权利与义务关系,整个空间才能保持生态的平衡。这称得上是民国时期公共空间构建的又一经验。

综上所述,民国初期的城市伦理建设,通过强调城市空间的共有权,对公共城市空间进行了实体和意见层面的双重建设。这种城市空间公共性的探索,对于构建现代性的城市伦理具有重要的意义。毕竟,如西方学者所说,要估量一个城市的现代与否,一个重要的标准就是看它是否具有公共性:"城市一旦以公众集会广场为中心,它就成为严格意义上的城邦。"[④]空间作为人的生活空间和活动空间,在本质上与社会关系存在双向建构的关系,如学者引用西方观点所言:"空间被人的关系所形塑,同时,人的关系也被空间所形塑。"[⑤]合理的伦理构建需要以

① 璩鑫圭、唐良炎编:《中国近代教育史资料汇编·学制演变》,上海教育出版社 1991 年版,第 601 页。

② 顾荣显、韩旭等:《都市风俗谈》,载《都市教育》1915 年第 6 期。

③ 《自由真义》,载《京师教育报》1914 年第 3 期。

④ 〔法〕韦尔南:《希腊思想的起源》,秦海鹰译,三联书店 1996 年版,第 34 页。

⑤ 陈忠:《空间批判与发展伦理》,载《学术月刊》2010 年第 1 期。

合理的空间形态、空间制度和空间秩序为基础，"建构合理的空间形态、空间制度，进行合理的空间行动，是建构合理发展伦理的重要实践路径"①。城市空间只有具备了公共性，才能构建和实现以民主、平等、公正为基础的伦理体系；只有搭建出具有公共性的城市空间，普通市民才能够超越政治权力这一介质，直接成为城市空间的真正主体，在政治秩序之外建立独立的人与人、人与空间之间的直接权利和义务关系。这种关系的建立是普通的社会成员能够对社会结构和社会秩序是否合理进行讨论和批评的前提，也是普通的社会成员参与社会结构和秩序构建的前提。

虽然这种对于空间公共性的追求以及公共权利的呼吁，在民国初期还是依靠精英阶层的启蒙和努力；对于公共空间营建与公共话语权利的争取，也主要体现为精英阶层的社会行为，并且这种吁求在社会现实面前也遭遇到极大的阻力，但作为空间伦理的新因素，它的意义是不容置疑的。从这个角度说，民国初期对于城市空间公共性的追求，为推进城市伦理摆脱传统宗法伦理的控制、营建现代性的新结构和新内容都打下了重要的基础。

第二节　空间阶层意识的出现

在民国初期，城市的主流阶层是经济文化和政治领域的精英阶层，他们掌握着城市的话语权和主导权，他们对于城市空间的伦理设想，对于城市伦理的发展起到了决定性的作用。在民国初期，对于城市空间的公共性吁求成为主流的伦理命题。到了 20 世纪 20 年代末和 30 年代，城市社会的发展和自身的结构变化开始引发新的伦理要求的出现。

---

① 陈忠：《空间批判与发展伦理》，载《学术月刊》2010 年第 1 期。

一、社会阶层矛盾的发现与制度正义的提出

中国传统社会,无论是城市社会还是乡村社会,其阶层结构是相当简单的。儒家并不重视社会的阶级差异问题,因为他们认为社会阶层只是因为社会职责不同而自然出现的,所以社会阶层只是存在“治人者”与“治于人者”的区别,“治人与治于人的二分观念,是儒家的社会与政治的基本思想”①。“治人者”为“君臣”,“治于人者”为“民”,包括“士农工商”四民。这就意味着社会阶层之间关系其实就是权力拥有者和非权力拥有者之间的关系。

在民国初期阶段,特别是“五四”新文化运动时期,精英阶层在分析社会时,非常明显地沿用了这样的阶层思考方法。在“五四”时期的文学作品中,社会群体和阶层的分化主要按照“权力拥有者”(包括君权、父权、行政执行权)和“非权力拥有者”(被前者所控制和损毁者)的区别来划分。对于空间共有权的设想,也是把国家政治权力体系之外的所有社会成员当作一个整体,构建了一个“国家权力—普通公民”“官方—民间”,以及由之而来的“国家权力空间—公共权力空间”的二元思考框架。这个框架把“民间”、把权力体系之外的普通社会成员想象成一个完全一致的集体性自我。有意思的是,在民国初期不仅文化精英采用了这样的传统二分法来思考社会结构问题,就连官方也是使用这种二元框架来思考社会的现代化建构的。这是因为民国初期妨碍社会进步的主要障碍是君权思想和相应的礼教道德,所以无论是官方还是民间的文化精英,实际上都是把封建的君主意识和陈旧的礼教伦理当作共同的假想敌。在这种背景下,“国家权力—普通公民”的二元搭建,就是为了促进社会成员从“臣子”身份向“公民”身份转变。官方与知识分子精英的区别只是在于对这二者关系的不同理解。知识分子精英设想的是一个平等制衡的二元关系,但官方设想的是一个统领与配合

① 金耀基:《从传统到现代》,中国人民大学出版社 1999 年版,第 29 页。

的二元关系。但从本质上来说,这种二元构想是相同的。这种二元构想对于激发社会成员的现代自我意识,扫清宗法伦理对于个人创造力的压制,促进社会结构的现代化转变,都具有重要的价值和意义。

但是,在现实社会中,这种假设的社会成员统一体,或说为了争取民主权利而与君权体系顽强奋斗的"集体性自我"其实是并不存在的。那只是精英阶层为了完成反封建命题而作出的一厢情愿的想象。等到反封建的浓烟渐渐淡去,城市生存的真实情景渐趋展现。特别是随着城市的逐渐发展,这种思维方式越来越不符合现实问题的需要。

按照国民政府 1931 年至 1932 年的估计,当时我国居住于 1000 人以上的城镇的人口占全国总人口的 43%,这表明当时城市化的速度非常快,城市人口的增长也相当迅速。一方面,由于"五四"以来文化启蒙的作用使得城市社会突破了家族和地域伦理模式的限制,封建血缘和地缘纽带出现了大面积的破裂,业缘关系取代血缘和地缘关系成为城市社会关系缔结的新依据。另一方面,由于工商业的迅速发展和市场的逐渐成熟,社会分工日渐细密和复杂,这就带来了业缘关系缔结的复杂性。业缘关系的基础是社会分工和利益交换,人们按照社会分工和利益交换来缔结彼此的关系,人们的地位和价值也渐渐由市场的生产和交换活动来决定,货币作为一种经济力量的符号介入到人们的社会地位和身份价值之中。在传统的血缘和类血缘依据消失之后,陌生人之间的利益关系逐渐由货币来承载和衡量。这也意味着人的价值和地位被货币量化了,被量化的个体之间势必产生纷繁复杂的生存能力的区别;在货币交换中的数量和位置差异,成为社会群体和阶层分裂的重要内因;拥有不同数量的货币,也就会形成拥有不同伦理感受和伦理要求的群体。货币交换催生了社会阶层分布的多元化,造成了"多种社会力量独立地追求其利益,他们互相竞争,不从属于一个给定意义的主管"①的社会阶层状况。那个想象中的统一而整齐的"治于人者"的群

① 参见陈泽环:《道德结构与伦理学》,上海人民出版社 2009 年版,第 129 页。

体,被市场有力地分化了。城市社会最为激烈的矛盾不仅仅是“治人者”与“治于人者”的矛盾这么简单了,城市居住者之间的阶层划分越来越复杂,个体与个体之间的生存竞争也越来越激烈。由于市场化的生存竞争,阶层之间以及同一阶层内部都必然充满利益的矛盾和冲突。

于是,我们看到30年代的文学作品中,作家不再按照“权力拥有者”(包括君权、父权、行政执行权)和“非权力拥有者”(被前者所控制和损毁者)的区别来思考社会结构和社会问题了,他们在表现人物时更多地依据其职业身份。这使得30年代的文学作品中涉及的社会群体和阶层相当繁多和惊人。仅在茅盾的城市题材的作品中,我们可以看到官僚、买办、民族企业家、小资本私营者、股票经纪人、小手工业者、小职员、文教工作者、自由职业者、产业工人等各有差异的人群;而在老舍的系列北京题材的作品中,虽然以下层为主,但人群分布同样繁密,如下层巡警、私营小业主、店员、伙计、学徒、家佣、街头摊贩、娱乐从业人员、人力车夫、理发匠、修理匠、娼妓、乞丐、小偷、饥民等群体。这种社会群体的密集描写,正是城市社会细致分层的真实展现。在这里“权力拥有者”(包括君权、父权、行政执行权)和“非权力拥有者”(被前者所控制和损毁者)的区别已经不能充分解释人物的命运。也就是说,人物的命运不再单纯地取决于他们在权力体系中的身份和位置,而是更多地取决于他们在市场中的身份和位置了。

在30年代的文学中,那个在人物悲剧命运背后的宿命不再来自君权或父权的符号化阴影,而是来自那个无处不在的货币力量。在这样的状况下,想象中的统一的市民整体趋于破碎,而市民内部的阶层矛盾成为此时社会的主要矛盾。这种状况投射到文学中,我们就可以发现此时的作品大多表现的是这种不同阶层之间的社会成员的不平等关系。把一部分社会成员“养尊处优”的生活与另一部分社会成员“饥寒交迫”的生活展开对照,就成了这一时期的主流模式。在以上海为写作对象的海派小说中,同一个上海空间,在不同的阶层那里就形成了截然相反的“天堂”和“地狱”两种景象;而不同阶层之间在生存条件和感情上的距离也被以对比鲜明的意象系列进行比喻。在穆时英《上海的狐步舞》中,“天堂”空间的意象由汽车、别墅、雪茄、时装杂志、华尔兹、白衣使者、美酒、香水组成;“地狱”空间的意象则由瓦砾堆、煤屑路、死尸、鲜血、饥饿的孩子、捡煤渣的穷人、卖身的女子组成。在作者看来,这种宛如“南极”和“北极”一样遥远的阶层差距,代表着这一时期最主要的社会“不平等”。

这种阶层意识的出现,是民国城市伦理发展的又一进步,是为城市空间伦理贡献的又一个新命题。一方面,它推进了“五四”以来对于“平等”的深入理解,把“五四”时期的“平等”概念推进到新的深度和层面。“平等”不再只是“宗法特权与社会个体”之间的关系调整,也是不同阶层、不同群体之间的关系调整。在宗法社会实体渐趋灭亡之后,阶层之间的平等问题显然更具现代社会伦理问题的普遍性。另一方面,从道德思维方式来说,相比于传统道德思维方式,这是一种全新的道德思维模式。传统的道德思维模式是一种同质性的道德层次概念,即假设大部分社会成员的道德感受和伦理吁求是统一的,可以共享同一种世界观和人生观。这是中国传统道德教化系统的基础和前提,认为“只要每个人的道德觉悟都能实现从基本层次向理想层次的提升,社会的道德建设问题就解决了”[①]。“五四”时期虽然激烈批判中国传统道德体系的宗法内容,但却不自觉地沿袭了这一道德思维模式,也是试图通过对国民提出统一的新道德要求(国民劣根性改造,就是这一模式的反应)来达到改变整个社会道德内容和状况的目的。但是,随着社会阶层的不断分化(这一点在城市的表现尤为激烈),这种假设所有社会成员都有着同样道德感受和道德要求的方式显然是迂腐而荒诞的,难以真正满足社会成员的道德要求。

30 年代对于阶层分化的注重和表现,包含的是一种道德认知的巨

① 陈泽环:《道德结构与伦理学》,上海人民出版社 2009 年版,第 21 页。

大进步，那就是从假设道德的同质性开始转向思考道德异质性，即在认可阶层差异存在的基础上来思考社会道德的关键问题。这就使得“五四”时期对于“个体善”的想象开始转向对于“制度善”的吁求。

现代社会中并不存在整齐划一的道德感受和道德要求，因为“人们自觉或不自觉地，归根到底总是从他们阶级地位所依据的实际关系中——从他们进行生产和交换的经济关系中，吸取自己的伦理观念”[①]。如果认识到这种社会道德伦理的异质性特点，那么就不难发现，只有公正、平等而且合理的经济关系，才能培养出“善”的个人；相反，如果经济关系是不公正、不平等、不合理的，要培养出“善”的个人则只能是一种空想。而要建立公正、平等而且合理的经济关系，社会制度才是至为关键的因素。

于是，思考社会制度的合理性构建，成为30年代文化思潮的热点。表现在30年代的文学中，我们也不难看到主题的改变，那就是从之前对于宗法道德的批判迅速转向对社会制度的激烈讨论和批判。对于“制度正义”的追求成为30年代文学的一个显著亮点。这并非是文学的主题虚拟，30年代的民国以行业为基础的多元化阶层分布成为主要的社会结构。如何合理规范各个阶层之间的权利和义务关系，保证其公正和平等是这一时期民国社会伦理特别是城市伦理的关键问题，30年代文学的制度主题正是对于这一城市社会伦理发展的必然反映。同样，透过30年代的文学，我们也可以大致看到当时的民国社会对于制度正义的一些基本理解和追求。

二、从制度正义呼吁权利和义务的平等缔结

如前所述，“五四”时期文学对于社会不平等的揭示是从政治和文化的层面切入的，主要表现精神上的不平等给普通个体带来的伤害。30年代文学对于社会不平等的揭示是从经济层面切入，主要表现为经

---

① 《马克思恩格斯选集》(第3卷)，人民出版社1995年版，第434页。

济关系的不平等给普通个体带来的伤害。在30年代文学中,“丰收而饥荒”“赢利而破产”的情节模式大量存在,如茅盾的《春蚕》《林家铺子》、叶紫的《丰收》、丁玲的《水》等作品都有这类情节模式。这种情节模式要揭示的正是不平等的经济关系给人带来的伤害。以城市题材的《林家铺子》为例,精英商铺的林老板和他手下的伙计都是勤劳而且有经商头脑的人。在农民破产造成市场不景气的情况下,林老板抓住大城市难民带来的商机,居然在艰难的情况下也把生意经营得十分红火。但即便如此,林老板也难以逃脱破产的厄运,最终落得一个破产逃亡的结局。导致林家铺子“赢利而破产”的原因很多,但最主要的原因是钱庄的重利盘剥、政府的苛捐杂税以及官僚的索要贿赂。正是这些拥有政治经济资源和支配特权的人介入到劳动和收入的正常环节中横刀夺利,造成了劳动和收入之间正常链条的断裂,其后果就是通过付出劳动从而获得收入的伦理需求难以实现。这种现象的发生就是制度正义的缺失。

同样的悲剧在老舍的《骆驼祥子》中也有典型的表现。祥子生活的一个基本理念就是靠劳动赚取经济收入,买一辆属于自己的洋车;没有车行老板的盘剥,拉着自己的洋车可以赚到更多的钱。祥子的理想是一种非常普通的财富积累的模式,这种理念跟《林家铺子》里的林老板一样,是最朴素也是最基本的一种生存伦理吁求。但不幸的是,他的命运也是跟林老板一样的,在祥子的劳动和他应得的收益之间,链条不时被人为切断。祥子的一生三起三落,第一次辛辛苦苦赚钱买了一辆自己的洋车,梦想几乎近在眼前,没想到洋车却被乱兵抢走;祥子死里逃生,靠贩卖骆驼赚了一点钱,准备积攒着再买一辆自己的洋车,没想到又被政治暗探顺手牵羊给骗走;最后祥子得到了车行老板女儿虎妞的青睐,靠虎妞的嫁妆买了一辆自己的洋车,但虎妞又难产而死,导致祥子再度破产。从祥子的破产故事中,我们看到的依然是不平等的社会利益分配。无论是乱兵还是政治暗探,他们之所以能够剥夺祥子的私人财产，就是利用了他们所掌握的社会政治资源，正是他们身上的官方权力符号，让强壮的祥子面对散兵游勇毫无反抗之力，也让强壮的祥子在并不强壮的侦探面前束手就范。乱兵和暗探利用政治资源就可以轻松地剥夺祥子的劳动成果，而付出了辛勤劳动的祥子却始终无权拥有自己的劳动成果。通过劳动换取收入实现财富积累的基本伦理吁求竟然变得十分奢侈，几乎不能实现。

在《林家铺子》和《骆驼祥子》所揭示的破产故事中，我们看到其中反映出的社会问题主要有两个：其一，个人正当的经济行为得不到制度的保护。能够保护普通社会成员通过正当劳动公正地获得相应的劳动收入，是一个社会成员在生存活动中最基本的权利："每个人都是一个与别人平等的公民，都在收入和财富的分配中，或作为分配基础的确定的自然特征系列中占有一个地位"[①]。一个合理的社会制度就是要能够保证在社会成员之间缔结平等的权利和义务关系，也能够在社会成员个体本身树立平等的权利和义务意识，并能够保证公正平等的社会利益的分配；通俗来讲，就是最大限度地"把每个人生产的财富归还他本人"[②]，按照社会成员的贡献公正地分配劳动收入。这是对于制度正义最基本的要求。但在"林老板"以及"祥子"的生活中，这却是一个无法得到满足的基本权利。"正当致富"这个理念无论在"林老板"那里还是"祥子"那里，都是一个无法实现的幻想。其二，社会各阶层之间的利益无法得到平等的分配。现代社会特别是城市社会，是一个特殊的生产和交换的共同体，完全独立的生产和交换是不存在的，所有的社会成员都要通过互相的合作，才能实现各自获利的目的。城市的现代化程度越高，这种合作性就越强。随之而来的就是各个阶层之间必然存在利益冲突和利益分配的问题。面对这个问题，"就需要一系列原则来指导在各种不同的决定利益分配的社会安排之间进行选择，达到一种有

---

① 〔美〕约翰·罗尔斯：《正义论》，何怀宏等译，中国社会科学出版社 1988 年版，第 100 页。
② 〔美〕穆蒂莫·艾德勒：《六大观念》，郗庆华等译，三联书店 1991 年版，第 182—183 页。

关恰当的分配份额的契约"①。例如,《林家铺子》中,"林老板"作为经营者就和作为资本拥有者的"钱庄"老板、"入股人"、商品供应商、商品预购商、同行经营者,以及作为政治权威的"政府"和执行者的"官员"之间是一种合作但又存在利益冲突的关系。但是,令人惊讶的是,在这些复杂的利益关系中,所有人的经济行为几乎都是任意的,没有受到任何制度管理和约束的。例如,政府任意搜刮苛捐杂税,官员任意索取贿赂,同行经营者任意展开不良竞争,商品预购商任意拖欠钱款,而商品供应商和钱庄的老板则是投机性地收紧资金链,这些都直接导致了林家铺子的破产;而林老板在面临破产的危险时,也采取了任意性的经济行为,那就是任意地以逃跑的方式,毁掉了自己和众多入股人之间的合资契约,导致众多散股民众的破产。如果说政治制度既要保证普通社会成员之间的关系平等,也要保证普通社会成员与政治权力执行者之间的关系平等,那么我们会发现在林老板事件中,政治制度对于社会关系的这双层约束的功能,都是近乎失灵的。不仅普通成员之间各自追逐私利,完全没有建立彼此平等合作、公正互利的原则,行政执法者更是为了私利,利用特权大肆盘剥普通经商者。同样,如果说经济制度乃是"用以规范和调整人们之间的经济关系和经济利益,抑制经济活动中可能出现的任意经济行为和机会主义经济行为,它旨在通过设定人们之间的相互经济关系来满足主体的最大化目标需求"②,但在林老板事件中的诸多经济行为中,经济制度同样是毫无作为的,任意经济行为和机会主义经济行为大行其道,造成了竞争的无序。

按照罗尔斯的正义理论,制度正义至少要包括两个层面,一是公正平等地分配社会的基本权利与义务;二是要对天赋条件较差且处于社会地位劣势的人群和阶层进行补偿性分配,以达到结果和目的的平等。如果按照这个理论来对照二三十年代文学所表现出的民国社会制度,

---

① 〔美〕约翰·罗尔斯:《正义论》,何怀宏等译,中国社会科学出版社 1988 年版,第 4 页。
② 毛勒堂:《论经济制度正义》,载《湖南师范大学社会科学学报》2005 年第 4 期。

就不难发现，不但正义理论的第二层内容难以实现，事实上连第一层的基本公正和平等要求都没有达到。这是制度正义缺失所带来的严重的社会问题。所谓制度正义，正如罗尔斯所言："正义的主要问题是社会的基本结构，或更准确地说，是社会主要制度分配基本权利和义务，决定由社会合作产生的利益之划分的方式"，以及"一个社会体系的正义，本质上依赖于如何分配基本的权利义务，依赖于在社会的不同阶层中存在着的经济机会和社会条件"①。制度正义要求社会在利益分配以及权利和义务的关系缔结上，要保证不同阶层和人群之间的平等。因此，富有正义的制度就应该能够保证社会成员彼此缔结平等公正的生产关系和交换关系，实现权利与义务上的平等，这是社会能够有效运转，并且是有序运转的基本前提。假如制度正义缺席，那么这一平等原则将会难以实现，造成一部分人拥有权利却不必付出劳动，而一部分人付出劳动却丧失了得到自身劳动成果的权利，于是，林家铺子赢利却破产的悲剧就在所难免了。制度正义的缺失最终导致个人正义的消亡，人与人之间难以达到互相尊重、平等交往、公平互利的关系状态，导致社会的混乱和无序，正如我们在《林家铺子》中看到的社会状况一样。

毫无疑问，继空间共有权以后，制度正义的吁求成为 30 年代民国城市伦理构建中的又一个命题，其实也是现代社会伦理构建特别是城市伦理构建中的重要命题。无论任何时代，要保证一个社会的良性运转都需要制度的保证。对于制度正义的吁求，"是人们对应当建立什么样的制度与制度应该如何发挥其作用的道德关注和伦理思考，换句话说，制度正义是制度本身的正义和制度运行的正义两个方面的相辅相成"②。只有制定富有正义的合理制度，并保证制度正义的运行，才能保证社会的有效和有序。

---

① 〔美〕约翰·罗尔斯：《正义论》，何怀宏等译，中国社会科学出版社 1988 年版，第 7 页。
② 彭定光：《论制度正义的两个层次》，载《道德与文明》2002 年第 1 期。

三、从制度正义提出“机会”和“结果”的平等原则

透过30年代的文学，我们不仅可以看到对于制度正义的吁求，而且也能看到对于制度正义更为具体和细节的理解和要求。

先以两部作品为例。一部是张天翼的《包氏父子》。身为佣人的老包希望自己的儿子也能像主人家的孩子那样去读洋学堂，谋求光明的前途。为了实现这个愿望，他不得不攒钱借债，倾其所有。但进了洋学堂小包就真的获得跟上层社会的少年一样的发展机会了吗？事实上，出身卑微的小包在学堂里尝尽自卑的滋味，既得不到男同学的尊重也得不到女同学的青睐。为了换取同学们对他的重视，他渐渐失去自我，甘心做富有同学的跟班，还帮助同学打架。结果，引发事端的同学并没有受到处罚，帮着打架的小包却被开除出了学校。这篇小说的主旨当然是讽刺老包庸俗而功利的价值观以及小包空虚浅薄的精神世界，但是作者对于包氏父子又怀有隐藏不住的同情。从伦理吁求上来说，老包为孩子争取跟上层社会平等的教育机会，这行为本身并没有错，甚至还隐藏着跨越阶层界限，要求机会平等的可贵意识，但他这并不过分的要求却给他们父子带来灭顶厄运。在制度正义缺失的状态下，小包永远也得不到跟有钱人群一样的平等发展机会。另外一部是萧红的小说《手》。其主人公是一个名叫王亚明的女学生，她为人朴实，勤恳好学，但她也同样难逃小包的命运。问题竟然是出在她的一双手上，她出身寒微的染布家庭，在劳作中王亚明的手变成了黑紫色。这双黑紫色的手成为学校不雅的景观，也让她遭受老师和同学的嫌弃，最终势利的校长认定她为劣等生，把她赶出了校门。从这两个故事中，可以透视出30年代所出现的一些不容忽视的伦理观念。

首先是“机会平等”意识的出现。

从古代开始民间比较常见的对“平等”的理解，大多属于“资源平等”的吁求，认为只有所有的社会成员拥有同量的社会资源和同等的社

会地位,才叫“平等”,也就是常见的“均贫富,平贵贱”的要求。这是一种绝对化的平等分配的概念,其实是很难实现的平等思想,对于任何一种形态和制度的社会来说都是不可能的,并且存在导致“平均主义”的危险(如新中国成立后的“大跃进”时期,就体现出这种“平等”理解)。但是30年代文学中透露出的平等要求并不相同,如对于“小包”和“王亚明”寒微的出身,两位作者都不认为是问题所在,因此,“王亚明”虽是低贱的染坊工的女儿,但出场之时是快乐而平和的,总是发出没心没肺傻呵呵的笑声;“小包”倒是对自己的出身颇为不满,抱怨自己不幸是佣人的孩子,但对于“小包”的这种抱怨,作者却用喜剧化的手法对他进行了挖苦和讽刺。从中我们可以看出,对于社会成员在出身以及由此而来的社会资源占有上的天然差别,两位作者都持有的是接受的态度,并不认为这是导致悲剧的直接原因。他们真正的悲剧来自于无法改变自己的出身和命运,因为他们得不到跟更高阶层的年轻人一样的发展机会。

在这里,两部作品不约而同地表达出同一个观点:在社会空间中存在不同的阶层是正常的,但社会不能给予不同阶层之间平等的发展机会则是不正常的。这就意味着,社会的罪恶不在于人之“生来不均”,而在于人的“发展之不均”。《包氏父子》和《手》并没有提出从天赋资源上“均贫富”的迂腐要求,但他们要求社会保证不同阶层的人要拥有同等发展的机会和权利。从这两部作品中折射出的不是“资源平等”的要求,而是更具有客观性和现代性的“机会平等”的要求。这是一种相当具有现代性的伦理观点。按照罗尔斯的看法,社会成员在天然资质和降生身份和地位上的差异,并不是一种社会的罪恶,谈不上正义与不正义。也就是说天然资源本身不平等并不是真正的不平等,生来弱势的人在发展机会和发展空间上得不到补偿和平衡,才是真正的不平等。能不能保证这种补偿和平衡,才是衡量一个社会是否具有正义性的标准。

《包氏父子》和《手》所发出的正是这样的伦理声音，这是相当可贵的。这从一个角度折射出民国时期城市伦理观念的现代性演变：人们接受了阶层存在的现实，摆脱了对于“桃花源式”的资源平等的空想，呼吁通过构建合理的社会制度，通过制度正义对阶层差异进行平衡和调整。制度的天职就是要调整“在各公民之间存在生活前景上的不平等，这些不平等产生于社会开始时的状态，产生于天赋优势和历史偶然性”①。《包氏父子》和《手》中所折射的对于“机会平等”的吁求，是符合这样一种现代伦理观念的。

所谓机会平等，在本质上是对于平等的个人发展权的吁求。一方面，它要求社会制度必须能够起到保障不同阶层拥有均等的发展机会，如均等的教育机会，均等的谋生和赢利的机会等等。城市是人口聚集，生存竞争极为激烈的地方，也因此机会平等对于城市空间来说是至为重要的伦理内容。能够为不同阶层人群的人们提供均等的发展机会，才能保证其个人发展和个人实现的可能性。但从 30 年代文学的描写中，我们看到当时的社会制度并不符合这种要求。《包氏父子》和《手》都是从教育机会的角度来揭示制度正义的缺失。获得与另一阶层的人群同等的教育机会，这本是一种合理的伦理要求，但为了这个要求，“小包”和“王亚明”的家庭往往要付出更多的个人代价和家庭代价，这个代价不只是财富层面的代价，还包括个人尊严的代价。“小包”和“王亚明”合理的要求无从得到满足的原因，正是社会制度无法为这种合理的要求提供平等的支持。茅盾的《子夜》则从另一个角度来揭示 30 年代社会制度正义缺失的现实，与教育机会平等一样，谋生与创收的机会平等同样是个人发展权的重要内容。正义的社会制度应该保证公正有序的竞争秩序，为生存竞争提供平等的环境。但在《子夜》中，吴荪甫为了争夺公债利益与赵伯韬之间展开了竞争。在这种竞争中并没有平等的机制，双方都需要用不公正的手法筹措资金、获取内幕信息等等。在这

---

① 〔美〕约翰·罗尔斯：《政治自由主义》，万俊人译，译林出版社 2001 年版，第 287 页。

样无序的竞争中,所谓的谋生和创收的平等原则,几乎是完全缺失的。正是这种竞争平等的缺失,导致了吴荪甫的最终悲剧。

另一方面,机会平等还意味着不同阶层之间的流动性。从伦理的角度来说,无论"老包"还是"王亚明"的父亲,把子女送到更高一个阶层寻找发展的机会,是一种合理的伦理要求。城市社会注定是多阶层的社会,要赋予不同阶层之间的人们相同的发展机会,一个非常重要的条件就是允许不同阶层之间的自由流动,并且社会制度要为这种不同阶层之间的自由流动提供保证,来彰显自己的合理性。用通俗的话来描述,就是要尽可能为个人奋斗提供可能性的保障。"小包"和"王亚明"悲剧,实质上是一种"个人奋斗"式的悲剧。虽然"小包"更多地依赖于他的父亲,但从本质上来说,他们跟"王亚明"父女一样,都是试图跨越阶层限制,通过自身以及自身家庭的力量来改变个人以及家庭的阶层身份,进入更高一层的社会阶层和群体。这种行为本身所包含的就是个人奋斗式的内容,而造成他们悲剧的正是社会制度正义性的缺失,导致他们丧失了个人奋斗以及个人成功的机会。不同阶层之间流动性的断绝,同样意味着个人发展中机会平等的丧失。

其次是"结果平等"意识的出现。

这是在30年代文学中折射出的又一个具有现代性的伦理观念。所谓结果平等,本质上是对于机会平等意识的延伸和补充。市场化的社会呈现出的是自由竞争的状态,由于社会成员在先天降生的位置、身份以及拥有的资源是存在差异的,社会个体用来参与竞争的条件存在着很大的差别,所以真正意义上的机会平等是很难完全实现的。那就容易形成一个局面,即便机会平等,结果也未必平等。

当然,所谓的"结果平等"并非是指"平均主义",而是在平等原则上,把社会总收入通过补助、保障等手段,对竞争能力较差的人群进行补偿,其补偿的最低限度是满足这些人群最低的物质生活所需。如果说物质生存权利也是人权的重要组成部分的话,这种最低限度的保障,就是人权保障的重要体现。

如罗尔斯所言，主张机会平等和按贡献分配是平等原则的两个基本内容，但这两个原则必须保证一个前提的存在，那就是“正义两原则表达了这样一种理念：即任何人的拥有不应该少于他们在平等的首要善分配中所得到的，而在社会合作可能产生一种普遍改善的结果时，现存的不平等要有利于那些地位改善得最少的人，并把平等分配作为基准线”[①]，“社会制度应当这样设计，以便事情无论变得怎样，作为结果的分配都是正义的”[②]。罗尔斯的观点就是为了保证最大限度的平等，在主张机会平等和按贡献分配的原则之外，通过制度设计，利用市场外的税收、补助和保障等方式，对社会总收入进行再分配，这样的分配专门针对那些在生存活动中因为先天或后天的条件而处于不利地位和弱势地位的人群。

在中国30年代的作品中，对于社会制度的批评敏锐地指向了这一基本权的缺失。以老舍的《月牙儿》为例，女主人公从头到尾最大的人生困扰始终是“饥饿”。“饥饿”的感觉贯穿了她整个童年：“我们的锅有时干净得像个体面的寡妇”；为了解决挨饿的问题，她跟着母亲再嫁：“我不明白多少事，我有点怕，又有点希望——果然不再挨饿的话”；被继父抛弃以后，还是为了解决挨饿的问题，她的母亲做了暗娼：“她得顾我俩的嘴”；母亲再嫁以后，帮助她的女校长离任，“怎么能当天就有饭吃”又成了她最最急迫的问题；最终，她重蹈母亲的覆辙，做了暗娼：“只要有人给我饭吃，什么我也肯干；妈妈是可佩服的”。《月牙儿》里的女主人公，这一生中最大的梦想就是吃饱，这最基本的生存要求却是那么难以企及。这种“饥饿”叙事，几乎贯穿在老舍北京题材的大部分小说中。“凭什么没有我们的吃食呢？”作者借女主人公的口发问，把批评的

---

① 〔美〕约翰·罗尔斯：《政治自由主义》，万俊人译，译林出版社2001年版，第301页。
② 〔美〕约翰·罗尔斯：《正义论》，何怀宏等译，中国社会科学出版社1988年版，第275页。

矛头指向了连最低物质生存需求都毫无保障的社会制度。[①]

在这样的作品中,曲折表达出的正是对于“结果平等”原则的诉求。从这种批评中我们不难看到当时社会制度的不成熟。最低保障的缺失把社会整个地投入到缺乏调整的残酷的生存竞争之中,这种竞争对于处于先天弱势的人群来说,是另一种暴力。当金钱成为衡量价值的唯一标准,货币就会成为人际关系的缔结中介,成为权利和义务关系交换的基础。如果人际关系单一地依赖于金钱标准,一方面会导致情感和道义纽带的破裂,另一方面会把每一个社会成员投入到纯粹由货币来衡量和支配的交换关系之中。在 30 年代的文学作品中,这种状况被看作是不良社会制度最大的“恶”。

一个非常有意思的现象:“五四”新文学主要以对传统伦理的批判为主,但到了 30 年代,却出现了对传统伦理的倡扬。这几乎是在十几年内把“五四”主题进行了一种反向的处理。其实二者并不冲突,只是思考的问题不尽相同。“五四”反传统是针对其宗法内容,目的是倡扬空间共有权以及由此延伸而出的个人权利和自由思想;30 年代颂扬传统,是试图对传统道义和仁爱精神进行重新的演绎,以弥补社会过于市场化、物质化所带来的伦理问题。

老舍在他的《老字号》《牛天赐传》《茶馆》等作品中,通过新旧商业理念的对比指出了社会过于市场化带来的恶果。在一切都是为了逐利的状态下,生产环节偷工减料,销售环节通过过度广告扰乱顾客的购物理性,激发不理智消费。相比之下,那些诚实守信、遵守童叟无欺准则的老字号,在这样的不良竞争之下渐次破产。老舍的这些作品从一个侧面给我们展示了 30 年代城市过于市场化、缺少制度调节而带来的竞争失序和趋利之恶;也正是这种完全市场化、缺乏人道补偿的社会,使得《月牙儿》《骆驼祥子》中那些生于底层、在生存竞争中处于劣势的人群无助地挣扎,看不到社会的任何支援和救助。

① 参见老舍:《骆驼祥子·月牙儿》,天津人民出版社 2009 年版。

30年代文学中出现了大量的呼吁向传统伦理回眸的声音，其实就是看到了社会完全依赖市场竞争带来的冷酷社会现象，从而呼吁传统的同情、仁爱，试图从传统伦理中激发出人道主义精神，以弥补过渡市场化和金钱化给社会以及底层人群带来的伤害。与老舍直接揭示都市冷酷的生存竞争不同，同时期的沈从文、废名等人则把目光聚焦到了乡村，以近乎理想化的状态，描写了对于乡村空间的美好想象。如果仔细分析这些作品就不难发现，这些对于乡村的想象，在本质上正是对于城市文化不满的反向表现。特别是在沈从文笔下，城市空间和乡村空间是完全相反的两个空间，他感受到的城市空间自私、冷酷、麻木，他称之为“琐碎，懒惰，敷衍，虚伪的衣冠社会”①，在城市空间里“一切皆显得又庸俗又平凡，一切皆转成为商品形式”②。他笔下的乡土空间则截然相反，人人“重义轻利，又能守信自约，即便是娼妓，也常常较之知羞耻的城市中人还更可信任”。正是因为遵循重义轻利、守信自约的传统美德，在“边城”这个小城镇里有繁荣的商业却没有欺诈，有生存的竞争却和谐有序，有贫富悬殊却能守望相助。作品中的“爷爷”是贫穷的渡工，“顺顺”则是富有的船总，但在这两个差距甚大的阶层之间却能上演一幕又一幕有情有义的人生故事。“爷爷”去世以后，不仅当地人纷纷为守着渡船的翠翠捐钱，连顺顺也主动要把翠翠接到城中居住。通过想象中的完美世界的表述，作者意在对“重义轻利”的传统道义精神进行倡扬，这个倡议毫无疑问是针对城市空间的，是作者对于城市空间伦理构建发出的建议和设想。

沈从文的感受和思考，在30年代是具有代表性的。他说出了生活在城市中的人们的苦恼、困惑和幻想。否则，我们很难理解，他这些带有强烈想象色彩的乡村故事，为什么会在30年代的都市中受到如此大的欢迎。

---

① 《沈从文全集》第12卷，北岳文艺出版社2002年版，第16页。
② 《沈从文全集》第7卷，北岳文艺出版社2002年版，第337页。

无论是老舍对于城市的直接批评，还是沈从文通过乡村向城市发出的批评，包含着的共同的不满就是城市社会的过度金钱化、市场化，带来的阶层隔膜和道德危机。在他们重义轻利、救弱济贫的呼吁中，隐含的正是前文所说的“结果平等”的伦理吁求。“机会平等”是对于社会竞争过程中平等性的保证，“结果平等”则是对于社会竞争结果的平等性的保证。“结果平等”是一种弱者关怀，其基本要求是通过把社会总体利益在一定范围内进行再分配，满足那些竞争中处于天然劣势人群的最低生存需求，即维护最少受惠者的最基本利益。这就需要社会利益制度设计和制度实施的方式，制定有效社会制度，诸如社会福利、社会保障等等，弥补社会竞争中带来的结果不公，对弱势群体进行补偿性的利益分配，从而体现社会的公平和公正。

30 年代文学所展示的社会与人生图景，是当时社会的伦理关系、伦理感受和伦理吁求的自然流露：“资本家、商人和职员以及受过现代教育的中产阶级构成了二三十年代在上海崛起的现代新市民阶层，正是他们的口味和力求生活方式现代化的潮流为海派小说不仅提供了素材和动力，也制约同化着他们的审美取向。”[①]也因此，我们确信 30 年代文学中所表现出的对于阶层关系的思考，对于制度正义的吁求都是当时社会的真实反映。也因此，我们可以认定，民国时期在城市伦理的构建和发展上，提供了非常重要的一个现代命题：如何借助社会制度，在不同阶层与不同个体之间进行利益的协调，这将是关系到城市发展和和谐的重要问题。这不只是实现国家良性管理的问题，更是培养国民性格和社会道德风气的关键所在，毕竟“社会体系塑造了它的公民们要形成的需求和志愿，它在某种程度上决定着人们现在的类型以及他们想成为的类型”[②]。

这一时期关于“何谓制度正义”的思考，包含着许多现代性的内容，无论是从权利义务的平等缔结，还是到机会平等和结果平等的互补吁

---

① 李今：《海派小说与现代都市文化》，安徽教育出版社 2002 年版，第 303 页。

② 〔美〕约翰·罗尔斯：《正义论》，何怀宏等译，中国社会科学出版社 1988 年版，第 259 页。

求，至今也是城市社会中处理阶层关系这一伦理问题的重要参照，对于后世的城市伦理构建来说，它并不只是具有历史价值。

第三节　日常空间意识的出现

20 世纪 40 年代文学中，沦陷区文学所表现出的道德观念和伦理吁求是非常特殊，甚至可以说是背离传统的。但正是在这种道德观念和伦理吁求中，蕴含着不容忽视的现代伦理因子，其中所表达的伦理感受和伦理吁求，传达着对于传统道德体系的质疑和不满，也暗含着对于更为合理、更为人性化的伦理环境的期盼。

一、私人日常生活领域的呈现及价值构建

在张爱玲的《烬余录》中，战争爆发时，面对生死未卜的将来，普通市民的第一反应并非传统道德逻辑上应有的飞蛾扑火、奋起反抗，而是学生们忙着买菜、烧菜、调情，市民们忙着结婚："看看香港报上挨挨挤挤的结婚广告便知道了"。香港沦陷了，他们都感到了轻松，甚至有一种"狂欢"的气氛，因为不再打仗了，吃的热情成了战后全体市民的共同感受。他们满街找吃的，"我们立在摊头吃滚油煎的萝卜饼，尺来远脚底下就躺着穷人的青紫的尸首"；他们也忙着用吃的来赚钱，"在战后的香港，街上每隔五步十步便蹲着个衣冠济楚的洋行职员模样的人，在小风炉上炸一种铁硬的小黄饼"；面对战争带来的创伤，他们关心的只是自己如何尽量舒适地生活下去：女学生们被派到医院做看护，她们被某个日夜不停呻吟呼喊的病人搅得厌倦而烦恼，后来这个人终于死了，"大家都欢欣鼓舞。是天亮的时候，我们将他的后事交给有经验的职业看护，自己缩到厨房里去。我的同伴用椰子油烘了一炉小面包，味道颇像中国酒酿饼。鸡在叫，又是一个冻白的早晨。我们这些自私的人若

无其事地活下去了”①。如何理解这种跟整个城市沦陷的局面格格不入的食色热情呢?

常见的判断认为这是一种社会态度和政治态度的冷漠表现。但是必须注意的是,作出这种推论的出发点,是把人的生存空间理解为“国家公共政治文化领域”。如果我们认为人的生存空间的本质就是国家公共政治文化领域,那么面对国家的危难,却表现出前所未有的食色热情,自然是不道德的。但这种判断忽略或无视了一个重要的事实,对于普通市民来说,他们的生存空间并不是只能在国家公共政治文化的层面上来界定。实际上,对于大部分普通市民来说,虽然他们的生存与国家公共政治文化的状况息息相关,但隔膜也从未消失过。由于中国传统社会历来有着“治人者”与“治于人者”的二元划分,作为“治于人者”的普通民众在国家公共政治文化领域中,向来都并不具备主流的话语权,甚至连话语能力都不具备,因为以“治人者”为主体的社会不会培养“治于人者”的话语能力。在国家政治文化领域里,这些“治于人者”是被动且沉默无言的群体,“被代言”几乎成为他们天然的身份和宿命,即便是在“五四”新文化运动之后,国家公共政治文化领域的主体也是政治经济文化的精英群体,而不是作为普通市民的他们。用通俗的话说,在公共政治文化领域,他们是没有“存在感”的。

真正让普通市民拥有存在感的是“私人日常生活领域”。无可否认,对于普通社会成员来说,真正属于他们的生活只是“日常生活”,在日常生活所构筑的私人领域里,普通市民才是自己生活的把持者和治理者。他们的伦理感受和伦理吁求更多地依托并产生于这种“日常生活”,他们以日常生活主体的身份,经营并实践着自己的人生价值追求、生活秩序的设想以及人际交往的缔结,形成自己的日常伦理意识。在这种日常空间里,普通市民不再是“治于人者”,而是能够把握并经营自己人生的伦理主体,是可以找到“存在感”的主体。

---

① 《张爱玲文集》(第 4 卷),安徽文艺出版社 1992 年版,第 58—63 页。

只不过这种日常生活领域和空间长期被主流的国家政治文化空间压抑或无视。从宗法伦理体系到“五四”新伦理设想，都对私人日常生活领域采取了压抑、蔑视甚至取消的态度。例如，古代普通市民的日常生活要求和人生趣味，只能通过勾栏瓦肆的方式来体现，无法得到社会主流价值体系的认定，并受到上层贵族文化的蔑视和压抑。同样，近代以降普通市民的日常生活要求和人生趣味，主要通过一些民办报纸来释放。这些报纸为了赢得销量而迎合普通市民的趣味，于是表现出重消遣和娱乐、重社会奇闻异事以及实用生活常识等等倾向，但这些报纸刊物也因此常常受到主流报刊的压制和讽刺。主流文坛对于《礼拜六》等刊物的猛烈攻击，其中就隐含着政治文化伦理与日常伦理之间的剧烈冲突。报刊中的世俗趣味，言情小说的盛行，都代表了市民阶层在政治文化伦理建构之外表达自身日常伦理构建的意向。但是，由于这种日常伦理不被立足公共政治领域的精英伦理所认同，市民阶层的日常伦理吁求就只能是以潜在和边缘的方式存在。甚至在“五四”新文化运动大规模的反传统运动中，日常生活和需求都未曾得到尊重和认可。“五四”新文化运动大力提倡“个人”概念，但其对于“个人权利”“个人自由”的理解依然立足于公共政治文化领域，而不是立足于私人日常生活来理解的。因此“五四”所倡扬的“个人自由”“个人利益”“个人权利”这些系列概念，基本上都是指向个人的政治权利、文化权利，而并非日常生存权利。比较典型的例子就是鲁迅的《阿Q正传》。毫无疑问，阿Q的精神愚昧是作者批评和讽刺的目标，但仔细分析作者用来表现阿Q愚昧行为的材料，却可以发现两个部分，一部分自然是他对革命的荒诞理解以及对于特权人物的恐惧和服从，显示出的是阿Q政治权利意识和个人自由独立意识的缺乏；另一部分是他赤裸裸的欲望展现，如追求吴妈、梦想抢掠物质财富。这里就有一个非常明显的疑点，为什么阿Q对于异性的渴求，以及对于财富的向往，也会被作者列为精神愚昧的内容而加以调侃和嘲讽呢？这就是因为对于“权利”的理解，并不包含生物需求、物质需求这些日常生活层面的内容。由于是在公共政治领域中来理解个人价值，普通社会成员基于日常生活的生活感受与需求自然被视为一种“国民劣根性”而不被精英阶层理解和接纳。如果说古代宗法道德伦理是把日常生活当作了负载国家政治伦理的载体和基地，那么“五四”时则是把日常生活需求大面积地作了否定。

一方面，这是因为中国传统社会在本质上是以“家国同构”的方式组建的，个人和家庭不过是用来实践整体利益和社会义务的载体：“整个社会价值系统都经由家的‘育化’与‘社化’作用以传递给个人”①，“君”与“父”的并提，以及“忠”与“孝”的打通，使得私人领域被公共政治领域所覆盖，日常生活意识也被政治意识形态渗透和统领。产生于日常生活领域的“修己”和“齐家”的伦理要求，也只有升华为“安人”“治国”“平天下”才能得到价值认定。这必然造成日常生活的价值空洞。另一方面，由于普通民众的日常伦理意识根植于平庸凡俗的日常生活，以个人的日常生活满足为前提，这种日常伦理意识与基于国家政治文化整体利益的主流伦理存在一定差异。日常伦理是立足纯个人日常空间，从个体人的日常生活利益出发，来理解“价值”和“善”；而政治和文化伦理则是立足社会的政治文化空间，从整体利益或者个体人的政治文化利益出发，来理解“价值”和“善”，其中的区别显而易见。在以“治人者”和精英阶层先后占据主流的社会空间内，这种区别的后果，必然导致国家政治文化领域对于日常空间的否定和覆盖。

但是，对普通民众而言，私人日常生活领域才是最为真实和直接的生存空间，也是他们真正能够找到存在感以及价值依托的空间。这就是为什么在40年代的战时，普通市民却爆发出空前食色热情的根本原因。食欲、物欲、情欲这些看似细琐低下的生活欲望，是普通市民能够触摸到的唯一的生活质地。在外在社会政治环境崩溃以及失序的状况下，普通市民正是通过吃饭、挣钱、结婚这些看似细碎琐屑的行为，来维

---

① 金耀基：《从传统到现代》，中国人民大学出版社1999年版，第24页。

持自己私人生活的存在感。日常生活成了唯一能证明他们生存价值，并为自己营造安全感、自我感的空间和领域；在混乱的环境下热衷于生存欲望的追逐，也是唯一能使普通市民感到“生活还在继续”的途径。日常生活的营造是他们为自己创造的“平安”，也是他们努力对“为何而活”这一基本伦理问题的答案索求。所以张爱玲才说，战争中普通市民纷纷结婚的现象“虽然无聊”，比起悲惨地自怜，“态度还要积极一点”①。

40 年代独特的社会环境，让久被压抑的日常生活领域得以呈现，这不应被视为社会伦理的沦落，相反，日常生活领域的呈现对于弥补长久以来单一的社会伦理结构具有特殊的意义。它消解了传统社会伦理格局中主流政治意识形态和精英伦理占据主导的局面，补充了普通市民生活的日常价值，实现了对于市民生活的真正回归。所谓真正回归，体现在立足于私人日常生活领域来表现市民生活，在日常生活中寻找并认可人生的价值，而不是以往立足于国家伦理或精英视角居高临下地表现市民生活，在国家政治伦理的层面确立个人价值。

日常生活的伦理感受和道德体验虽然与主流意识形态和道德规范存在很大的差异，但它却是一种实实在在为日常生活主体所拥有的价值感受和道德体验，这些伦理感受和道德体验更为直接地影响着普通市民的道德行为和道德判断，甚至渗透在他们的行为习惯之中，成为一种“集体无意识”，它并不会因为公共政治主流伦理的压制而消失，相反，这种“集体无意识”对于公共政治主流伦理向来拥有自己潜在的辨认，只有那些能够跟日常生活伦理需求相契合的主流意识形态和道德规范，才会真正进入普通社会成员的日常生活，并得到真正的落实和执行。作为个人生活的基本载体，私人日常生活领域对于一个社会的伦理状况来说，从来都不是可有可无的，日常生活“是历史潮流的基础。正是从日常生活的冲突之中产生出更大的总体性社会冲突”②。个人对

① 《张爱玲文集》（第 4 卷），安徽文艺出版社 1992 年版，第 63 页。
② 〔匈〕阿格妮丝·赫勒：《日常生活》，衣俊卿译，重庆出版社 1990 年版，第 751—752 页。

于自身日常生活的塑造，直接影响到整体社会的构建与改变。

如果忽略私人日常生活领域的伦理吁求和伦理感受认同，就会产生以国家政治文化意识形态来指导日常生活领域的状况。由于立足于主流意识形态的道德理念并不能满足日常生活领域的价值判断和行为选择，这一方面会造成主流意识形态的价值悬浮，不能落实于日常生活的行为选择和价值判断，另一方面也会造成日常生活领域的价值理念与精神指向的真空状态，导致道德的虚伪、无序和价值混乱。无视日常生活领域的伦理感受和道德吁求，而只是依靠立足国家政治文化领域的道德原则和规范，只能形成单一的一元性同质道德体系，无法促进真正人性化的道德规范的生成，也无法形成真正被社会个体所尊奉与自觉追求的价值体系。因此，从西方的道德发展可见，从 18 世纪开始，随着商业发展、私人财产的合法化、民主制度的逐渐成熟以及个人意识的确立，接受日常生活领域的存在，构建公共政治文化领域与私人领域的伦理并存成为社会伦理发展的一个重要趋势，也成为西方社会保障个人权利、个人自由，实现以人为本伦理理念的重要前提。

从这个角度再来看 40 年代沦陷区文学所描述的看似“另类”的道德现象，不难发现，这正是长期被压抑的私人日常生活领域的鲜明呈现。对于促进现代社会伦理的生产，这一日常生活领域的出现具有不可抹杀的价值和意义。它有利于打破一元式的国家政治伦理格局，构建私人日常生活与国家政治领域之间的平等关系和格局。在国家政治角度之下，自我的价值在于能否为社会整体提供服务，在私人日常领域，自我的价值却是在于能否保证个人的生存与发展。只有这二者的有机结合，才能建构国家与个人的双重社会伦理空间。同时，只有这种多元化伦理空间的出现，才能保证超越性价值追求与日常价值追求的和谐并存，实现更为人性化的伦理构架；日常生活的价值也才能得以避免被超越性道德律令所扼杀的悲剧命运。

二、身份意识的转变与道德标准的变化

对于日常生活领域的尊重,自然会带来普通市民自我身份认知以及道德标准的微妙变化。

传统伦理体系立足于国家公共政治领域来衡量个人行为的价值,因此强调个人的社会政治身份。古时的"臣民"意识,近代以后出现的"国民"意识都是从这一视角出发的,强调个人身份的社会内容,倾向于在社会价值和社会义务的层面上强调个人身份,即一个人只有履行社会义务,才会拥有社会价值,也才能获得个人身份的确立。

从社会理想人格的塑造模式来看,这种身份意识最充分地体现为中国道德体系中的"君子"人格。"君子"理想是中国传统道德在人格要求上的实践性限定,其本质就是对于社会义务和道德义务的不懈追求:"'君子之道'即是'仁道',其目的不是自我解脱,而是'推己及人',拯救天下"[①];在"修身齐家治国平天下"的价值实现公式中,终极价值也是落脚于"国"以及"天下"这一社会范畴的。这种人格理想要求个人一方面要有服务于社会的精神,即在行为选择和利益选择上,都要立足于整体的立场(这个整体就是个人所属的家庭、民族、国家等等),当个人利益与整体利益发生冲突时,要无条件牺牲个人利益而服从整体利益;另一方面要求个人要有服从于绝对道德律令的精神,培养强大的道德自律能力"对各种个体欲求从饮食男女到各种'私利'的自觉地压倒或战胜,使行为自觉或不自觉地符合规范"[②]。这在本质上是一种精英式的个人身份设定。"五四"以来进行了一系列对于宗法道德伦理的翻检和批判,对于其宗法内容形成了力度很大的冲击和清理,但在个人身份价值的理解上却与传统道德思维同出一辙。"五四"新文化运动对于传统道德的反对,主要集中在其对于社会义务和道德义务的宗法式

① 余英时:《中国思想传统工艺及其现代变迁》,广西师范大学出版社 2004 年版,第 144 页。
② 李泽厚:《伦理学纲要》,人民日报出版社 2010 年版,第 20 页。

规定,如服务于君权政治,服从于宗法等级道德伦理;但就个人身份价值的理解来说,“五四”新伦理并不反对以履行社会义务和道德义务的方式来确立个人价值,即通过认知个人的社会价值来确认个人的生存价值这一传统模式。所不同的是,“五四”新伦理推翻了宗法伦理体制下的“臣民”社会身份认知,强调个人的“国民”社会身份,并在此基础上强调国民的社会义务和道德义务。个人身份依然需要通过在履行社会义务的层面上才能实现,个人的价值也需要在履行社会义务的前提下才能获得。这就意味着,在“五四”以来的民国政治文化伦理中,社会成员对于身份的认知,依然需要在政治关系和各种文化关系中确立。“五四”以来的个人解放在本质上通向的是一种“新国民”设想,立足于国家政治领域来看待个人身份,在价值理念上要求“个人从属于群体,个体以群体生存、延续为生活的目标和原则”①,集中体现为对于“国民”身份的认知。可见,“五四”新伦理对于个人身份设定,以及个人身份价值的理解,依然延续了传统的精英人格的思维。这种思维要求社会成员以精英式人格来要求自己,自觉为整体、为社会服务,并从符合社会利益的角度对自己的个人行为作出选择。这种对于个人身份的理解与古代的“君子”身份设想并没有本质上的区别。

基于这种“国民身份”的设定,自然会强调个人对于社会的义务,要求个人牺牲自身利益无条件服从整体利益的需求,体现为“忠君、报国、利群、利世”的美德标准;从这种身份和道德标准出发,沦陷区的普通民众应该自觉背负政治使命,把救亡图存作为个人的核心价值。

但残酷的事实是,40 年代沦陷城市的市民并不具备确认国民身份并实践其道德要求的条件和能力。40 年代抗日战争的失利,造成了上海、南京等大城市的沦陷,国民政府撤到内地,经济、文化精英群体也纷纷撤离到内地或是逃至海外,而无处可逃或无力可逃的普通市民成为这些沦陷城市的留守者。这是一个十分特殊的庞大群体,他们的生活

---

① 李泽厚:《伦理学纲要》,人民日报出版社 2010 年版,第 35 页。

虽然与国家政治密切相连，但却又存在明显的割裂。如果说"国民身份"的确立依据的是普通社会成员与国家之间权利与义务关系的缔结，那么对于这个群体而言，这种关系缔结已经无从实现。

首先，政府的撤离，让政治意义上的社会共同体不复存在，在沦陷区勉强求存的市民群体失去了政治共同体的庇护，他们作为"国民"的各项权利已经毫无保障甚至彻底丧失。事实上，他们连自己的生死都无从把握："寒噤的黎明，什么都是模糊的，瑟缩，靠不住。回不了家，等回去了，也许家已经不存在了。房子可以毁掉，钱转眼可以成废纸，人可以死，自己更是朝不保暮"①。命如草芥的生存状况，几乎是这一时期人们共同的感受，在苏青备受市民欢迎的《结婚十年》里，商业崩溃导致货物短缺，银行崩溃导致储蓄无法支取，交通崩溃导致出行无路，为了挤上唯一的班船，有人落水，有人被践踏，而在这一切混乱无序之上，还有日本的轰炸机在盘旋。炸弹落处，哀声一片。在这样的生存处境中，活下去成为最基本的要求，那些带有超越性和神圣性的价值体系，满足不了他们求生的卑微要求。

其次，在失去政治共同体庇护之后，普通市民阶层也无力用自己的人生演绎宏大的政治内容。如苏青所言："我是绝对没有想到内地去过，假使我赶时髦地进去了，结果仍旧卖文。而且我所能写的文章还是关于社会人生家庭妇女这么一套的。抗战意识也参加不进去。"②对大多数留守的普通市民而言，不接受日本人所强加于之的"大东亚"虚拟社会的成员身份已是他们政治态度的底线。除此之外，这个连基本生存都朝不保夕的人群并没有履行其他国民义务的能力。

在这种处境下，如果用"国民身份"以及其连带的道德规范来要求这个群体的话，就把这个群体投入一个残忍的道德难题之中。要符合道德标准就得舍弃最基本的求生欲望，以飞蛾扑火的方式牺牲个人的

① 《张爱玲文集》，安徽文艺出版社 1992 年版，第 57 页。
② 《苏青小说集》，安徽文艺出版社 1996 年版，第 324 页。

生活和生命;而假如要保存自己的生活和生命将会面临道德标准的指责。这种道德难题中,蕴含的最残忍而真实的一个逻辑就是要符合这种美德的要求就不能活,这在本质上是美德对于个人基本权利的残酷剥夺。从这个角度我们就能读懂表现南京市民生活的无名氏在《海艳》中所言的:"我"对于"什么'文明'、'时代'、'前进'、'斗争'……一类名词,已经厌倦了。我不再需要粗粝的事物,我只需要一点和平,精致,梦幻。……这几天,海教育我,宇宙间尽有比革命和正义更动人的景物,更完整的完整。只有在这种绝对完整里,我们才能呼吸到永恒美丽的谐和";也能理解张爱玲所说的"清坚决绝的宇宙观,不论是政治上的还是哲学上的,总未免使人嫌烦。人生的所谓'生趣'全在那些不相干的事"①。这不能理解为政治冷漠,而是对于"置人于死地"的"美德"的质疑。

在40年代文学中所表现出的身份意识,不是国家政治形态上的"国民身份意识"而是日常生活形态上的"谋生者"身份意识。作为市民生活代言人的苏青在《如何生活下去》的文章中说:"生活下去!——米卖四万多一石,煤球八万左右一吨,油盐小菜件件都贵,就说我一个人吧,带着三个孩子,加上佣人之类,每月至少也得花去十几万元钱,做衣服生病等项费用,还不在内。"②张爱玲则说:"我想道:——这是乱世。……将来的平安,来到的时候已经不是我们的了,我们只能各人就近求得自己的平安。"③在这些话语中,"活下去"和"就近求得自己的平安"才是自我的目的和价值体现。如果能够理解"国民身份"所连带的美德对于这些沦陷区市民在事实上已经带来生命的胁迫,那么对于以"谋生者"自居的身份转换就不应该用道德沦落来总结。我们可以把这种身份转换描述为一种"道德逃脱"及"道德重建"——从传统美德的

① 《张爱玲文集》(第3卷),安徽文艺出版社1992年版,第53页。
② 苏青:《如何生活下去》,载《天地》1945年2月号,第1—2页。
③ 《张爱玲文集》(第3卷),安徽文艺出版社1992年版,第472页。

生命胁迫中脱身而出，在日常生活领域中重建价值的评价体系。

“谋生者”身份的确立，从个人行为原则的层面上提供了新的道德标准，即维持日常生活的正常运转以及求得个人生命的延续和保存，不是“恶”；保存个体最基本的生存利益和满足个体的生存愿望也是一种“善”与“正义”。有了这样一种道德标准的转换，深陷沦陷区的普通市民才能得到“活下去并非违背道德”的依据。因此可以说，“谋生者”身份的确立，保证了沦陷状态下日常生活的合理性，使得个人日常生活的经营具备了道德上的可能性。在 40 年代沦陷区文学中，社会政治、文化冲突等等宏大题材消失，取而代之的是都市琐细凡俗而凌乱的日常生活。生活中的亮色不过是“看‘七月巧云’，听苏格兰士兵吹 bagpipe，享受威风中的藤椅，吃盐水花生，欣赏雨夜的霓虹灯，从双层公共汽车上伸出手摘树巅的绿叶”[①]；而生活的灰暗色调也不过是《创世纪》中寒酸衣着带来的苦恼、《金锁记》中放弃感情的遗憾、《倾城之恋》中男女在爱情与金钱之间的斤斤计较。在这一时期文学中之所以能够如此坦然地把琐碎且灰色的日常生活细节当作核心题材来写，本身就折射出普通市民阶层身份意识的“谋生者”自设。只有在“谋生者”的视角下，这些零零碎碎的日常细节才被赋予了价值和意义，在回答“为何而活”这一基本伦理问题时，同样可以拥有庄重的神色。

更为重要的是，这种“谋生者”身份的确立，让沦陷区民众清空了自己的政治身份，从而得以通过日常空间的构建排除掉艰难政治处境的困扰——虽然他们已经失去了作为原有国家成员的社会身份，但却可以用这种方式拒绝接受日本人所赋予他们的新的“大东亚”社会身份。正如张爱玲那句颇有深意的话：“乱世的人，得过且过，没有真的家”[②]，这种身份真空，归属真空，对于沦陷区普通市民来说是一道特殊的政治防线，帮助他们尽量远离沦陷区的政治语境，对自己的身份进行“去政

---

① 《张爱玲文集》（第 4 卷），安徽文艺出版社 1992 年版，第 18 页。
② 《张爱玲文集》（第 3 卷），安徽文艺出版社 1992 年版，第 99 页。

治化”，以“不在”的方式应对沦陷区尴尬复杂的政治环境，这也成为他们在国民身份破碎之后，能够维持民族身份底线的唯一出路。

从国民身份到“谋生者”身份的转换，使得沦陷区市民硬是在本土政治秩序破碎、异族政治秩序的逼迫之下，从容地构建出了一个由日常琐事构成的、规避政治侵扰的自我空间。在这个空间内，他们兢兢业业地经营着自己的人生，为自己毫无保障的生活构建出独立的价值和意义。“各人就近求得自己的平安”，这是无奈而凄凉的孤独求生的感受，但又何尝不是最基本的个人权利和尊严的表现？毕竟，他们在城市沦陷，失去社会共同体庇护、生活毫无保障的情况下，在主流意识形态破碎的环境里，用日常生活支撑起了自己的价值体系，维持了生活的完整与生命的尊严，获取了属于自己的“存在感”，无论如何这也是一种生存伦理的奇迹。

三、功利主义道德因素的出现

40 年代文学中所折射的市民伦理表现出较为鲜明的功利色彩，与中国传统道义论伦理存在较大差异。由于道义论道德观念的盛行，“功利”二字也常常被视为一种传统道德的消解。事实上，相比于道义伦理道德，功利主义伦理有其独特的视角，也提供了道义论道德所不能提供的道德关怀。我们大致可以从以下几个方面来了解功利因素在 40 年代市民伦理中的出现和介入：

首先，更贴合人性事实，表现出对于人性真实吁求的道德关怀。

40 年代文学所折射出的一个比较刺眼的市民生活现象，就是对于大面积“利己”行为的描写。以最具代表性的张爱玲的作品为例，《倾城之恋》中的男女主人公虽然彼此怀有深深的爱意和好感，但却都试图把对方的爱意和好感当作砝码，为自己获取尽可能的好处同时避免付出任何代价。对女主人公白流苏而言，爱情虽然“给她美妙的刺激，但是她跟他的目的究竟是经济上的安全”①；对男主人公范柳原而言，爱情最

---

① 《张爱玲文集》（第 3 卷），安徽文艺出版社 1992 年版，第 73 页。

好止步于调情,带来婚姻失去自由就太不上算。于是,一个用尽心机要嫁,一个挖空心思不娶,这样的利益冲突是推动整部作品情节向前发展的动力和主线,这样的利益博弈在以往的爱情叙事中实在难得看见,也并不具备传统道德的美感。《金锁记》中的曹七巧为了维护自己的财产安全,几乎达到了六亲不认的地步:怀疑分家不公,不惜伤害亲情撒泼大闹;怀疑侄子图谋家产,就跟兄嫂一家断绝来往;怀疑恋慕的男子图谋家产,就冷酷翻脸再不相见。在曹七巧的行为选择中,"利己"才是第一原则。如果从传统道德的标准来看这一幕幕生活场景,恐怕很难寻找"无私""忘我""付出"等价值支点。但除了淡淡的揶揄,作者对于这些"不道德"的行为并没有过多的指责,实际上细读之下就可发现,作者对于这些行为的同情和理解比指责要多得多。"自私"向来是被视为一种道德缺陷,因此在此之前,无论是茅盾笔下的上海还是老舍笔下的北京,都曾展开激烈的批判。那么,为什么 40 年代作品中表现出更多同情呢?

甚至同样作为市民社会的代言人,苏青还对这种同情从理论上进行了阐明:"道德是什么哪?王弼注'道者,之所由也,物之所得也,由之乃得'。这个解释很明白透彻,值得吾人采用。不过据在下的意思,'物'字不妨直截了当的改作'人'字,得就是得利,得好处。人有利可得始去由之,没有好处又哪个高兴去由他妈的呢?"①从中不难看出,苏青不认为"利己"行为是一种"恶",因为人的天性事实本来如此,"趋乐避苦""努力自保"是人的天性,因此基于这种天性的要求就是合理的,就应该受到尊重。在以往的研究中,对于张爱玲和苏青所表达出来的这种对于"利己"行为的理解,多有否定的批评。但事实上,这正是与道义论不同的功利伦理因素的体现。

在对待人性的问题上,传统道义论道德注重人性的超越性,以高于人性事实的方式,为个人提供超越性的道德境界,以提升个人道德行为

① 《苏青文集》(下册),上海书店出版社 1994 年版,第 101—106 页。

的主动性和能动性，其目标是完善人的品德，把人性提升为一种理想的德性。这种道德塑造的模式在本质上是一种精英道德思维，对于提升整体道德水平有着重大的作用。但是其问题也十分明显，如果认为道德的目的就是完善道德本身，会过于强调个人的自律和义务，片面强调"无私利他"就是美德，造成压抑人性真实需求、扼杀个人的愿望、限制个人的自由的后果，甚至对于个人权利造成侵害。

功利主义伦理不把道德的完善作为道德的目的，而把满足人性的真实需求作为道德的目的。功利主义伦理强调对于人性事实的尊重，只要来自人性真实的合理吁求就应该得到道德的尊重，并纳入到道德关怀的范畴之中。如果追求自保以及自我发展是人的行为的根本动机，那么来自这种动机的行为就具有合理性的可能。只有尊重并符合人性需求的道德，才是合理的道德。因为"人类也与其他动物一样，乃是有着求生避死，求乐避苦的天然欲望的。"对人类来说，"最大之利，莫过于有利人类的生存；其次则为有利于人类更好生存"①。如果按照这种道德理解，白流苏、曹七巧等人的行为就不该受到道德的严厉指责，这就是张爱玲们无法对那些看似"自私"或"利己"的个人行为展开茅盾、老舍和沈从文式批判的原因。白流苏受尽不幸婚姻的折磨，回到娘家又受尽家人的冷眼。她并非没有信任过家人，如把自己的钱财借给自己的哥哥，可对方把钱耗完之后就认为她是多余的家庭成员。白流苏什么都没有了，什么都靠不住，怎么活下去是她面对的唯一也是最困难的问题。同样，曹七巧被家人包办婚姻，嫁给一个残疾的男人，而这样一个残疾的丈夫最后也死掉了。她一个人带着两个孩子，没有任何人为她提供保护，她又该如何生存？从这些故事和这些人，我们看到的正是40年代上海市民的生存感受：没有保障、没有依靠、安全感无处可寻，以及在这种困境中艰难求生的渴望。对这样的一群人，什么样的道德要求才能称得上合理？如果按照传统的道义论，要求他们无私利他，

① 《苏青文集》(下册)，上海书店出版社1994年版，第101—106页。

就等于是让他们自己都放弃自己，也就等于是剥夺了他们活下去的权利，连“个人就近求得各自的平安”都不可能，这该是多么残忍的道德逻辑。因此，功利主义伦理认可合理的“利己”行为，承认困境下的求生是合理的愿望和要求，并不把它视为一种“恶”。

毫无疑问，功利伦理对于人性事实和行为事实的尊敬，可以对过激的道义论道德进行贴合人性需求的纠正和补充。这不只是对于人性的道德关怀，对于社会伦理的合理构建也是十分重要的。一方面，追求并努力实现合理的、来自真实人性的需求本身就是个人权利的一部分。从社会权利和义务的平等缔结来说，要促使社会成员履行社会义务，就需要满足其基本的权利需求。活下去并为自己而活，这是最基本的生存权利。另一方面，从道德实践的层面来说，只有切合人性真实需求的道德规范，才会真正被落实到个人的行为之中，化为个人自觉践行道德规范的动力。相反，违背人性真实愿望和要求的道德，很难落实在道德实践中，要么成为虚伪的道德，要么以强制性的灌输成为道德的专制话语。

其次，以能否维护私人利益看作衡量社会道德合理与否的标准。

毫无疑问在中国传统道义论的道德思维中，整体利益和公共利益具有更为重要的地位。因为过于强调整体利益的重要性，造成了“个人利益”与“整体利益”颇为紧张的对立关系。这种紧张关系还可以具体化为“大我”和“小我”、“群”与“己”、“公”与“私”等矛盾。虽然纵观整个中国伦理思想发展过程，对于“小我”“己”“私”所代表的个人权利和利益，并非完全排斥，也不乏维护和容纳，但这种伦理立场在大部分时代里都很难成为价值主流；传统的道义论道德体系始终是以强调个人利益对于整体利益的服从来解决二者之间的紧张关系。于是，在道德目的上强调个人对于社会义务的履行：“道德完善就是出于义务而履行义务”[①]；在行为动机上遵循“无私利他”的基本原则：“义务论是把道义

---

① 郑保华主编:《康德文集》,改革出版社 1997 年版,第 358 页。

(而不是功利)奉为道德终极标准的流派,是把增减每个人的品德完善程度(而不是增减每个人利益增重量)奉为道德终极标准的流派,说到底,是把无私利他奉为唯一道德终极标准的流派"[①]。

与之不同,功利主义伦理更注重私人利益,认为私人利益才是公共利益的真正基础。虽然功利主义思想的发展是一个动态的过程,但从最基本的观点来看,把私人利益看作整体利益和公共利益的前提和基础却是一个共同点。以功利主义伦理学家边沁的观点来说,社会只是"一种虚构的团体,由被认作其成员的个人所组成",因此所谓的整体利益、社会利益不过是"组成社会之所有单个成员的利益之总和"[②],因此"只要每个人都能够真正地追求自己的最大利益的实现,最终就会达到社会利益的最大化"[③]。在一个个人利益得不到维护和保障的社会里,所谓的社会利益和公共利益不过是一个空洞的概念,甚至变成某种集团利益和特权利益的潜在载体。因此,只有在能够维护并保障社会成员个人利益的前提下,社会利益和公共利益才是值得追求的。功利主义伦理坚信,合理的社会伦理体系应该是个人利益与社会利益、公共利益的和谐并提,而不是以社会利益和公共利益来覆盖甚至压制个人利益。因此,边沁认为,"不了解个人利益是什么,而奢谈社会利益,是无益的。一件事物如果趋于增大某个人的快乐之总和,或者(也是一回事)减少它的痛苦之总和,那么我们就说它是增进那个人的利益或者补于那个人的利益"[④]。

这种对于私人利益的注重,同样在40年代文学所折射的市民生活中得到普遍的认可。在个人基本生存权利都毫无保障的情况下,传统道义论并不能得到他们的好感和奉行。道义论的整体利益立场,强调只有牺牲个人利益,服从于整体利益才是真正的"善"与"正义"。按照

① 王海明:《伦理学原理》,北京大学出版社2009年版,第132页。
② 宋希仁:《西方伦理思想史》,中国人民大学出版社2010年版,第293页。
③ 同上。
④ 周辅成编:《西方伦理学名著选辑》(下卷),商务印书馆1964年版,第211—212页。

这种道德要求，沦陷区的市民只有自觉承担救亡图存的责任，才是美德的体现；只有“无私利他”的行为才具有价值。在这看似高尚的道德要求里，被忽视的正是普通市民的生存权利，苏青直接指出了这一点：“盖拔一毛而利天下不为的人固然是自私透顶，可恼可恨，但要是不问天下究竟是否一毛所济，只一味牺牲把自己汗毛都扯光了排泄物不能出来，却也仅止于其志可哀而已”[①]。她肯定了维护整体利益的重要性，但强调这种维护应该切合实际，否则就容易导致荒谬的局面，那就是借用超越性的道德标准、借着天下的名义，剥夺芸芸众生最基本的也是最正当的求生权利，否定他们活下去的合理愿望。从苏青的言论中，反映出的是那个时代普遍的道德观点，正如在张爱玲所构筑的细碎的上海市民社会，人们对于“可行”与“不可行”，“合理”与“不合理”的判断和选择是基于对个人利益的考量。正如功利主义伦理的基本主张，合理的道德应该把维护合理的个人利益看作道德的目的，否则这种道德就有可能变为一种扼杀个人权利的“恶”。

最后，个人利益的内涵应该以日常生活幸福为基础。

对于个人利益的主张，在“五四”时期就被响亮地提了出来。但事实上，“五四”时期对于个人利益的主张并没有越出道义论伦理的范畴。仔细分析就不难看出，“五四”对于个人权利的认可，归根结底还是为了救亡图存，推进民族利益。胡适说：“明知树人乃最迂远之图，然近来洞见国事与天下事均非捷径所能为功。七年之病，当求三年之艾，倘以三年之艾为迂远而不为，则终亦必亡而已矣。”[②]陈独秀：“集人成国，个人之人格高，斯国家之人格亦高；个人之权巩固，斯国家之权亦巩固。”[③]这些言语都表达着通过“立人”来“立国”的共同思路。“五四”对于“个人”的倡扬是手段而不是目的：“启蒙的目标，文化的改造，传统的扔弃，

① 《苏青文集》（下册），上海书店出版社 1994 年版，第 101—106 页。

② 胡适：《胡适留学日记》，商务印书馆 1947 年版，第 833 页。

③ 陈独秀：《陈独秀文章选编》（上卷），三联书店 1984 年版，第 102—103 页。

仍是为了国家、民族，仍是为了改变中国的政局和社会的面貌。它仍然既没有脱离中国士大夫‘以天下为己任’的固有传统，也没有脱离中国近代的反抗外侮，追求富强的救亡主线。”[①]为了达到救亡图存、新国新民的目的，“五四”对于个人利益的理解，主要集中为个人的文化话语权和政治参与权，而非个人的日常生活权。在前文我们就曾分析到《阿Q正传》中作者对于阿Q日常生活要求的无视，甚至还把阿Q对于物质满足、生理满足的要求视为“国民劣根性”的体现。出现这种情况就是因为“五四”是在道义论道德思维的层面上理解个人与社会的关系，并根据这种关系把个人权利理解为文化权利和政治权利，属于个人权利和个人利益的高端内容，也是精英话语的体现。

40年代文学中所表露出的个人权利的理解与“五四”最大的区别就是立足领域和角度的区别。40年代对于个人利益和个人权利的理解，是在私人日常生活的层面上完成的。在这个层面上，食欲、物欲、情欲才是最为真实的生存愿望。人们对于价值的理解，并不像我们想象的那样遵循于既定的美德限定，而是更多地依赖于对生存的考量，表现出更为实用、更为功利的特点；只有有利于个人生存，能够帮助个人生存和安全保障的才是真正值得追求的个人利益和个人权利。

这种个人利益和个人权利的理解，虽然琐屑，但却具有不可忽视的意义。一方面，它符合乱世中沦陷市民的生存状况。正如前面所言，他们自认为一群回归生存原点的“谋生者”，琐碎的谋生行为就是他们用来表明自身存在的唯一证明；日常生活也是他们能够辨认自我的唯一空间；社会关系的缔结也主要体现为日常关系的缔结。对他们而言，所谓的“社会”并不是抽象的政治概念，而是具体可感的谋生个体在日常生活中的集结。在这个“谋生”社会里，如何活下去是他们必须面对的底线生存问题，在那个岌岌可危、朝不保夕的日常空间里，也只有活下去才具有最真实的价值和意义。主流权威伦理以及社会精英式的价值

---

① 李泽厚：《中国现代思想史论》，东方出版社1987年版，第111—112页。

设定，并不能解决他们生存的困境。40 年代文学中显示出的旺盛的对于日常生活的经营热情，就在这样的个人利益的解读之上产生。如果我们承认人道主义最本真的精神就是理解、尊重个体人真实的生存困境，那么也就必须承认，这并不能被视为道德的崩溃，而应是新的道德因子的产生。

如果我们知道在功利主义的基本概念里，利益的核心概念就是“关心个人的快乐，或是幸福，愿望”，就是“幸福、福利或功利的最大化”①，而要实现这种幸福和福利，不仅要在公共政治文化领域保障个人权利和个人利益，更要在日常生活的层面上来保障个人权利和个人利益。事实上对于普通市民来说，这更为重要。因为私人的日常领域是以日常生活为内容、以普通市民为主体的领域："私人领域包括狭义上的市民社会，亦即商品交换和社会劳动领域，家庭以及其中的私人生活也包括在其中”②。这是普通市民真正身处其中的“环境”，在这样的环境中，保障日常生活运行的权利内容才是最被急需的。

更重要的是，正因为这种对于日常个人生活权利的强调，才让沦陷后的城市在丧失政治主权之后，还能在日常生活的层面组成坚实的实体。在这个层面上，普通的市民依靠对于日常个人生活权利的不懈追求，实现着作为社会实际主体的愿望，塑造着自己的生命尊严；并按照日常生活中所共有的价值观念和道德要求缔结日常人际关系，建立属于日常生活的秩序和规范，结成谋生的群体。日常生活是琐屑的，但在政治主权沦落的情况下，它却负载着整个城市的实体，维持着这个城市在乱世中的存在和延续。这个由日常活动着的人组成的社会整体才是城市存在的真正印证。没有对于日常个人权利的渴望和追求，这种存在和延续是不可想象的。

---

① 宋希仁：《西方伦理思想史》，中国人民大学出版社 2010 年版，第 315 页。

② 〔德〕哈贝马斯：《公共领域的社会结构》，载江晖、陈燕谷主编：《文化与公共性》，三联书店 2005 年版，第 137 页。

另一方面,这种个人利益和个人权利的理解,对于社会伦理建设本身也具有重要的意义。基于日常生活的"个人权利"和"个人利益",体现出的是基本生存权的吁求,涉及最基本的生存欲望,食欲、情欲与安全欲。这种生存权的吁求扎根于日常现实生活的实践,是一种朴素的生存感受,具有庸常性,也因此具有最大意义的真实性和普遍性。从西方的道德发展实践来看,其对于"人性"的基本理解就是其世俗性;对"个人权利"的解释就是以尊重个人的世俗天性、世俗欲望作为起点的。在但丁的《神曲》中,对于人的自然权利的强调就是相当重要的部分:"不论造物主或造物,不能离爱而存在;此爱或为自然的,或为理性的。自然的爱常不及于罪恶,其他则罪恶或由于趋向之不当,或由于用力之不足,或太过。"①自从文艺复兴以来,西方对于人权的讨论,大多把世俗欲望看作一个基本的前提。世俗欲望来自人的日常生活,认可世俗欲望就是认可了日常生活存在的合理性。日常生活是个体人的基本生存方式,是个人世界的真正基础。在这个基础上理解个人权利,可以实现更深层的伦理关怀和人道主义价值。从40年代孤岛文学来观察其体现出的个人权利意识,在一定程度上跟这样的世俗权利吁求是相契合的。

从这个角度说,40年代文学对于个人利益的市民式解读,无疑补充了"五四"以来个人权利和个人利益在内涵建设上的不足,为过于精英化的个人权利和个人利益理解补充进日常生活的内容,对于改变长期以来个人权利意识脱离日常个人生活的弊端,有着重要的价值和意义。

总体而言,日常生活意识的出现以及日常空间的构建是中国城市伦理发展中的一个大事件。它不仅让普通市民的日常生活空间得以呈现,而且为主流社会伦理补充了日常伦理的内容,并且深化了"五四"以来对于个人权利的理解。

更值得注意的是,日常生活空间的开拓,第一次让普通市民拥有了

---

① 〔意〕但丁:《神曲》,王维克译,人民文学出版社1980年版,第259页。

自己的话语空间和话语权利。无可置疑，在中国社会伦理的变革过程中，理性思考的精英阶层一直扮演着重要的角色。在我们前面的分析中也不难看到这个事实，从民国初期到30年代的城市伦理声音都主要体现为一种精英表达。无论是对于空间共有权的吁求，还是对于制度正义的吁求，都是从精英立场和精英视角展开的，这是由于中国社会二三十年代的精英阶层握有更多话语权和影响力造成的。精英的作用虽然可以增加文化演变中的理性色彩，但弊端也显而易见。由于对于社会伦理问题的讨论和思考过多地依赖权威阶层和精英阶层的力量，对于道德的理解必然携带太多权威的、精英的色彩。

一方面，这必然造成市民阶层真实伦理吁求被覆盖的结果。政治权威和文化精英对于社会伦理问题的讨论都是从政治层面或者文化层面展开的，属于政治话语和文化话语。但是，普通市民的伦理吁求，多立足于日常生活的伦理感受，于是日常伦理的需求常常受到主流政治文化伦理的压制或覆盖。一个悖论就此产生：政治或文化精英一直在主张普通民众的权利，但这种主张却常常难以切中普通民众伦理需求的靶心。精英式的道德设想，既无法解决普通民众的伦理困惑，也无法在普通民众那里得到理解、传播和实践。这样双重的困境，就是因为过于发达的精英话语和权威话语，让民众真实伦理吁求总是难逃被错误理解或无情覆盖的悲剧命运。

另一方面，精英话语过于发达会加重普通市民的失语症。普通民众失语，向来是中国社会和文化的一个严重问题。“君臣父子”等级宗法伦理的浸染，使得中国民族性格以及人格构成中具有非常明显的“权威服从”的特点。无论是社会政治结构还是道德等级秩序，都要求“治于人者”群体以“服从”为美德，放弃主动思考和主动参与的权利与热情。在这种状态下，普通民众的参与冲动与思考热情都没有得到鼓励、支持和培养，逐渐形成一种“权威性人格”。所谓“权威性人格”，就是习惯于服从权威，而缺少自我独立的看法与立场。这种权威可以是政治权威、文化权威,甚至舆论权威。独立人格的缺乏,使得普通民众长期缺乏话语权,也缺乏话语能力,更缺少话语平台,因此在中国社会中普通社会成员,特别是文化层次较低的阶层成员,常常是以失语的状态存在。

这种状况在40年代被大大地改变了。由于抗战的全面爆发,很多大城市沦为孤岛。政府的缺失,让他们的国民身份变得模糊不清;精英群体大批撤离,让这些城市变成话语空城。但令人嗟叹的是,也正是在这样的特殊时期,普通市民才获得了发声的机会。这一时期的报刊可以理直气壮地登载市民最感兴趣的内容,文学、电影和舞台也可以毫不扭捏地描述普通市民琐碎的生活,传达他们虽然并不高尚但却真实可感的道德体验。这一切虽然是在一个特殊的时期的一次特殊演练,但对于普通市民的话语能力来说,未尝不是一次极其宝贵的锻炼。从这个角度说,这凄凉而悲哀的沦陷生存的确酝酿并催生了城市伦理发展中的许多不容忽视的巨变。

第三章

当代城市伦理的曲折进程

第一节 "革命拟仿时代":城市伦理的双线结构

在以往的研究中,我们倾向于认为从新中国成立到"文革"结束,中国城市社会伦理进入到单一的政治化伦理的发展时期,社会伦理观念被政治意识形态大面积渗透,几近同化,但这种观点并不完全准确。由于这一时期的文学创作受到政治意识形态的严格控制,在创作机制和创作动机上很难尊重文学创作的天然规律,即不再把表现生活的真实作为原则,而是把宣传政治理念作为原则,因此我们说这一时期的文本也许在表现政治主观理念上具有更多的真实性,但在表现生活的真实度上是要大打折扣的。据此,我们才说这一时期文学中所表现出的单一的政治化伦理构造,只是主流文本和主流话语系统所营造、表达的主观意愿,是一种主观色彩的理想伦理结构,并不是真实的社会伦理结构,真实的社会伦理结构要复杂得多,决不像我们认为的那么简单。

换个角度来观察这一时期的文学作品,会发现一个明显的现象,对于主流价值标准和道德规范的传达是通过"否定""批判"和"斗争"的模式来展开的，即设置价值观彼此对立的人群，让两个人群之间产生剧烈的价值观冲突和行为差异，然后以一方对于另一方的彻底征服，实现主流价值观和道德规范的完胜。这种模式，一方面是军事战争思维的折射，但另一方面隐藏的更为重要的信息，就是当时社会伦理状况的复杂冲突。正是社会伦理结构中道德观和价值观的矛盾始终存在，才会使得这种二元式冲突一直以紧张的状态出现。如果仔细观察这个二元式冲突的双方，不难发现，一方是带有浓厚政治意识形态色彩的主流伦理价值观念，一方却是日常生活伦理。政治化伦理与日常化伦理之间的紧张关系，成为新中国成立到“文革”时期社会伦理的主要内容。这种状况一方面让我们看到新中国成立后主流价值观念的重新搭建，另一方面也让我们看到日常生活伦理的执着存在。虽然日常生活伦理始终面临着主流价值观念的强烈批评和否定，也不得不接受主流政治意识形态对于个人私领域的大面积渗透，但作为民间伦理的最真实基础，日常生活伦理从未真正消亡，它以隐性存在的方式构筑着人们的生活基础和道德心理，依然影响着人们的价值取舍和行为选择。

基于这种认识，对于新中国成立后的社会伦理结构，描述为政治伦理和日常伦理的双线结构要更为准确。无论主流话语体系中的单一伦理渲染有多么强烈，未曾消亡的日常生活伦理都以潜在的方式支撑着市民社会的生存空间，所谓单一的政治伦理结构并未真正实现。

一、乌托邦式伦理想象与宗法式实践

胡风在 1951 年创作了大型交响乐式的长诗《时间开始了》，最清楚地代表着新中国成立初期的时空理解，所谓“时间开始了”，就题名本身而言把新时代的开始理解为时间的原点，从而切断了新时代与旧时代在时间上的连续性。新中国成立以后的城市建设更是体现了这样一种求新的思路。从总体来说，这种“新”的想象是从社会主义的乌托邦式想象开始的，但在实际的社会道德实践中，人们却用宗法伦理的思维方

式和道德标准对这种乌托邦想象展开了接受和理解，沉淀在普通民众意识中的宗法血缘伦理被最大限度地激发出来，用以实践这种乌托邦式的新伦理。这种政治化的主流伦理体系既不是完整的乌托邦伦理，也不是完整的宗法血缘伦理，而是在主流意识层面上形成的一种由乌托邦社会主义假想与传统宗法血缘伦理怪异结合的伦理形态。这种伦理特点无论在乡村还是在城市，都有着鲜明的体现。

（一）乌托邦式城市空间的想象：空间同一性的追求和建构

我们无法怀疑新中国成立后追求乌托邦式社会理想的良善动机，这种追求不应该被简单地解释为是基于政党利益的执政措施的考虑。如果我们相信就算政治举措也会与社会真实的伦理需求密不可分，那么就不应该把新中国成立后城市社会的现象分析停留在政治意识形态的界面，而应该去发现其深层的伦理成因。特别是我们必须承认，新中国是建立在对于旧的政治时代的否定之上的，这种否定本身就蕴含着一种承诺，承诺纠正旧时代所有的不公正、不平等，承诺满足人们对于新社会的更为公正、平等，更符合心意的伦理吁求。这就意味着，旧时代始终未能解决的社会问题在很大程度上是人们支持并且选择新社会的理由，从伦理吁求的角度说，新中国要标明与旧时代的质的差别，就必须尽力去解决这些留给人们太多积怨和不满的社会问题，才能彰显自己与旧中国不同的新品格。

就城市道德状况而言，新中国成立前所积累的社会问题主要表现为两个方面：一方面，从个体道德状况来说，是人对于物的过于依赖所导致的道德危机和道德困惑，这一点无论是在 30 年代的海派文学、老舍的北京文学、沈从文笔下与乡村相对的都市文学，以及 40 年代孤岛文学中都有持续的表现；另一方面，从社会整体道德状态来说，是城市各阶层之间过于剧烈的资源差异和机会差异造成的社会公正和平等的丧失，形成了制度伦理“正义”因素的缺乏，这一点在 30 年代的左翼文学中有着集中的批判。如何解决这些问题，就成为新时代最为迫切的命题。

新中国城市社会构想与乌托邦式社会理想的契合，就发生在这样一种急于解决现实问题的迫切情景之下。新中国在城市伦理构想上与乌托邦的契台，与其说来自政治理念，不如说来自解决现实道德状况的需求。乌托邦对于新中国道德建设最大的魅力，就在于它所构想的是一个具有阶层同一性、道德同质性以及价值共识性的理想空间，为新中国所面临的城市道德问题提供了最佳的答案范本。乌托邦式的社会空间理想给予新中国城市建设的最大启发，就是构建空间同一性的必要性——只要实现空间同一性，就可以实现道德的同质性以及价值的共识性，那么新中国对于城市道德最为棘手的两个问题，即物欲膨胀造成的道德危机以及阶层差异造成的公正缺失都将迎刃而解。所谓乌托邦式的空间同一性，就是缩小直至消除个人与个人、特别是个人与整体之间的利益冲突、价值差异以及认知冲突，从而促成社会成员之间共享与共识的达成；而共享就是社会成员共同享有社会资源与发展机会，共识就是社会成员达成共同的价值观念和行为选择。

可以想象，这种以共享与共识所支撑的理想社会对于构建社会新秩序的新中国来说，诱惑是多么巨大。乌托邦式的同一性社会空间几乎立刻就成为新中国城市建设的最高理想，在新中国成立初期，对于城市空间同一性的追求是热烈而执着的。这种追求可以从下面几点略窥一斑：

1. 取缔私有制，在物质层面构建空间同一性，培养集体主义道德激情

新中国成立后对于私有制的取缔，已有的研究大多是进行政治解读，但本文依然坚持认为在这个政治性的制度变革背后蕴含着重要的伦理构建的吁求。改变已有的城市道德痼疾是新中国成立后城市建设的一个重要难题。而在这些道德痼疾的形成机制中，无论是人对于物的过度依赖造成的道德危机还是阶层差异造成的社会不公，的确都跟私有制的扩张和膨胀有着密切的关系。

一方面，没有社会制度调控和制约的私有制经过无限扩张和膨胀，

势必会造成社会成员在资本拥有上越来越大的差异和悬殊；而单一的“按资分配”的分配方式使得社会资源和发展机会常常以资本拥有的数量来进行分配，复杂的社会阶层冲突就此产生，严重妨碍平等、公正的生产关系的形成。所谓平等的生产关系，一是体现为人与人之间的平等关系，让生产过程中的每个个体都能按照平等原则缔结彼此的权利和义务关系；二是体现为劳动付出与劳动收入之间的平等关系，让生产过程中的每个个体都能按照自己的劳动付出公正地得到劳动收入。但是，就新中国成立前城市空间的生产关系状况来看，这两种平等关系都未能成功地建立，资本拥有者与非资本拥有者之间存在权利和义务的不对等关系，劳动付出与劳动收入之间更是存在严重的失衡。城市社会中一系列不平等、不公正现象都由此发生。同时，阶级差异也容易导致社会道德的混乱。按照马克思的说法，“一切以往的道德论归根到底都是当时的社会经济状况的产物”[①]，在存在阶层差异的社会中，期盼社会成员达成广泛的价值观和行为选择共识是不可能的：“每个阶级都有它自己的基本目标和生活方式，道德戒律将在每个阶级的社会生活中起作用。但没有那种居于阶级划分之上的独立的超验准则”[②]。从这个角度说，私有制的存在让乌托邦式的和谐共识的社会构想难以实现。

另一方面，私有制的存在依赖的是商品经济，在商品经济之下，人与人之间关系的缔结是通过商品交换来完成的，金钱和物质是这种社会关系的主要介质。金钱和物质很容易被作为价值的标准，而一己之私也很容易成为行为选择的原则。从金钱标准和个人私利出发的行为选择，在一定程度上造成了社会道德的沦落。

鉴于新中国成立后急于解决城市痼疾、打造时代新品格的功利心理，虽然私有制并非是导致社会正义丧失的根本原因，要建设和谐健康的社会伦理也并非取消了私有制就能实现，但取消私有制依然被视为

① 《马克思恩格斯选集》(第3卷)，人民出版社1995年版，第435页。
② 〔美〕麦金太尔：《伦理学简史》，龚群译，商务印书馆2010年版，第213页。

迅速改变社会关系、价值观念和道德风气的一个有效切入口。

从今天的角度来看待这种道德建设思路，虽然其中存在很多问题——这是一种仿造乌托邦社会构想进行的颇具功利化的道德建设思路，存在着诸多对于乌托邦精神的片面理解和表层解读，但我们也必须客观地承认，这种功利化的道德建设思路在当时并非全无价值和意义。

在取缔私有制的行为背后，蕴含着的是在物质层面构建空间同一性的努力。在取缔私有制的同时，新中国成立后的城市空间构想试图绘制一幅前所未有的图画：那个按照个人财富区分贵贱的城市已不复存在，在新的城市空间里，一切皆为"人民所有"。普通社会成员以"主人翁"的身份被赋予前所未有的共有权，以彼此平等的方式获得社会资源和劳动收入的均等分配。空间的同一性就这样在物质共有的层面率先被搭建起来。这种本质的变化必然带来社会关系的重新缔结以及道德思维方式的系列改变。

公有制和计划经济改变了原有的城市社会关系的缔结方式。原有的城市社会关系是在商品交换中完成的，但公有制和计划经济却要求人们在劳动合作中缔结彼此的关系。工商业国有化意味着由国家掌握生产资本，由国家组织生产和销售的各个环节，甚至由国家直接分配生活资料，在国家掌控生产资料和劳动成果分配的情况下，商品市场和商品经济以及建立在其上的商品交换关系都不再能成为整个社会的基础和支点。在资源共有、按劳分配的前提下，社会关系缔结的基础已经不是商品交换，而是劳动合作。劳动合作关系意味着彼此利益共同体的形成。所有的社会成员，即便职业不同，身份不同，文化素养不同，但只要获得"人民"的合法身份就能进入共同的利益空间。这种共同的利益体现为资源共有、机会均等和按劳分配。从伦理层面说，这意味着城市空间从一个激烈的生存竞争空间，转变为一个合作共享的空间。对于城市道德状况来说，这个触动无疑是巨大的：资源共享削减了个人利益与集体利益的冲突，让集体的公共利益成为影响个人生存的最重要因素,关注集体利益也因此成为个人行为中最有价值的选择。个人利益与集体利益的冲突被大大缩减,实现了个人利益与集体利益的高度重合。机会均等同样削减了个人与个人之间的利益冲突,同样是只要获得“人民”的合法身份,就能较为平等地得到教育、就业、职业发展等机会,以往城市社会中按照财富等级获得不同发展机会的现象得到了很大的纠正。最后,按劳分配则切断了私有资本运作的核心流程,保证了生产关系的平等缔结,最大程度上保障并提升了弱势群体的生存利益。

可见,在物质层面搭建的同一性、共享性的空间,在社会成员间形成了广泛的利益共同体,虽然其中难免有种种隐患,但它带来的整体社会道德状况的改变却是不容忽视的。其最显著的成绩就是培养并且激发了广泛的集体主义道德激情。在个人利益与集体利益的冲突中,自觉遵循集体利益的原则,超越一己之私,追求整体共赢,成为普遍存在的个体道德自觉;“大公无私”“先人后己”“无私奉献”等集体原则的美德也被普遍确立。无论这种集体主义道德激情中存在多少问题,但我们都必须承认它在一定程度上破解了民国城市发展后期所出现的道德危机,大大提高了社会整体道德水平,这一点是必须肯定的。

2. 遏制物欲,倡扬精神价值,在价值层面构建空间同一性

新中国成立后的城市伦理构建中,物欲被认定为一种道德上的“恶”,追求私人财富失去了道德依据。在这一时期的文学中,资产拥有者几乎全被进行了“恶”的定位和描摹,这种“恶”的体现被锁定在他们自身的物质拥有度。一个有意思的现象,这一时期的作品在塑造“资本家”这一群体形象时,无一例外地都把他们和“物”的环境扣在一起写。在把资本家作为主要刻画对象的《上海的早晨》中,以徐义德为中心的资本家群体的每次亮相,作者总是要详细描写他们身上的穿戴、居所的摆设、出行代步的汽车,并不厌其烦地刻画这些“物”的华美与奢丽,但这种描写却是为了衬托资本家人群的精神庸俗和道德堕落。“物”被等同于精神庸俗的符号,代表着富有者卑琐的人格。例如,《上海的早晨》

中有一段描绘徐义德家中书房的文字，使用了系列古色古香的词语：玻璃书橱里的《四部丛刊》，康熙年间的大磁盘，汉玉做的如来佛和唐朝的铜佛像，壁炉上面的小古玩，宋朝的大瓷花瓶，吴昌硕的条幅，唐代的《纨扇侍女图》……。如果我们愿意对比一下其他时期作家笔下的类似古色古香书房的描写，就可以看出微妙的差别。例如，沈从文新中国成立前的作品《芷江县的熊公馆》中，在描写熊公馆内的摆设时也使用了一组十分相似的物品：院中的素心兰和茉莉花，壁上的明朝古画，写着唐人诗的六幅屏条，插在瓶中的几支孔雀长尾，蚀花玻璃的旧式宫灯，白棉纸的古印谱和林译的文言小说。[①] 在沈从文的笔下，这些古画、条幅、瓷器彰显的是优雅的品位、淡泊的人格。但同样的物品，在《上海的早晨》中，却代表着庸俗的品位、空虚的人格。为了达到这种效果，作者甚至故意使用了一些消解的方法来凸显这些物品所代表的庸俗生活。例如，虽然有书籍，作者却说这些书籍只是用来摆设的；虽然有古物，作者却说这些古物大多是赝品。作者之所以作出这些交代，无非就是为了消除这些物品的精神美感，使它们可以更贴切地代表主人附庸风雅、空虚无聊的精神世界。同样的物品，为什么在以前代表着优雅的精神，新中国成立后却变成庸俗的代言了呢？其中体现出的正是新中国成立以后“物即是恶”的价值逻辑。因此，我们才能理解，就连女性对于服饰的追求，也会被看作是一种人格的“恶”。在《上海的早晨》中，为了表达资产阶层女性的精神沦落和空虚，使用的“证据”就是她们考究的服饰：从旗袍、白羊毛背心、高跟皮鞋、绸缎绣鞋，到包金手表、钻戒、玛瑙胸针、蝴蝶发夹、丝绒头花，甚至就连波浪式的烫发造型，都成为精神空虚和道德堕落的象征符号。

对于物质的敌意，也表现在对于普通民众的告诫之中。话剧《千万不要忘记》中讲述了挽救落后青年的故事，这个名叫丁少纯的青年工人工作态度不积极不认真，还差点造成工作事故。对于这样的青年进行

① 参见《沈从文全集》（第12卷），北岳文艺出版社2002年版，第287页。

挽救本无可非议，但在揭示这个青年落后的根本原因时，答案却令人吃惊。原来，丁少纯之所以会工作态度落后，还差点酿成工作事故，原因就在于他喜欢穿漂亮考究的衣服！因为喜欢高档穿戴，丁少纯的工资难以应付这些开支，于是他就利用业余时间到郊外打野鸭子卖钱；因为一心只想着打鸭子赚钱，于是才会迟到早退，还差点酿出工作事故。在这个故事的基本逻辑中，对物质的迷恋是造成丁少纯一切错误的根本原因，是最无法容忍的“恶”。最终丁少纯幡然醒悟，自觉地放弃了对于个人物质生活的追求，也就自觉地放弃了道德上认定的“恶”，他以这种自我物质利益追求的放弃得到了最终的精神拯救，成长为一个自觉追求“进步”的青年。

“物质”带来的精神毁灭性，甚至就连思想进步的干部和士兵群体也难逃其劫。在《霓虹灯下的哨兵》中，军队进驻城市后最大的威胁，居然就是物质带来的精神威胁。三排长陈喜在城市装束的影响下，不肯再穿厚重累赘的布袜子，他扔掉了打着补丁的布袜子，穿上了轻便舒适的洋袜子；上海兵童阿男则爱上了在考究的饭店里吃饭、在精致的咖啡馆里喝咖啡、到跳舞厅里跳舞的都市生活。这些看似寻常的、对于城市生活方式的接受，却被视为一种“精神的覆灭”。而在《我们夫妇之间》中，对于物质的不同态度也被视为价值观层面的重大分歧。文中的“我”和妻子来到城市后，夫妻关系中出现巨大的矛盾和冲突，几乎陷入破裂的危机，而矛盾的焦点就在于对待物质生活的不同态度。“我”因为出身城市，对于城市的物质生活方式有着天然的依恋：“那些丝质的窗帘，有花的地毯，那些沙发，那些洁净的街道，霓虹灯，那些从跳舞厅里传出来的爵士乐……对我是那样的熟悉，调和……好像回到了故乡一样，这一切对我发出了强烈的诱惑，连走路也觉得分外轻松”①；而“我”的妻子出身农村，却对这些物质生活有着强烈的抗拒，她看不惯城市男人使用发蜡，看不惯城市女人穿裙子露出小腿，看不惯翻出毛边儿

---

① 萧也牧：《我们夫妇之间》，载《人民文学》1950 年第 3 期。

的皮衣，女人涂口红在她眼里就是血盆大口，女人的烫发在她眼里也是“草鸡窝”……。从本质上说，这是一种生活方式和审美标准上的差异，但作者依然认为这对于文中的“我”而言是一种精神堕落的先兆。当然，众所周知，在主流价值话语中这种物质倾向的严重性却要远远超过作者的想象。作者面对“物质就是恶”的逻辑表现出一定的认可，但也存有一定的疑问，所以在文章的结尾他虽然让男主人公反思了迷恋物质的“恶”，但也让女主人公接受了一部分物质审美的“善”——妻子最后买了一双皮鞋，每逢重要的场合就穿上它。就是这种对于物质的复杂态度，让作者遭受了一场灭顶之灾，作品发表的第二年，这篇小说被彻底地否定并遭遇到持续性的批判，以清除那种对于物质的犹豫不决的态度。

对于这种排斥生存物质内容的倾向，我们应该用辩证的态度去看待。一方面，如众多已有的研究所揭示的，这种对于物质因素的恐惧和警惕是对于政治意识形态的机械性遵循。在这些故事中，都是把“个人物质需求”与“工作”对立起来设置矛盾的。为什么“个人物质需求”跟“工作”竟然是互不兼容、互相冲突的呢？其内在原因就是“工作”的内涵已经不是谋生活动，而是一种以国家和集体利益为终极目的的，不包含个人生活目的的政治化的活动。正因为把“工作”视为政治化的“国家建设”，而排除了个人谋生内容，所以“个人物质需求”不能成为“工作”的合理目的。对于“工作”而言，“个人物质需求”只是一种破坏性的干扰因素，试图通过业余时间赚钱来改善个人物质生活的丁少纯，也只能是作为一种“落后”形象而遭到严厉的批评，因为工作态度直接标志的是“政治态度”。“个人物质需求”被视为无助于“国家建设”的因素，因此，即便丁少纯只是利用业余时间去打野鸭子挣钱，但依然要受到道德严厉的批判。在国家建设的内容设定中，并没有个人日常生活利益的内容，因此对于个人日常生活利益，特别是物质利益的追求，自然被视为一种与国家和集体利益相悖的“资产阶级享乐主义”而遭到彻底的否定。在这样的政治逻辑之下，追求个人物质利益不仅是政治上的“错”也是道德上的“恶”，是不被允许更不被支持的。

但是，另一方面我们也应该看到其伦理建设意图上的可取之处。从伦理构建角度说，新中国成立初期对于物质的反感和排斥，是试图在精神层面构建乌托邦空间同一性的必然反应。乌托邦式的精神统一性主要体现为价值共识，即在社会成员中广泛地分享共同的世界观与人生观。如果说在物质层面取消私有制打造空间同一性是为了达到空间共享的乌托邦理想，那么在精神层面取消物质因素干扰，打造空间同一性，则是为了达到价值共识的乌托邦理想，二者之间是存在着紧密的逻辑关系的。

对于物质利益追求的彻底否定，就是为打造精神层面的空间同一性提供必要前提。“物即是恶”的基本逻辑否定了在物质层面追求并实现价值的可能性，对于价值的追求只能在精神层面实现。这就意味着只有超越个人物质生活需求之上的精神目标才具有追求的价值。人作为一种存在，既是物质的存在也是精神的存在。从伦理构建来说，新中国成立后这种对于物质因素合理性的否定和打压，一方面的确以特殊的方式前所未有地强化了人作为精神存在的价值定位，对于摆脱人对于物的依赖，培养人的精神价值追求，都具有一定的意义。毕竟，相对于物质生存，“人类的生存意义在根本上体现于最大限度地使自己从‘本能生命’的束缚中解放出来，去努力获得‘超生命’的本质”[①]，也只有在精神生存的层面确立人的生存价值，人才能真正获得道德自律的能力，以及自觉追求美德的内在要求。另外，我们也需要看到这种对于精神价值的极端强调，也是当时构建乌托邦同一性空间的必然选择。在物质层面上追求价值，无论如何取缔私有制、建立物质空间的共有性，其实质都是一种生存竞争。因此，仅靠打造物质利益共同体，很难维护社会空间同一性的稳固；只有在精神层面达成共同的价值共识，展

① 余潇枫等：《人格之境》，浙江大学出版社 2006 年版，第 3 页。

开共同的价值追求，才能最为有力地加固社会空间的同一性。虽然新中国成立后对于精神价值的提倡存在内容设置上的问题，但从对于精神价值的强化本身来说，对我们而言倒并非是全无意义。

3. 宣扬“人民”概念，实现社会身份的统一化，通过确立伦理主体构建空间同一性

新中国成立后对于空间同一性的构建，不仅体现在物质层面、价值层面，也体现在伦理主体的确立层面。在社会空间中确立伦理主体，涉及最主要的问题就是社会需要主张、维护和保障谁的利益？能够表现新中国成立后对于这一问题的回答的，无疑是“人民”这个概念。

当然，“人民”首先是一个政治概念。对于社会成员的身份描述，新中国成立后在城市里大力推广的“人民”概念，显然与“市民”不同，与“国民”不同，当然与“公民”就更为不同。“市民”作为社会成员的身份名称，强调的是其经济关系、经济地位，以及对于城市的空间归属身份。在“市民”概念里，这个居住在城市中的群体是以其独立的经济身份和经济地位，在市场链条中获取生存资本，在与城市的关系确立中获取自身价值的。再看民国时常用的“国民”概念，“国民”概念带有一定政治色彩，但严格意义上却并不是政治概念，如果说“市民”强调的是社会成员对于城市的归属身份，那么“国民”强调的是社会成员对于“国家”的归属身份，这个国家概念并不是一种政治意识形态的标志，而是民族地域和血缘关系的标志，因此是一个以地域血缘和历史血缘相连接的民族共同体概念，是用来与世界上其他国家相区分的实体概念。因此，“国民”概念也是一个带有民族主义色彩的实体概念，指的是与世界上其他国家相区分的特定国家的全体社会成员，是民族共同体的组成内容，并不指向特定的政治意识形态。而“公民”则含有更为自由和独立的概念，它不再局限于特定的民族地域和血缘来限定个人身份，而是在“社会与个人”的关系中限定个人身份，虽然有国家身份的背景，但并不强调个人与民族国家之间的关系，而是强调个人与公共社会之间的关

系。如果说在民族国家的背景下限定个人身份，是在民族国家的领域中理解个人地位，那么在公共社会的背景下限定个人身份，则是在社会公共领域理解个人地位，二者在个人权利和义务的理解上差别还是很大的。

但是，“人民”概念跟“市民”“国民”“公民”显然都存在重要的差别。首先无论“市民”“国民”还是“公民”，都是实体概念，强调的是实体空间中的实体身份，其差别只是在于把这个空间理解为“城市空间”“民族国家空间”“公共社会空间”的问题。但“人民”概念显然不同，首先“人民”概念强调的是政治关系、政治地位，跟市场链条不产生直接关系，更不包含经济地位和经济因素来衡量其价值，它并不指向城市归属身份，所以“人民”跟“市民”有着本质的不同；其次，“人民”概念跟“国民”并不相同，“国民”是没有政治条件限制的，只要是这个国家的天然成员，就天然拥有“国民”身份，所以它是一个地域和血缘基础上的民族共同体概念。但“人民”却是有政治限制的，并非是这个国家的天然成员就天然拥有“人民”身份。只有符合特定政治立场，拥有特定政治意识形态，属于同一政治利益共同体的成员，才能获得“人民”身份，因此，“人民”概念不同于“市民”和“国民”这两个实体概念，它是一个带有强烈的政治意识形态归属的概念。

不过，我们同时又要注意到，“人民”又不仅仅是一个政治概念。如果我们只把它理解为一个简单的政治概念，就不能看到它所包含的伦理意图和设想。甚至，这种伦理意图和设想也许并不像我们想象的那么狭隘，它也许携带着非常理想化的伦理意图，也符合人类潜在意识中的理想伦理方向，这是我们必须看到的。否则我们就难以理解“人民”这个词汇所携带的庞大的伦理号召力。

这个潜在的伦理意图就是在伦理主体层面打造身份同一性的设想。“人民”这个概念体现出寻求空间身份同一性的伦理追求。比“人民”使用历史更为悠久的政治共同体概念还有“无产阶级”“工农群众”

"劳动大众"等词汇,但它们显然不具备"人民"所包含的空间开放性特点。"无产阶级""工农群众""劳动大众"的语义具有非常鲜明的阶层封闭性和阶层对抗性。从阶层关系来说,这些词汇产生于两党纷争和战争年代,其意义背景大多是阶层矛盾、阶层冲突以及阶层不公,在内涵上强调的是对抗性的经济和政治关系。例如,"无产阶级"用以区别"资产阶级"的经济地位差别,突出的是"无产阶级"在经济关系中受剥削的处境;"工农群众"或"劳动大众"则常常用以区别与"统治阶级"的政治地位的差别,突出的是"工农群众"或"劳动大众"在政治上被压制、被损害的处境。从阶层特点来说,这些词汇主要是从经济处境和政治处境的角度来识别阶层差异。"无产阶级"强调的是经济上的一无所有,即没有生产资本或商业资本、没有私人物业,也没有稳定生活来源的人群(西方的"无产阶级"常常指向"产业工人",与中国的概念有重要区别);而"工农群众""劳动大众"这些词则是从劳动方式,以及在生产链条中所处的位置来识别阶层差异,指向以付出劳力换取生活资料的人群。总体来说,这些词汇强调经济上一无所有、居于生产链条的最低层面,以出卖体力劳动维持生计的人群。与这些条件相对应的基本上是城市中外来的、流动状态的体力劳动者或者一部分无业市民。这种对应是如此清晰,以至于城市中的常住群体、生活较为稳定、小有家业的普通市民群体都难以被纳入其中。所以,这些概念都是有非常封闭的阶层指向的。

"人民"概念则打破了这种对于阶层的严密限定,这一概念并不指向某个特定的社会阶层;当然它受到政治意识形态的限定,是在政治生活领域对于个人身份的认定,但它表现出以更为包容的姿态打破原有单一的阶层、吸纳更多社会阶层进入政治利益共同体的意图。"人民"这一概念不再是以单一的经济条件和经济地位来界定自己的范围,而是以政治态度和政治立场来界定自己的范围,这样就把更多经济上无法用"无产阶级",劳动方式上也无法用"工农群众"或是"劳动大众"来界定的阶层,纳入到“人民”阵营中来。如果说“无产阶级”“工农群众”“劳动大众”指向的是以经济分层为依据的阶层利益共同体,那么“人民”概念指向的则是超越经济分层的政治利益共同体。“人民”这一概念的意义在于提供了一个新的层面,这个层面几乎为所有社会成员都提供了开放性的身份可能,只要你能够确立主流政治立场和政治态度,你就可以获得“人民”这一身份。这种从封闭式的阶层强调,到打破阶层界限的共同身份的强调,显示出新中国成立后尽可能消除复杂的社会分层,去除社会成员过多的身份差异,在最大程度上打造社会成员身份同一性的努力。

另一方面,“人民”这一概念也体现出对于社会伦理主体的认定。“无产阶级”“工农群众”“劳动大众”所附带的身份色彩,往往是在对抗性政治、经济关系中的弱势群体,并且通过显示这种弱势来体现社会阶层关系的不公。新中国成立后虽然依然延续着战争和斗争的思维,这些词汇也因此被延续使用,但毫无疑问,新中国成立后的“人民”却是一个更多强势和主动色彩的词汇,体现着对于社会伦理主体的认定。“人民”不再被理解为经济上的一无所有、处于生产链条中最低位置的人群,而是被赋予空间共有权,被描述为社会资产的最终拥有者,并且在生产链条中居于掌控位置的群体,这个群体被赋予“主人翁”身份。这种身份的赋予,把“人民”置于空间的主体,强化了“人民”对于社会空间的权利,同时也强化了对于社会空间的责任。这就意味着社会成员要实践自己的“人民”身份,就必须承担这种被强化的社会权利和责任。在这个身份同一化的空间里,个人生活被等同于集体生活,整体利益就是个人利益。个人与整体的关系被假设为一种完全重合的关系,于是维护集体利益就是维护个人利益,追求集体价值就是在追求个人价值,“每人一无所有,而又每人富裕”[①],在个人与集体的高度融合之上,广泛的价值共识就此达成——这是打造身份同一性的最终目的。

① 筱敏:《记忆的形式》,百花文艺出版社2004年版,第52页。

综上所述，无论是对于物质空间同一性、精神空间同一性还是社会身份同一性的热烈追求，都意在打造一种没有身份差异、没有价值差异，也没有行为差异的社会空间。如果我们要定义这样一种空间理想，除了“乌托邦”也找不到更为合适的词语。

新中国成立后，对于乌托邦式社会空间的这种热衷，一方面是因为迫切需要在全民层面达到最大限度的政治共识和价值共识，也迫切需要一种能够被全民奉行的共同道德与普遍伦理。乌托邦式的空间共有及其形成的道德同一性，对新中国的建设思路来说无疑是一种巨大的启发和诱惑。另一方面，我们也需要承认，梦想乌托邦式的社会的确是潜藏在人类深层意识之中，对于一个资源共享、价值共识的同一性社会空间的永恒向往。它的确体现了人类对于理想社会的深层向往，也在比较大的程度上符合了人们特别是城市弱势群体希望克服城市生活中的阶层不公，获得更多平等和公正的伦理吁求。

虽然这种热情和努力的确建立在对于乌托邦的功利化解读之上，这种功利化的解读也的确使得对于乌托邦精神的理解流于表层理解与局部想象，以至于在空间同一性和价值共识的理解以及实践的途径上都与乌托邦精神出现了很大的不同，所采用的手段和途径也不乏强横和生硬。但是，我们同样也必须承认，这种对于社会空间同一性的追求，的确代表着人类对于理想社会的向往：资源共享、利益均等、价值共识和身份平等。乌托邦社会意味着个人需求极大满足之上的整体共识达成，意味着和谐共存、共同发展的社会关系的缔结，也意味着自由、平等、公正的社会状态的最终实现。落实在新中国的新城市设想中，这的确也代表着人们对于健康和谐的新城市的向往，以及对于城市空间道德状态与伦理意识的期盼。在不具备实现乌托邦社会的条件下，按照乌托邦的社会标准来重塑新中国的社会空间，是新中国所表现出来的一个主要特点。这种社会重塑不能简单地解释为政治驯化，从道德建设的角度说，无论结果如何糟糕，从行为动机而言，它都不失为一种具有诚意的道德建设的尝试和努力，也在一定程度上符合现实生活中人们对于理想社会的期盼。

只有明确了新中国成立后乌托邦式空间同一性建构的伦理基础，我们才能理解为什么在生硬的乌托邦追求中，新中国成立初期竟然取得了不容忽视的道德建设和工业建设的成就。毫无疑问，新中国成立后的城市空间内出现了完全不同的道德现象和道德风气。社会成员普遍轻物质重精神，注重精神价值的追求，在整个城市社会空间中形成了超越一己之私、摆脱物质束缚、努力追求精神和美德价值的社会风气。在城市集体主义激情的爆发之下，新中国成立初期的城市民众表现出空前的工作热情，特别是在工业方面取得了惊人的成绩。

只要我们坚持以客观的态度看待这段历史，这种奇迹般的工业生产成果以及以“无私奉献”为核心的集体主义道德标准都是无法用一句“政治愚昧”来抵消的。同时，这种集体主义激情和生产热情，也不能完全用政治动机来解释。如我们上文分析，新中国成立后所构建的乌托邦式共享共识的同一性空间的美妙图案，也许是激发这种集体主义激情和生产热情的伦理内因。乌托邦和谐共存、共同发展、共同幸福的图画，符合人们对于未来的憧憬；实现社会的公正和平等，赋予每个社会成员平等自主的社会身份，缔结没有利益冲突、没有阶层矛盾的社会共同体，也符合人们对于现实生活的伦理需求。正是对于新社会、新城市的设想符合了普通社会成员的伦理愿望，生硬的乌托邦设想才会出人意料地创造出道德和经济的奇迹。其中蕴含的道德建设的经验，对于今天的我们来说依然值得观察和分析，无论这种乌托邦社会的设想和实践存在多少问题，它所体现的社会愿望都是不容忽视的。

（二）乌托邦社会空间的仿造：自上而下的价值设定与自下而上的宗法实践

乌托邦式社会的基本精神是社会资源和发展机会的平等共享，但如前分析，要做到平等分配这些资源，需要社会在文化、经济、制度各方面达到极高的水平。从理论逻辑上来说,乌托邦社会空间的共有性和同一性,是随着个人物质和精神需求的极大满足而自然形成的结果。一方面,随着物质的极大丰富,个人利益与整体利益和他人利益的冲突渐趋缩小,并且逐渐出现大幅度重叠,公共领域趋于成熟,最终形成真正的物质空间共有。另一方面,随着个人利益与整体利益和他人利益冲突的减弱,逐渐达成理性共识和价值共识,形成精神空间的同一性。总之,这种从个人到整体,从差异到同一的演变,应该是建立在物质和精神满足之上,并且是从下而上自然发生的。正如学者们所言:"真正的共识与理性的统一,绝不会否定差异,取消多元性";同样,真正的共有空间,也绝对不能通过取消个人空间来实现,而是通过满足个人需求让"每个个人的利益在共同利益中得到同等的照顾与实现,从而使他们能为社会实践承担共同责任"①。在这样的基础上,真正的空间共有和利益共识、责任共识才会形成。因此,真正的乌托邦社会不是对于个人领域和个人需求的消灭,而是高度满足,并在高度满足个人物质精神双重利益和需求的情况下,实现了个人利益与整体利益冲突的自然消亡。

新中国成立后的中国社会以及中国城市并不具备高度满足个人物质和精神双重需求的条件,因此新中国成立后对于这种共享空间的追求,只能是一种仿造和虚拟,而用来仿造和虚拟的途径首先是自上而下进行带有外在强制性的价值设定,主要体现为对于私人日常生活空间的无价值设定,并通过公有空间对于私有空间的覆盖和取代,来完成同一性空间的搭建;其次是通过民众根深蒂固的宗法伦理认知方式和行为方式,把这种外在的价值设定自下而上地付诸于实践。

1. 通过自上而下的价值重塑,对私人生活空间进行"无价值"定论

对普通社会成员来说,个人生活向来包括两个部分,一是私领域的生活,一是公共领域的生活,二者的关系是互相延伸、互相重叠的。公共领域是一种民间立场的、从个体利益出发的、使用社会公共舆论与国

① 王振林:《"乌托邦"思维与普遍伦理》,载《吉林大学社会科学学报》2005 年第 2 期。

家空间进行话语沟通的空间,这个空间既是社会成员与国家之间的沟通桥梁,也是民间对于政治权力进行制衡的通道。公共领域虽然与私领域存在不同,但作为介于国家和社会成员之间的领域,是由个体社会成员集合而成的,因此在本质上是私人领域的延伸。公共领域和私领域都把对于社会成员个体利益的维护作为最终原则,因此二者既不可能互相对立,也不可能互相割裂。在前几章我们也曾分析到从近代以来,中国城市为了争取更多的市民自主权益,开始不断地扩大并促进着公共空间的形成和发展。

但是新中国成立后的城市中,这种努力显然没有得到延续,甚至城市的空间概念也被进行了大幅度的重新理解。公共领域被国家政治化。严格意义上来说,新中国成立后城市民众的社会生活空间不应被称为"公共空间",因为它并不符合民间立场和个体利益原则这两个特点;当然它也不应被称为"职业空间",因为职业空间也是以个人谋生为主要目的和出发点的。新中国成立后城市民众的社会生活空间已经与国家政治空间合而为一,成为一种微型的国家政治空间。国家空间是以国家政治利益为出发点的,这跟民间立场的公共领域并不相同。城市里的市民虽然以新的"人民"身份获得了"主人翁"的地位,但他们所使用的思维角度是国家角度和集体角度,他们所要维护的利益也是非个人化的集体利益和国家利益。正是由于公共领域被国家化、政治化,才出现了新中国成立后城市空间的一个本质变化,那就是原本不可分割的私领域与公共领域,也就是个人生活中的私人内容与公共内容被硬生生地理解为互相对立的关系。私领域的生活被认定为是对公共领域生活的干扰因素,社会成员关注私领域的生活也被认定为是一种价值观上的错误,私人生活空间逐渐被描述为没有价值、没有意义,甚至没有足够道德依据的空间。新中国成立后城市空间的这种变化,带给城市普通民众的结果,就是既失去了真正的民间立场的公共领域,也失去了个人立场的私领域。原有的个人生活空间被国家政治空间同化且覆盖。

我们在前文曾经通过《千万不要忘记》等作品分析到，对于个人物质利益的追求受到了否定，但事实上并非只有这种个人物质追求被否定，一些个人的精神追求也同样无法获得合法的认定。发表于1963年的四幕话剧《年青的一代》中，青年林育生认为值得追求的生活就是“晚上回来就听听音乐，看看小说，读读诗，看看电影，星期天上公园，或者找几个朋友聊聊天……”，这是比较典型的对于私人生活空间的描述和向往。从今天的观点来看，这种追求一点也不庸俗，无论是“音乐、小说、诗歌、电影”所代表的“文学艺术”，还是“公园”所代表的“大自然”，以及“朋友”所代表的“友情”，这些都是精神价值的体现。再看样板戏《海港》中的“韩小强”这个人物，如果说林育生追求个人生活的精神娱乐和享受与时代精神不符，那么“韩小强”的追求要“光明”得多了。韩小强是一个高中毕业生，在那个时代属于文化程度较高的人群，但却被安排去做一个装卸工。韩小强认为简单的装卸是一种体力劳动，对于自己拥有的知识和能力来说是一种浪费，他的梦想是做一名海员。韩小强所企及的并不是精神娱乐而是事业梦想。可他依然难逃和林育生一样的、被认定为“落后青年”的命运，成为“错误价值观”的携带者。实现自我最大价值历来都是合理的愿望，为什么在韩小强这里就变成了一种价值观的错误，并且让他成为需要被纠正和被挽救的“落后”典型了呢？答案是明确的，韩小强对于价值的判断因为立足于个人利益和个人角度，因此违背了共有空间的价值标准。

不难看出，新中国成立后所构想的共有空间伦理排斥一切立足个人角度的道德逻辑和道德标准，无论是个人的物质需求，还是个人的自我实现需求，只要是基于个人利益的立场，而这个个人利益又不能跟整体利益相契合，就无法在道德层面上得到合理性的印证和认可。这种对于私人生活领域的排斥和否定，是自上而下寻求理性同一和价值共识的必然结果。相比之下，真正的乌托邦式空间是随着物质极大丰富、个人与整体利益的自然融合、自下而上建立起的理性同一和价值共识。因此,我们说新中国成立后在城市中展开的共有空间构想,只能是对于乌托邦表面的、局部的虚拟和模仿,在本质精神、实现途径上都存在质的区别。

在这种对于乌托邦空间的假想思维中,"林育生"和"韩小强"们都是难以逃避主流意识形态强烈的指责和批判的。这种空间价值思维泛滥在新中国成立后 17 年的文学中,关注个人的私领域生活成为所有"落后典型"的基本特征。除了《年青的一代》中的林育生,还有《海港》中的韩小强,《幸福》中的王家有,《晨》中的王小杰等青年形象,他们的"错误"都是在下班之后沉浸于个人生活,没有在家里继续钻研业务,他们去看电影去游泳,这些都是罪过。可见,在个人价值思维中,否定个人私领域生活的必要性和合理性,成为新中国成立后城市伦理引导中所体现出的一个基本原则。

这就意味着,正确的空间概念只有一种,就是自觉自愿把个人空间转换为国家政治空间,也就是把个人立场转换为国家和集体立场,把个人话语转换为国家和集体话语,否则就无法获得社会对于自我合法身份的认同。在《上海的早晨》中,作者曾经讽刺并批判落魄的资本家们为了获得生存的机会,圆滑且虚伪地迎合新时代的话语体系。梅佐贤对陶阿毛说,要取得新社会的安全和信任就得多看《解放日报》,目的是"学会用他们的话讲"。"自己的话"和"他们的话"的区别是什么? 办厂经商这件事用"自己的话"就是赚钱,用"他们的话"就是"增加生产,配合国家建设,满足人民需要"。这从一个侧面印证了新中国成立后城市空间结构和性质的巨大变化。资本家们之所以作出这种虚与委蛇的改变,就是真切地发现了空间结构和空间实质的变化,也发现了原有的个人话语和个人利益的角度的不合时宜。在这种被国家政治覆盖的新的城市空间里,一切都需要转换成为国家话语和整体利益的角度,才能被接纳、被认可。于是,按照这种空间观念,正确的价值观就是要自觉自愿放弃个人私空间,让国家政治空间覆盖自己所有的生活角落。在《火车头》这篇小说中,工人李学德面对厂房和机器产生了这样的感觉:"他只觉得那些机器都那么可爱,就好像他家里的土炕,他的房子一样可爱;不,比他家的土炕和房子更可爱"[①]。在这句表述中,李学德把"私人空间"和"公有空间"进行了比较,先是得出"私人空间"(自家的土炕和房子)跟"公有空间"(厂房和机器)"一样可爱"的结论,再接着强调"公有空间"比"私人空间""更可爱"的结论。这几乎是主流价值引导的详细写照,先把认同"私人空间"与"公有空间"的价值等同,最终强调"公有空间"超越"私人空间"的更高价值,通过这种逐步的价值引导,最终达到以"公有空间"取代并覆盖"私人空间"的目的。

通过这一时期的文学叙事不难看出,私人空间的公有化已经成为一种普遍的现象。在17年文学中,对于城市空间的描写大多集中在工厂、车间、办公室等场所,而具有私人生活色彩的休闲消费场所诸如饭店、酒馆、电影院等被大面积地回避;家庭和住宿场所虽然难以避免,却极力突出其非私人性的色彩,甚至把它变成工厂、车间和办公室的延伸场所。在刻画这些场所时往往回避其私密性,如在描写女工宿舍时,没有生活化的细节,却突出描写"正面有一扇通向外面的门和一排玻璃窗,由窗户可以看见车间的房顶"[②];即使在描写私人住宅时,也要突出其与社会空间的密切关联,剧作《一家人》在描写"杨家"这个私人住所时,着力强调杨家屋后"一座巨大的金属结构的车间在兴建";无论《年青的一代》中的林家还是《锻炼》中的姚家,推开窗子都会看到同样的景色,那就是雄伟的工厂或整洁的厂房。在这些描写中,无一例外,私人住宅都被消解了私人性,转换为政治色彩的公有空间。

不仅家庭空间结构和空间景色被消解了私人性,就连家庭生活本

① 《草明文集》(第3卷),光明日报出版社1992年版,第847页。
② 崔德志:《刘莲英》,载《中国新文艺大系(1949—1976)戏剧集》(上卷),中国文联出版公司1991年版,第343页。

身也被消解了私人性。在《乘风破浪》中,跟日常生活有关的家庭活动已经不复存在,李少祥和李忠祥兄弟二人在家中谈话的主题是“如何在炉外脱硫”等工作问题,最重要的是这种工作热情并不是一种职业热情,职业热情的本质还是出于私人性的目的,诸如提升个人的职业地位或收入等等。但是,在《乘风破浪》这样的作品中,李氏兄弟的工作热情是完全排除掉私人性目的的,就是单纯地为了追求集体的利益。这种对于工作的探讨与家庭生活是完全无关的,与家庭身份也是完全无关的,在这种讨论和热情中,李氏兄弟的立足点是其作为国家和集体“主人翁”的政治身份。他们显然是按照这种政治身份来要求自己并塑造自己的。

在一些作品中,主人公甚至按照政治身份来理解自己的责任。《千万不要忘记》中,丁少纯与自己的岳母姚玉娟关系不错,他们在一起讨论的话题以及共同的活动,大多是围绕“吃穿”展开的日常内容。但这种正常的家庭关系在作品中却被视为丁少纯“堕落”的根源,因为姚玉娟对于吃穿的迷恋误导了丁少纯的价值观。丁少纯要改过自新,就必须中断这种家庭关系,也必须清除以吃穿为核心的个人生活,重新缔结另一种家庭关系,即他与父亲丁海宽的家庭关系,这种家庭关系中没有任何日常内容。正如他父亲丁海宽谈及家庭时所言:“我的孩子!难道你真的忘了你是个什么人吗?你的祖父是个老雇农,你的父亲是个老工人,你,是系着红领巾、戴着共青团徽长大的!你是工人阶级的一个成员啊!”[①]所有的家庭成员都是以政治身份来定位的,他们之间的感情交流也是以共同的“工人阶级的思想感情”来交流的,而并非父母子女之间的感情;他们的谈话里充斥着政治化的“学习”“看报”等内容,而没有私性内容。在这样的家庭关系中,私人生活是不合法的。所以,丁海宽才会对自己的儿子和儿媳说:“我现在主要是希望你们俩不要为生活上的事分了心”。可见,“生活上的事”在家庭生活中是毫无地位的。

① 《千万不要忘记》,载《剧本》1963 年第 10—11 期。

这篇作品设置了丁少纯与岳母姚玉娟以及丁少纯与父亲丁海宽两种家庭关系和两种家庭空间,前者是日常化、生活化的,后者是公有化、政治化的。整部作品正是通过这两种家庭关系和家庭空间的对立、矛盾、冲突和斗争,对前者进行了彻底的否定和批判,从而确立了公有化、政治化家庭空间的合理性与必要性。而在另一部作品《火车头》中,连恋爱关系也要取决于政治身份。文章中的金秀凤与李学文是一对恋人,当李学文在单位的政治表现越来越突出,而金秀凤的政治表现比较一般时,金秀凤就认为他们的恋爱是不安全的。而为了缔结更为稳定和牢固的恋爱关系,她所能做的选择只有一个:"我一定去学习,看我还落后不落后。"[①]这就意味着只有改变落后,跟对方获得同等的政治表现和政治地位,恋爱关系才可能是稳定的。如果家庭关系和恋爱关系都被政治身份所支配,那么可以说家庭关系也已经基本被政治化和公有化了,而私人生活空间的无价值认定就基本确立了。

于是,有没有私人生活空间甚至被用作衡量有没有个人价值的重要标杆。在《千万不要忘记》中,落后青年丁少纯与进步青年季友良的区别,就在于前者沉迷于以吃穿为核心的个人生活,后者则几乎完全没有个人的生活,而只有以工厂建设和技术改进为内容的生活,这种生活又因为完全与个人利益和个人生活没有丝毫关联,而表现为一种纯粹的政治奉献行为。只有政治生活的季友良得到了价值肯定,而活动于私人空间的丁少纯却是需要拯救的落后对象,是非的判决就是如此简单。同样,《海港》中的韩小强坚持认为工作时间要工作,但"八小时以外是我的自由",他因此认为自己有理由在业余自由安排个人空间的生活娱乐,但这种正常的要求却被斥为"这种话像咱们工人阶级说的话吗",从而在政治上将其判定为彻底的错误。这种判断的基础,当然是由于私人空间的无价值认定。如果私人空间的活动被看作是无价值的,对其的追逐自然被视为一种错误。

---

① 《草明文集》(第3卷),光明日报出版社1992年版,第836页。

这种私人空间的无价值认定，在实质上是消除了差异性的私人日常生活空间的合理性。所谓具有“差异性”的私人生活领域和空间，意思是那些无法与公有空间利益相统一的私人生活领域和空间。个人空间既包括日常私人生活空间也包括社会生活空间。日常私人空间因为立足个人感受和个人伦理需求，其个人立场是与外在社会空间最容易发生差异和冲突的空间。毫无疑问这种否定私人领域生活必要性和合理性的价值判断是违背人性基本原则的，但它在新中国成立后的主流话语和主流价值体系中盛行并且能够被大部分社会成员所接受，其原因正是在于这种对于私领域生活的否定是以构建乌托邦式社会理想作为依托的。由于新中国成立以后对于社会空间的同一性的构建并不具备条件，所以要生硬仿造乌托邦式社会模式，就必然会使用官方话语强力对这些差异性私人空间进行消解，对私人日常生活空间进行无价值论定。因此，这种对于个人私领域的否定，并不来自民间合理的伦理要求，而是自上而下的空间价值重塑，意味着通过官方话语系统和主流意识形态约束对普通民众所展开的价值教育，其隐藏的伦理动机无疑是对于乌托邦式同一性的社会空间的假想以及仿造。

2. 通过民众对于乌托邦理想的宗法式认知和理解，把主流价值规定付诸自下而上的实践

对于乌托邦式理想社会的生硬仿造需要通过否定个人私领域来达到同一性空间的建构，这对于普通民众真实的生存感受和伦理需求是一种创伤，对于三四十年代城市公共空间和日常空间建构所取得的成果，也是一种极大的破坏。但一个令人困惑的现象是，这样违背最基本生存需要的空间重塑和价值重塑竟然受到社会成员热情的接纳并积极地付诸实践，这不能不说是一个怪异的现象。究其原因，一部分的确是因为乌托邦式理想社会蓝图迎合了普通社会民众对于理想社会的想象，但更需要注意的是，这种民众热情也许还是来自宗法传统伦理意识的潜在“复活”。换句话说，因为普通社会成员的宗法伦理意识被激发

出来，才使得违背日常伦理需求的乌托邦式空间假想在民间得到了落实和贯彻。

通过否定个人私领域来达到同一性空间的建构，这种生硬的乌托邦式社会构建能被民众接受是具有社会伦理基础的。在漫长的中国传统社会发展进程中，宗法伦理一直制约着社会成员的道德思维、行为方式和价值选择。虽然在"五四"以后屡屡受到冲击，但沉淀在民族心理和行为习惯中的宗法意识，并不像我们想象的那样已被大面积清洗。其实，正是宗法意识的潜在才使得生硬的乌托邦式社会设想被比较自然地接受，并且按照宗法伦理的惯性进行了理解和实践。

中国宗法伦理传统向来具有追求"大一统"空间的价值惯性。当普通民众需要对主流话语所提倡的理想社会作出理解时，"大一统"空间意识作为一种根深蒂固的伦理资源，就会成为他们思考和判断的依据。"大一统"空间意识强调整体利益的神圣性，习惯于以制约个人利益和个人需求来实现整体空间的整饬。事实上，新中国成立后的城市空间构建中，普通社会民众也正是按照这种"大一统"的空间意识来理解社会主义的乌托邦空间设想的，最集中体现为权利和义务关系的不对等缔结。

新中国成立以后，普通社会成员被赋予了"主人翁"的身份，"当家做主"的自我认知大大激发了普通社会成员对于社会的参与热情。在《乘风破浪》中主人公李少祥就说出了这样的话语："国家的事，咱们工人不多操点心，那推给谁？"这句话所体现出的强烈的主人翁意识的确令人动容；而文中的女性角色小兰则表示从不害怕下夜班走夜路，因为"这些灯都是为我们安的，每天下班，我觉得它们都盯着我问我成绩咋样"，这句话似乎也足以证明高涨的主人翁意识所带来的惊人的奉献精神和道德自觉。这种个人与国家集体融为一体的高度同一性，的确给人带来乌托邦社会的美感。但是，结合前面的分析就不难发现问题："主人翁"身份的实践主要是通过"义务"履行来完成，而不是通过"权利”支配来完成的，甚至要成为合格的“主人翁”就必须自觉自愿放弃个人私领域的需求和愿望，甚至吃穿等基本权利。这就意味着，唯一能证明一个社会成员符合“主人翁”身份的，就是在放弃自我权利的前提下对“国家”和“集体”进行无私忘我的奉献。可以说，“主人翁”并不通向城市自治，也不通向人生自主，而只是通向一种被神圣化的绝对义务。

这不能不说是一个怪异的逻辑：获得了“主人翁”的身份，却必须放弃个人的生活选择权。如此怪异的身份价值逻辑，竟被社会成员欣然接纳并积极践行，其根本之处就在于这种价值逻辑并不陌生，而是跟中国宗法伦理的价值逻辑息息相通的。从积极的方面说，这种“主人翁”意识，其实是跟传统“治国平天下”的传统人生价值一脉相承的。古代时期的士大夫强调“治国平天下”，“五四”时期的新知识分子强调“救亡图存”，新中国成立后的“主人翁”强调“国家”和“集体”，在本质上这都可归于传统的“以天下为己任”的价值观念，其内容都是对于个人社会责任和义务的强调，认定只有在“国”与“天下”的层面上才能获得的人生价值。所不同的只是，以往对于这种“以天下为己任”的社会义务感和责任感，主要是寄托在社会精英阶层；而新中国成立以后则是以赋予普通社会成员“主人翁”身份的方式，激发了普通社会成员特别是工人阶层的“以天下为己任”的社会义务感和责任感，这算是“主人翁”身份设定所创造的伦理突破，它其实是继承并发扬了中国传统的“以天下为己任”的传统精神，并把它推广普及到了普通民众的价值选择区域。

但是，“主人翁”身份设定在发扬了“以天下为己任”传统精神积极因素的同时，也延续了其致命的文化缺陷。在这种价值观中，个人价值只有在服务于整体的过程中才能实现，这种价值观也历来要求个人无条件地服从整体的利益。因此，个人权利特别是基于日常生活的部分向来得不到充分的尊重，即便在主张个人权利的“五四”时期，对于“个人权利”的理解也多是在政治权利和文化权利的层面解读，个人日常生活中的权利并没有得到足够的认同。“主人翁”身份的设定自然也延续了这一缺点，如前所述，“主人翁”身份的获得和实践都是以自觉自愿放弃个人日常生活权利为起点的。事实上正是因为有着这样的价值认知的传统基础，面对这种对于个人私领域权利的忽略和否定，新中国成立后的人们才会既不惊讶也不反感，自然而又热情地接受了社会义务被强化而个人权利被削弱的“主人翁”身份设定。

新中国成立后17年的社会主义乌托邦奇异地跟中国最为传统的大一统社会理想实现了潜在的贯通。取代大一统空间的君主权威，是新的“国家”神话。在这种思维中，“国家”被想象成完美且神圣的最高权威，“国家”的执行政府和管理机构也被进行了极端理想化的假定，“国家”及其执行政府不仅代表着至高无上的权威地位，还代表着最为完美的道德载体，总之它们是一种超越个体甚至也超越集体概念之上的超验性存在，是真理和正义的代言。“国家”神话一旦诞生，其具有的就是类似于君主一样的天赋神圣地位，面对这样的“国家”权威，普通社会成员即便被定义为“主人翁”，事实上也只能是处于从属地位，其主动权只是体现在如何主动履行义务，而并非平等地共享权利。

“主人翁”身份的设定虽然语境与传统伦理不同，但在对权威力量的无条件信任和服从、对个人社会义务的强调以及对个人日常权利的压抑上，都与中国传统伦理所培养出的权威服从性人格有着太多的雷同。正是这种民族性格的延续性，才使得自上而下的价值重塑和空间重塑被忠诚地执行。

除了服从性人格的延续，传统宗法伦理的差序格局也被自然地用来营造乌托邦式的空间设想。《年青的一代》中的林育生、《千万不要忘记》中的丁少纯、《海港》中的韩小强、《幸福》中的王家有或是《晨》中的王小杰这些年青一代都代表着与主流价值观不符的“时代杂音”，他们怀疑主流观念并试图保留自己私领域生活的愿望，他们的存在对于构建同一性的乌托邦社会假想是一个巨大的问题和障碍。那么，用什么去解决这个问题，消除这些杂音呢？“17年文学”的共同的答案就是利用父辈的权威。林育生的养父林坚，丁少纯的父亲丁海宽，韩小强的舅父马洪亮等都代表着这种父辈的权威。这些父辈形象被塑造成具有无私道德、坚定的政治态度、历经考验的正派出身，从而成为正确价值观的完美化身，代表着至高无上的社会正义与美德，更代表着主流意识形态和“根正苗红”的政治血缘。面对这些完美而无懈可击的父辈，“林育生”们几乎完全失去话语权，更没有任何可以辩解的空间，只能处于一种失语的状态。在父子两代的观念冲突中，并没有应有的沟通、讨论和交流，而只有“父命”的下达与执行。对林育生们来说，除了无条件地接受父辈的教诲，放弃自我的想法，加入到同一性的声音体系之中，并没有其他选择。在这些作品中，最后也都是以子辈的自我放弃以及对于父辈的顺从作为结局的。

这种通过父子关系的秩序排列，以父辈的权威维持秩序整饬的空间特点，是比较典型的传统宗法伦理的空间特点，是以传统宗法伦理对乌托邦社会展开的变相理解和实践，并不符合真正的乌托邦精神。乌托邦精神寻求的是人与人之间和谐共处、共同发展的可能性，是在充分尊重个人自由的基础上寻求价值观的共识。因此，基于真正乌托邦精神至上的价值空间应该是一种对于多元性声音的容纳，在容纳之中建构同一。有学者就引用哈贝马斯的话来证明这一点：“将整体视为虚假的，把同一性与压抑和统治混为一谈，显然不符合事实。整体和同一性的建立并不必然意味着抹杀差异与个性，取消话语的多元性，相反，是建筑在对个性和多元性的承认之上的。”[①]但我们在上述作品中所看到的，却恰好是代表“同一性”话语的“父辈”权威，对代表着“个性”“差异性”“多元性”的“子辈”进行了压制、否定和抹杀，这是完全违背乌托邦精神的。虽然建设同一性空间的目的是共同的，但差异就发生在以何种方式去构建同一性空间。从社会成员中之间的关系处理来说，乌托

① 转引自章国峰：《关于一个公正世界的“乌托邦”构想》，山东人民出版社2001年版，第167页。

邦精神的一个基本途径就是要求社会成员以平等、公正的对话方式，展开价值观和话语立场的充分交换和交流，在这种交换和交流中，逐渐达成同一。其实，从希腊雅典时期的公民大会到后期的民主议制，都是在试图通过这种途径达到一种话语空间和意见空间的同一性。

新中国的城市空间设想也基于这种达成话语空间和意见空间同一性的动机，但由于中国传统社会向来都是差序格局的社会，宗法伦理的等级秩序严明，上述所言的“社会成员以平等、公正的对话方式，展开价值观和话语立场的充分交换和交流，在这种交换和交流中，逐渐达成同一”途径，在中国缺乏社会实践基础和伦理资源。相反，为了达成话语空间和意见空间同一性，差序格局的社会更习惯于使用单向的话语控制体系，即面对多元化、差异化的意见空间和话语空间，利用等级化的人际控制，通过外在强制手段或者通过道德教化所达到的内在强制手段，要求自上而下地通过单方向话语控制，对于多元化和差异化的内容进行清除。“林育生”们在价值观念上的转变并不是跟父辈平等沟通的结果，甚至并不存在深入且自由的对话，“林育生”们对于私领域生活的维护和要求，甚至没有被加以讨论，就直接被认定为“错误”和“堕落”，从而直接被否定、被清除了。

那么，父辈们借以否定和清除子辈价值观念的依据又是什么？同样是宗法伦理体系赖以存在的血缘关系和血缘秩序。所不同的是，新中国成立后的“父辈”话语把这种血缘关系上升到政治意识形态的层面，并在这个层面上把家族血缘关系上升为政治性的阶级血缘关系。例如，《年青的一代》中真正让林育生彻底放弃原来自己对于私领域生活看法的，是养父对于其生身父母为革命牺牲的壮烈往事的追忆；《千万不要忘记》中，终于让丁少纯低下悔恨头颅的是其父所言的不能忘记的“苦出身”；《海港》中的韩小强最终决定放弃个人的梦想，老老实实地做一个装卸工人，也是因为舅父马洪亮对他进行的忆苦思甜的教育；让《霓虹灯下的哨兵》里的陈喜最终穿回“布袜子”的原因，也是连长所说的“布袜子”代表着艰苦的革命岁月。正如连长鲁大成所说:“换上这双老布袜吧!还是它结实、耐穿,穿着它,脚底板硬,站得稳,过去穿它能推倒三座大山,今天穿着它照样能改造南京路!”①在这种话语体系中,“布袜子”就是阶级血缘的一种鲜明的载体和具象呈现,它的权威之处不是它的结实耐穿,而是它所负载和象征的政治血缘。在这些作品中,“父辈”们通过血缘关系的整理,帮助“子辈”们血缘系统来辨识自身的身份;子辈们在辨识到自己的血缘身份之后就放弃了个人的执念,服从于父辈们所劝导的价值话语,这就是典型的血缘宗法伦理的道德思维和道德秩序。因为在宗法伦理空间中,个人的价值就是体现在对于自身先验存在的血缘身份的认知,以及对于这身份所携带的先天道德义务和行为规定的自觉践行。个人只有能够认知并践行自己先验存在的血缘身份以及义务,才能实现个人价值;最重要的是,自身身份所附着的道德义务、人生义务都是先验存在的,并不会根据个体的情况而更改。因此,中国传统宗法伦理的道德戒条都是以“天命”“天道”的绝对化方式被奉行的,而中国传统道德的稳定性和牢固性也就是建立在这种道德思维的基石之上。

毫无疑问,从上述作品中我们看到了这种道德思维的悄然复活。假如要以清除个性化、差异化、多元化的话语和价值杂音作为构建同一性话语空间和价值空间的途径,那就没有比宗法父子伦理更为可靠和更为有效的伦理资源了。政治意识形态和主流价值观,正是附着于血缘身份之上拥有了天然的权威性和合理性,作为一种绝对性的道德律令和终极价值在子辈们那里得到了顺利的认知和践行,从而构成伦理话语和伦理价值的牢固共同体。在这种道德思维和价值塑造中,表现出的是中国传统宗法伦理的道德思维、话语模式、秩序意识的潜在影响。

---

① 沈西蒙、漠雁、吕兴臣:《霓虹灯下的哨兵》,载《中国新文艺大系(1949—1976)戏剧卷》(下),中国文联出版公司1991年版,第790页。

对于这种现象的产生,并不能完全归结于政治束缚的问题,事实上,正是这种现象让我们看到伦理积习对于社会的深远影响。任何一种新的社会构想和价值提倡,在要求民众的理解与实践时都会激发民众对于伦理习惯和伦理资源的下意识寻觅和调动。我们从这里可以得出一个惨痛的经验和教训,如果一种新的空间理想却激发出了陈旧的、并不符合现代伦理发展方向的伦理资源,如果在最新的名头下面,隐藏着的却是最旧的实质,这个空间构想本身就是存在问题的,那么这种构想就一定会给社会的现代发展埋下难以逃脱的隐患和灾难。

综上所述,乌托邦美好的社会特质的确启发了社会主义城市空间建设的基本设想和发展目标,也激发了新中国追求这种理想社会的浓厚热情和持续努力,从伦理发展的角度说,努力缔造空间的同一性以及达成价值共识,也代表着人类伦理意识的基本吁求。因此,我们也看到新中国成立以后,在激发普通民众城市建设热情和生产上的确达到前所未有的力度,也在一定程度上推进了城市社会生产力,特别是工业生产的迅速发展,这些都是应该肯定的。

但我们也同样应该看到,由于这种对于同一性空间的理解存在偏颇,对同一性空间价值的推广采取了自上而下的生硬方式,导致民间在道德实践上表现出明显的宗法伦理特点,乌托邦空间设想被怪诞地用中国传统宗法伦理进行了理解和演绎。这种生硬的乌托邦空间构造对于普通民众真实的生存感受和伦理需求造成了严重的压制,对于三四十年代以来城市公共空间和日常空间的努力建构更是造成了极大的创伤,这又是我们必须反思的。

二、未曾断绝的市民伦理及其隐性传承

乌托邦想象和随之展开的宗法伦理实践代表着新中国成立后到“文革”17 年间的城市主流价值导向,这种主流价值导向借助官方话语体系、社会公共舆论体系向民众描绘,并倡导着一种理想空间的生活模

式，当然它也的确在很大面积和程度上通过民众的践行落实在现实生活空间之中。但这并不意味着，这种通过主流话语和官方语言所描绘的图像，就是全部的生活真实。如前分析，乌托邦的生硬仿造主要是以消除个人日常生活空间及其内容作为主要途径，因此主流话语和意见空间中所描述的理想社会是一个没有日常生活空间，也没有以日常生活为基础的公共空间的同一性图景。但事实上，如果我们相信作为维持人类基本生存领域的日常生活是无从消灭的，那么，我们就应该可以判断，所谓的同一性空间很大程度上也只是营造在主流话语和主流意识空间之中。日常生活的伦理吁求以及建立在其上的市民空间既没有消失也没有中断，只不过是换了一个语境、一种方式，以潜在的方式存在于失语的民间。

（一）日常空间以隐性方式存在于主流话语的潜意识底层以及感性边缘

日常空间是市民社会赖以存在的空间，市民社会通过日常谋生所展开的经济活动来缔结社会关系，构建社会空间。市民社会的最大特点就是在政治社会生活层面之外构建社会生活领域，因此是一种非政治性的社会生活空间。新中国成立以后到“文革”期间主流话语热衷于对日常空间和个人私领域进行持续性的否定和批判，其内在的意味就是要捣碎这种非政治化的市民社会，把它重新整合进政治共同体的大结构之中。

但是，这种努力并不像人们想象的那么成功。这种否定和批判持续不断地进行，本身就说明要捣毁和清除这一市民社会空间是非常艰难的，也从一个侧面证明了日常空间和个人私领域持久而顽强的存在。换句话说，正是因为日常空间和个人私领域始终未能清除，我们才能理解这种批判为何愈演愈烈。正如前文所说，民间日常生活空间从未在真实的生活层面消失，它只是转入了一种隐性存在。所谓隐性存在，就是不被主流话语所认可，也不被主流话语所表达和呈现的隐形状态。

主流话语对这种日常空间进行了消解、否定或隐蔽式的处理，使之无法出现在主流话语体系和意识空间之中，或是以被否定和被质问的方式出现在主流话语体系和意识空间。主流话语对日常生活空间采取了严厉的否定态度，并把它们作为社会的杂音加以批评和指责——在这种强横的驱逐之下，日常空间和个人私领域无法以一种“应然”的状态出现在主流话语之中，从而形成一种隐性存在的状态。

但是，隐性存在也是存在。如果我们做一些反向阅读就不难发现，日常空间和个人私领域不但没有从真实的生活层面消失，事实上就算主流话语体系也并未能把它们真正驱逐干净。

作为主流话语体系的载体之一，这一时期的文学自然会在理性层面忠实地遵循时代的核心价值；但由于文学本身的特质，创作者面对真实的生活又常常难以抑制自身的感性冲动，对于生活的再现很多时候并不能完全做到由理性来掌控，特别是当理性层面的概念与切身感受相冲突时，感性的话语往往会以失控的方式，从作者理性的缝隙中不自觉地表达出来。例如，在《万紫千红总是春》中，其理性目的是倡导集体主义价值观念，营造没有私人色彩的同一性社会空间和意见空间的理想图景，作为这种理性目的的表现，作品对“小菜场”“里弄”这种个人化的日常生活场景进行了去私人化、去生活化的处理，如突出悬挂在建筑物墙上的大红政治宣传条幅、公共卫生公约、公共服务公约等因素，来强化环境的政治化和公有色彩。这种场景的设置是时代理性的要求，但作者显然会遇到难题：用大红宣传条幅、公共卫生公约、公共服务公约等符号固然可以标志出符合主流话语需要的大一统空间的氛围，但却不能标志“小菜场”这一特定场景的个性色彩。于是，为了突出“小菜场”的场景色彩，作者的笔下不由自主地勾画出了一系列的日常生活画面：三三两两的妇女们，提着菜篮和布袋，兴致盎然地穿梭在蔬菜肉蛋、针头线脑、糕点水果，以及文具用品之间；她们在货摊前翻翻捡捡，流连忘返。从理性层面上来说，这种画面的呈现显然是违背主流话语体系的，因为在这种画面里，人们的行为游弋出了“单位—生产—奉献”的空间新模式，落入了“个人—消费—享用”的城市旧生活。在同一副场景中出现了价值指向完全不同的两组符号，其中体现的正是作者理性控制与感性驱动之间的内在冲突和抗衡；而造成这种冲突和抗衡的根本原因，就在于私人日常生活空间的真实存在。这种真实的日常生活模式和场景，这种在日常生活中未被公有化和政治化的生活常态，才构成“小菜场”的个性特点。只要作者还要遵循文学创作的真实性原则，他就无法回避这种真实的生活画面。他所能做的只能是在这种日常化的空间之上，用红色的宣传条幅和服务公约，来压制过于浓烈的日常生活气息。

同样，在《上海的早晨》中，我们也能看到类似的理性与感性的矛盾和冲突。这部作品中写到汤阿英的婆婆与汤阿英在生活价值观念上的区别，汤阿英夫妇忘我地投身于工厂的工作，几乎以厂为家；而汤阿英的婆婆对此十分不满，认为这样为了工作而顾不上回家是不应该的，所以屡次对他们的工作态度表示反对。显然，在作者的理性层面，汤阿英的婆婆这样的老人形象是为了衬托汤阿英夫妇可贵的工作热情而存在。这也是比较常见的写作方法，通过为主人公的选择设置障碍，增加选择难度，从而凸显其行为选择的不易与可贵。所以，从创作理性的角度来看，汤阿英的婆婆作为正确行为的障碍因素，所起的正是这种负面力量的作用。与汤阿英夫妇对于工作的热情相对应，婆婆倾注热情的是自己家的饭桌；当汤阿英夫妇全力投身于工作时，婆婆则全力投身于准备自己家的饭菜。显然，这种对于日常空间和个人私领域生活的热情，是不符合时代主流价值要求的，也因此作者才会在理性上把汤阿英的婆婆和汤阿英夫妇在价值观选择上对立起来。

一个值得注意的现象是，虽然作者在理性上认定了老人生活热情的错误性，但对于这种生活热情的描写却又十分细腻、生动而动情，其感染力远远超过对汤阿英夫妇工作热情的模式化的干巴巴描写。作者细腻描写了老人的一系列动作:精心准备饭菜、做好饭菜后坐到门口的凳子上凝神等待,一遍遍起身走上街头踮脚向远处张望……把一个盼望子女回家吃饭的老人形象写得生动而且充满温情。如果说这篇小说的主旨在于宣讲集体利益至上的政治化伦理,从叙事学的角度分析,这段对于老人情感吁求的描写并不是必需的,并且背离了整体的文义,没有必要如此浓墨渲染。从创作主旨的角度说,作者在此处的运笔似乎失控。事实上,这种失控正是体现出了与主流价值和伦理倡导所不同的内在约束。这种对于日常家庭生活和家庭关系的留恋,正是日常生活伦理需求的基本体现。作者的理性按照主流意识形态的要求倡导着个人价值的集体化和政治化,但来自真实日常生活愿望的强大力量,却制约着作者的感性体验和感性表达并最终流诸于笔端。文中老人提出了一个明确的疑问:"为了工作,家就不要了吗?"对于这个问题,作者理性层面的结论与感性层面的感受并不是完全吻合且同步的。从中可以看出,即便是在创作者主体的意识中,主流价值和伦理意识也并没有完全取代日常生活价值和伦理意识,并且正是二者之间的紧张关系使得此时期的作品中都出现了类似的问题,那些游离于主流价值和伦理意识之外的、看似多余甚至离题的笔触和描写从未能真正被消除过。

如果我们寻找造成作者们这种理性层面与感性层面的彼此背离的紧张关系的原因,答案只能是一个,那就是日常空间和个人私领域需求的真实存在。正是这种存在制约着作者们的创作和表达,使其在追求主流话语和价值导向的前提下,并不能完全遏制现实空间在其笔端的感性呈现。

(二)市民伦理价值以失语状态存在于主流价值体系之外

正如日常空间的隐性存在一样,立足于日常空间之上的市民伦理也不可能从新中国成立后的城市生活中彻底消失,虽然主流价值话语把这一传统死死地排斥在道德的"应然"之外,把它们定义为时代的杂音,但从社会伦理的发展角度说,正是这些时代的杂音才使得中国的城市伦理没有在那段特殊的时期里被消解掉;城市伦理也得以保存潜在的多元格局,使得对于个人权利的尊重和追求没有完全被高亢的大一统时代高音所覆盖。虽然这一时期的市民伦理只能是在主流话语系统之外悄然地存在,表现出严重的失语状态,脆弱而无声,但对于那个时代的主流价值话语来说,它依然是最为有力的制约和抗衡。

1. 市民伦理强调以日常生活满足为基础的"幸福"观念,弥补以政治生活满足为基础的"幸福"观念的偏执与单一

新中国成立后政治化伦理与市民伦理的一个重要冲突,体现在对于"日常生活"价值评价的不同态度,这种不同集中体现为对于"幸福"这一基本道德价值的理解。如前文的分析,新中国成立后的主流意识形态和价值评价否定日常生活蕴含道德价值,因此在对于"幸福"的解读中彻底排斥了日常生活满足的内容,如《年青的一代》中的表述:"对于一个革命者,幸福和斗争是分不开的。在解放以前,无数的革命者,为推翻反动制度而英勇斗争,在他们看来,这是莫大的幸福。今天,解放了,不受压迫、不受剥削了,可是斗争没有停止。一个青年,能够参加今天的阶级斗争和生产斗争,为党为人民的事业贡献出自己的一份力量,这才是莫大的幸福!"[①]在这种表述中,"幸福"的获得,直接与"政治生活的满足"联系在一起,而与"日常生活的满足"格格不入。

事实上我们并不能否定这种理解的合理性,个人的生活必然包括政治生活,政治共同体的利益的确是保障个人利益的一个重要因素。在个人生存的诸种需要中,政治需要也的确是不可忽略的重要成分。如果说"幸福"在本质上是"人生重大需要、欲望、目的得到满足和实现"[②],那么从政治需要的实现来理解"幸福"并没有逻辑上的错误,也不能说它不是一种价值选择。集体利益和政治利益作为人生必不可少的社会生存需要,不但是人生价值的重要构成内容,而且因为其超越一

① 陈耘:《年青的一代》,载《上海戏剧》1963年第8—9期。
② 王海明:《伦理学原理》,北京大学出版社2009年版,第266页。

己之私的特征，还是带有超越性的较高层次的价值内容。追求具有一定超越性的幸福满足，对于激发个人的创造力以及提升整个社会的道德水准和精神构成，都具有重要的价值和意义。新中国成立后主流价值体系对于“幸福”的理解，真正的问题不是把政治需要纳入“幸福”的范畴，而是把政治幸福和集体幸福视为了“唯一”的幸福，从而摧毁了“幸福”价值的多元结构，这才是问题所在。

强调“幸福”概念的精神性、集体性和超越性没有错，但因此就取消掉“幸福”概念的物质性、个人性和日常性，就是不合理的。毕竟，人的生存需求是多层次的，人的生存愿望也是多层次，既有物质愿望也有精神愿望，既有个人愿望也有社会愿望，既有创造愿望也有消费愿望，既有超越性的愿望也有日常性的愿望……。这种生存愿望的多层性决定了“幸福”不可能是单一的理念，而只能是多样形态的存在。从行为主体上说，幸福可以是个人幸福也可以是集体幸福；从类型上说，幸福可以是物质幸福也可以是精神幸福；从获得方式来说，幸福可以是消费性幸福也可以是创造性幸福；从体验途径来说，幸福可以是结果幸福也可以是过程幸福……。能否接受并尊重这种生存愿望的多样性，以及幸福体验和追求的多元化，是考验社会伦理是否具有宽容度和科学性的一个标准。

很可惜，我们看到新中国成立后的主流价值体系却对此进行了极端的背离。“幸福”这一道德的基本价值被限定在一个极其狭小的范围之内，并被做出了单一的片面接受，从行为主体的角度排除了个人内容，片面强调集体幸福的重要性；从类型上排除了物质需求的内容，片面强调精神幸福的重要性；从获得方式上排除了日常消费满足的需求，单一强调奉献式幸福；从体验途径来说，排除了对于个人收获结果的吁求，单纯强调付出过程的价值体验。这种偏执而单一的大一统“幸福”理念设定消解了“幸福”的多元结构，使其被牢牢地限定在服从政治共同体整体利益、完成政治化社会任务这单一的层面之上，而以个人的、日常的生活需求满足为内容的“幸福”概念，被从价值标准中剔除了出去。

在这种状况之下，新中国成立后主流价值体系从对于“整体幸福”的强调，逐渐演变为对于“幸福”个人内容和日常内容的硬性取消。个人化、日常化的幸福理解，不但得不到主流价值体系的理解和支持，甚至被看作妨碍集体利益和集体幸福的破坏因素：“革命青年接受了这种思想影响，就会抛弃阶级和人民的解放，抛弃阶级和人民的幸福，也就抛弃了无产阶级的觉悟性。……‘个人幸福第一’则正是资产阶级用以瓦解、腐蚀、麻痹人们的毒药。”[①]一旦在政治上被定义为“资产阶级的‘个人幸福第一’”，“个人幸福”不但失去道德支持，还完全变成了政治理念的负面因素，对于“个人幸福”的追求自然被视为与主流价值相矛盾、相对立的行为，必然受到主流价值观念的强烈反驳和否定。

“幸福”观念发展到这样一个偏颇的地步，不能不说是社会伦理发展中的明显退步。事实上，一旦取消掉“幸福”的多元化、多层次化的结构和内涵，所谓超越性的“整体幸福”对于普通社会成员来说有可能就只是一种“虚幻的幸福”。“虚幻的幸福”是一种“客观内容与主观形式不相符的幸福，也就是只有主观形式而没有相应客观内容的幸福，是只有真实的快乐心里体验而没有需求的真实满足的幸福，是只有真实的快乐心里体验而没有生存发展的真实完满的幸福”[②]。这种虚幻的幸福，虽然在特殊情境下可以带来一定的精神安慰，但它并不能代表真正的价值，甚至会严重伤害到个人的权利。它要求社会成员通过完成宏大的时代任务和政治使命来获得价值满足，这意味着对于很多普通的社会成员来说，对于“幸福”都只是在意识形态层面展开的虚幻追求，很难落实在日常的行为依据之中。

在作出这些分析之后，我们再回头观察那些停留在主流话语之外，

---

① 姚文元：《革命的青年一代在成长——谈话剧〈年青的一代〉》，载《红旗》1964 年第 6 期。
② 王海明：《伦理学原理》，北京大学出版社 2009 年版，第 272 页。

被主流话语压制和批判的价值观念，也就不难体会到其存在的艰难以及挣扎的困苦。但是，也正是通过这种被批判被否定的“负面观点”，我们才能看到另一种伦理思维和道德价值的存在。

《年青的一代》中林育生这样来理解“幸福”：“大家辛辛苦苦地劳动是为了什么？不就是为了使生活变得更好，更幸福吗？”在这句看似平淡的问话中，隐藏着一个大胆的、具有挑战性的概念的重新阐释。那就是对于“生活”的不同定义。显然，林育生所理解的“生活”，不是“政治生活”，也不是“集体生活”，而是“个人的日常生活”，是以看书、听音乐、与朋友闲谈所组成的那种日常生活。这种生活理解对于新中国成立后的主流话语无疑是一个巨大的挑战，它指出了主流话语中“生活”概念的欠缺，“政治生活”和“集体生活”只是人的生活中的一个层次，林育生要强调的是其他层次的存在。

林育生那看似简单的质疑却直击了主流价值体系的逻辑根基。如果生活的需求是多层的，那么对价值又如何作出单一的理解？对于“幸福”的追求和实现又怎么能是依赖单一的途径？林育生并不否定政治需求以及建筑其上的政治幸福的合理性，他所要求的是对于日常需求以及建筑其上的日常幸福的认可。在前者的范畴内，人们的劳动是为了追求超越性的价值，是不求回报的付出，是对于整体利益的维护；但在后者的范畴内，作为有着生存需求的人必然需要在日常生存的满足中体验幸福的实现。因为对于“生活”的界定不同，对于“幸福”的理解自然是两样的。一个由日常生活构建生存空间的人，其幸福获得的途径必然是要通过个人日常需求的满足来实现，仅靠对于政治理念的追求并不能实现他所吁求的“幸福”。

林育生式的幸福观念立足日常生活，并在日常生活的私人领域中寻求价值的满足，与主流话语不同，这种幸福观表现出对于幸福多元形态的认可和接受：如果说生活包括个人生活和集体生活，那么幸福可以是对于集体利益的满足，也应该是对于个人利益的满足；如果说生活包括物质生活和精神生活，那么幸福可以是精神满足，也可以是物质满足；同样，如果说生活包括政治生活和日常生活，那么幸福可以是政治价值的满足，也可以是日常价值的满足……。这就是林育生用来提出“劳动不就是为了使生活变得更好，更幸福？”这一质疑的内在逻辑。按照这一逻辑，在日常生活层面上只有满足社会成员的日常生活需求，才有可能让社会成员获得“幸福”；反之，如果以否定日常需求为代价，鼓励社会成员寻求超越自身生存需求之上的价值满足，就会造成压制甚至剥夺社会成员真实幸福体验的局面。

林育生话语的意义就在于试图纠正这种主流“幸福”观念的偏执，构建多层次的“幸福”含义，恢复被取消和被否定的“日常层次”的内容及其合理性。这种“幸福”理解其实并不陌生，从社会实践的角度说，这是对于新中国成立以前已经逐步成熟的市民伦理的承接和延续，在对20世纪40年代沦陷城市的分析中，我们已经分析过市民伦理观念体系。市民伦理来自商业经济关系，坚守个人利益的角度，立足市民的日常生活权利；具有契约精神，重视人与人之间的平等和互利，强调权利和义务关系的对等缔结。这些伦理精神都是和功利主义伦理精神有着相通之处的。对照密尔的幸福观就不难发现这一点，在密尔的《功利主义》一书中，就极力要证明“幸福”的定义是多元的：“幸福是一种利益(good)，各人的幸福是他自己的利益，因而公共幸福是一切人的集团的利益”①。密尔的幸福观指出“幸福”是对于不同层次愿望和目标的实现，是多层意义上的价值满足。“幸福”本身的多样性才是“幸福”作为一种道德价值值得追求的地方，而不是用某种单一的“幸福”来限制人们行为选择的自主性。在功利主义伦理看来，合理的“幸福”概念就应该是多元化价值结构的体现。

市民伦理正是坚持了这样多元价值选择的追求，才一直在主流话语之外坚守着自己的价值立场。无论是传统社会中对于超验性君子道

---

① 〔英〕约翰·密尔：《功用主义》，唐钺译，商务印书馆1957年版，第37—38页。

德体系的制衡,还是新中国成立后对于超验性政治伦理体系的制衡,市民伦理所坚持的多元价值立场以及对于幸福的非主流理解,都是促进社会构建多元价值的重要推手。也正是因为市民伦理在主流价值之外,对于个人日常幸福的无声但执着的坚持,才使得在那样大一统的社会空间设想中,在宏大的时代政治主体的趋奉中,依然会存在把“看书、听音乐、与朋友聊天”的日常满足看作“幸福”内容的林育生(《年青的一代》),理直气壮追求“美食、美衣”物质满足的丁少纯(《千万不要忘记》),以抛弃累赘厚重的布袜子,换上轻薄舒适的洋袜子来实现幸福体验的陈喜(《霓虹灯下的哨兵》),还有把实现个人自由发展理想看作幸福目标的韩小强(《海港》)。虽然主流话语把他们看作急需纠正思想的对象,并通过在文本中消除他们的价值观作为传播主流价值的渠道,但这种“正确”对于“错误”的胜利,也许正表现出现实生活中这种矛盾的复杂与激烈。毕竟,一个已然解决的问题是不需要一而再、再而三地在文本中重提的。但对于“林育生”们的批判却持续了整个 17 年阶段。这反而从一个侧面让我们看到市民伦理存在的坚韧度,“林育生”们的“幸福”观,作为支撑普通市民生存的行为支点,只是失去了在主流话语和文本层面作正面表述的机会,但并没有随着政治伦理的介入而真正被消灭。事实上,只要日常生活还在继续,这种基于日常满足的幸福体验的渴求,就不会灭绝。它只是潜伏着,等待着重获话语权的那一天。

2. 市民伦理的潜性存在也无声地坚持着对于“个人”与“整体”关系的非主流理解,以及对于交换原则的坚持

在“虚幻幸福”泛滥的主流话语里,个人与社会的关系被理解为个人对于国家和集体无条件服从的义务关系。“个人”既没有选择自己行为的自由,另外,也没有维护自身利益的道德支持,个人利益不是被曲解(如强化个人利益的政治内容而忽略其日常生存内容),就是被压制(如宣布个人日常生活利益追求的非道德性)。在“虚幻幸福”中隐藏的是集体利益对个人利益的覆盖前提。

这种覆盖体现为对于“个人”与“单位”的怪诞关系。在17年文学中不难看出，首先，“单位”作为一种工作场所，被进行了价值绝对化的处理，被设定为能够实现个人价值和个人幸福的唯一场所；其次，“单位”又被设定为非谋生化，甚至非职业化的场所，在对“单位”的描述中几乎找不到跟工资、收入和福利待遇有关的词语，人们聚集在“单位”中，不是为了“谋生”，而是为了“奉献”。“工厂”“单位”是作为政治空间而存在的，不是作为谋生空间而存在的。这种理解就把“个人”与“单位”之间所形成的“劳动付出”与“劳动收入”的交换关系进行了消解，剔除了“单位”对于个人的谋生意义，把“单位”变成一种符号化的存在，使之成为宏大“国家”概念的具象版、“政治共同体”的象征。在“个人”与“单位”之间缔结的不是商业交换关系，而是单向的义务关系。这种单向义务关系的设定，其实把“单位”所代表的政治共同体变成了新时代的“君主”，要求人们绝对服从和奉献。这跟传统的宗法伦理具有相通之处，赋予整体利益“天道”的地位，要求个人超越一己之私，把无条件牺牲自我、维护整体利益作为天然使命。这种个人与单位的关系设定，体现出的还是中国伦理发展的老问题，即难以在个人与社会之间设定平等关系。

总结而言，主流价值话语以消解交换原则、忽略货币存在的方式，试图建构“个人”对于“整体”的绝对义务关系。

针对这些问题，“林育生”们的看法同样是完全不同。首先，他们要求在“个人”与“整体”的关系中注入更多的平等性。如林育生所言：“即使我们对自己的幸福感兴趣，那又怎么样呢？我们也跟别人一样工作，一样劳动，既没有去偷去抢，也没有去剥削，去妨碍别人，我们按照自己的愿望自己的理想过生活。请问：这有什么不合法的呢？”[①]在这段话中体现得最为明显的就是对于权利和义务的对等思考。“工作和劳动”是社会义务，“按照自己的愿望自己的理想过生活”是个人权利，二

---

① 陈耘：《年青的一代》，载《上海戏剧》1963年第8—9期。

者之间是互为条件的。如前所言,市民伦理把个人利益看作第一位,试图在个人与社会之间建立平等的契约关系,更是它的标志性精神之一。在市民伦理所持有的功利原则中,"个人并不先天地弱于社会,也不必事事服从社会,个人与社会是平等的,个人出于自愿,与社会结成关系,个人与社会的关系体现了个人的自主意识"[①]。个人与社会之间的这种平等关系,具体而言就是个人权利和社会义务之间的平等。当然,在个人与社会之间缔结平等关系,并不是意味着要否定整体利益的重要性,事实上功利原则是强调维护整体利益必要性的:"功利主义所认为行为上是非标准的幸福并不是行为者一己的幸福,乃是一切与这行为有关的人的幸福"[②],功利原则所强调的是,个人对于社会负有维护整体利益的义务,但社会也赋予个人享用劳动成果、追求个人私领域建设的权利;整体利益与个人利益应该是一种并存和共赢的关系,而不是互相对立和冲突的关系。要实现这种整体和个人利益的并存和共赢,就需要在个人与整体之间构建契约式的平等关系;而要构建个人与社会之间的平等关系,应该以个人利益的尊重为基础,而不是把个人利益作为整体利益的牺牲品。按照功利主义伦理的看法,只有个人生存动机才是最真实的人类行为动机,具有价值的行为选择是不能回避对于个人生存需求的满足的。在个人基本生存需求满足之前,过度强调整体幸福是令人茫然的。对于城市而言,这一点尤其如此。城市与乡村的区别,就在于它建立在商业发展和市场作用之上,只要我们承认城市的这种真实特质,就必须接受个人利益的重要性。众所周知,《资本论》的前提,就是承认城市的这一商品特质,从而发现了城市生产和交往的不同于乡村的特质,那就是城市是一个由私人利益构筑的体系。要维持城市空间的和谐与平衡,重点在于如何在私人利益之间寻求关系缔结的平等方式,而不是否认私人利益存在的真实性。事实上,如果我们认可

① 宋希仁:《西方伦理思想史》,中国人民大学出版社 2010 年版,第 89 页。
② 〔英〕约翰·密尔:《功用主义》,唐钺译,商务印书馆 1957 年版,第 18 页。

个人生存动机是城市发展的核心活力，那么就不难发现市民伦理在这一点上的科学性：只有充分尊重个人利益，才能实现真正的整体利益。要保证城市的和谐发展，就需要在"个人"与"整体"之间建构平等的关系。

在林育生的那段充满挑战性的话语中，更有价值的还有对于城市固有秩序的尊重。所谓城市的固有秩序，指的是城市在长期发展中所形成的社会关系缔结方式。聚集在城市的人群是在文化素质、经济条件、道德认知等各个方面都具有异质性的人群，他们是真正的彼此陌生的人群，彼此的关系是在商业活动中建立起来的，所以他们之间本来就是一种交换关系。这种交换体现为"劳动—货币—消费"的完整的经济链条，这根链条的有效运行，依赖于"劳动"与"货币"的平等交换、"货币"与"消费"的平等交换，当然也就是"劳动"与"消费"的平等交换。城市的秩序就建立在这一系列的平等交换之中，而平等交换原则也是社会秩序的重要依据，正如林育生所说，"我们也跟别人一样工作，一样劳动，既没有去偷去抢，也没有去剥削，去妨碍别人，我们按照自己的愿望自己的理想过生活。请问：这有什么不合法的呢？"，在这句话中林育生试图表达的正是对于平等交换原则的遵循：只要个人付出劳动，那么获得劳动收入就是合法的；只要个人付出劳动，那么按照自己的愿望自由支配劳动收入，也将是合法的。林育生要持有的依据正是"劳动—货币—消费"这一经济链条的内在秩序。也正是对于这一交换原则的遵循，"林育生"们才理直气壮地认为，每个人的劳动付出都应有平等的回报；每个人的劳动也都应该换来自由消费的权利。而主流价值话语体系既割断了"劳动"与"货币"之间的关系，也割断了"劳动"与"消费"之间的关系，林育生对于主流话语体系的冒犯就可想而知了。

基于对城市固有交换原则的尊重，"林育生"们对于社会关系的缔结方式也表现出与主流话语的不同理解。城市社会是陌生人的社会，社会成员之间是彼此独立的个体。相对于传统农村的"熟人社会"而言，城市是一个“陌生人社会”。城市人口数量的巨大造成了市民交往范围的有限；人口的流动性也会使市民之间的交往具有短暂性甚至是一过性的特点；城市社会复杂的社会分工和细密的职业化，更是会加剧市民之间的隔膜和陌生化。这样高度陌生化的社会空间与乡村社会是十分不同的，仅靠乡村社会用以缔结社会关系的血缘和地缘，是很难组建完整的城市社会关系和社会结构的。新中国成立后主流价值构建力求修改城市的商业本质，把它进行政治体制化，把人际关系的缔结从商业活动转移到政治活动中来，通过营建阶级血缘的方式来消除社会成员之间的陌生感，并依靠这种阶级血缘把城市人群纳入到统一的政治活动之中，这其实是一个危险的举动，也是很难完成的任务。用单一的政治关系去组织城市社会的运行，只能获得一种虚妄的整体感——这种整体感只能是在一种意识形态空间或是意见空间里面实现。在现实的社会生活中，个人与个人之间的差异和多样性依然存在，虚妄的阶级血缘解决不了城市社会成员之间的陌生感，更不能在他们之间建立有效的秩序。这种意识形态化的社会关系设定违背了城市运作的基本规律，是对城市进行的半政治化、半乡土化的篡改。建立在阶级血缘之上的人际关系只能落实在政治生活的范畴之中，却无法落实在靠经济因素所支撑、靠交换关系来维持的日常生活层面之上。面对城市中的这些彼此独立而陌生的个体，如果不能建立一种有效的社会关系的缔结方式，隐藏在泛滥的阶级血缘大团结表象之下的，实际上就是人际关系的失序，即人际关系“空洞”。由虚浮的政治理念来支撑人际关系“空洞”，对于任何城市的发展都将是隐患重重的。“林育生”“丁少纯”或者“韩小强”们对于社会关系的认知和确认，带有比较明显的交换原则的色彩，而对于凌驾于交换原则之上的政治血缘，表现出很大程度的隔膜。例如，他们是在“谋生”层面来理解“单位”和“工作”的意义，对他们而言“单位”和“工作”都只是“职业”，而不是“政治事业”。在职业层面上，他们在“单位”中的“工作”，就是付出“八小时”的劳动；只要他们完成这八小时的劳动,交换原则就已经成立。“八小时之外”不属于职业范畴,不作为交换的内容,所以丁少纯在八小时之外打鸭子赚钱没有违背职业约定,林育生在八小时之外“看书听音乐”也不应该属于“不敬业”。因为按照交换原则,“八小时以外”是工作契约不能覆盖的部分,是“林育生”们的自由权利。市民伦理对于这种自由权利的信心和坚持,正是建立在交换原则之上。交换原则不只是一种经济原则,它渗透到日常生活之中成为酝酿个人权利意识的重要支撑。林育生正是基于这一点,提出了“按照自己的愿望自己的理想过生活”的自由吁求。通过交换原则,市民伦理把个人权利落实到了日常生活的层面之上。从伦理学的概念来说,所谓自由,就是“能够按照自己的意志进行的行为”,“自由是人类的一种基本需要”①。在精英概念中,“自由”意味着“思想自由”和“政治自由”;但在市民伦理中,最为重要的也是最与其生存息息相关的“自由”,当然是“生活自由”。从人道主义的原则说,“生活自由”并不因其对于价值较为具体和琐碎的理解而降低其自身的重要性,相反,只有实现了个人“生活自由”,“思想自由”和“政治自由”才是有意义的,才是真正具备道德价值的。从这个角度说,在市民社会中,平等交换原则不是自由的障碍却可以被描述为“自由”的保障。

可见,在市民伦理中,对于经济秩序的尊重以及对于交换原则的遵循,成为普通城市人群确立自我跟他人以及社会的关系的重要前提。也正是这种尊重和遵循,使他们违背了主流价值体系对于社会关系缔结方式的政治化设定。虽然在这些作品中,林育生们对于交换原则的坚持,最终被“政治血缘”意识给覆盖了,但林育生们的存在让我们看到了市民伦理的潜性存在,这种依靠平等交换原则和经济关系而建立的社会秩序意识,是不可能真正被清除干净的。在普通市民的日常空间内,平等交换原则依旧支撑着最基本的经济关系、社会关系和社会秩序,在一定程度上阻碍了社会伦理全面空洞化的进程。

---

① 王海明:《伦理学原理》,北京大学出版社 2009 年版,第 244 页。

这些未曾断绝的市民伦理以失语的方式潜在于普通市民的日常生活之中，虽然没有时代的话语权，但是却顽固地支撑着普通市民的日常行为和日常空间，与主流大一统的政治空间建设构成了潜在的抗衡。这种沉默存在的伦理因素，作为一种城市的特殊潜力静悄悄地存在，一旦破土而出，就能构成触动社会伦理新生与重构的重要力量。

总之，新中国成立后的城市发展被推入一种乌托邦式同一性空间的想象模式：取消私有制，减少物质层面的差异性，强化物质层面的同一性，设置一个由国家负责平均分配的物质共有空间；采用计划经济，取消生产活动的商业性，强化生产劳动的政治内容，从而促使城市社会的人际经济交往瓦解，转而在意识形态层面设置精神统一空间，推进人际政治交往的形成，并以此作为城市社会关系的基础；消除城市市民作为谋生者的个体身份，以“主人翁”的政治身份的赋予，消解了个人生活和日常生活存在的合理性，促使人们在意识形态的层面确立身份认知和自我价值的实现……这一系列城市伦理的假设，都是建立在一个乌托邦的社会想象之上，在社会条件不成熟的条件下，这一乌托邦想象被以行政强制的方式，自上而下进行设计、部署和推行。这个几乎不可能完成的任务，由于中国宗法伦理所培养的道德思维与道德行为惯性，居然被落实到城市社会生活之中，形成乌托邦伦理与宗法伦理的怪诞结合。“国家”成为新的、被赋予了神圣绝对权威的“君主”；“单位”则成为新的、同样被赋予了绝对权威的“家族”；“国家”和“单位”就像宗法伦理中的“君”与“父”一样，以同构的方式，要求个人的绝对服从。在个人与“国家”和“单位”之间，也像宗法伦理中个人与“君”与“家族”的关系一样，缔结出一种单向的权利和义务关系。“国家”和“单位”拥有掌握个人命运包括资源分配、机会给予的生杀大权，“个人”则只有无条件奉献和服从的义务。正是由于“乌托邦”的实践，借用了或者说激发了中国传统宗法伦理的道德思维惯性和行为惯性，才使得“乌托邦伦理”居然与“宗法伦理”互相打通，使得这种大一统政治伦理设想，不但自上而下地顺畅阐释和落实，也自下而上地顺畅领悟和奉行。在新中国成立后到“文革”期间，这种怪诞的“乌托邦伦理”和“宗法伦理”的结合，在城市空间中泛滥，埋下了一系列的伦理隐患。它从主流价值的角度取消了个人日常空间和谋生性职业空间的价值和意义，把社会空间搭建在政治意识形态之上。

但是，作为求生的本能以及社会生活的本质，人的行为是不可能离开个人日常空间而存在的，单一地在政治意识形态空间、脱离人的日常真实需求来阐释人的价值和意义，就会造成行为选择与主流价值标准之间的剥离和脱节。这种剥离和脱节，或者表现为社会成员以抛弃个人合理生存需求、违背个人真实愿望的方式去追求自我价值的实现，以至于造成大面积的“异己”式社会生存图景；或者表现为社会成员对于主流价值标准的表面化处理，即只在话语和行为假象的层面表现出对于价值标准的趋附，同时以隐蔽、甚至扭曲的方式去寻求生存需求的满足，形成虚伪的社会道德。无论是哪种情况，由于日常空间内行为选择与主流价值之间的剥离和脱节，都直接造成了社会道德的空泛化。这是非常危险的局面，一旦政治意识形态改变，整个社会将陷入巨大的道德空洞，失去精神空间的基本支撑。“文革”时期出现的社会道德的整体沦落和混乱，正是新中国成立后长时期忽略日常空间的道德传承，用政治意识形态取代日常道德体系所带来的可怕后果。

同时，我们在这一部分也论述到，虽然日常道德被建立在政治意识形态之上的主流价值标准进行了大面积冲刷，但并非日常道德已经消失殆尽。事实上，在虚飘的政治话语泛滥的时代条件下，面对着政治话语的侵袭，正是日常空间和私人领域的潜性存在，构建了使得个人意识、平等意识与自由意识得以存身的最后一方角落。面对宏大的主流话语，日常空间和私人领域始终处于被否定、被压抑甚至被消解的状态。但是，尊重个体生存愿望、追求人际平等互利关系、维护个人权益和独立价值选择权这些在漫长城市发展历程中艰难建立的优秀道德传统和基因，正是在以“失语”状态存在的日常空间和私人领域的庇护下，得以坚守和传承。人们在这个失去表达权和发声权的卑微空间里，通过衣食住行的日常活动搭建彼此的社会关系，依靠传统的日常伦理辨认彼此的权利和义务，确定是与非的标准，作出价值的选择。日常空间和私人领域里的这些生存行为，得不到主流的宏大政治价值话语的认可和接纳，虽然在此时的主流话语体系中找不到它们的踪迹，但并不代表它们并不存在。它们以无声的潜在方式存在和运行，要等到 20 世纪八九十年代以后，才会在主流话语和文学叙事层面得到重现。大量表现这一时期人们如何在日常生活中构建日常伦理以及自我生活的作品，才会出现在人们的视野；复原新中国成立后以及“文革”期间小人物日常生活状态创作题材，将在几十年后才会作为一种创作热潮而出现，诸如王安忆的《长恨歌》。这个特殊的时代使得一个时代的日常空间和日常伦理的话语表达就这样滞后了几十年。

第二节 “创伤恢复期”：精英话语中的伦理反思

毫无疑问，新中国成立后的最初二十年里，机械的乌托邦空间想象、意识形态价值话语的泛滥，最终形成了城市伦理的巨大“空洞”。由于人际伦理长期被进行了政治意识形态化的处理，日常空间的人际伦理关系被切断，基于日常空间的行为规范和价值标准被压抑，因此，当大一统的乌托邦假想空间趋于破裂，政治价值话语渐渐退潮，习惯了用主流政治化的价值体系来理解人际关系和设定自我行为模式的社会，会发现用以支撑城市空间的家庭和社会关系的日常伦理标准和行为关系都已经被严重损毁。面对这种伦理“空洞”，在“文革”后文化精英积极发言，开始从民族文化的角度，对社会伦理包括城市伦理进行重建，这种重建思路带有很强的文化理性色彩，因此常常被看作是“文革”以后的一次伦理启蒙。

一、城市伦理“空洞”的发现

城市伦理是城市中人际交往的内在规则和内在关系的支撑，是人们确立自我身份，同时与他人缔结社会关系所依据的规则和秩序。乡村社会主要是按照血缘和地缘关系来建立交往规则和交往秩序，但是城市社会中的人群是彼此陌生的，细密的社会分工使他们独立于各自的职业空间和谋生空间，只有在生产和交换中，他们才会彼此产生直接或间接的关系。也因此，城市伦理关系相比于乡村社会的伦理关系，具有非常明显的自发性、异质性、不稳定性和功利性的特点。自发性，是指城市伦理关系是在生产和交换活动中自发缔结的，人们对于彼此权利和义务的界定，都是根据生产和交换关系自发达成的；异质性，是指城市中的人群构成复杂，不仅生存条件、文化素质和社会身份各自不同，而且对于道德的认知，对于自我价值的理解，对于外在环境的态度都十分不同，形成城市伦理关系多向性、多元化的特点；不稳定性，是指由于城市伦理关系建立在生产和商品交换关系之上，彼此的伦理关系具有短时性、变化性的特点，如伦理关系的主体之间，会由于生产关系和交换关系的变化，对于彼此之间的权利和义务产生变化性的理解和认定；功利性，是指城市的伦理关系的缔结是以个人利益的维护为前提的，在对于价值的理解中也多以物质价值作为前提。

城市伦理以及伦理关系的这些特点，对于新中国成立后乌托邦式政治统一空间的建构形成了很大的威胁，政治统一空间的建构需要高度稳定、同质、非功利性的伦理关系的支撑。为了达到这个目的，新中国成立后的城市伦理建构首先改变了城市伦理关系“自发性缔结”的特点，改以“自为性”的缔结方式。所谓“自为性”，就是以人为设计的方式通过权威性的价值引导或带有强制性的手段来达成伦理秩序与伦理关系的生成与缔结。[1] 新中国成立后的城市伦理设定中,就是以这种“自为性”的人为手段,取消了城市经济中的交换关系,从而去除了城市伦理关系缔结的根基,转而以意识形态所提供的政治关系进行替代,并以“政治血缘”作为城市伦理关系的缔结依据,建立人际交往的规则和秩序。这实际上就是把城市伦理的建构架空在了城市结构、城市生活方式、城市日常生存需求的实际状况之上,自上而下地部署着来自乌托邦伦理空间的海市蜃楼。这种自上而下构想出的海市蜃楼伦理,建立在意识形态的巨大气泡之上,它所能支撑并维持的只是一种意识形态层面的政治交往。但一个城市的运作,会形成人们之间的多种交往,除了政治交往,还有日常生活的更多交往,诸如经济性交往、文化性交往、社交性交往、家庭性交往、职业性交往等等,这些交往发生在人们的日常生活之中,形成城市的内在结构。新中国成立后城市伦理建构上最大的错误,就是试图以单一的政治交往规则来规范其他一切社会交往,以单一的政治秩序来概括其他一切社会秩序,用以维持日常空间的经济关系、情感关系、家庭关系、职业关系等等统统模拟政治关系,并按照政治关系的要求逐一展开。这种以政治意识形态规定日常交往的伦理思维,必然造成日常交往伦理的无规可循甚至严重失序,即我们所说的“伦理空洞”。

一方面,这种空洞表现为在政治伦理冲击之下,日常伦理关系难以顺利缔结和维持,从而造成相应的日常伦理规范和价值标准无法进入自我身份识别和价值追求的支撑体系。例如,郑义的《枫》直接描写了革命伦理与日常伦理的剧烈冲突给人带来的巨大伤害。原本相爱的青年学生卢丹枫和李红钢,由于分别参加了两个敌对的群众组织,在荒诞的群众武斗中,各自把对方的身份认定为“敌人”。在“敌我伦理”的覆盖之下,原有的恋情关系几乎被扫荡一空。李红钢以对待敌人的严酷

---

① 对于“自发性”与“自为性”的论述,可参见 Hayek, Law, Legislation and Liberty, vol. 1: Rules and Order, The University of Chicago Press, 1973, p. 20, p. 43。

态度逼迫卢丹枫投降,而卢丹枫也以对待敌人的态度选择宁死不屈,最终卢丹枫坠楼而亡,李红纲则被指认为杀人凶手,获罪入狱。在这个故事中,男女主人公的悲剧就在于对自我身份的识别、对人际关系的辨认和缔结,都已经完全落入了政治革命伦理的自觉仿造模式,以至于他们在日常生活空间中的恋情关系完全不能维持。

另一方面,这种伦理空洞也表现为政治重压之下,人性的彻底扭曲所带来的道德全线丧失和崩溃。如果说卢丹枫和李红纲这对恋人的反目和互相厮杀,还是出于对所谓"政治真理"的荒谬盲从,是为了模仿"战争"和"英雄"所代表的革命伦理价值而导致的悲剧,那么,《诗人之死》中的姚如卉则更具代表性,他揭发自己的妻子,又在批斗会上殴打自己的妻子,是连戏仿正义的动机都没有的,他所有的行为都是为了在政治重压下求得自保,以及换取政治前途。这种人物在追求"革命事业"的旗帜下,隐藏着最为直接的私人政治功利目的。这种人物在"文革"中有着更为普遍的代表性,出于某种政治功利,自觉放弃了传统人际伦理的规范和原则,道德沦落,丧失做人的基本底线。相比于《枫》的政治愚昧,《诗人之死》中所表现的是更为严重的社会道德败坏问题。

应该说从"文革"后期开始,对于日益严重的社会伦理"空洞"的反思和批判就已经在民间话语和潜在文学写作中生发出来。赵振开写于"文革"时期的小说《波动》中,"城市"已经不再是政治神话的红彤彤具象载体,而是充满了"纯粹的错觉、损坏的偶像、邪恶、暴力、种种荒谬还有孤独",在这样的城市里到处弥漫着"甜腻腻的霉烂味"①。在这样的城市里行走,如同此时期诗人食指所说,已经很难找到"人"的感受:"我是一只被追捕的野兽/我是一只刚捕获的野兽/我是被野兽践踏的野兽/我是践踏野兽的野兽。"②城市伦理被扭曲和被异化的问题,在这些地下手抄本中已经被提出。在"文革"结束之后兴起的"伤痕文学"中,

① 转引自陈思和:《中国当代文学史教程》,复旦大学出版社2004年版,第185页。
② 同上书,第170页。

这一思路得到了充分的延续。在用来标志“伤痕文学”的那篇以上海为背景的《伤痕》中，由于意识形态化的道德话语渗透到普通人的日常生活，女主人公王晓华在分辨和识别自己与母亲的关系中，日常亲情伦理意识和规范完全没有发生作用，女主人公是按照政治意识提供的是非标准、价值理念和行为规范来分辨自己和母亲之间的关系的；母女二人在政治态度和政治经历上的差异被放到日常生活之中，成为伦理判断的唯一依据，于是王晓华得出“自己”和“母亲”是敌对关系的惊人发现，这是一种严重的伦理关系的断裂和错位。王晓华按照这种断裂和错位的伦理关系认定，无情而冷酷地出卖自己的母亲，与自己的母亲断绝了关系——所谓断绝关系，正是断绝日常伦理中的亲情关系，把日常空间完全替换为政治空间。这种惊人的选择并非没有理性，这种被后人认定为丧失道德的行为却正是女主人公热情追寻道德的结果，在政治意识形态化的道德理念中，只有维护政治利益才是道德的。王晓华为了追求这种意识形态化的道德，于是否定了一切用以维持日常空间秩序的人伦道德。在王晓华的道德意识和价值理念中，日常空间的人际交往规范和伦理秩序，早就变成了一个巨大的空洞，要等到政治意识形态形成的价值话语渐渐退去，她才能发现这个巨大的伦理空洞所带来的痛苦。《伤痕》正是从这里下笔，来展示伦理空洞带给人的巨大伤害。整篇文章由王晓华在火车上对于“母女重逢”的一连串想象而组成。“母女重逢”意味着日常人伦秩序的重建，亲情关系的恢复，但通过王晓华这一连串的想象，展示出的却是这重建和恢复的艰难。在王晓华对于“重逢”的想象中，充斥着母女关系断裂所带来的罪感、不安、怀疑和惊惧，从中可以看出，王晓华对于母女关系的重建是缺少信心的，实际上就连作者自己也是缺少信心的。作者最后安排了母亲的去世，某种程度上来说，真实空间中的母女关系其实远远没有建立，它只是在双方良好愿望的层面上得到了初步的实现。母亲的去世，让这种母女重逢最终还是只能发生在想象和假设之中，要修复被中断的伦理关系并不像想象的那么简单。

从《伤痕》之后,很多作品都集中描写了日常空间中伦理空洞和道德扭曲给人生带来的巨大的伤痛,这种伦理之痛的回忆和倾诉,贯穿了"文革"后"伤痕文学"的主要脉络。孔捷生的短篇小说《在小河那边》描写了一个颇有意味的故事:由于政治暴力的介入,一个原本完美的家庭分崩离析,家庭成员各自离散,音信断绝。姐弟长大后相遇不相识,但是由于有着相似的家庭背景和成长经历,二人惺惺相惜走到了一起,变成了深深相爱的恋人,直到他们得知真相,双双坠入痛苦的深渊。在这个故事中,亲情的断裂造成了爱情的错位,把主人公抛入到情感和道德的双重绝境。透过穆兰和严凉这对姐弟看似传奇的人生遭际,却写出了正常人伦关系在偏激的意识形态干扰下,被割裂、被扭曲直至发生错位的现实悲剧。就像《伤痕》用母亲的去世显示出日常空间人际伦理修复的艰难,《在小河那边》也只能用巧合来实现这种伦理关系的理顺和重建——通过母亲的遗书,姐弟得知姐姐穆兰原是抱养的孩子,看似难以重建的爱情和亲情,都通过这样一个过于戏剧性的细节进行了化解;但这种人为化解也付出了艺术本身的代价,现实性被严重削弱——因为在现实中并不是所有的悲剧都能化为喜剧,事实上,这种安排本身就说明了在现实空间中重建正常人际伦理的艰难,以至于作者除了用戏剧性的巧合来解决这个问题,几乎找不到其他的出路。类似的作品还有陈国凯的小说《我该怎么办》中,故事中女主人公"我",因为政治迫害造成家庭离散,音讯隔绝,以至于导致一女面对二夫的伦理窘境。其中所表达的伦理空洞的体验和感受,与《在小河那边》是有着异曲同工之处的。

不难发现在这些作品中,都是以"母女关系""夫妻关系""姐弟关系"等家庭关系以及"恋人关系""朋友关系"等个人情感关系作为表达重点,虽然故事各自不同,但要表达的东西却息息相通,那就是这些个人日常伦理关系被割断、被打碎,且无从恢复和重新缔结的巨大痛苦。

从伦理学角度说，这种现象意味着个人角度和日常角度的苏醒和振兴。立足个人角度和日常角度来观察社会伦理关系的缔结方式，就会发现以政治革命伦理来理解和设定家庭和个人情感关系是多么荒诞，会给人带来怎样巨大的伤痛。靠虚拟的“敌我关系”和战争思维支撑起的社会空间，几乎灭绝了个人生活的内容，扭曲了人际的自然关联。在政治伦理思维模式的控制之下，个人行为价值的评价是在意识形态层面展开的，人与人之间的关系缔结也是按照各自的政治身份来实现的，在这种情况下，无论是传统伦理所提供的“仁义”价值理念，还是市民伦理所提供的“平等互利”价值理念，都处于被废弃的、被否定、被忽略的状态。当革命斗争的集体戏拟时代趋于结束，人们才发现他们其实没有缔结任何真实的人际关系，也没有实现任何真实的个人价值。这种沉重的孤独感、负罪感以及虚无感，成为革命戏仿时代之后每个个体必须承受的生存之痛。同样，日常道德的长期缺席，“敌我思维”的巨大惯性让人与人之间失去了最基本的信任，无法在人际关系的缔结中获得生存安全感，也成为模拟的革命时代结束后每个个体必须面对的伦理难题。某种程度上说，正是这种对于社会伦理“空洞”的发现，以及随之而来复苏的伦理痛感，释放了对于新的社会伦理的强烈需求。

二、伦理重建的精英式反思与设想

人是社会的人，需要在社会关系中认知自我身份，获知个人价值，并依照一定的伦理秩序展开行为选择。如赫舍尔所言，“每一代人都有与之相应的关于人的定义”，“一个人接受什么样的定义，意味着他以什么样的方式确定自己的身份，意味着他拿一面镜子来端详自己的面孔”①，面对着社会伦理的巨大空洞，模拟革命时代结束后的社会成员迫切需要一种关于人的新的定义，并通过这种定义来确知自己的身份。正是这样的一种社会伦理状况，激发了文化精英阶层重建社会伦理的

① 〔美〕赫舍尔：《人是谁》，隗仁莲译，贵州人民出版社 1994 年版，第 22 页。

热情。从文学领域也许最能清晰地看到这种热情的高涨，对新中国成立后二十年的社会伦理状况进行反思和批判，或是对于一种更为健康和人道的社会伦理状况的假想和倡扬，都成为“文革”以后知识分子发声的热点，以至于文学史上不得不给这个时期的文学创作一个辉煌的定名，认为这是继“五四”以后的又一次“启蒙时代”的到来。

但是，无可讳言，这种以“启蒙”姿态出现的精英伦理重建对于城市伦理建设的影响却是复杂的。一方面，它的确触动了阻碍城市伦理现代化发展的价值阻碍，也提供了新的理念和发展着力点；但另一方面，它也延续着“文革”结束后未曾真正消亡的权力话语习惯，对于城市伦理的自由重组形成了新的阻碍和干扰。要分析这一时期知识精英话语的伦理态度，本身就并不简单。我们既要看到它为城市伦理发展带来了新的改变，也要看到它自身所包含的复杂局面。

（一）揭示并质疑社会伦理关系的宗法式缔结模式，是这一时期精英伦理意识最具有价值的部分

“文革”后精英阶层对于伦理重建表现出旺盛的热情，其中最有价值的部分是对于社会伦理意识和伦理关系缔结方式中的宗法内容的反思和批评。在这一时期的文学作品中，所有的个人悲剧都基本来自一个问题，那就是对于人的社会身份的错误界定。无论是张贤亮的《灵与肉》《绿化树》，鲁彦周的《天云山传奇》，还是古华的《芙蓉镇》，这些以“右派”阶层为核心形象的作品都是获罪于自身的“先天”身份。这种先天身份要么来自家庭固有的政治血统，要么来自自己过往的政治经历，通俗来讲，“政治出身”和“历史痕迹”是认定个人身份的主要标准，也因此成为个人悲剧的主要起因。

这的确命中了新中国成立后社会伦理构建的核心弊病。在前文我们已经分析到，新中国成立后最诡异的伦理现象，就是对于乌托邦高度同一性的共有社会结构的搭建，是通过借用宗法伦理的先验性身份设定模式来实现的。只不过宗法伦理对于个人身份的设定是通过先天血

缘秩序来完成的，而新中国成立后对个人身份的设定则是通过先天的政治血缘秩序来完成的。这种政治血缘身份一方面通过先天的家庭政治血统来认定，即通俗所讲的“出身问题”；另一方面也通过个人过往的政治经历和政治态度来认定，既通俗所讲的“历史问题”。这种对于“出身”和“历史背景”的痴迷和重视，其隐含的思维机制就是对于价值和行为规范的绝对性、权威性的推崇，其目的是构建一种具有绝对权威的道德律令体系。这种道德律令必须对于个人纷乱的行为具备说一不二、不能抗议也不能质疑的约束力量，从而得到个人无条件的服从和认同。“出身”和“历史背景”对于社会个体来说是凭借主观意志所无法更改的问题。通过“出身”和“历史背景”来设定个人身份和社会地位、评价个人价值，就像以先验性的血缘秩序来分配权利和义务一样，都是无法质疑也无法讨论的。于是，这种按照血统和历史背景排定的个人身份、社会关系，也就如纲常伦理一样具有绝对权威性和超常稳定性。

这一时期的精英话语并没有如民间通行的那样，将“文革”灾难简单地归因于“四人帮”这样具体的政治帮派行为，而是能够深入到社会伦理缔结依据以及个人社会伦理身份设定的层面展开反思和批判，这是具有一定伦理深度的，我们也是在这一点上看到了“文革”后知识精英话语与“五四”启蒙话语的共通之处——在政治问题的质疑背后，这的确是对于宗法伦理批判的又一次延续。这一时期的精英话语也的确清楚地揭示出了个人悲剧和社会悲剧的一个重要问题，即社会身份认定和社会阶层划分的宗法式标准。

这一时期的文学作品所塑造的主人公有一个共同特点，就是“低贱的政治身份”和“高尚的道德情操”的对比式组合。在以往的研究中，人们倾向于认为这表现出的是“文革”后知识分子人格的自我期许和陶然自醉，这固然有一定的道理，但如果结合当时的时代道德状况就不得不承认，这种人物塑造直接揭示了“文革”时代道德标准的荒谬性，从而也揭示出了先验性身份设定和社会伦理秩序的不可靠性。建立在先验性政治血缘识别之上的身份认定，把一群有着较高文化素质以及优良道德操守的“君子”式人物视为“罪人”，这就相当于把“善”认定为“恶”；与之相对应，一些人格低劣、缺失道德操守的人物则可以凭借自身先天的政治血统成为政治权力的代言人或执行者，这就相当于把“恶”认定为“善”。如果一种价值标准和道德体系，对于“善”与“恶”作出了如此巨大的错乱颠倒的识别，那么其不合理性几乎是无须说明的。这一时期的文学正是通过一系列被错认为“恶”的“善”的人物塑造，实现了对“文革”时期道德逻辑和价值标准荒谬性的判定。

基于先验性政治血缘识别的“出身问题”和“历史问题”审查，在本质上是一种封建宗法式的价值判断模式。这种模式建立在忽略个体性差异的前提之上，只有抹杀个体差异的事实才能获得成立。按照“出身”和“历史背景”这种政治血缘秩序来衡定人的“善恶”、划分社会阶层、排定人际等级，是宗法伦理与政治意识形态相结合的一种怪异变体。也可以说，这种政治血缘依据的价值系统，潜在地借用了宗法伦理家族血缘系统的价值模式，其目的就是为了确立如同“君权”“父权”一样神圣不可动摇的绝对政治权威。只有先验性的、不以个性差异和个性意愿为转移的秩序排列和价值认定，才会有效防止来自个体的质疑和干扰，取消掉一切可以讨论的余地。如同《天云山传奇》和《芙蓉镇》等作品中的展示，由于价值判断的标准是先天性的“出身”或“历史问题”，“善”被定义为“恶”，几乎是无法质疑，更无法反驳的。

这种宗法式的先验性道德逻辑和价值标准，忽略并掩盖了个性行为的事实，更杜绝了对于个性意愿的聆听，构成了强硬而无法撼动的绝对话语权威，以标签化的方式限定个人的身份，并按照这种身份，自上而下地限定其权利和义务——对于中国社会的伦理发展来说，这绝不是令人感到陌生的伦理现象，因为这只是在“五四”时期以及其后都未曾被根绝的宗法伦理意识的再次复活。

如果说“启蒙”指向的是对于现代性的企及，那么就这一点来说，

“文革”后的精英话语的确是具备“启蒙”色彩的。它揭开了新中国成立后乌托邦式社会伦理话语背后隐藏的陈旧内容，指出了造成新灾难的旧问题。对于宗法伦理意识根深蒂固的中国社会来说，其价值和意义不言自明。他们揭示出了按照政治血缘秩序设定个人身份的荒谬性，这就从根本上推翻了新中国成立后社会阶层划分，以及社会伦理关系缔结的基本依据。“政治出身”与“历史问题”这两个用以规整社会群体和阶层结构，以及界定个人价值与社会地位的先验性标准，在这种追问和质疑之下已经基本崩溃。要构建新的社会伦理结构和价值标准，就必须寻找新的依据，这就为思想解放和社会伦理的变革提供了重要的契机。

（二）对于城市空间人性异化问题的初步展示

在这一时期的作品中，存在着一个潜在但普遍的认知：相比于乡村，城市空间中的人性事实要更为复杂，也更容易出现“异化”现象。于是，在这一时期的作品中普遍存在着一个基本模式，那就是在城市被否定、被凌辱、被驱逐的主人公，却在乡村中得到了来自村民的朴素的尊重和呵护。以往我们往往从这一时期作家独特的乡村想象入手来分析这种模式的内涵，但如果换一个角度，我们却可以看到这种模式对于城市伦理问题的潜在揭示。

人的存在，无论是肉体存在还是精神存在，都是依靠与自我关系、他人关系以及社会关系的多重构建才能维持和实现。在乡村社会中，固定的土地资源为人提供相对稳定的肉体生存依赖，自然的血缘关系也为人提供相对稳定的人际联系和精神空间；相比之下，城市社会作为一种流动性、多变性的社会空间，既没有稳定的人际关系缔结，也没有稳定的生存资料的提供，因此，人在缔结自我关系、他人关系和社会关系的时候，具有更高的难度、更多的障碍和不稳定性。这也就决定了在城市社会中，人更容易陷入孤独感（与外在世界建立联系的障碍感），以及异在感（与自身无从建立关系的隔膜感）；相比于乡村，在城市空间中要拥有属于自身的生活空间和精神空间都更为困难。因此，在城市空间中，个人的存在更容易受到外在力量的干扰、侵入甚至控制，导致人的异化状态的产生。

所谓“异化”，在本质上就是指“人的存在和他的本质的疏远，人在事实上不是他潜在地是的那个样子，或者，换句话，人不是他应当成为的那个样子”①。在这拗口的句子后面存在着明确的含义，即人以“异己”的方式理解自我、实现自我。也就是弗洛姆所说的“成为他人”：“人不是以自己是自己力量和自己丰富性的积极承担者来体验自己，而是自己是依赖于自己之外的力量这样一种无力的‘物’，他把生活的实质投射到这样一种‘物’上”②。人不再是自己行为的主导，甚至丧失了感受自己本性需求和本性原则的能力，努力把自己塑造成一个完全陌生的自己，人的“异化”不可避免地发生了。因此，“异化”常常表现为完全按照某种外在的，并非基于人性本身需求的权威标准和权威要求来理解自身和塑造自身。

这种对于权威的服从有些出自外在的恐惧，如戴厚英的作品《啊》中的主人公吴仲义，他本是个良善的老实人，对自己的兄长也充满了感情。专案组强迫他出卖自己的兄长，把他推入两难的处境。但是，吴仲义真正害怕的不是专案组，而是专案组所代表的那种高高在上的、不可反抗的政治权威力量。这种力量足以切断一个人与他人、与社会的一切联系，且直接威胁到他的基本生存。正是这种对于权威的恐惧，使得吴仲义在权威的指令和本性的愿望之间，选择了违背自己本性的愿望而服从权威的指令。还有一种对于权威的服从，则更具有代表性，那就是对于国家权威力量的内在认同。以《伤痕》为例，按照人性自身的体验和需求，王晓华无疑需要与母亲建立一种彼此的依赖关系；但按照国家权力和政治意识形态所提供的标准，王晓华却需要割裂自己与母亲

① 〔美〕弗洛姆：《马克思关于人的概念》，复旦大学出版社 1983 年版，第 59 页。
② 转引自王元：《弗洛姆“人性异化论”探析》，载《马克思主义研究》1996 年第 4 期。

的亲情关系，抛弃母亲甚至出卖母亲。但是，在国家权力和政治形态所提供的标准之下，遵循人性自身的体验和需求使自己成为“女儿”，是一种“错”，甚至是一种“恶”；而遵循政治权力律令和意识形态的权威标准，才是“对”，是真正的“善”。王晓华对于权威的服从，体现为对于权威标准的内在认同，自觉自愿地接受了这种“善”的规定，并为了实现这种“善”自觉自愿地背弃了自己的本性体验和需求，断绝与母亲的亲情关系，按照政治律令把自己塑造为“正确政治立场的拥有者”。无论哪种情况，结果却只有一个，那就是：人的天性需求和本性原则被压制了，一种按照外在的、背弃了人性原则和需求的权威律令所塑造的“自我”诞生了。这个自我，无论对王晓华而言，还是对吴仲义而言，都是违背其自身人性体验和需求的“自我”，是一个与他们自身人性原则相背离的“异在”。

通过这一时期的文学作品不难看到，这种以违背自身天性原则和需求来保存自我甚至实现自我的悲剧，已然成为城市空间中普遍存在的社会现象。由于城市空间被自上而下地定义为一种国家至上的政治空间，国家权力取代了原有城市空间的社会共同体，成为唯一具有绝对权力的社会控制者。私有制的取缔，公有制的实施，社会自由贸易的取缔，使得城市原有的自由运转方式彻底断裂，城市居民的生活资料以及发展机会基本上都要仰仗国家权力的分配。不难看到，对于这种政治强力，城市空间中的个人比起生活在土地之上较为松散的农民群体，有着更为直接和敏感的体会。他们更容易体会到命运无从自控的虚弱感，也更容易体会到被外在世界否定或排斥的恐惧感。在这种情况下，社会成员更容易失去坚持自我标准和自我感受的信心，个人无法按照自身本性的需要和愿望来理解自己、塑造自己，转而屈从于来自支配方和控制方所输入的要求和标准，形成大面积的人性“异化”的灾区。

人性“异化”的大面积存在，最直接的后果就是导致“个人理性”的无从建立。人性“异化”带来的第一个恶果，是导致个人行为理性的判断失误。最典型地体现这一点的是《伤痕》《枫》《班主任》一类的作品。在这些作品中，那些年轻的主人公并非没有理性能力，事实上，他们的理性倾向十分强烈，那就是更为明确地要追求“善”“正义”和“真理”。为什么拥有如此良好的动机，却最终成为伤害他人的“施害者”呢？正如前文分析，由于人性“异化”所带来的问题，即以背离人性原则的方式来认定人性，以背离本性体验的方式来展开判断，导致他们无法接受来自本性体验和本性愿望的“善”，而倾向于接受权力话语所指定的“善”。来自生存体验和愿望的以及对于母亲或者恋人的爱，如果跟国家权威话语指定的情感标准发生矛盾，他们是无力认同前者的。他们只能以背叛自我体验和自我愿望的方式，去追求更为“合理”的自我。因为，只有由国家权威话语所指定的“正义”和“真理”，才能被人们认定为“善”。相对于国家权力这种外在的支配力量，来自他们个人本性的体验、原则和愿望，都是无比脆弱且绵软无力的。

按照弗洛姆的观点，人只有认知和遵循自己的本性需求，才有可能建立和谐且平衡的自我关系和社会关系。因为按照自己的本性需求，来实现自我和满足自我，才真正能够让人得到“自我保存”的满足。这种基于本性需求和本性原则的关系缔结，被弗洛姆看作是我们内心“自己的声音”，“这声音召唤我们返回自身，返回生产性的生活，返回充分和谐地发展——即成为彻底发展潜能的人”①。但如果这种“自己的声音”被消解，由“外在的声音”所替代，人就无法按照自己内心的指令行事，而被动屈从于外在权威的指令，“人的存在”与“人的本质”就会发生悲剧性的隔膜、疏远甚至互相背离，人们无法了解自身，对自我的不断追求，只能加剧对于自我的更为深厚的陌生感。一个以“他者”存在的个人，无法拥有属于自身的独立理性。因此，王晓华不断追求“是”，却走向更严重的“非”；不断追求“正义”，却一步一步走向更为严重的“谬误”；他们不断追求“善”，落实在行为效果上的，却永远都只能是

① 〔美〕弗洛姆：《为自己的人》，孙依依译，三联书店 1988 年版，第 152 页。

“恶”。这就是个人理性缺失、依附外在权威理性的恶果。

但在这一时期的文学表述中，我们不难发现，作者们认为这种人性“异化”现象还不是最严重的。虽然这一类人物形象表现出错误的理性认知，但毕竟在其行为动机中核心的理性意识（如“善”的原则和需求）并未消失，人性的原则也并未泯灭。他们的问题只在于外在力量（扭曲的政治理念和道德价值）的介入所造成的理性认知的偏失，因此这种偏失是“可纠正”的、“可启蒙”的、“可挽救”的，因此这类人物形象虽然对于他人存在施害的行为，却没有被看作是“施害者”，相反，他们也被看作是“受害者”——理想辨识能力被伤害的受害者。

但是，在另一类人物形象那里，情况却没有这么简单。例如，《啊》中的赵昌，《天云山传奇》中的吴遥，《芙蓉镇》中的李国香、王秋赦，《大墙下的红玉兰》中的章龙喜、马玉麟等形象，他们代表着人性“异化”更为严重的现象。在这些人身上所表现出来的问题，已经无法用“政治理念错误”来加以解释，他们的恶行更像是来自他们人性的弱点和本性的恶。《啊》中的赵昌为了保全自己，无情地出卖了自己的朋友吴仲义；《芙蓉镇》中的李国香对于胡玉音的恶意打击，最根本的心理机制是来自她无法克制的对于胡玉音美貌和魅力的妒忌；《天云山传奇》中的吴遥的恶行，起因于他旺盛的权欲；《代价》中的丘建中对于他人的伤害，来自他内心情欲无法满足的挫败；《将军吟》的邬中和刘絮云，《大墙下的红玉兰》中的章龙喜、马玉麟等，他们的卑劣行径同样来自无法遏制的私欲和恶意。他们并不像第一类形象那样，对于政治理念有着真诚的信奉，并因为这种真诚而导致行为的巨大错误，事实上，他们对于自己所热烈标榜的政治理念既不信奉，更谈不上忠诚。他们对于国家权力的趋附以及政治理念的追捧，不像王晓华们那样负载着追寻“正义”和“真理”的愿望，而是变成了他们肆意释放人性弱点和本性恶的坚实掩体。他们自身的人性弱点，色欲、财欲、权欲，这些难以控制的欲望都打着革命的旗号，在政治权力的掩护下，形成了贪婪、嫉妒、自私、暴虐、欺诈、狭隘等等一系列极具破坏性的恶性力量。

虽然在作家们的意识里，这种人格的颓败来自个人品德的失修问题；但如果从我们的角度切入，这同样是人性异化的必然结果，而且是情况尤为严重的那部分结果。如果说人性“异化”问题只是伤害了王晓华们的理性辨识能力的话，那么人性“异化”问题在这些人物那里，却已经造成了理性意识的荡然无存。

毫无疑问，所谓“理性”就是努力对自身行为进行“是非”“善恶”判断的能力。正如斯宾诺莎所言：“每一个人都依据他的情感来判断或估量，什么是善，什么是恶，什么是较善，什么是较恶，什么是最善，什么是最恶”①。虽然每个人的行为目的，在根本上都指向“自我保存”“自我发展”“自我欲望的满足”，但是一个具有理性的社会个体，必然懂得选择以何种行为实现上述目的的重要性，即通俗所说的，“有所为有所不为”的行为判断，而不是把所有的欲望都付诸行为。这种在欲望和行为效果之间进行分析、权衡和选择，从而对自身行为进行调整和控制的能力，就是个人理性。

在哲学概念上，人们常常把这种个人理性意识，看作人性中天然存在的“善”的原则。事实上，这种天然原则并非从天而降。从人性逻辑来说，人的本性是要求得到自我保存和自我发展、实现本性欲望。但是，由于个体人本身力量的弱小体验、局限体验和孤独体验，使他同时体验到，个人愿望只有通过与他人和群体建立平衡与和谐的关系，才能实现。换言之，一个人只有被群体和他人接受，且能与群体和他人缔结良好关系，才能最终实现自我保存和发展的目的；而要被群体和他人接受并维持平衡良好的关系，一个人就需要对自己的欲望和行为进行约束、节制和管理，以保证自己的行为不会冒犯或伤害他人和群体。于是，他就会自觉自愿地在自身欲望与行为效果之间作出预想和推断，了解哪些行为可行，而哪些行为不可行，从而实现对自身行为的选择和调

---

① 〔荷兰〕斯宾诺莎：《伦理学》，商务印书馆1958年版，第120—121页。

整，我们就把这种选择和调整，看作具有善意的个人理性。因此，我们说，一个人要具备这种带有善意原则的个人理性，其前提正是在谦卑体验和孤独体验的基础上，对于他人和群体利益的一种尊重和敬畏。

但是，人性“异化”所破坏的正是这样一种可贵的谦卑体验和孤独体验，以及由此而来的对于他人和群体的尊重和敬畏。借用弗洛姆的观点，人性“异化”一旦发生，个人需要通过某种外在的权威力量来认识自我，那么就会产生两种情况：要么个人屈服于外在权威，机械地按照外在权威力量的要求缔结自己与自我、他人以及社会的伦理关系；要么为了得到更多安全感，希冀成为权威的共生部分，“只要他是权威的一部分——以牺牲他的完整性为代价——他就会感到他拥有权威的力量”[①]。如果说在“王晓华”们身上发生的是第一种情况，那么在吴遥、李国香、王秋赦等人身上发生的就是第二种情况。与权威力量的“共生”感觉，使得“人的存在与人的本质的隔膜与疏远”这一异化问题在他们身上体现得更为集中和严重。他们以政治权威力量自拟，凌驾于他人和社会之上。这种权威自拟和凌驾姿态，使得他们不会持有与他人平衡相处的“善”的愿望，他们也不会为了与他人和社会达成平衡的关系，而节制自己的欲望、调整并控制自己的行为。“善”的原则以及理性判断的缺席，使得他们失去了控制自己行为的意识和能力，个人的欲望未经理性选择和判断就被全部释放。他们的问题并非是生性本恶，而是理性的缺乏使得恶意无所约束。于是，在“革命”的名义之下，利用政治权力，“李国香”们肆意释放人性中的弱点和恶意；“革命”成为他们发泄自卑、嫉妒、失落、恼恨等等阴暗情绪的工具。在这一时期文学中，他们才是真正的不折不扣的“施害者”。因此，造就这一群体的原因，不只是个人品德的失修，而是以政治权威性力量定义和规整人性所带来的另一种人性“异化”。在这种人性“异化”现象中，人性的基本体验无从实现，人性的基本原则也无从获得。其结果不是个人理性判断的失

① 〔美〕弗洛姆：《为自己的人》，孙依依译，三联书店 1988 年版，第 142 页。

误，而是个人理性的无从建立。

可见，无论是王晓华式的第一类人物形象，还是李国香式的第二类形象，都体现着人性“异化”所带来的程度不一的理性失序甚至缺失。

需要补充说明的是，人性“异化”不只是导致个人理性的失序和缺失，也会造成“城市理性”的无从建立。城市理性是个人理性的外在投影，如果个人理性展开判断的依据缺失或是存在谬误，那么成熟健康的城市理性将是不可企及的。城市理性是指一个城市对自身的认知能力，以及按照这种认知确立社会规则、价值体系、人际关系的能力。一个拥有成熟理性的城市应该认知到自身的“天性”，城市是“人类为满足自身生存和发展需要而创造的人工环境”[①]，城市的本质是一个以人为中心的空间，其主体是由个体人组成的社会共同体，而并非是政治国家的简单部件。只有认知到这一点，城市的管理立场和运转立场才会立足于社会共同体的利益立场，而不是政治国家的利益立场（二者虽有重叠但绝非同一，更不能为后者所覆盖）；也才能按照对于自身性质的理性认知，奠定对于城市主体、城市功能以及人际关系缔结方式的认同和设定。可见，认知自身的共同体性质，是一个城市的基本理性，也是一个城市能够发展并且发挥自我功能的前提。

但是，如果出现大面积的人性“异化”，人不能按照人性原则和人性体验被认知，而是按照外在的国家权威力量来认知，人就只能是以政治符号的方式而存在；人性将被单一地理解为人的社会性甚至人的政治性，个人理性也将接受政治意识形态的格式化。在这种情况下，城市作为“以人为中心的空间”的概念就会被篡改，人的感受和需求不再被视为是城市社会的中心，只有国家权力的需求才是城市社会的中心；政治国家概念取代了城市社会共同体的概念，城市就会由一个普通市民组成的社会公共空间，变为国家政治概念的载体。城市关于自身性质、功能、主体以及价值的系列理性认定，都将无从建立；建立在城市独立理

---

① 纪晓岚：《论城市本质》，中国社会科学出版社 2002 年版，第 3 页。

性基础之上的经济功能、文化功能以及社会共同体的生存功能也都将被一一弱化。

城市与自身的“天性”渐行渐远，作为政治概念和国家意识的载体，最终沦为整个国家权力格局的一部分。人性的“异化”最终带来城市的“异化”。单一的政治功能无法培养和激发城市自身的创造性和生产性，也无法激发一个城市自身的经济和文化活力。在被“异化”的城市里，城市已经成为一个远离其本质功能和作用的异在——政治意识形态的负载体。城市的一切都需要用政治标准进行过滤和判定。城市的功能出现了前所未有的萎缩，失去了其应有的文化张力。于是，我们看到在这一时期的文学中，无论是《天云山传奇》《灵与肉》还是《大墙下的红玉兰》等作品中，被政治上判定为“异类”的主人公，都会受到整个城市的排斥。他们基本上在城市里无法立足，既找不到维持生存的渠道，更找不到维持个人尊严的依据。除了被从城市中驱逐，他们走投无路。事实上，这些被从城市里驱逐的人，大多在乡村中得到了或多或少的接纳和人情的温暖。这从一个角度折射出，在作家们的意识深处，比起乡村，城市是更容易被异化的。虽然这种认识不一定代表所有的真实，但它所揭示出的城市异化问题，却是值得深思的。

（三）人性“异化”问题的表面性思考及其局限

令人遗憾的是，这一时期文学虽然展示了人性“异化”现象，但对于这种现象本身却缺少有意识的、明确且深入的思考。

1. 对于“异化”现象的根源反思无力

毫无疑问，此时期发生大面积人性“异化”现象的根本原因，是把国家权力凌驾于社会个体成员以及社会共同体之上所造成的，以至于国家成为凌驾于个人之上的绝对权威，个人无法与国家缔结平等的合理关系。国家权力及其律令切断了人与自身体验和愿望的联系，使人无法按照自身真实的人性体验和人性原则来认知自己以及自己的行为；而只能按照国家政治律令来理解自己的价值，并按照这种外在的国家权威话语来塑造自己、实现自己。个人按照国家权威话语这一“异己”的标准和原则来理解自我和追求自我,从而导致人与自身天然体验、天性原则和天性愿望的自觉自愿的剥离。

但是,由于受到政治意识形态的限制以及“文革”中“左倾”暴力带来的威胁,“文革”后的精英话语一方面存在对于政治风险的规避态度,另一方面也的确并未摆脱“文革”时期政治价值话语的制约,“文革”后精英话语虽然热衷于呈现大面积的人性异化现象,但在分析这现象的成因时,却作出了十分表面化的理解。一种普遍的理解是把“异化”现象的产生,归因于具体的政治权力团体以及具体的政治举措的错误;还有一种普遍的理解是把“异化”现象的产生,归因于部分社会成员自身道德品质的低劣和恶性的本能,要么就是把二者进行绑定,把后者看作前者的“走狗”。比较典型的如《大墙下的红玉兰》这部作品,主人公葛翎的悲剧直接被归因于受章龙喜等个人品德恶劣的人物的虐待,而这些人物之所以个人品德恶劣,是因为他们在思想上是“四人帮”的忠实走狗。这种理解在这一时期的文学叙事中是普遍存在且几乎成为模式的。

这种对于悲剧成因的肤浅化理解造成的最大后果,就是无法指出并思考国家权力凌驾于社会成员之上这一根本性的问题。在这一点上,他们甚至都没有达到“五四”启蒙运动曾经达到的水平,虽然这一时期的精英话语也大量使用了“人道”“个人权利”等启蒙词汇,并且也常常被看作当代启蒙的起点。

“五四”启蒙运动的核心精神,不是对于“父权”“君权”这一具体对象的批判,而是指出了以某种权威力量凌驾于个人意识和个人自由之上的危害性。因此,“五四”启蒙运动的最终要求,也就是其“人道”“个人权利”等系列字眼最终的落脚点,是要求推翻以“君权”和“父权”为代表的权威力量对于个人意识的控制,使在精神和肉体上被控制、被剥夺、被压制的弱势群体能够得到足够的社会政治参与权和自由发展权,赋予其政治经济上平等、精神上自由发展的权利。表现在道德体系上，就是打破不合理的社会伦理关系，在普通社会成员和国家权力之间建立平等权利和义务关系的要求。

但是，“文革”后的精英话语却没有触及国家权力这一凌驾于个人之上的绝对权威，更没有对这种国家与社会共同体以及社会成员之间的不平等关系提出异议。实际上，他们对于国家权力话语基本上没有质疑，而是采取了绝对的信任和服从。他们所批判和质疑的只是发动“文革”的某个具体的政治权力集团，这种狭隘的认知与“五四”启蒙运动有着巨大差异。如《伤痕》中的王晓华就明确地说道：“妈妈，亲爱的妈妈，你放心吧，女儿永远不会忘记您和我心上的伤痕是谁戳下的。我一定不忘华主席的恩情，紧跟以华主席为首的党中央，为党的事业贡献自己毕生的力量”。至于在“文革”中受到的政治批斗和政治羞辱，也只是被看作是一种政治信念的考验，不但没有动摇主人公们的政治理念，相反是促进了他们对于政治权威力量的无限忠诚。《布礼》中的钟亦诚即便被红卫兵羞辱，被下放折磨，依然满怀感激：“多么好的国家”；《在没有航标的河流上》中，久经磨难的徐鸣鹤也坚持认为：“革命的道路很曲折，什么事情都可能发生，但是我们伟大的党一定能够清除障碍，领导人民向着社会主义前进……”同样，《天云山传奇》中的罗群历经政治灾难，受尽羞辱和折磨，但依然充满了信心，坚定地相信党一定会纠正这种错误。

不仅如此，这种对于政治权威力量的信任、崇拜和无条件服从，还用“祖国”和“人民”这两个笼统的字眼进行了包装，更是对国家政治权威运作方式给予了合理化解释。例如，丛维熙的《雪》中，明确提出“一个炎黄儿女最大的贞操，莫过于对祖国的忠诚”，在这句感人肺腑的话语背后，“祖国”二字却很值得考量，其实在这里“祖国”和“政党”是被进行了语义打通的。《雪》中的主人公对于祖国的热爱，是指向对于党的无限忠诚。同样的概念还有“人民”。在这一时期作品中，以农民为主要载体的“人民”被进行了理想化的设置。“人民”是那个黑白颠倒的世界里唯一的清醒者，他们能够辨识真正的“善”与“恶”，无论是《灵与肉》还是《绿化树》，这一时期的作品中只有“人民”能够拨开云雾，看到被判定有罪者的“善”，懂得尊重和理解被错误“戴帽”的知识分子；同时，也只有他们能够负载着中国传统的所有美德，善良、无私、宽容、坚强和乐观。总之，“人民”不仅是美德的载体，而且是正义和真理的代表。从现实角度来说，这种对于“人民”的理想化设定，一方面是基于被从城市驱逐的知识分子在政治概念相对淡薄的农村，能够受到较多尊重的感受，另一方面则是出于政治理想的寄托。这一时期对于“人民”超越现实性的处理，使得“人民”成为理想政治权威的载体。正确的政治权威就是应该如“人民”一样，持有正确的道德标准和政治标准。“人民”被设想成真正的党的理念的正确代言人，在对于“人民”的歌咏背后，隐藏的依然是对于政治权威的信任和美好寄望。

这种对于国家政治权力绝对信任、无条件服从的态度，几乎贯穿了“文革”后“伤痕文学”“反思文学”甚至直到“改革文学”的整个发展过程。因此，“文革”后的精英话语弱化了“五四”启蒙运动曾经强烈呼吁的政治话语权和自由参与权，也弱化了“五四”启蒙运动努力在社会成员和国家权力之间建构平等关系的吁求。在他们的“启蒙”话语里，并没有要求在普通社会成员和国家权力之间建立平等权利和义务关系的内容。

“人道主义”“个人权利”在“五四”启蒙运动中主要体现为一种“弱者关怀”；“文革”后的精英话语所提出的“人道主义”“个人权利”也是一种“弱者关怀”，但二者依然存在巨大的差异。“五四”启蒙运动所言的“弱者”，是在“绝对政治权威和道德权威”与“被权威所压制所剥夺者”之间展开的认定；所谓“弱者”，在“五四”启蒙运动的诠释中指的是在家庭关系和社会关系中处于被控制、被剥夺、被压制的群体；而造成这种“弱者”之“弱”的“强”与“暴”，直接指向了道德体系和政治体系的绝对权威。但是,“文革”后精英话语所言的“弱者”和“强暴者”,则更像是在“谁来代表政治权威”争端上的区分;他们所言的“弱者”,是本应受到政治权威庇护并为政治权威代言,但却被不合理地剥夺了这种受庇护权和代言权的群体,相应的,那些“强暴者”则是品行低劣,本该受到政治权威压制,但却为政治权威代言的群体,而造成这种错位的则是某些政治权力集团和帮派的错误政治理念和举措。因此,“文革”后精英话语不是像“五四”启蒙运动那样寄望于打破绝对权威对于个体人的控制,而是寄望于绝对权威可以更换正确的代言人和跟随者。这也就意味着,“五四”启蒙运动对于“人道主义”和“个人权利”的理解,使其最终指向社会成员和国家权力之间关系的重新建构;“文革”后精英话语则指向了普通社会成员之间在社会地位以及彼此关系之间的重新安排。

在这样的前提之下,“文革”后精英话语所谈的“人道主义”和“个人权利”,从社会政治和文化层面的伦理关系建构来说,的确是狭窄了,在“人道主义”和“个人权利”的内容阐释中,规避了“五四”启蒙运动对于政治话语权和自由权的吁求;如果“五四”启蒙运动中的“人道主义”是对传统道德体系和社会政治制度提出的要求,“文革”后精英话语的人道主义则是对于社会成员的个人德性以及社会道德风气提出的要求。

2. 对于解决“异化”问题的肤浅认知

如果不能深入揭示悲剧的真正根源,自然很难对于解决之道提出合理性的建议,这也是“文革”后精英话语存在的一个问题。针对人性“异化”的悲剧现象,“文革”后的精英话语把解决问题的希望,基本寄托在两个方面。

一是国家权威力量的拯救。正如前文的分析,“文革”后的精英话语对于政治权威的信任是非常大的一个特点。他们普遍认为,只要依靠政治权威力量,更换权威力量的代言人和持有者,就能解决病态的社会问题。这种自上而下的拯救，被看作社会变革的解决之道。表现在作品中，就体现为“摘帽”情节的反复书写。《伤痕》中的王晓华在母亲被“摘帽”后，才意识到了自己的错误，也才重新开始续接自己与母亲的亲情；《灵与肉》中的许灵均，《大墙下的红玉兰》中的章永麟和《天云山传奇》中的罗群都是在被“摘帽”后才重新获得了个人的幸福和尊严。“摘帽”这一政治拯救，被普遍地看作结束人性“异化”、结束社会悲剧的关键，也被看作是从黑暗到光明、从悲剧到喜剧的转折点。

对于“摘帽”的反复书写，其实正印证了我们在前文所分析出的问题，“文革”后的精英话语并不认为政治权威力量与普通社会个体之间的不平等关系是人性“异化”发生的根源，而认为政治权威力量使用了错误的代言人和执行人，才是人性“异化”发生的原因。因此，他们所梦想的解决之道，就是希冀国家权威力量可以使用正确的执行人和代言人。“摘帽”就意味着这种调整的发生——原来被戴上各种黑色政治帽子的知识分子，政治身份和社会身份得以还原。这样的个人身份的转换，被看作结束人性“异化”的最终一步。这种对于人性“异化”问题的思考，自然是浮浅的，不但未曾解决人性“异化”的根本问题，事实上还埋下了诸多隐患。值得注意的是，在这一时期的书写中，被“摘帽”的人群不只是被还原为普通的社会成员身份，他们大多是被还原为具有权威性政治身份的人，也就是被恢复了政治权力的人以及进入到权力核心地位的人，他们成为国家权威力量的新的代言人和执行人。在这样的情节模式中，暗藏着一个确凿的价值理念——不但是“摘帽”，而且要进入权力体系，人才能真正恢复尊严、地位，才能真正恢复为有价值的人。伴随着“摘帽”情节的是“官复原职”的情节。权力的失而复得，被视为人性“异化”悲剧的终结。在这种思路的背后，隐藏着的不只是对于政治权威力量的信任，还有对于政治权威力量的艳羡和崇拜。

如果我们认可这一时期的人性“异化”主要来自国家权力凌驾于个人之上所造成的自我认知的偏差，那么就不难发现，这种“摘帽”和“官复原职”情节所表达的对于政治权力的强调和崇拜，不仅不利于消除造成人性“异化”的根源，相反会造成这种问题的延续性存在。

更重要的是，因为把解决异化现象的希望寄托于政治权威力量的自我调整，即由品德高尚的知识分子群体来代替品德恶劣的投机小人群体行使国家权力，于是，“文革”后精英话语并没有像“五四”启蒙运动那样，把国民的民主思想和自由理念的培养放在第一位，而是把个人道德修养的提升看作驱逐黑暗的希望。

这一时期的文学作品中，把人物简单地分为“性恶者”和“性善者”。但无论对于“性恶者”还是“性善者”的分析，都趋于表面。无论是前者的“恶”与后者的“善”都仿佛是与生俱来，对于“性恶者”的“恶”之政治成因和制度成因，只作了表面化的解释，即前文所言的因为他们做了某个邪恶政治帮派和权力集团的走狗；而对于“性善者”的“善”也只是强调其良善、无私、宽容和忍耐的天性之善，这些给作品带来希望和光亮的人物，他们的闪光点不是他们对于权威力量的批判精神，而只是他们这仿佛与生俱来的个人品格。对于“善”“恶”的这种表面化的理解和解释，跟这一时期无力触碰政治权威力量的实质问题是紧密相连的。既然把异化悲剧的原因归结于品德恶劣的政治团体或是个人，那么对于根源的追究也就只能止步于个人品德的“恶”，既然把根源定义为个人品德的“恶”，那么解决的办法也就只能寄望于个人品德的“善”。例如，《天云山传奇》中的冯晴岚，无私、勇敢，在罗群最艰难的时候做他的庇护所。作者并不掩饰，他是把对于社会的希望、未来的憧憬都寄望在冯晴岚和罗群的个人美德之上。同样，《绿化树》也是把马缨花的个人美德作为希望来依托的。如果说“五四”启蒙运动最终落脚于政治民主思想和个人自由精神的启蒙，那么“文革”后的启蒙则落脚于个人道德品质和良知的“启蒙”。这是“文革”后启蒙与“五四”启蒙无法相提并论的基本差异。

事实上，熟知弗洛姆的人性异化理论，我们都不难得到启发。即便是“良知”，也存在着复杂的内涵。弗洛姆就把他们分为“权威主义良知”和“人道主义良知”进行类比。“权威主义良知”是那些被内化到我们自觉自愿的行为规则和理性辨识标准中的权威律令，这种良知是“根据对惩罚的惧怕以及对奖赏的渴望而加以调整的，它总是依赖于权威的存在，依赖于权威对于人该做什么的认识，以及权威对惩罚或奖赏的断言或能力。人们对有罪感的体验，往往并非产生于他们的良心，而是产生于人们对这些权威的惧怕”[①]，只要权威对于人的影响是巨大的，就很难在纯粹的意义上来谈论良知。因为在这样的情况下所认知的“良知”，有可能传达的只是权威的声音。只有那些来自我们真实的生存体验和需求的声音才能代表真正的良知，弗洛姆称之为“人道主义良知”，也就是真正从个体人的利益出发，尊重个体人的创造欲望和思想个性的那些来自内心的原则。

在没有对此进行理性的分析和整理之前，妄谈个人“良知”的启蒙，其实也是存在着种种危险的，如我们如何来保证所倡导的“良知”是对于人性的真实关怀，还是对于政治权威的无意识的尊崇？在这些问题理清以前，试图以对个人良知的启蒙来化解人性“异化”，本身就是不可靠的。

综上所述，在“文革”以后，精英话语虽然认识到并且也揭示了中国城市伦理中所存在的问题，但其重建设想存在种种问题，并没有改变以政治伦理覆盖城市伦理的弊病，城市空间依然被看作国家政治空间的一个部分，对于城市空间的独立性并没有明确的认知，个人日常空间伦理的缺失问题也没有得到充分讨论。从本质上来说，这一时期精英阶层思考伦理关系的重点依然是个体人与政治国家之间的关系；对于人性的定义方式，虽然摆脱了阶级血缘的认定模式，但人性与政治性的关系依然陈旧，权威性对于个人的感性欲求以及个体价值的实现，都依然存在诸多的顾虑。这种伦理思考从“文革”后的“伤痕文学”到“启蒙文

① 〔美〕弗洛姆：《为自己的人》，三联书店 1988 年版，第 140 页。

学”,甚至到20世纪70年代末80年代初的“工业题材”和“改革题材”,都一脉相承,改变甚微。

从总体而言,自“文革”以后到20世纪80年代初期的精英话语体系,国家宏大叙事和政治意识形态凌驾于个人生存感受之上的总结构迟迟未能改变。这使得“人道”“个人权利”“启蒙”等词汇的演绎和实践基本流于表面,甚至相对于“五四”时期在某些方面呈现出明显的倒退。这不能不说是一个值得我们反复思考的历史现象。

第三节 “合理性立论期”:市民伦理的重建

如上节所述,面对城市社会的伦理空洞,精英话语进行了积极的思考和探索,但其自身思维角度和思维途径的限制,却使得这种讨论始终停留于精英阶层自身的话语体系,并未能真正触动城市社会的伦理变革。相对于精英阶层的理性探索,有一个倾向对于城市伦理发展来说也许更为重要,那就是随着日常空间和市井社会的逐渐恢复,也催生出另一种角度的伦理重建,那就是市民伦理。如学界共同认定的,市民社会和市民意识的萌发和发展,是促使城市社会现代化发展的关键一环。

在前几章的论述中,我们屡次提到,中国市民社会一直不成熟。如学者所言,市民社会的基础是市场经济:“市场经济领域本身是市民社会的重要组成部分,它的发展为市民社会准备了基本要素。市民社会的主体是市场经济造就的。”[①]但中国社会历来具有两个基本特征,其一是小农经济发达,其二是社会生活过度依赖国家政治权力,这两个原因造成中国市民社会迟迟难以成型。近代以后到民国时期,市民社会一度得到迅速的发展,但新中国成立以后由于强化了政治国家的概念,取消自由贸易为基础的市场经济,实行统一的国家计划经济,城市居民被

① 李建华:《论中国市民社会的建立及其伦理变革》,载《浙江社会科学》2001年第5期。

纳入单位管理体制,形成了社会成员对于政治体制超强的依赖性。这就使得在民国时期初步成形的市民社会形态再次趋于瓦解。

要推进城市的发展,市民社会的成熟是关键问题。新中国成立以后市民伦理几乎无处存身,失去话语体系和表达的权利,只能是以无言的、潜在的方式存在。面对“文革”后的伦理断层,精英阶层率先起来反思,并试图填补伦理空洞,但由于政治思维的惯性,精英式的启蒙思路并没有摆脱国家政治的束缚,依然是以政治思维方式来思考城市中的伦理空缺问题。这个现象我们已经通过“文革”后代表精英话语的“启蒙文学”进行了分析。在这种情况下,真正能够标志城市伦理逐步复兴的,并不是来自精英阶层感受和吁求的启蒙思路,而是来自底层市井社会的生存感受和生存吁求的曲折回声。但这种回声尚处于政治伦理和精英伦理的质疑和排斥之下,彼此存在强烈的冲突,市民伦理的合理性也受到深深的怀疑甚至否定,因此我们把这一时期姑且看作市民伦理的“合理性立论期”。

一、人民·平民·谋生者:城市人群身份意识的演化

我们在本章的第一节中就曾经分析到,新中国成立后城市空间被设置为国家政治空间,城市社会成员的身份由“市民”转化为政治色彩浓厚的“革命人民”。这一时期的“人民”概念体现的是一种政治界定,是对于国家政治体制和政治权力的依赖。“人民”与市场经济无关,他们的生存资料和发展机会不像“市民”那样需要从市场获得,而是依赖于国家政治体制的平均分配。“人民”在精神上依附于政治意识形态的限定,在物质上依附于国家统一的计划经济,在人身自由上归属于单位的人事管理体制。“人民”的身份设定,体现着新中国成立以后城市空间的严重政治化,也体现着政治伦理对于城市空间的无限渗透。

我们不能不直面一个事实,这种趋于僵化的“人民”概念作为自我设定的伦理主体意识,直到 20 世纪 80 年代初都依然在城市空间蔓延。

我们之所以在前文论述中认为,“文革”后的精英式话语对于解决“文革”带来的城市伦理空洞起不到关键作用,就是因为无论是从“伤痕文学”“启蒙文学”,还是到“工业题材”或“改革文学”,在主体意识上都依然显示出非常明显的政治化的“人民”自我设定。这种强大的伦理思维惯性,不能不说是令人惊叹的。事实上,直到今天,当我们思考城市伦理的主体问题时,依然受到“人民”概念的诸多约束。在“人民”这一政治色彩浓厚的主体概念盛行的前提下,“市民”意识的萌发和存在,都将走在一条十分艰难的道路之上。但有一个基本的结论并不能因此改变,从“人民”到“市民”,是促进当代城市发展的必需内容,也是必然的趋向。从文学叙事的演变来看,城市社会的伦理实践也的确向我们展示出了这样的必然趋向。

(一)从“人民”到“平民”的艰难演变

革命式的“人民”主体意识在“文革”后真正的松动,是从20世纪80年代初期开始出现的。1978年以后的经济体制改革,对于城市的最大影响就是放松了政治权力对于个人和组织的束缚,使得一部分城市空间开始从政治权力的把控中初步脱离出来,出现了非政治化的市场经济空间。国家政治权力开始逐步退出市场的主体地位,这就为脱离政治国家控制的市民社会的形成提供了前提条件。这就意味着,居住在城市中的人不再是完全依赖于国家政治体制的人,也不必只是通过“政治人”这狭窄的道路才能获得合法的城市生存条件。这种社会变动首先引发了城市居民的自我身份从“人民”到“平民”的悄然转换。

从20世纪80年代中期到90年代初,文坛上有一种被称为“市井小说”的作品突然流行一时。代表作诸如邓友梅的《烟壶》、冯骥才的《神鞭》《三寸金莲》,陆文夫的《美食家》等“小巷人物系列”以及刘心武的《钟鼓楼》。这些作品不仅备受欢迎,而且广受推崇和模仿,甚至出现了一个独立的创作风潮。如果分析一下这些作品备受瞩目的原因,应该是不一而足的,但其中有一点却至为重要,那就是这些作品的最独特之处，就是它们都终于不再讲述那个从新中国成立以来就在虚构的“人民”的故事，它们大多写的是城市居民，并且，它们所呈现的城市居民显然是跟新中国成立后被反复界定、渲染和描画的以“工人阶级”为核心的“人民”是十分不同的。

这些作品所讲述的主人公的组成十分复杂，有“那五”(《烟壶》)类型的晚清遗贵，有“傻二”(《神鞭》)那样的民间隐侠，有“荀兴旺”(《钟鼓楼》)那样的老工人，有“徐丽莎”(《井》)那样的知识分子，也有“七姑”(《钟鼓楼》那样的市侩角色……，但他们却又有着很多共同点：立足个人日常生活，在日常人际交往和个人谋生中辨认并实践自己道德观念的平民态度，在日常生活琐碎细节中营造自我生活，实现自我满足的价值观念。他们或是迷恋烟壶古扇，或是执着于美味的享受，或是追求个人爱情婚姻的满足……他们不再按照政治标准定制自我、按照政治关系来缔结人际关系，他们所追求的满足也不再是政治体制中的地位和身份，而是凡庸生活中所有的细枝末节。这种在政治体系之外营造个人生活，追求自由的个人空间，并按照自我独立标准来辨识是非善恶的生存形态，使得这一形象系列超越了“人民”概念的范畴限制，表现出“市民阶层”的诸多因素，这也是文学史上把这一形象系列归纳为“市井人物”的内在原因。

但是，我们也必须注意另一个事实性的问题：虽然这个群体不能被划归为通行概念上的“人民”，但是他们也并非是我们所说的真正的“市民”。这些作品中的人物还不能被称为“市民阶层”的代表，这些作品所传达的伦理感受和伦理吁求也还不能归结为“市民意识”。

“市民阶层”这个群体最大的特点是依赖市场经济而存在，其所有的伦理感受和伦理吁求都是从这一基础生发而出的。例如，因为依赖市场经济而存在，所以这个群体对于经济自由有着天然的要求，他们更强烈地要求把市场经济从国家政治管理的控制下不断地解放出来，弱化政治特权对于经济活动的介入和干涉，他们期盼不依赖国家政治权力的个人领域和公共领域的形成；因为依赖市场经济而存在，所以这个群体在社会关系的缔结上，更期盼契约式的平等缔结；同样，因为依赖市场经济，所以这个群体十分看重个人权利和个人利益，有着更为强烈的独立自由意识；当然，由于市场经济的本质所使然，他们对于社会制度的公正和平等，也有着更高、更理性的要求。因此，“市民阶层”以及“市民社会”的形成，才会被视为推动现代城市甚至现代国家发展的重要力量。

参照以上陈述，再来对比这一时期文学作品中所塑造的“市井人物”和“市井社会”，显然并不符合上述特征，它们也没有传达出“市民”群体应有的生存形态和伦理吁求。

这些作品中的“市井人物”并不是生存于市场经济的链条之上，他们的伦理感受和伦理吁求也不是产生于城市商品经济的环境和基础之中，虽然这些作品中的人物也有很多经商活动，但作者在书写时，却一致地采用了对于商业色彩的淡化和消解。例如，邓友梅的《烟壶》涉及文物买卖行业，陆文夫的《美食家》涉及饮食行业，刘心武的《钟鼓楼》中的修鞋匠，陈建功的《鬈毛》中的老剃头匠，这些人物无不是依靠市场和商品经济而存活的，但在这些作品中，这些人物的伦理感受和伦理吁求却全都不具备商业目的，其行为也常常与正常的商业行为背道而驰。《烟壶》中的主人公痴迷烟壶，但不是为了买卖，而是追求文化“雅趣”，甚至还被上升到了“爱国主义”；《美食家》中的饮食业也只是被演绎成一种传统生活品位和饮食风俗的载体，琳琅美食被赋予一种充满文化内涵的美学“雅兴”；而《钟鼓楼》中的修鞋匠更是淡泊金钱，表现出“重义轻利”的民族美德……以营利为目的的商业活动，至此已完全被消解了其商业本质，变成了“他者”的负载体。这个“他者”就是传统的民族风俗、民族精神、艺术审美和传统美德。

不难看出，这些“市井人物”所代表的、所表达的伦理期望不是来自城市商品经济，而是来自中国最传统、最本土的道德价值和精神品味。

正如邓友梅在《烟壶》中所说："烟壶虽小，却渗透着一个民族的文化传统、心理特征、审美习尚、技艺水平和时代风貌。"显然，这一部分作品中的"市井社会"和"市井人物"，并不来自城市的实体生存活动，它们更像是一个传统文化精华和道德精华的"保管箱"，看似极其凡庸，携带的却是中国儒道文化的精粹因子，是中国传统民族性格和美德、传统艺术和风俗的具象载体。

因此，我们说这一时期作品中的城市居民虽然不再是刻板的革命化、政治化的"人民"，但跟"市民"也并没有太大的关系。他们所展示的对于"道义""淡泊""超脱"的单纯歌颂，以及对于"商品""赢利""物质"的否定式的理解，都跟市民的伦理感受和伦理吁求大不相同。"市民意识"最核心的权利意识和个人主义意识，更是被大幅度地压制和淡化了。这些"市井人物"不能被划归为"政治国家中的人"，可以被划归为"民族传统精粹中的人"，问题是，他们一定不能划归为"市场经济中的人"。所以，与其称这些"市井人物"为"市民"，不如称其为"平民"。

事实上，这些作品不是新的时代里"市民意识"的投射，但却的确是新的时代里"平民意识"的投射。随着政治国家影响的弱化，社会生活政治化的逐步消退，普通的社会成员希望摆脱多年来政治力量的束缚，重觅自我价值和精神追求的目标。在这种寻觅中，他们不再把自己视为政治坐标中的一个茫然的附属品，他们更希望在日常生活中定位个人价值。而"市民"基于商品经济活动所主张的"个人利益""自我实现"，还无法得到普遍的价值认同。于是，在脱离政治坐标之后，到传统文化坐标中去寻找价值和意义，就成为必然的趋势和现象。从一个以政治为内容的革命"人民"，转换为以传统文化承袭为内容的文化"平民"，就成为那个时代身份意识的最重要的寄托点。

因此，我们也必须承认，这一时期的作品虽然没有写出真正的城市社会和真正的市民意识，但毕竟也代表着城市伦理意识的一个进步，那就是对于在政治结构中确立城市结构和人的价值的思维方式的摆脱。

从按照国家政治空间要求设定的“人民”到按照民族文化空间要求设定的“平民”，这毕竟也是一个巨大的进步。

（二）从“平民”到“谋生者”的艰难演变

“市民意识”在文学叙事中得到正面的表达，大约是在20世纪80年代末，这是符合城市社会发展的真实情况的。80年代末，传统的计划体制在更多领域向市场经济体制转型，政治国家控制一切社会资源的局面逐步改善，社会资源由原来单一的国家归属，开始转向多元归属；政府职能开始转变，政治权力也在更多经济领域逐步退出或弱化自身影响力，社会经济活动不再完全地受到政府审批权的限制；社会成员对于政治国家的依附性减弱……这些政治体制的改变，都极大地提升了市场经济的自由运转度，赋予了城市社会更多自由的公共空间和私人空间。

在这种情况下，城市社会成员对于自身身份以及社会问题的理解，终于可以更多地摆脱国家政治角度、民族文化的角度的束缚，从自己可以把握的个人日常生存角度切入；而角度的转换，必然会带来生存体验和伦理吁求的巨大变化。这种变化集中体现为“谋生者”身份的自我确立与自我认同。

首先，我们从此时的一部分作品中可以看到一种涌动的情绪，即对于自身宏大政治身份或文化身份的厌倦和反感。

在王朔的《一半是火焰一半是海水》《顽主》《一点正经没有》《玩的就是心跳》《千万别把我当人》等小说中，主人公们的一个共性，就是对于一切既定的价值概念的主动剥离和嘲弄。他们嘲笑一切被标志为“神圣”“庄严”“价值”“精英”“激情”和“理想”的东西，既不信奉它们，更不会把它们作为自己的行为目的。如果我们把这种行为理解为拒绝追求价值，就无法看到这种行为的重要意义。这些作品所传达的情绪，不是要拒绝价值，而是要拒绝那些自上而下指定的价值，不论这些价值是由政治权威话语指定，还是由文化权威话语指定，他们都拒绝接受。

正如其中一部作品的标题“一点正经没有”，这个“正经”指的就是那些沉重的价值限定。毫无疑问，这是一种消解价值的举动，但这种消解不是通向“虚无”，而是通向“选择”。在消解价值的巨大热情背后，是自主选择价值的强大愿望。

新中国成立后漫长的时期里，普通的社会成员需要跟随各种或崇高或神圣或精英式的政治文化的权威话语，才能确立自身的社会身份和价值目标。无论是革命式的“人民”式自我，还是文化精粹式的“平民”式自我，在本质上有一点是相同的，都把自我价值寄托在某种宏大的外在力量之上——或是依附于政治权威话语来寻找自我价值的落脚点，或是依附文化权威话语来寻找自我价值的落脚点。作为个体的“人”，只有作为政治力量的一部分，或是作为民族文化精粹的一部分，才会被认为是有价值的。

在以王朔为代表的这部分作品中，我们看到了时代情绪的剧烈变化。也许正因为城市青年是被各种宏大身份和宏大价值捆绑得最为直接和严重的群体，他们对于宏大身份和宏大价值的反感也就最为强烈。他们不再接受任何强加给他们的价值观念、意识形态和行为模式，这并不意味着他们不再需要价值，而是，他们不再需要并且强烈反对由别人告知他们什么是价值。他们再也不相信任何外在通行的价值标准和身份设定，一切都需要重新开始。

当然，在他们找到真正可信的价值之前，他们的态度也就只能表现为对于现实和社会的否定和嘲弄。在清楚所有令他们反感的价值和身份之后，他们暂时地进入到一种价值和身份的“真空期”。这些作品中所有的焦虑、颓废、玩世不恭——这些被称为“痞子”的行为，正是“真空期”的真实反应。只要结合这个时代就必须承认，这绝对不是道德的坍塌，而是道德的转折，所有的是与非、善与恶，那些在“革命时代”或是“精英时代”被敲定的标准，都需要重新衡量、重新定夺。而这一次的衡量和定夺，“痞子”们坚定了决心，要有自己掌握，而不再是被动地听取自上而下的指令和演说。

在这种被称为“痞子文学”的叙事背后，所包含的是把外在价值设定与个体自身伦理体验剥离开来，重新思考个体身份和个体价值的吁求。这是他们所有叛逆的基点，也是他们所有焦虑的根本所在。我们一定要认识到，在这些作品中所表现出来的价值叛逆和身份叛逆，并非是被定名为“痞子”的城市青年群体所特有，而是在城市社会中具有普遍性的伦理感受和伦理吁求的响亮发言。

但是，有一点我们同样也要认识到，王朔笔下的“痞子”群体，尚不能代表新兴的“市民”群体，在他们反“神圣”“精英”的行为中，事实上存在着一种潜在的“精英”自许意识。但他们的这种“精英”意识不是原有概念上代表权威话语的政治精英或是文化精英，而是既反对“精英”也并不接纳真正的“世俗”的“孤独意识”。他们不能接受被自上而下指定的宏大身份和行为标准，但同样也并不接受沉溺于世俗细枝末节的市民身份和价值理解。在很大的程度上，他们甚至比新中国成立后的“政治精英”和“文化精英”更具有精英精神——假如精英精神的核心就是“批判精神”的话。他们所有的价值反叛、道德行为叛逆都不是无目的的，相反，目的性相当明确，那就是对于被视为正统的权威话语系统的激烈否定。他们在口头上否定现实社会生存的意义，事实上只是否定那些被权威话语系统所指定的价值和意义，他们拒绝接纳的正是这一部分价值和意义。除了“批判精神”，他们也有潜在的“理性精神”。“痞子们”的行为看似一种理性破碎的状态，是在感性层面的自我行为放纵。但不难发现，他们所不屑一顾的，同样只是正统和权威话语系统的理性传统，他们对于感性的所有推崇都是用来击碎这种理性传统的铁锤。对感性的推崇和自我的放纵，只是一种姿态，而不是目的，对于理解“痞子们”来说这一点是相当重要的。在他们对理性话语系统的猛烈否定背后，他们有着十分明显的理性支撑，那就是呼吁那些真正能代表人性吁求的合理道德，呼吁那些真正能给人带来全面发展的健康价值体系。

因此,我们说“痞子文学”的确表现出了那个时代在城市平民社会所涌动的情绪——即对于自身宏大政治身份或文化身份的厌倦和反感,对于这种情绪的放大和呈现,基本上为市民身份意识的确立扫清了道路,但这并不能说,其本身就可以被简单地认定为市民意识的代表。也因此,我们才会发现,王朔笔下的城市青年在否定既有价值体系和身份设定之后,无法找到自己的身份归属,从而呈现出一种“真空”状态。这跟另外一部分足以代表市民意识的作品是不一样的。

其次,“谋生者”身份的体认与确立。

真正能够让我们从中透视并把握到市民意识踪迹的,是另外一部分文学叙事和文学形象:《一地鸡毛》(刘震云)里的机关干部小林,《烦恼人生》(池莉)中的高级技工印家厚,《生活无罪》(何顿)中的美术教师何夫……这些大大小小的城市知识分子,这曾经被设定为精英群体的人群,他们不但摆脱了宏大身份设定和价值设定,而且开始从日常生活的细枝末节入手,来理解自己的生活,也开始从生存的基本需求开始,来理解什么是价值。他们不像“痞子们”那样在摇落宏大身份之后,陷入身份的真空。他们迅速而且准确地找到自己的身份定位,那就是以“谋生者”自居。

在这些作品中,人生的问题不再来自那些凌驾于个人生存之上的权威压制所带来的痛苦,也不再来自渴望得到权威认同而不得的焦虑;人生的问题第一次紧紧地贴着个体人的日常生存而发生。无论是《一地鸡毛》中的小林,还是《烦恼人生》中的印家厚,抑或是《生活无罪》中的何夫,他们的痛苦和烦恼,均来自对于基本生存需要的追求。以《一地鸡毛》中的小林为例,在小林的生活中,所有重大的问题排列起来无外乎:花钱买的一块豆腐放馊了;孩子进不了好的幼儿园;老婆不能调动到离家近的单位;老家人找他帮忙看病,他却无能为力。这些问题都剔除了宏大的社会内容和主题,还原到日常生活本身。在《一地鸡毛》

中,小林作为大学生和机关干部,却不再用“国家政治的骨干”或是“文化精粹的精英”这些原有的身份来认定自己,小林只认定自己是一个必须养家糊口的人,这就是“谋生者”身份的自认。

在以往的研究中,对于这种“谋生者”身份的自认常常多有疑虑,认为这代表着一种道德境界的凡庸化、世俗化,暗藏着整个城市社会道德境界下降的危险。但是,从城市伦理发展的角度说,这种身份意识的转变,却是一个关键性的伦理意识的巨大转变。

从道德原则来说,“谋生者”身份的自认与确立,可以改变新中国成立以后被严重扭曲的价值观念。什么是一个社会最该追求的最高价值?按照康德的观点,这个最高价值就是“人自身”:“人,实则一切理性者,所以存在,是由于自身是个目的,并不是只供这个或那个意志任意利用的工具;因此,无论人的行为是对自己的或是对其他有理性者的,在他的一切行为上,总要把人认为是目的”①。正如学者对于这种观点的分析,这一观点的核心就是认为人本身就是最高价值,因此帮助个体的人满足自我需求、发展自我潜能就是一个社会最该追求的最高价值:“人本身之所以是最高价值,则是因为人本身或每个人是社会的目的;而社会则不过是为人本身或每个人服务的手段而已。”②新中国成立后的城市伦理发展非常明显地偏离了这一基本的道德原则。作为最高价值的不是个人,而是政治意识形态;“个人”沦为政治意识形态的载体,成为实践政治意识形态的途径和工具;人的自我生存需求以及潜能发展的愿望均受到漠视和压制。这种扭曲的道德原则和价值设定的结果,就是使得道德原则长时期地被绑架在各种外在权威话语所指定的“道义”(政治之道义,或是文化之道义)价值之上,“个人幸福”均不能成为行为的目的,甚至,就连“个人幸福”自身的内容,也已经被抽空所有的日常内容和私人内容,被替换为集体的、抽象的“整体幸福”。这种

---

① 转引自罗国杰编:《人道主义思想论库》,华夏出版社 1993 年版,第 449 页。

② 王海明:《伦理学原理》,北京大学出版社 2009 年版, 第 236 页。

道德原则的扭曲，是造成17年时期城市社会大面积人性异化现象的根本原因。

“谋生者”身份的自我认同，改变了人们看待社会和自身的角度，揭开了长久以来被遮掩和忽略的生存真相，释放了长久被压制的个人生存和发展的愿望；“我是谁”“我为何而活”，这些最基本的伦理命题被重新激活，人们得以摆脱既定的答案，也得以按照自己的伦理体验和伦理感受，去展开独立的思考、探索和行为演绎。在“谋生者”的自我身份设定之下，漠视甚至排斥个人生存伦理感受和吁求的“虚幻幸福”和“虚幻价值”都被自然而然地颠覆。如果我们认可自身的“谋生者”身份，那么就可以轻松地得出结论：对于社会而言，只有让一个“谋生者”得以谋生的社会，才是具有合理性的社会；同样，只有保障“谋生者”得以谋生的道德，才是最合乎人道原则的道德。

“谋生者”身份意识的萌发，表现在这一时期的作品中，就是开始用直面的、非否定和批判式的态度，讲述城市人群对于个人琐碎生活细节和利益的追求。在作为革命者存在的“人民”身份之下，或是以文化精粹而存在的“平民”身份之下，这种追求都没有足够的道德依据，因此在以往的作品中，这样的追求不是被否定、被批判就是被掩盖或忽略。而在这一时期的作品中，这些追求成为作品所描述的“生活”的主要支撑。也只有通过“谋生者”的身份自设，对于价值和意义的理解，才能真正回归生存行为本身；同样，对于合理与不合理的划分，善与恶的标识，都也才能以个人生存需求的满足作为基本的标杆。

“谋生者”身份的自认以及新的道德原则的确立，是造就真正“市民”群体出现的基本前提。只有这主、客两方面条件的具备，才能有效激发城市人群的个人权利意识。在“小林”们那些看似琐碎的生活追求背后，包含的正是这种个人权利意识的萌芽。小林能够理直气壮地把最基本的衣食住行的满足当作生活的重心，没有对于日常生活权利的认可，他其实是做不到的。而这种以衣食住行为基础的生活需求，看似是琐碎的物质需求,但却是一个个体人在社会中生存的最基本的安全感的需求,而自我生存安全感是每一个社会成员都应该被尊重被满足的基本生存权。对于这种自我生存安全感的追求,绝对不能被视为道德水准的下降,相反,它会提高对于城市社会个人权利保障的要求,促进一个城市社会在个人生活保障上的不断发展和完善。在池莉的《生活秀》中,正是来双扬这个普通的市井女子,为了获取自身生存的安全感,率先把一只小煤球炉提到街边制作小食品售卖,才发动了整条街道的人们纷纷效仿的热情,从而成就了整个商业街的启动和出现。在这一时期作家的眼中,这种对于个人日常生活的经营,已经是一个具有道德价值的事件。这种改变,正是来自个人权利意识的激发和成长。同样,在刘震云的《单位》和池莉的《不谈爱情》中,还写到了与以往完全不同的"精神理想"的追求。《单位》中的小林的精神理想,就是费尽心机提高自己在单位的地位和身份;《不谈爱情》中的吉玲,则是试图通过婚姻改变自己低微的社会地位和社会身份。这历来是被视为道德色彩最为灰暗的部分,因为我们已经习惯了依赖国家政治伦理或是民族文化伦理来判断个人行为价值的有无,按照这个传统的标准,小林和吉玲的理想,的确缺少宏大的道义色彩和整体境界。但是,如果我们可以摆脱以政治意识形态来衡量个人行为标准的思维惯性,不在国家政治空间中谈论个人价值,而是回归私人日常生活空间来谈论个人价值,那么我们就可以发现小林和吉玲理想追求的合理性和变革性。他们的行为呈现的是一种私人性伦理原则,这种原则就是不把个人嵌入到国家政治主题来确定人生的意义,而是由凡庸的生活、琐碎的细节来寻找个人的尊严、自由和发展。小林和吉玲的所作所为,在最终目的上是为了得到社会更多的尊重、认同和自我发展空间,这种追求并没有错。只要我们认可"人本身就是目的"的道德原则,那么在私人日常空间中,追求以日常生活需求和精神需求为基础的"个人幸福"就有着充足的道德依据。

当然,“小林”和“吉玲”们的行为存在瑕疵,如小林是依赖并利用了“官本位”的社会等级秩序来实现自己的追求,吉玲的行为瑕疵则是依赖并利用了“文化身份”和“社会阶层”的等级差异来实现自己的追求,但这无奈且病态的选择,恰好揭示了城市社会无法提供完善的“公平”和“正义”标准的事实。小林和吉玲的个人权利意识的萌发,使得他们不再安于政治等级秩序和社会文化阶层差异对他们身份和地位的先天安排,他们要求能够更平等地获得社会的尊重和认同。但在等级森严的“单位”里,以及被家庭出身所限定的社会里,他们很难依靠个人的奋斗突破这些固化差异的限制。于是,小林周旋于各种人际矛盾之间,寻找上升的机会,而吉玲则费尽心计和手段通过伪装自己来捕获上层男性。“小林”和“吉玲”们的行为选择在实质上却是出于无可选择。因此,正是“小林”和“吉玲”们的无奈和痛苦,暴露了社会公正体系无法与普通民众的发展需求相配套的缺陷,对于社会的制度公正和文化平等提出了更高的要求。合理的社会制度应该尊重社会成员的个人利益,公平公正地提供个人发展机会。从伦理学角度来说,所谓社会公正,就是要最大程度地保证社会成员所享有的权利与其所尽的义务相等;同时也要最大程度地保证“个人”与“社会”,以及“个人”与“他人”之间在权利和义务关系上的对等缔结。小林和吉玲的烦恼和痛苦,正是因为他们不愿意接受外在人际等级的安排,也不接受某种高高在上的权威力量的控制。他们希望按照自己的生存愿望获得生存权利和发展权利,但他们却缺乏帮助他们实现这种愿望的社会条件。

但是,作为“谋生者”而自居的“小林”和“吉玲”们,其个人权利意识已经随着谋生意识的确立而萌发,他们的挣扎、努力和呼吁,都意味着市民社会和市民意识的初步形成。市民社会所特有的对于市场法则的依赖,对于个人利益的注重,对于契约式社会平等关系的吁求,以及对于个人空间独立的争取,对于个人与社会关系的重新理解,都将有力推动城市伦理的现代性进程。

二、私性·平等·契约:城市空间意识的改变

在20世纪90年代文学中有一个普遍的现象:很多创作者都"相当彻底地远离了政治文化,甚至完全远离了集体意味的意识形态色彩。他们不关心、不涉及政治内容,也不关心集体效应,他们只把文学作为个人生活和情感的表现物,所写的也只是个人生活"①。在文学评论界,这种倾向被描述为"世俗化"倾向。不少评论家都对这种倾向表示担忧,认为是文学境界和道德境界的"低就",甚至是创作者们的"自甘堕落"。

事实上,这种担忧和批评本身犯了一个基本的错误,那就是对于城市理解的错位和滞后。发生这种担忧和批评的根源,是因为他们依然把城市空间视为国家政治空间或文化精英空间,而拒绝承认90年代城市空间在阶层结构和空间功能上已经发生巨变的事实。在这种固执的道德思维之下,文学的这种"世俗化"倾向,必然被视为一种政治精神和文化精神的堕落。如果我们知道,90年代的城市空间已经开始向市民社会过渡,甚至,市民社会已经成为城市空间的核心主体,那么对于90年代文学的所谓"世俗化"倾向,就应该有着不同的评价。不能简单地理解为文学理念的进步或退后,或是作家的主观选择的变化,如果我们承认文学必然表现社会的共性体验,那就不难推论,这种倾向不过是社会伦理意识变化的必然反应。城市空间中市民社会的出现和壮大,才是这一倾向出现的内在动力和机制,文学只要还在坚持人性原则和真实原则,那么这种"世俗化"倾向,就不能说明文学的堕落,而只能说明它依然在真实地传达城市空间的共性体验——那些来自市民社会所特有的伦理体验与伦理需求。文学创作者们竟抛弃了宏大政治主体和精英主题,转而表达市民社会的体验和要求,这本身就说明一个问题,市

① 贺仲明:《中国心像——20世纪末作家文化心态考察》,中央编译出版社2002年版,第244页。

民社会已经崛起并成为城市空间的核心主体，这才是我们在叙事改变背后看到的最重要的事实。

由于中国社会历来具备高度政治化的传统，城市空间也向来是被理解为国家政治空间或是民族精英文化空间。即便新文化运动高度强调“个人”，但对于城市空间的政治化、精英化理解也并没有改变。新文化运动对于“个人”的强调，是在国家政治和民族文化空间中进行理解和讨论的，因此，他们所想象的新的“个人”，其实可以被理解为新的“国民”；对于“个人权利”的强调，也主要是指向个人的政治权利和文化权利，属于“国民权利”的讨论范畴；对于“个人”行为的道德评价，同样以是否符合国家和民族利益作为标杆和尺度；对于“个人”重要性的强调，是为了通过“国民性改造”，达到国家、民族和群体的发展和进步，其最终的目的还是为了改变政治体制和文化形态，以实现民族富强的宏大目标。新文化运动所强调的“个人”，更像是实现国家富强的工具和通道，而不是最终的目的。在这样的空间意识中，虽然高调宣扬着系列“个人”概念，但城市空间依然与国家政治空间或者精英的文化想象空间高度重合，所意欲达成的只不过是在政治意识形态或精英理念之下的“国民”社会而已，跟本文所言的“市民”社会相差甚远。

对于城市空间的这种理解和想象，几乎成为中国城市理性的传统。虽然这条传统在20世纪三四十年代随着商品经济的发展一度动摇，但随着新中国的建立，一切又回归正统。但是，90年代，这种正统的城市理念受到了前所未有的冲击。

（一）谋生的私性体验，带来“个人权利”和“个人价值”的私性阐释

个人身份意识实现了与国家政治意识形态的分离，是90年代城市人群自我身份意识的重要变化。一方面，原本集中且统一的体制内人群发生了分化，随着私营经济的发展和外资企业的出现，大量的体制内人群开始游离到体制之外。他们对于国家政治体制的依附性大幅度减

少,成为真正独立的“谋生者”。另一方面,即便是体制内的人群,由于90年代社会分工开始脱离政治化约束,也开始向职业化转换,体制内人群的个人身份和个人生活同样在进行“去政治化”。工作不再被视为某种政治任务,而是被视为个人的谋生工具。这种“谋生化”和“职业化”的工作理念,使体制内的人群同样逐渐脱离了政治意识形态对于自我身份的设定,得以从职业角度来看待自身,向“谋生者”的自我身份靠拢。而从90年代开始就逐渐强化的政治体制改革渐渐打破了由国家和集体统一分配生活和生产资料的模式,把人们的日常生活需要划入市场运作。这些举措都大大减少了体制内人群对于政治体制和政治权威的依附性。这就意味着,无论体制外还是体制内,人们不再单一地依赖政治身份和政治关系来设定自己,也不再被动地接受国家政治体制对于个人生活资料和发展机会的安排,他们的个人生活更多地要通过市场活动来得到满足,这样他们和体制外人群得到了同样的“谋生”体验,成为“谋生者”人群的一员。反映在文学叙事中,我们已经看到,以“谋生者”自居的人群,已经不只限于“市井人群”,从市井人物吉玲到国家干部小林;从私营业主来双杨到技术人员印家厚……,这种身份意识不只是狭小的“市井”人物的标志,它已经成为城市人群的共性体验和共性的自我辨识。

这种个人身份与国家政治意识形态和政治体制的分离,注定了城市的主体不再是宏大的国家—民族概念,而是一个个独立的谋生个体。这种谋生个体不再依附于任何政治形态或经营理念,正式开始了自己对于“个人权利”的演绎。这个“个人权利”不同于国家政治空间里的“个人权利”,也不同于精英话语中的“个人权利”,它摆脱了一切宏大话语,从最基本的生存权利层面提出了自己的吁求。正如邱华栋的系列城市小说中,在城市中挣扎的人群怀抱着同样的理想,这个理想一点也不抽象,不再携带任何意识形态或者精英色彩,而是实打实对于个人利益的追求。用《手上的星光》中主人公的话语来表达,就是“挣钱和成名”。“挣钱”是物质层面的生存条件,“成名”是精神层面的个人发展。满足个人生存和发展的需求,既是理想的起点,也是理想的落脚点。

如果我们认定城市空间是国家政治空间或精英文化空间,这样的个人利益追求就如同一些评论家所言,是一种精神和道德境界的沦落;但如果我们承认城市空间同样是个人谋生的空间,那么这种个人利益追求就是天然合理的,是合乎人性原则的。市民社会是一个以谋生者自居的社会,市民的个人权利意识就是以谋生活动的满足作为目标。这种“谋生”,既包括物质层面的谋生,也包括精神层面的谋生;物质层面要求的是肉身生存的资本,精神层面要求的是个人潜力发展的机会。这两点的满足,是“谋生者”体会价值、意义、尊严、自由和独立的基础和支点。如果这两点得不到满足,就意味着谋生活动的失败和受挫。在谋生失败和受挫的前提下,他们对于价值、意义、尊严、自由和独立的体会将失去实在的基础。自上而下嫁接的外在价值、意义、尊严、自由和独立的概念,不是隔靴搔痒,就是漠不相关。

可见,城市空间中个人身份的改变,带来的是一系列关于“个人权利”“个人尊严”“个人自由”的全新理解。如果我们明白了这一点,再来看90年代文学中那些关于城市生存的琐细而凡庸的描写,就不应该得出“堕落”的结论。我们不能用国家政治空间或精英文化空间的价值设定,武断地指定谋生空间的价值体验。在“谋生者”的谋生空间里,因为那些对于立足之地和饱腹之食的追求,本身就意味着最真实的“权利”“尊严”“独立”和“自由”。正如邱华栋小说《手上的星光》中的乔可和杨哭,他们的尊严和自由,就是需要能够在城市里吃饱穿暖以及获得个人的生存和发展空间来体现。如果这种最基本的生存要求得不到实现和满足,所谓的“权利”“尊严”“独立”和“自由”也将无从实现和满足。没有最基本的生存条件的提供,就正如邱华栋在《城市狂奔》里的形容:“这座城市在你刚刚来临之时简直对你不屑一顾,恨不能像对待一条无家可归的狗一样对待你”。在以谋生空间存在的城市里,所谓

“尊严”“自由”“价值”都是跟人的基本生存满足息息相关的，而与那些宏大政治主题、主流意识形态、精英理念都是相隔膜的。那些来自宏大政治主题、主流意识形态和精英理念的权威话语，解决不了私人生活领域的谋生失败之痛，也解决不了那些看似琐碎但却无处躲避的生存焦虑和生存困境。

在私人化的城市空间里，人际关系是以商品交换关系为基础的，因此在个人的社会交往中，具有基础性和决定性意义的是经济交往，而以往的政治交往和文化交往都无法成为核心交往。而在经济交往中，最重要的是经济资本，这个资本可以是量化的金钱，也可以是无法量化的个人生产能力和创造能力，这跟以往的政治资本和文化资本也是不同的。因此，我们在此时期看到《我爱美元》《生活无罪》之类的小说标题，就没有什么好惊骇的了。既然人要在社会上立足，就必须拥有经济资本（物质资本或生产能力资本），追求或者拥有这种资本，就是人获得尊重和认可、存在和发展的前提，换句话说，这就是人的生存权利和生存内容。在市民意识的角度之下，自由和民主的具体内容归根结底还是要通过个人生存空间的获得和发展来体现。因此，在这个时期文学中出现对于经济资本的追求，或者追求中的焦虑，就是再自然不过的了。

城市空间中，从“政治人”到“谋生者”的改变，要求城市伦理的转变把个人生存需求放在第一位，维护个人的生存权利，为个人谋生提供条件和保证，才是真的“善”。在何顿、邱华栋、张欣等人的城市题材小说中，往往诉说着城市的生存之痛，这些小说也常常以表现人被城市物质压力所覆灭的悲剧。不少评论家依此对物质生存问题展开批判。事实上，仔细阅读这些小说不难发现，很多悲剧不是来自对物质的摧毁，而是追求物质保障而不得。正如邱华栋《手上的星光》中说的：“我多少有些仇恨这座城市。我来到这里就是为了索取的，可到目前为止，它连一个子儿都没有给我。”城市的恶，不在于物质是生存的基础和前提，而在于无法保障人们的物质需求。从 90 年代叙事中,我们能够看到的城市伦理吁求,就是对于谋生保障的吁求。原有的国家政治体制保障已经减弱甚至衰退,但城市商业市场尚未成熟,无法提供完整的经济链条,也还不能提供丰富的生存机会,这是 90 年代作品中出现大量城市生存之痛的根本原因。通过这种痛苦,是对于城市空间提出的个人物质生存保障的吁求。我们从中应该看到城市人群对于更多物质保障的诉求,而并非是对于物质邪恶的批判。或者说,透过这种痛苦,我们应该看到的是谋生者们对于城市功能所提出的更高要求。此时,追求物质满足还远远没有成为“恶”,相反,不能获得物质满足,才是令人绝望的“恶”。至于我们在文本中看到的对“物质恶”的描写,更多地代表着知识精英阶层的感受和预警,并不能代表城市空间中的真实诉求。这是我们必须要区分的。事实上,在作为谋生空间的城市尚没有能力保障人们的物质生存之前,就取消或者否定物质追求的合理性,这种看似精英式的关怀,对于“谋生者”群体来说有可能是一种权利误解甚至利益伤害。

(二)城市空间的“私领域”认定,带来新的空间关系架构的吁求

作为国家政治空间或者精英文化空间存在的城市,其社会关系和社会阶层主要是依靠政治秩序和文化差异来缔结和认定。但是,被当作个人谋生空间的城市则完全不同。个人谋生依靠的是城市的商业市场经济。市场经济是一种交换关系,交换关系能够成立和运转的前提,就是尊重个人的独立性,并在双方之间建立平等的关系:“市场经济的等价交换原则为人们之间的社会交往关系提供了客观的价值尺度,要求市场主体机会均等共享,公平竞争地参与市场活动,享有相互对应的公正的权利和义务,从而逐步消解自然经济社会遗留下来的人身支配关系和奴役关系”,于是,“市场经济把人从过去的超经济的人身依附关系中解放出来,把个体从以往等级的社会身份中分离出来,形成了有一定经济基础支持的独立的个体,使他们成为具有独立利益、独立目标、

独立价值追求的真正意义上的主体”①。这是一段十分中肯的论述，可以直接帮助我们了解：为什么在市场经济社会，传统的社会关系缔结原则并不适用。

个人谋生活动在本质上是经济活动，是商品交换的达成。在生产和交换中展开的人际交往，是无法按照政治身份或是文化身份来安排权利和义务关系的。只有契约式的平等互惠原则，才能保障商品交换所需要的人际秩序，理清双方的权利和义务关系，完成人际秩序的排列和缔结。因此，在这样的空间里，单向的权利或者单向的义务都是不可能被执行的，只有尊重彼此的个人利益，建立平等互惠的关系，才能保持有效的秩序。在池莉的作品《来来往往》中有一段故事情节：段莉娜因为父亲退休，失去了很多待遇和特权，如到医院看病就变得十分艰难，因为没有了高干父亲的权力资本，她不再能享受原有的服务。但在市场经济发展起来之后，只要愿意支付较高的费用就能获得相应的较高级服务。这让段莉娜深深感叹“金钱的好处”。事实上，段莉娜感到的“好处”，从本质上来说不是来自金钱的力量，而是来自商品经济所提供的、缔结权利和义务关系的“等价交换”原则。这种契约式的平等互利原则，彻底打破了以政治身份或文化等级展开的权利分配方式，赋予了个体人更多的获得平等权利的机会。在国家政治空间中，权利的获得是根据政治身份进行分配的；但在私人谋生空间中，权利的获得是根据每个人的劳动能力和创作能力，或者说个人的劳动贡献来进行分配的。只要一个个体，能够在经济链条的运转中，付出自己的劳动或者智慧，就能获得相应的回报。90 年代的人们对于城市的青睐并不在于它能提供多少便利的公共服务，而是在于它能提供比国家政治空间和精英文化空间更为公正也更为平等的生存机会。长期被政治资本和文化资本所困扰的人群，在经济链条中能够得到更为方便的入口，也能够得

---

① 田中阳、杨荣：《依附——自主：人格的艰难涅槃》，载《湖南大学学报（社会科学版）》2003 年第 6 期。

到更为平等的机遇。这是作为谋生领域而存在的城市所具有的独特魅力。它不再是一个闭固式的政治等级或文化等级的空间,而是一个开放式的商品经济链条。只要你能够加入这个商品经济链条,那么无论你的政治出身如何,文化背景如何,你都能在这个链条中跟他人构成"平等互惠"的人际关系。商品交换的规则虽然生硬,但却打破了原有的政治权威或者文化权威的空间支配权,每一个谋生个体,只要能够在经济链条中找到自己的位置,就能找到自己的空间。"等价交换"这看似冷酷的人际关系法则,相比于按照政治身份和文化身份所缔结的权利和义务关系,毫无疑问代表着更为平等的原则。

平等缔结的契约式社会关系,是此时城市空间区别于以往的重要特征。在这一时期的文学叙事中出现的"下海"热潮,涉及机关干部、国企职工、知识分子等各种人群,他们因为各种原因,或主动或被动地离开体制生活,进入商业领域。这种经商的热情,不只是来自淘金的梦想,更为自主也更为平等的社会关系缔结方式也是吸引他们的一个重要原因。要求在人与人之间提供平等互利的社会关系缔结方式,也就成为城市伦理的一个新的要求。

同样,除了人际关系的契约式平等缔结之外,要求在个人与国家、个人与社会之间缔结契约式的平等关系,也是城市伦理的新内容。

在传统的城市空间意识中,由于把城市空间等同于国家政治空间,个人与国家和社会之间的关系,很难对等缔结。在国家政治空间中,个人对于国家意志或者集体意志只有服从的义务,所谓社会参与,往往体现为对于政治权威话语的服从和跟随的实践。这种社会参与是单向的、被动的、失语式的。但在私人化、谋生化的城市空间意识中,空间被理解为个人的谋生私域,其公共部分也是由独立的谋生个体组成的社会共同体。如学者所言,市民社会意识中的城市空间,不过是"私域"和"非官方公域"的组合:"社会成员按照契约性规则,以自愿为前提和自治为基础进行经济活动、社会活动的私域,以及进行议政参政活动的非官方公域。”①“私域”包括个人谋生活动和个人发展活动,“非官方公域”则以展开市场化的经济活动、大众化的文化活动,以及非官方的政治参与活动为主。“私域”的主体是以独立谋生身份展开谋生活动的个人,“非官方公域”的主体则是由这些独立个人所组成的社会共同体。总之,无论“私域”还是“非官方公域”,其基本单位都是独立谋生的个人。

比较能够代表这种空间意识改变的是王安忆的《长恨歌》。《长恨歌》的故事从20世纪40年代的上海一直讲到80年代,这是一段不短的历史,但是与其他具有历史背景的作品不同,《长恨歌》对于故事的讲述不再是以政治社会的变迁作为描写对象,更不依据时代的政治特征对个人生活展开描述和判断。作者所展示的不是政治社会的变迁,而是主人公王琦瑶所感受、所经营的个人生活空间。这个个人生活空间虽然受到外在政治变迁的冲击,但却有着它自身的结构、原则和稳定性。这种稳定性就在于她在用寻常的吃、喝、谋生来经营自己的小空间,即便身处喧嚣动荡的“文革”,王琦瑶也能用一只火炉、几个朋友、一点零食构筑出自己的平和、安稳的私人空间,过得有滋有味,自成一体。《长恨歌》讲述了将近40年的上海历史,第一次这个历史不是由宏大的政治事件、社会背景作为叙事线索,而是由细微琐碎的私人领域的细节和体验所构成。

这样的空间理解,以鲜明的“私人性”消解掉原有的国家—民族的宏大空间设定,把城市空间还原为一个个独立的谋生个体所构成的谋生空间——以私人生活领域为主体,而不是以国家政治领域为主体的空间。当然,这并不是对于城市空间中国家政治领域的否定,而只是划清了国家政治空间与私人谋生空间的鲜明界线。更重要的是,把国家政治空间与私人谋生空间之间的统领与附属关系,变成了平等沟通和交流的关系。

---

① 邓正来:《国家与社会——中国市民社会研究》,四川人民出版社1997年版,第7页。

市民意识所期待和向往的城市空间,更像是个人私领域与国家政治领域之间的中介,既保持着界限,又保持着平等的互相依存。个人对于国家政治社会的参与,不再限于机械的服从和跟随,而追求双向的沟通和协调。他们更倾向于坚持民间立场,而非单纯地套用国家立场,参与国家政治社会的建设,实现自我社会责任感。如果说在原有的个人与政治国家关系中,单方面的义务实践被视为至高美德,市民化的城市空间则希望改变国家和社会高于个人的价值观念,要求政治国家尊重社会成员的个人意愿,按照自觉自愿的原则组织社会活动,并在此前提下,建立个人与政治国家之间双向的、主动的、互动式的关系。在这种伦理要求的背后,同样体现着对于"平等互利"原则的契约式社会关系的缔结愿望。

可见,由于把城市空间视为个人谋生的私领域,催生了对于城市品质和城市伦理的新的吁求,而这种在个人与个人、个人与国家集体之间所建立的平等关系,首当其冲成为最重要的城市道德吁求。

总之,对于城市空间的"私性"强调,标志着市民社会的崛起以及市民话语的出现,这是 90 年代城市伦理发展中的一件大事。其一,从主体意识来说,市场发展要求改变社会生产和生活资源的国家控制模式,促进政府权力的职能改变;立足市场经济的市民社会也因此要求减弱个人对于国家政治权力的依赖性,个人寻求独立自由发展的意识逐渐明确,这对于激发个体社会成员的创造能力是至关重要的。其二,从人际关系来说,市民社会更多地遵循市场法则,强调平等互惠的契约原则,为规范和协调社会关系提供了新的理念。其三,从社会活动的组织方式来说,由于市民社会是"一个自治的社会网络,它独立于国家之外,在共同关心的事物中将市民联合起来,并通过他们的存在本身或行动,能对公共政策发生影响。"[①]因此,市民社会的崛起会催生政府体制之外的民间社会组织和公共社会领域的生成,市民通过这些领域和组织,秉

① 汪晖、陈燕谷主编:《文化与公共性》,三联书店 1998 年版,第 171 页。

承自愿原则,参与国家和社会建设。这种民间组织和公共领域建立在尊重个人权益的基础之上,更易于在保证市民的自由民主权利的前提之下,展开市民社会与政治国家之间的双向互动,促进市民社会责任感和行为自律观念的形成。其四,从空间管理原则来说,市民社会在控制个体行为、调整人际关系、处理利益冲突方面,拒绝以权威的强力来解决问题,倾向于以法律途径来解决问题。在市民空间中,法权是至高无上的。这一倾向对于促进现代社会法治精神的生成,也是至关重要的。

可见,市民社会和市民伦理的生成与发展,对于城市社会的现代化发展具有重要的价值和意义。从传统的乡土伦理社会过渡到现代市民社会,是城市发展的必经之路。从 90 年代文学叙事中,我们清晰地看到了这一发展倾向的出现,我们有理由相信,这一倾向将会给城市伦理带来巨大的变化,也会给城市中的个人生活创造更为开放和灵活的软性条件。

三、质疑 · 批判 · 固守:权威话语对于城市伦理的介入

90 年代虽然是城市伦理崛起的年代,但也是固有的政治伦理和精英伦理与市民伦理产生强烈冲突的时代。这种冲突透过文学叙事同样可以清楚地看见:一方面是对于“市民”身份的自我整理,以及在此身份之上对于伦理关系和伦理准则的重新认知;另一方面,固有的政治伦理特别是精英伦理依然在主流话语中大面积存在,形成了对于市民伦理边诉求边质疑的内在矛盾和冲突。

(一) 接受“谋生者”身份的事实,但却怀疑此身份的价值和意义

如前分析,90 年代城市中的生存群体逐渐习惯了在私人领域来分辨和定位自我,从而表达出对于“谋生者”自我身份的认知。不过,由于政治伦理和精英伦理思维的惯性,对于这种“谋生者”身份的价值和意义,却普遍缺少肯定性的认知。这样就会造成文学叙事中的一个普遍现象,就是一边希望个人私领域的权利得到肯定和吁求,但另一边又怀

疑个人私领域的内在价值,因而无法用积极的态度来看待“谋生者”身份的感受,从而把这种身份的确立,看作是一种令人颓废的身份价值虚空。

邱华栋的《时装人》《直销人》《公关人》《持证人》《化学人》等作品对于个人生活的描写,都是从职业身份入手的,是以职业空间这样的私领域作为背景的。“人是职场的人”,这是一种比较新鲜的思维角度,从职业身份来标示个人,从职业角度来描写这些普通个体在私领域中的生存状态和生存要求、人与人的关系、人与物的关系等等。这种角度和身份定位使得这些作品能够深入日常生活层面去描写个人的生存状态,从私领域的层面表现人们对于个人权利、个人尊严和个人自由的理解。但奇怪的是,作者虽然把个人作为“谋生者”看待并由此关心他们私领域的个人生存状况,但对于这种“谋生者”身份本身,作者却难以给出价值肯定。无论是“时装人”“直销人”“公关人”还是“化学人”,在作者笔下统统都被称为“城市空心人”。所谓“空心人”,就是没有精神空间,没有灵魂依托,没有理想追求的“行尸走肉”。作者显然不认为职业化的生存能够体现人的价值,而是悲观地认为当代社会的职业化倾向是对于个人价值的覆灭,职业生存抹杀人的个性,把人变成一个物质的奴隶,最终导致精神世界的沦落甚至被掏空。为什么以“谋生者”自居就会感到颓废和沮丧?因为这种身份不能给人带来个人精神价值的满足。“谋生者”这一身份显然被视为一种价值空洞。不但邱华栋笔下这些在谋生中焦虑的人被变成了“空心人”,就连李治邦笔下《天堂鸟》中的谋生成功者,也难逃“空心”的宿命。《天堂鸟》中男女主人公都通过在“商海”打拼,拥有了金钱和物质的满足,但代价是精神上的空虚和荒芜。在何顿的《无所谓》中,李建国从一个“中学教师”到“鱼贩子”的人生经历,更是鲜明地体现着一种身份的沦落,在李建国卖鱼为生的过程中,真正的痛苦并不是来自劳作的辛苦,而是来自对这种身份的失落感、焦虑感和绝望感。这是一种比较典型的精英式的对于个人身份贵贱的价值判断。

之所以出现如此矛盾的现象,精英化价值思维是一个根本性的原因。

从空间认知上来说,精英化价值思维倾向于在国家政治空间或是民族文化空间去衡量人的生存意义,作为个体的人只有在这两个空间中获得身份和地位,才会被视为有个人价值;也只有在这两个空间中设置自己的人生目标和行为追求,个人行为才会被视为有价值。"谋生者"身份却是日常空间中的经营行为,因此普通市民在日常空间的求生奋斗虽然随着时代的发展得到了文学叙事的关注和同情,但文学叙事本身的精英传统携带着强大的价值思维惯性,事实上很难真正认可这种私领域个人奋斗的价值和意义。

因此,基于这种思维,在张欣的《伴你到黎明》、何顿的《无所谓》、李治邦的《天堂鸟》等作品中,无论谋生失败还是谋生成功,"谋生者"们都被塑造成一群精神苦闷者,对自己的身份有着强烈的不满和无奈,深深的颓废与失落的人。为什么谋生成功也不能给人带来自我满足和自我实现的快乐?就像《天堂鸟》中正是谋生成功,男女主人公才更加不满意自己的生活。因为谋生行为本身就是没有社会普世价值的,而没有普世价值就意味着一种个人价值的空洞。这种逻辑是典型的精英式价值逻辑的表现。在这种逻辑之下,个人在私领域中为了个人生存而展开的奋斗,自然不会被视为富有价值的个人追求。

这一现象也可以从人的属性认知来解释。精英价值思维更倾向于认知人的社会属性,而忽略人的自然属性。市民阶层对于自身自然属性需求的强烈吁求,虽然被精英阶层秉承人道态度而接受和同情,但在精英价值体系中,真正重视的还是人的社会属性的实现。从"谋生者"身份出发,个人所要建构的是人与物的关系,通过这种关系建立实现生存自然属性的需求,这与精英思维要建构个人与国家、个人与民族之间的关系,并通过这种关系建立实现社会价值是完全不同的。这种对于人性属性的不同认识，使得政治伦理和精英伦理思维拥有一个共同的特点，就是把物质和精神决然对立起来的思维方式。对于物质财富的追求，在我们传统的价值判断上，历来不被看作一种价值追求，相反它常常被视为对于个人精神价值的威胁甚至覆灭。在这一时期的文学叙事中，这种对于物质追求的批判还是非常明显的，为了物质生存条件而展开的奋斗，都被视为一种对于精神追求的放弃，是精神境界的无奈沦落；渲染甚至夸大金钱物质的恶，也成为一种常见的选择。

即便是以安妮宝贝、卫慧为代表的作家，也历来被认为是为物质而狂欢的作家，其实所谓的物质狂欢背后，也同样在表达人生的茫然、痛苦、颓废和灵魂的流离失所。物质的满足同样不能带给他们丝毫的正面感受和正面能量，对于灰暗的精神世界，那些都市繁华的物质世界并不能提供认知自身价值的参考因素。这里有一个浅显的逻辑问题：为什么创造财富不能被视为一种价值？为什么为物质保障而奋斗不能被视为一种能力呢？马斯洛认为，人的需要具有层次性，只有低级的需要被满足之后才会出现高一级的需要。较低的需要指的是建立在自然属性需求之上的生命存在需要，如生理需要、安全需要、爱的需要以及尊重需要；较高的需要是建立在社会属性之上的，既包括自我成长性需要，即可以发掘并发挥自我潜能的需要，如认知需要、审美需要和自我实现的需要①，也包括超越性的先验式道德规范或精神境界的追求。虽然存在自然属性的追求未被满足而直接追求高层社会属性需求的情况，但毫无疑问只有在自然需求被满足的情况下，去追求高层需求才是合乎人性原则的，才不会产生对于人性权利的违背和伤害。

这一时期的作者们过度渲染市场社会的恐怖色彩和空虚气质，把创造财富视为精神的无奈沦落，把追求物质保障的活动归纳为醉生梦死、颓废迷茫的状态。一个根本的原因就是他们依然依靠政治伦理，特别是文化精英伦理价值标准来展开价值判断，过于强调人的高层社会

---

① 参见叶奕乾等主编：《普通心理学》，华东师范大学出版社 2004 年版，第 318 页。

属性需求实现的重要性,而贬低甚至压制自然属性实现的重要性。

另外,从道德的终极标准来解释,政治伦理和精英伦理的终极标准都是道义论的,是以强调义务作为价值主体的;而市民阶层立足于市场经济所提供的商品交换关系,是以强调维护个人利益作为价值主体的,这二者必然产生冲突。在这一时期的文学作品中,一方面承认城市商品经济给人们带来了更多、更平等的生存机会,但另一方面又无法接受商品经济所依赖的商品交换关系。把商品交换关系进行"黑暗化""丑恶化"的描写,是这一时期作品中普遍存在的现象。商品交换关系达成的原则是"平等互利",是基于双方的个人利益,它提供了契约式的平等原则,当然其功利倾向也决定了这种交换关系较少受到道义论道德原则约束的特点,因此也的确存在一些背离了道德基本原则的罪恶的、丑陋的交换关系。但这些罪恶的、丑陋的交换关系,既不是商品经济交换的主体,也不能代表商品交换关系的大方向。把这些弊病当作整体来写,是有失偏颇的。但这种做法,在这一时期的文学叙事中却普遍存在。非道德的交换关系,几乎就是这一时期文学作品对于商品交换关系的基本理解。

例如,何顿《生活无罪》中就写到:"世界上钱最大,钱可以买人格买自尊买卑贱买笑脸,还可买杀人。"这种买人格买自尊买卑贱买笑脸买杀人的交换都是非道德的,正是这些非道德的交换关系被这一时期的文学以不同的故事不同的人物反复书写,形成了交换关系就是罪恶关系和丑陋关系的普遍认知。这一时期的作品之所以会有如此偏激的看法,其实就是因为写作者所持有的大多是道义论的精英伦理思维。这种思维方式比较敏感地感受到功利原则的商品交换关系所带来的隐患和威胁,能够及早地指出不道德交换关系对于社会伦理的损害,这自然是有着积极意义的,但是不道德的交换并不能代表所有的商品交换关系。商品交换关系是现代城市社会人际关系的基底,以点概面的对商品交换关系进行"非道德"渲染,是不客观的,表现出的反而是精英伦理标准的固执和主观。

（二）承认市场空间对于城市的意义，但又对市场生存暗含恐惧和抵制

“城市”对于这一时期的文学作品来说，是一个复杂的存在。由于市民社会的崛起，城市空间中的专制主义主流意识形态逐步消解，带来了诸多的新的伦理感受和伦理吁求。但是，随之而来的是市场法则对于个人生活的影响和控制，市场成为继政治之后的又一价值立标人。面对这种势头，精英阶层似乎难以接受。

这一时期的城市书写达到了高潮，但同时这些书写又常常以“城市诅咒”作为基本的特征。邱华栋在《环境戏剧人》中说：“城市已经彻底地改变与毁坏了我们，让我们在城市中变成了精神病患者，持证人，娼妓，幽闭症病人，杀人犯，窥视狂，嗜恋金钱者，自恋的人和在路上的人。我们进入了都市就回不去故乡。”“城市”是作为“故乡”的对立面而存在的，“故乡”被定义为携带一切温情、善意和美德的地方，“城市”则被定义为携带并激发各种人性病菌的地方。“城市”被描述为一个只有凭借无耻、自私、冷酷和邪恶才能生存下去的地方，就像秦和涛在《我是一头逃亡的狼》中所说：“我无法融入这个社会，就像我至今没学会抢劫杀人放火坑蒙拐骗一样”，不是恶人就无法在城市生存，这一逻辑弥漫在这一时期的很多作品之中。因此，在城市空间里，善良和有理想的人的命运，基本上都被描述为任人宰割，找不到生存的依靠也找不到感情的归宿，只能忍受理想破灭、人格受辱甚至失去生命的悲惨命运。同样，在影响颇大的贾平凹的《废都》中，“乡村”同样是被与“城市”对立起来书写的。“乡土”令人温暖、平和、进取，而“城市”却只是令人颓废、沮丧、沦落。主人公庄之蝶在城市里沉迷于声色权贵的羁绊，渐渐失去了生活的方向，最终以“中风”而收场。“中风”这样剥夺了人的语言和行为能力的疾病，在这里更像是一种象征，象征着精神和灵魂的彻底废除和坍塌。那个在乡村世界中明朗而有力的庄之蝶，在城市中彻底成了

一个“废物”。作者借助这个结尾,把以“西京”为代表的城市给彻底否定了。

这种对于城市的“地狱”式描写,对于承载着社会转型以及社会伦理规则新变化的城市来说其实是不公平的。之所以在这一时期的作品中对于城市有着如此多的“地狱”式描写,归根结底还是受到精英阶层感受的巨大影响。

市场经济给个人生活带来的最大挑战,一是竞争方式的改变,二是竞争标准的改变。毫无疑问新中国成立以来,社会生存竞争基本上是处于国家政治体制和行政管理的控制之下的,属于一种按照政治资本和文化资本展开的可控竞争。但是,市场经济的发展逐渐打破了这一切。市场经济有三个基本特征:“私有制,包括生产资料私有制;作为经济目的的利润最大化原则即获利原则;仅由市场与价格体系决定的经济活动的协调。”①这三个基本特征,使得经济运转的方式以及人际竞争的方式和内容都逐渐脱离了国家政治体制和行政管理的控制,带来了以物质创富能力为标准的自由竞争。其实,这种自由竞争也并非完全地自由,而是应该依托于经济管理的控制,但是由于20世纪八九十年代的经济管理制度尚不够成熟,用来规范市场竞争的制度不够完备,于是给人无序之感。从可控竞争到自由竞争,从比拼政治和文化资本,到比拼赚钱能力,这一竞争方式和竞争标准的转变给习惯了体制生存的人们带来了普遍的不适感,而精英阶层的体验也许更为突出。由于在可控竞争中处于优势地位,这种竞争方式的转变将使得文化精英阶层面临前所未有的挑战,其不安感也就分外强烈。

在何顿的《无所谓》中,李建国的生存困境就很能代表这种不安。李建国毫无疑问是一个具有文化优势的人,他博学多识,痴迷人文学术,他周围的人都预料他前途光明,将来会成为社会精英。但是,社会

---

① 〔德〕彼得·科斯洛夫斯基:《后现代文化——技术发展的社会文化后果》,毛怡红译,中央编译出版社1999年版,第120页。

的巨变突然让他所拥有的学识一文不值。他没有权力资源帮自己调换工作，也没有经济途径让自己发财致富。相反，那些没有多少文化修养的同学，却个个比他混得强，为了生存他甚至不得不跟着当初学业最差的同学打工。文化的修养、哲学的思想，都不能为他换来生存竞争的资本，在比拼物质财富的角斗场上，他瞬间失去了所有的力量，最终只能沦落为鱼贩子，苟且偷生。李建国的悲剧生动地呈现了面对市场竞争，文化精英群体以及其跟随者们所体验到的深深的不适感和虚弱感。相对于可控的体制内竞争，或是可控的文化资本竞争，这种立足市场经济的不可控生存竞争对于无法直接创造物质财富的文化精英群体，无疑是一种残酷的压力。

因此，这一时期的文学叙事一方面书写市场经济赋予城市社会的自由机会，另一方面又诅咒市场经济给人带来的生存压力，把城市的生存竞争看作一种残酷的生存压力，从而不断控诉这种生存竞争带来的一个个人生悲剧，甚至对其进行"妖魔化"的渲染。李建国最后以"被杀"结尾，其实就是一种对于城市生存黑暗感和恐怖感的主观渲染。其实，这种黑暗感和恐怖感在很大程度上是感觉到竞争优势逐渐失去的精英阶层的感受和体验，并不能代表普通市民阶层的共性体验。

事实上，只要换个角度，我们就能透过这些文本看到完全不同的景象，正是由于市场经济的出现，以及竞争方式和标准的改变，才让很多既无政治资本也无文化资本，在政治和文化体制中长久被压制在底层的普通市民，获得了前所未有的改变命运的机会。我们只哀叹李建国的身份沦落，为什么就没有看到他的同学王小强凭借经商能力成为老板的事实？对于王小强这种任何资本都没有的下层人能够成为老板，其本身不就是一种奇迹吗？但由于作者立足于"李建国"们的精英式立场，他们感受到的只是"李建国"们的恐惧和焦虑，并且为了突出这种恐惧和焦虑的合理性，"王小强"们的人生奇迹不但得不到正面肯定，事实上作者们常常人为赋予"王小强"们"愚蠢""无知""狡猾"等"恶德"，把他们的成功演绎为市场竞争中"恶"的胜利，从而遮蔽了市场竞争自身含有的平等色彩，人为突出和强化了市场竞争的不公正性。通过这些分析不难看出，由于精英思维的影响，这一时期的文学作品还不能真正客观、理性地看待以市场经济为主体的城市市民社会。

更值得深思的现象是，虽然这一时期的文学叙事对于城市市民社会和市场经济有着诸多并不客观的理解和演绎，并且有着明确的对于城市生存的"妖魔化"描写，但这些文学叙事因为对于物质需求和物质追求表示了明确的肯定和同情，依然受到直接表达精英立场的文学批评界的指责："'新市民小说'的某些正在被文坛娇宠的作家对物欲的追求和占有的疯狂欲望极为膨胀，急不可耐，而且得到提倡作家'笑吟吟地直面俗世'的名流作家的默契和鼓励，他们相互唱合，蔚为壮观。"①这样的批评在当时是十分普遍的。一个更为典型的现象是从1993年开始的"人文精神大讨论"，在《上海文学》(1993年第6期)上发表的《旷野上的废墟——文学和人文精神的危机》一文，认为当前的文学过于肯定社会的商品化，缺少对于物质社会的人文批判精神，其创作表现出普遍的物质崇拜和精神沦落，从而把当时的文学创作倾向认定为一种"人文精神危机"，并对其展开严厉的批评。这一观点虽有争议，但的确在文化精英阶层引发普遍共鸣。《光明日报》《文汇报》《读书》《十月》等著名报刊参与其中，围绕这一话题，各方文化精英阶层展开了将近三年的声势浩大的"人文精神大讨论"。这不能不说是一个值得深思的现象。

固然，从市场经济运转、城市空间出现商业化倾向开始，拜金主义和物欲主义作为市场经济和商业社会如影随形的痼疾，的确是一个必须正视和警惕的问题，但这并不影响以市场经济为主体的市民社会存在的合理性和必然性，只要我们认可这种合理性和必然性，那么文学叙事转向市民立场也就同样是合理且必然的。精英阶层对于文学叙事市

① 余开伟：《文学的蜕变》，载《文艺争鸣》1996年第5期。

民视角的反感,在本质上是对于市场经济和市民社会渐居主体地位这一现实的难以接受。

由于中国社会的管理长期以来依靠"政治"和"德治",这就使得为"政治"和"德治"提供支持的政治和文化精英阶层成为社会的主导力量,不但长期掌握社会的话语权,而且直接或间接地居于社会的政治、文化和精神领域的管理地位。文化精英阶层更是一直以社会民众的启蒙者和引领者的身份而存在。但是,在以市场经济为主体的市民社会中,只有能够直接或间接创造物质财富的经济产业或文化产业的力量,才能成为社会的主导力量。市民社会所需要的也不再只是"政治"和"德治",相比之下"法治"对于市民社会具有更为直接的管理效果,与"政治"和"德治"一样不可或缺,甚至在市场经济发展的前提下要更为重要。在这种社会发展形势下,精英阶层渐渐被置于社会边缘,不但失去社会文化的主导身份而且失去社会文化话语权。反对文学从市民立场发声,支持并固守文学从精英立场发声的传统,这在很大程度上就是基于对于精英阶层话语权的维护和争取。在这种精英道德理性立场和角度之下,以商品交换为基础的市场经济就被机械地定义为对"物欲"的追求,而以市场经济为主体的市民社会也被视为无法体现文化价值的"俗世",至于"市民"更是被看作在思想上需要被引导、被启蒙的"愚者"。

事实上,相对于传统社会,市民社会消解了传统的人身依附关系,使得普通社会民众能够作为独立、自由的个人而存在,能够得到更多社会话语权和话语空间;市场经济所提供的平等交换法则,也赋予普通个人更多平等的发展机会,这在很大程度上实现了精英阶层所期盼的"自由""平等""公正""个人独立"等精英理念。从实践层面来说,职业行为的普遍化也使得很多市场法则和职业规范渗透进人们的生活,促使"自由""平等""公正""个人独立"等理念在职业行为和个人生活中得到落实和践行,成为普遍的社会约束力。即便是对于文学发展来说,市场经济虽然带来挑战，但未必就是末日。成熟的市场经济可以打破中国文学对于政治体制的依赖，促进文学出版商业化的生成和成熟，为文学创作者提供独立生存的可能性；同时也可以促进文学表达方式的革新，推进文学与普通读者之间多元化的双向影响。

显然，对于市场经济和市民社会的这种价值，此时的精英阶层和文学叙事都存在严重的认识不足，以至于这一时期的文学作品还不能真正客观地看待城市空间的转变，出现对于市场交换关系的过度“妖魔化”理解，以及对于城市生存的“非道德化”演绎。在此后的相当长的时间内，精英意识与市民意识的这种对立和冲突，还将持续性地存在。这种状况对于正确认识市场经济的作用，以及市民社会的价值都是不利的。

第四章

新世纪城市伦理的新因素

随着全球化市场机制的形成，社会空间城市化，城市空间商业化已是不争的事实。落实到我国，进入新世纪以来，一方面，城市化水平高速发展，以每年1%的速度在增长[①]，越来越多的农村人口涌向城市，试图借助生产和交换所带来的广阔市场寻找自己的谋生机会。同时，通过行政力量推进的城镇化运动也在不断展开，城市化已经成为社会发展的必然。另一方面，城市社会的全面商业化也成为城市发展的必然道路。城市空间成为生产、交换、分配和消费的经济空间，社会关系依靠这种经济链条而缔结，社会价值依靠这种经济链条而产生，人类的创造活动都需要被投入到这一链条来实现其经济利益，从而确定其自身意义。在这种情况下，城市作为"帝都"式的政治中心的时代已然过去，"精英"式的文化中心的功能也屈居其次，生产、分配、流通和消费所构成的经济功能才是决定当代城市兴衰的关键因素。

市场经济产生市民社会和市民伦理，市民社会和市民伦理是以市场法则作为基础的。在市场法则决定之下，市民社会必然消解由政治

① 参见杨秀香：《当代中国城市伦理研究》，辽宁师范大学出版社2004年版，第4页。

权威或是精英话语指定的空间架构方式，而在私领域日常生活空间之上，构建真实可感的世俗生活空间。同样，在市场法则决定之下，市民社会必然以追逐物质利益为基础，以维护个人利益为前提，并按照生产、分配、交换和消费的关系展开社会交往。表现在伦理感受和吁求上，市民社会必然力求通过经济关系改变政治共同体对于个人的束缚，赋予个体更多行为自由；不再愿意接受权威性的政治干涉或先验性的道德规范，对于行为善恶的判断，都必然以个人的现实生存需求作为依据和条件；相对于权威性的政治指令和先验性的道德规范，他们更倾向于信任法律裁判的合理性。

虽然从 20 世纪八九十年代以来，政治权威话语和精英话语就试图阻挡市民社会和市民伦理的主体化，并试图保持自身对于市民社会的思维与话语主导地位，但随着市场化的扩大，市民社会和市民伦理的主体化都已经难以抵挡。事实也是，在这种情况下，如果继续排斥市场化的出现，反对消费文化的合理性，贬低市民伦理的价值，都不过是固守政治伦理角度和精英伦理角度的表现，并不利于思考和解决现实存在的社会伦理问题。

透过这一时期的文学叙事，我们不难看到自八九十年代以来纠缠在人们伦理意识中的政治伦理和精英伦理对于市民伦理的对抗，已经渐渐减弱，市民伦理的基本意识已经逐渐深入人心，并在城市空间被大面积接受。市民伦理已经度过了它的“合理性立论”阶段，渐渐步入自身的完善、提升和发展的过程之中。市民伦理对于政治伦理和精英伦理的取代，并不意味着社会伦理的沦落——虽然至今依然有很多人持这种悲观的看法。以市场化为基础的市民社会和市民伦理的出现和崛起，让城市社会摆脱了人身依赖的政治或文化专制主义，这本身就是社会现代化进程的必然方向。市民社会和市民伦理虽然存在诸多严重的问题，但这些问题并非简单启用带有超验色彩的政治伦理和精英伦理就能解决的。

面对市场化的趋势，只有认可市民社会和市民伦理存在的必然性和合理性，依据市场化城市社会的特质和形态而不是依据政治伦理和精英伦理的先验指令，来思考城市社会的伦理吁求、价值标准、行为规范等，才是科学的态度。

第一节　从宏观到微观：社会视角和正义概念的转换

所谓微观视角，就是指通过个人日常体验，或是现实生活中普通人的具体行为，展开社会认知和自我认知，评价是非善恶。与之相对，宏观视角则是通过非个体的、非日常体验的、超越于普通人生活层面之上的社会体制或是思想理念，展开是非善恶的辨识。

在上一章的论述中，我们已经看到从20世纪90年代开始，微观视角就已经开始在文学叙事中频繁出现，如我们提到的王安忆的《长恨歌》就是比较典型的微观视角叙事。在这部完成于90年代中期的作品中，“世界”或“社会”不再是抽象的政治词汇、文化词汇或是地理词汇，而是由真切的、建立在个人体验之上的词汇。王琦瑶对于“社会”的理解和要求是基于个人日常体验的，文中有个小细节：王琦瑶在参加选美比赛之前，有个带有政治任务的导演，为了让资产阶级安排的这次娱乐活动落空，就劝说王琦瑶退出比赛，理由是“当今的中国还是前途莫测，受美国人欺侮，内战又将起来”①，因此，积极进取的青年就应该以国家兴亡为己任。但是，王琦瑶却拒绝退出，她不认为一场选美比赛跟国家兴亡有什么关系，她只知道对于平民小户的自己来说，只有参加选美才能出人头地、改变自己的命运。在这里，“积极进取”是发生了歧义的，导演的“积极进取”是宏观政治的，王琦瑶的“积极进取”是微观的、个人的。王琦瑶的特点就是从不按照外在的、宏观的理念来定制自己的

① 王安忆：《长恨歌》，作家出版社1995年版，第57页。

人生，她只相信她看得到摸得着的事物，她也只会依照她看得到摸得着的事物来作出自己的判断。毫无疑问，作者对于王琦瑶的这种生活态度基本上是欣赏的。一个更有意思的描写是，王琦瑶和蒋丽莉是一对好友，蒋丽莉出身资本家家庭，在新中国成立后两人逐渐作出不同的人生选择。蒋丽莉按照宏观的政治要求来定制自己的人生，蒋丽莉在那位"进步"导演的影响下与自己的家庭决裂，退学去当了纱厂工人，然后被提拔作了干部，最后还嫁给一个大老粗的军代表。但在作者看来，一步步按照政治要求定制自己人生的蒋丽莉是令人悲哀的，她的家虽然大却布置简陋、粗糙不堪。在满屋子浓郁而又刺鼻的葱蒜味和脚臭味中，孩子们邋遢莽撞，丈夫言语粗鲁。蒋丽莉不爱自己的家，也不爱自己的生活，但她似乎又别无选择，最终在疾病中郁郁而终。相比之下，王琦瑶是那么"落伍"，但她的生活却全部掌握在自己手中，爱自己认为可以爱的人，过自己认为值得过的生活，就算日子窘迫，也把自己的小空间经营得精致、洁净、有序、舒适。蒋丽莉信奉自由和解放的口号，她自己却从来没有拥有过自由的人生；王琦瑶蛰居在政治边缘和底层，却维护了自己的自由。对于普通人来说，这就是"宏观"与"微观"的区别。王琦瑶终其一生，只忠诚于自己能够看到和能够感知的"微观"世界，只用立足"微观"的视角去看待外在的一切。

正如作者所言："这城市像一架大机器，按机械的原理结构运转，只在它的细部，是有血有肉的质地，抓住它们的人才有依傍，不致陷入抽象的虚空。所以，上海的市民，都是把人生往小处做的"①。"日子很仔细地过着。上海屋檐下的日子，都有着仔细和用心的面目。倘若不是这样专心致志，将注意力集中在这些最具体最琐碎的细节上，也许就很难将日子过到底。这些日子其实都是不能从全局推敲的。所以，在这仔细的表面之下，是有着一股坚韧"②。非常精彩的表述！在城市这样

① 王安忆：《长恨歌》，作家出版社 1995 年版，第 218 页。
② 同上书，第 240 页。

的复杂空间里，普通人能够把握的只有细节，只在“城市的细部”，才“是有血有肉的质地，抓住它们的人才有依傍，不致陷入抽象的虚空”，这就是“微观视角”的依据；只有把“注意力集中在这些最具体最琐碎的细节上”，才能“将日子过到底”，这就是“微观人生”的状态。

虽然《长恨歌》诞生于90年代中期，但它的影响是深远的。这种从“城市细部”去把握和理解社会，从个人体验去安排人生、判断是非的立场，如果说在90年代精英文化与市民文化的冲突时期，还不能被精英文化所认同，如《长恨歌》也颇受到一些质疑，但在进入新世纪之后，这部作品所体现的“微观视角”就越来越普遍地出现在文学叙事之中，个人无法体验的空间概念，不被视为空间本身；只有个人体验并能把握的空间，才被视为具体存在的空间。因此，透过个人生活的微观角度去表达城市生存体验和伦理吁求，就成了这一时期叙事常见的认知方式。在这种叙事背后隐藏的是城市伦理观念的悄然改变。

一、城市空间价值的微观理解

正如我们上一章的分析，90年代文学叙事虽然立足于日常生活和谋生者的立场，但他们却并不认可这种具体的日常谋生生活能够体现个人价值，所以，日常的谋生活动虽然可以被施以人道主义同情，却被视为一种无奈的精神沦落，日常的谋生活动因而等同于一个巨大的价值空洞。

我们也曾分析到，之所以出现这种情况是因为90年代市民伦理尚处于“合理性立论期”，由于受到精英思维的影响，城市空间被理解为精神价值空间，只有负载并追求精英式的文化价值和精神价值，才是合理的。因此，当市民社会崛起，表现出对于商品交换和物质财富的浓厚兴趣时，自然会被认为是违背了城市的基本理念，是一种精神的沦落和道德的危机。这种城市空间的价值理解，在本质上依然是由宏观社会思维造成的，是从宏观的文化价值的角度，对城市提出的要求。在这种宏观的文化价值思维之下，致力于追求物质财富的城市空间是不具备价值的。因此，90 年代文学叙事体现出对于市民伦理的复杂态度，一边接受它的影响，同情市民的生存要求，一边又否定它的价值，不断对其进行道德批判；一边描写市民的日常生活，一边却又给这种生活涂上了灰暗的悲剧式的颜色，表达着这种生活的颓废和令人沮丧。在这一时期的作品中，市民生活被描述为被动的、底层的、灰暗且毫无美感的，市民伦理被描述为庸俗的、短视的、境界不高的。虽然出现了像《长恨歌》这样彻底认可市民生活价值和美感的作品，但这种作品并不占多数。更多的作品忧心忡忡，抱着先入为主的对于城市生存中物质追求的恶感，对城市空间展开抽象的道德批判。

直到新世纪以后，《长恨歌》式样的价值理解才逐渐普遍起来，越来越多的文学叙事开始像《长恨歌》一样，开始从完全不同的、微观的角度来看待城市功能和城市的空间价值，即不再按某种政治或文化的抽象理念，来评价城市空间价值，而是通过具体可感的微观细节来展开的。

(一) 通过个人的日常体验和日常感受，从微观视角揭示与宏观视角并不相同的城市空间价值理解

以迟子建的《起舞》[①]为例。它是以哈尔滨作为写作对象的，从 20 世纪 50 年代一直写到新世纪。如果从宏观角度来看，这是由中苏关系断交带来的震荡、“文革”的冲击、改革开放带来的改变、市场经济带来的生存压力等等内容构成的哈尔滨的历史。但是，《起舞》却是从微观体验来写的，就出现了很多与宏观历史并不完全契合的城市空间感受。中苏断交无论如何都是一个灰色的历史事件，对哈尔滨这座城市来说是一种政治创伤，但是对于哈尔滨普通市民“齐如云”来说，她能感受到的却是这座城市里的俄罗斯文化留给她的浪漫体验，她在跟苏联专家起舞时结缘，虽然连对方的名姓都不知道，但这段浪漫体验却足以让她抱着美好的情感回味一生。写到“文革”，作者也没有按照惯常的逻辑

---

① 参见迟子建:《起舞》，载《收获》2007 年第 5 期。

给齐如云安排一个“文革”式悲剧，而是写了另一种普通人的真实状态：齐如云固然被打入另册，遭到他人的鄙视，但与世无争的她关起门来，靠着一个壁炉一个儿子依然把日子过得安稳平和。对于改革开放和市场经济的到来，齐如云的儿媳丢丢是主要的经历者，“物欲之恶”也不是丢丢主要的感受，丢丢开了一家水果铺，对她来说这是“美好的营生”，怎么会不美好呢？她靠它养活了一家人，还靠它施展自己的经营才华和品德，丢丢作为一个优秀的经营者，水果铺既是她赚钱的工具，又是她向外在世界展示自己存在的依托，还是她与外在他人建立感情和联系的平台。这是对于市场经济的另一种体验。《起舞》中的城市空间是温暖的，也是残酷的，但这种温暖和残酷都是建立在个人的具体生活细节和感受之上的。

当然，也有与90年代城市书写有一定相似性的作品，表达的城市色调偏冷，但即便这些冷色调的城市印象，所要传达的感受和体验与90年代的“物欲之城”也存在很大的差别。以徐则臣的《跑步穿过中关村》[①]为例，在这篇以“北漂”为写作对象的作品里，“敦煌”“夏小容”“七宝”“旷山”这群青年为了在北京立足，靠做假证和卖盗版碟为生。他们的生活无疑是灰色的，时时要面对流离失所和无以饱腹的危险。如果按照90年代文学叙事中的价值逻辑，这样的城市就应该被诅咒和仇恨。但我们在《跑步穿过中关村》看不到对于城市的这种诅咒和仇恨，在敦煌的体验里，这个城市的一切的确是要金钱去交换和维持的，但这个城市也给了每一个人赚钱的机会。虽然敦煌只是个做假证、卖盗版碟的，但大城市里无处不在的商机，也使他有更多的机会可以生存，哪怕是艰难的生存。因此，敦煌虽然屡次受挫，但他对城市的态度是相当乐观的，正如他所说的，“北京这么大，总饿不死人”，或是如文中的旷山所说的，北京这地方再不好，但可以让人“做梦”“赚钱”“发财”“安身立命”。至此我们看到，在新世纪的叙事中，城市空间不再是“物

---

① 参见徐则臣：《跑步穿过中关村》，载《收获》2006年第6期。

欲之恶”的罪恶载体，它是用来“实现梦想”、展开“个人奋斗”的空间。

“敦煌”“旷山”们已经接受了城市商业化的事实，他们不再茫然地仇恨金钱的力量，而是努力挣扎和奋斗，去拥有这种力量，然后借助这种力量实现自己改变命运的梦想。正是对于城市空间的这种“梦想”价值的设定，我们才能理解，虽然敦煌在城市里一次次跌入人生的谷底，但他也一次次挣扎着重新再来。在这个城市空间里，他是被动的，但也是主动的。他被动地站在底层较弱的竞争起跑线，但他主动地接受这个城市给予他的每一次挑战，并力求通过个人奋斗去达成自己的梦想。虽然小说设置了一个悲剧性的循环，敦煌的故事从他被释放开始到被重新抓进监狱结束，但仔细阅读就会发现这个结尾并不是敦煌命运的必然，那更像是他证明自己真挚情感的一次主动选择。从这个结尾认为敦煌是被城市毁灭的，是不恰当的。虽然敦煌的生活中充满了磨难和挫折，但他从来没有被毁灭。相反，磨难让他更加信仰真情，更加富有担当，更加充满善意。最终的被捕是所有这种真情、责任和善意的总爆发——他选择替自己所爱的人承担罪责。敦煌这种积极地在城市的市场中奋斗，学习成长、承受磨难、在磨难中坚守坚强和真诚的生存感受，无疑跟 90 年代面对市场虚弱胆怯，哀叹自己将被城市毁灭的感受是完全不同的。

无论《起舞》还是《跑步穿过中关村》，它们所呈现的城市印象都与 90 年代的城市颇具不同。这正是不同的视角造成的必然结果。从“物质和精神”二元对立的宏观文化价值角度来看待城市，就会看到城市的物质化和市场化违背了精英文化载体的主要功能，从而对于城市的印象，归于精神的废墟和价值的虚无感。这种感受归根结底来自精英阶层的“物质原罪”理念，表达的更多是精英阶层对于市场化和物质化的恐惧、抵触和不认同态度。但是，从普通谋生者求生过程中的微观体验来看待城市，却会发现城市是最能满足普通个体求生愿望并为其提供无限可能的空间，也就是敦煌所说的“北京这么大，总饿不死人”的体验和感受，人们迷恋并滞留城市，就是看到城市有着更为广阔的生存和发展空间。商业化、市场化的城市虽然给人带来更为激烈的生存竞争，但活跃的市场经济也能提供更多生存的机会，以及通过个人奋斗实现梦想的可能；城市的商品交换规律，固然有着毁灭灵魂的危险，但也同样能够锤炼灵魂的硬度和净度，证明人的真诚与坚定。

因此，通过微观视角，更能真实地表达普通市民对于城市空间的价值感受，消解对于城市空间过于偏激的、先入为主的“恶”的定义，这对于客观传达市民的城市伦理吁求，思考城市问题无疑是更为客观和理性的。

（二）从微观视角，对城市空间提出不同的价值吁求

按照宏观视角，城市空间的价值自然体现在对于宏观社会的组织上，如架构宏观意义上的国家政治体制或是组织宏观意义上的民族文化发展；按照微观视角，城市空间的价值却是体现在对于个人谋生活动的组织和满足之上，如为个人谋生提供好的环境、平等的机会等等。

基于这两种不同的视角，对于城市空间的要求自然是不一样的。在 90 年代叙事话语中，虽然立足个人的日常谋生生活，但却是按照宏观文化视角来理解城市空间的功能和价值，所以对于城市市场化产生强烈的恐惧、抵触和否定，无法接受城市的市场化和物质化，“恶”也因此被认定为是城市的原罪和本性。但是，新世纪文学叙事是基于微观的个人视角来看待城市，认定城市的功能是满足个人的谋生活动，而城市的物质化和市场化正是能够实现这一功能的基础，于是，在微观视角下，城市原罪说是难以成立的。

个人谋生可以具体为几种基本需要，其一是生活资料的获取，其二是生活资料的消费，其三是人际关系的互动与交往，其四是精神价值和道德观念的辨认。从微观视角来说，一个合理的健康的城市，就应该能够紧扣这四种具体的需要来发挥自己的功能，城市固然也需要在抽象、超验的宏观层面上搭建宏观社会，但没有建立在个人谋生内容上的微

观社会，宏观社会将是空洞而失去具体依托的。因此，了解并尊重来自日常谋生活动的吁求，将是城市彰显自身空间价值的关键一环。

新世纪文学叙事不再把城市生存中的物质追求视为一种“恶”，如果生活资料的获取和消费是个人日常生活的首要内容，那么这种态度的转变就是十分自然的。个人通过物质追求才能获得生活资料，通过消费才能满足人的生存并获取一定程度的精神愉悦，那么物质追求本身就是合理的，是通过个人奋斗证明并实现个人价值的直接途径。“梦想”不再是一个纯粹抽象的精神概念，“奋斗”也包括肉身需求的满足。在毕飞宇的《推拿》中，一群盲人们在城市里为了生存而拼命赚钱的行为，既不凄惨也不低贱，作者突出的是这种行为的美感。在这些盲人们的意识中，金钱不是抽象的数字的积累，那同样是一种尊严——只有拥有创造和征服能力的人才会拥有的尊严。赚钱，不再意味着“恶”与“堕落”，它也可以是“善”与“进取”。同样，在 90 年代话语中被邪恶化的“商品交换法则”，也受到了足够的尊重，正是市场交换法则的存在，让没有一技之长的底层群体，或是身体残疾的盲人们能够进入到市场经济的大链条之中，通过交换来获得生存的资本和个人的梦想。

总之，在这样的微观体验中存在着一系列新的基本认识：“金钱”“物欲”本身不是“恶”，关键在于人们用何种方式追求“金钱”和“物质”，以及用“金钱”和“物质”来证明什么；同样，“交换法则”也不是“恶”，关键在于城市能不能保证这种交换的彼此平等。正是由于从宏观视角到微观视角的转变，对于城市空间的认知，从简单否定市场化、物质化，上升到了对于公平正义制度以及个人理性的呼吁和要求。在这里有一个基本的假设，只要城市制度是公平正义的，个人理性是成熟的，那么城市的市场化就会成为一种“善”，而并非是“恶”。这一假设把对城市空间抽象的精神价值认定，落实为对于城市伦理的正义和理性原则的吁求。毫无疑问这是城市空间价值思考的一种客观、科学的认知进步。

二、公平正义原则的微观理解

（一）微观正义原则，要求以个人日常生活的体验和需求作为价值基点

在徐则臣小说《跑步穿过中关村》中有一个值得注意的安排。小说中的主人公不是办假证的就是卖盗版碟片的，主人公敦煌为了挣到更多的钱甚至贩卖黄片。这样的“职业”既不合法也并不完全合乎道德，当然小说最后的结尾也是敦煌的再次被捕。但是，如果你读过这篇小说，恐怕你不会从中得到“正义”的快感，而且你也能确信，这篇小说绝对不是为了宣扬坚决取缔非法小摊贩的精神。事实上，这篇小说的结尾即敦煌被抓的那一刻，作者要传达的不是伸张正义的快感，而是“善”被毁灭的悲剧感。

敦煌是一个普通的北漂青年，有情有义，吃苦耐劳，头脑灵活，但除了做假证和卖盗版碟，他没有选择。他也向往体面的个人奋斗方式，作者其中曾写到敦煌冒充准备考博士的研究生，但对于敦煌这种出身底层、没有接受过完整教育的人来说，那只能是一个弥天大谎，永远都不会成为现实。做假证和卖盗版碟，虽然非法却是敦煌赖以为生的途径，是他梦想在北京通过个人奋斗白手起家的唯一起点。抱着这个梦想，敦煌表现得坚韧而又乐观。但在一切都似乎好转的时候，敦煌为了挽救自己喜欢的女人，把对方的盗版碟揽在自己身上，因此被捕了。一切的梦都毁灭了，敦煌的人生被再次打回了原点。

这绝对不是一个让人愉悦的结尾。为什么作者不能因为非法摊贩的被抓而愉悦？事实上，作者其实是把敦煌当作一个个人奋斗的勇士，正经的小生意人来描写的，没有道德批判也没有行为的指责。同样，为什么我们读者也不因为非法摊贩的被抓而愉悦，反而产生浓厚的悲剧感呢？显然，无论作者还是读者的情感依据并不来自那个被伸张的“正义”。悲剧分明是要以正义感为基础的，没有正义感的支撑，悲剧感是

无从诞生的。

在这矛盾的现象背后，隐藏的就是不同的正义理解。按照法律条文把卖盗版碟的敦煌抓起来，这是一种“正义”；但按照日常生活体验，希望善良而正直的敦煌不要被抓，能够顺利地渡过他艰难的个人奋斗期，在北京落下脚来过上幸福的生活，也是一种“正义”，但二者显然是矛盾的。这就是“宏观正义”与“微观正义”的区别。宏观正义立足的是国家政治管理和精英阶层意识的价值基点，即“立足宏观言说正义，主要依赖顶层设计、宏观变革维护与建构正义”，是一种以社会政治精英和文化精英意识为基础的、“以实现宏观秩序为目的、注重维护顶层利益”，“强调从上而下建构正义、强调对正义进行顶层设计”的“顶层正义、宏观正义”[1]。微观正义则不同，微观正义立足普通个体的日常生活，“把世俗生活作为正义、合法性的重要来源”，“重视普通人在正义生成中的主体地位”，是一种以普通个体日常生活价值意识为基点的正义标准，它“不仅是一种基础性的关系与秩序状态，更是一种逻辑、价值与情感基点”[2]。这是对于宏观正义和微观正义极为中肯的陈述。

从历史和传统的角度来说，我们一直都是习惯于从宏观角度来理解正义的，也就是执行着来自政治上层建筑和精英阶层所阐述的正义观点。结合这篇小说，从宏观正义的角度说，城市要维持一个社会的文化秩序和法律秩序，因此敦煌这种从事非法职业的行为自然是“非正义”的，理应受到法律的制裁。但是，从微观角度来看，结论却并不相同。假如说保障每一个社会成员拥有基本物质生存的权利就是正义，落实到微观角度，就是敦煌拥有“活下去”和“吃饱穿暖”的权利。但在小说中他并不拥有这种权利，他所有的努力，所有的磨难都是为了实现这个权利，敦煌用自己的努力去获得这些本该得到保障、实际上却全无保障的权益，这一行为就不能说是“不正义”的。可见，无论作者还是敦

① 陈忠：《走向微观正义》，载《学术月刊》2012 年 12 月号，第 44 卷。

② 同上。

煌所持有的都是这样一种微观的对于正义的理解。甚至,对于贩卖盗版碟这一罪行本身,敦煌的微观正义理解与宏观正义也是不一样的。按照由上层建筑设定的"盗版碟是妨碍精神文明的精神毒品"的概念,禁止贩卖和观看盗版碟当然是正义的;但敦煌却从日常体验出发,认为盗版碟不是精神毒品,相反是特殊的精神安慰品,作者借敦煌的口说:"这东西更符合人性,对现代人的身心健康发展大有好处",因此敦煌并不认为贩卖和观看盗版碟是"非正义"的。也因此卖盗版碟的敦煌在作者笔下既不猥琐也不堕落,敦煌是把这个不是职业的"职业",当作真正的职业来做的。因此,他并没有流露出无奈、沮丧或是颓唐的态度,事实上他的态度是十分乐观进取的。敦煌非常认真地给自己一个评价,就是"敬业";在作者笔下,敦煌勤快、聪明、能吃苦、讲信用。他费尽心机,从超市门口、大学校园到文艺单位,寻找最具有购买可能的人群;他对卖出去的每张碟都认真检查质量,保证自己的信誉;他用尽各种办法给自己打小广告,扩大销售面;只要客户需要,他还不辞劳苦地送货上门。敦煌的生意虽然挣不了大钱,但也总能给他看到希望。他的利润在一点一点地积累,一度甚至很是不错。敦煌租了房子,跟做假证的女孩"七宝"生活在一起,作者用愉悦的口气写到:"两个人生活透明起来的感觉很好。生意也不错,盗版碟和假证都好卖"。但就在这时,宏观正义介入了,敦煌的所有努力都化为乌有。

在敦煌这里,宏观正义原则与微观正义原则发生了激烈的冲突,持宏观正义的警察最终打败了持微观正义的敦煌。但这"打败"却令作者遗憾,他并不掩饰与敦煌一样的深深的受挫感。真正受挫的正是微观正义的立场。

这篇小说清晰地展示了宏观正义与微观正义的一次正面交锋,并表达了对于结局的遗憾。这种遗憾并不是作者个人的态度,而是以普通人的伦理吁求为基础的。正是这种遗憾的结局的叹息,前所未有地提出了微观正义的重要性。把"敦煌"们抓起来,并不能意味着"正义"

的真正实现，因为"敦煌"们求生的愿望也是一种"正义"，而这种"正义"要求在这篇小说中没有被实现，替代为悄然无声的黯然落幕。

毕竟，正如学者的严肃发问："正义果真主要是一个宏观范畴吗？建构正义，是否只有顶层设计与宏观建构这一个方案？离开了世俗与微观生活，宏观正义甚至正义本身是否还存在？在由普通人的世俗生活所构成的微观世界中，是否也存在正义？有没有一种可能，微观生活才是正义的真正来源，微观正义才是正义的主体构成？"[①]微观正义原则的实现，是宏观正义能够被贯彻的基础，因为"建构空间正义、城市正义的关键或者说一个基础内容，就在于如何保障、实现微观领域、日常生活领域中的普通人、居住者，空间的真正使用者，在空间的生产、再生产中的主体地位。面对现实问题，凸显城市正义的微观基础，对推动空间与城市伦理转换，重构城市正义、空间正义的伦理建构具有基础意义。微观正义是城市正义、空间伦理转型的重要方向。"[②]如果我们信任这种观点，那么在新世纪文学叙事所表现出的这种对于微观正义立场的坚持，就是无比可贵的，代表着城市伦理的又一新因素。

敦煌的例子其实可以拓展到社会管理中出现的诸多现象，"城管"与"摊贩"的矛盾，"强拆"与"平民"的冲突……在这一系列的现象背后，都包含着一个如何让宏观正义与微观正义更为契合的问题。如果宏观正义的实现，是靠无视甚至违背微观正义的方式来完成，这样的宏观正义将失去其实际的意义。我们不能不承认，假如宏观正义和微观正义不能实现更多的契合，那么很多宏观正义的实现，都并不能代表真正的社会正义。毕竟，城市是由个体人组成的生存共同体，尊重并满足普通个体人对于民生、民主、民权的诉求，才能真正体现城市的正义原则，也才能体现政府行为的正义原则。无论怎样的宏观正义，如果无法与普通个人的伦理吁求相契合，那么这种宏观正义都只能是空中楼阁，

① 陈忠：《走向微观正义》，载《学术月刊》2012 年 12 月号，第 44 卷。
② 陈忠：《城市异化与空间拜物教》，载《马克思主义与现实》2013 年第 3 期。

无法成为城市伦理的有机成分。城市伦理在本质上是城市社会成员共同的价值认知和行为原则，只有符合市民实际利益和生存需求的价值认定和行为规范，才会被市民们自觉遵守和信奉，转变为自身的价值理念和行为原则，落实到具体的道德思维和行为选择之中。因此，只有宏观正义与市民们所坚持的微观正义互相印证和契合，这种宏观正义才能转化为市民们自身的道德理念，从而使这种宏观正义得到普遍的实践。

因此，在制定社会管理制度时，不能仅仅依据宏观正义原则，特别是在宏观正义与微观正义存在冲突的情况之下。城市社会制度的设计，最坚实的基础还是微观正义原则。它能够为城市社会制度设计，提供人性的基础和参照。管理城市社会固然要有全局观念，但没有人性参照的全局观念将是机械的。微观正义相比于宏观正义，更能体现“以人为本”的思想。遵从微观正义，在城市建设中保障市民的生存权始终是首要的。也只有尊重微观正义原则的城市制度设计，才会努力为市民提供足够的生存保障和发展机会，改善社会福利体系，满足个体成员的求生需要；并把个人的生存、发展、自由和自尊的需求作为关注的重点。当然，也只有这样的城市，才会激发市民的归属感和认同感，从而推进城市伦理的统一性。

（二）微观正义原则，呼吁社会秩序的微观建构

从宏观意义上来说，社会秩序是政治秩序、经济秩序、文化秩序、法律秩序等等，是对于社会结构的宏观控制和调节，维持的是宏观的正义原则。这固然是保障社会有序运转，保障市民生活有序进行的大环境，但从微观意义上来说，普通市民对于微观生存秩序也许有着并不完全相同的感受角度和具体需求。诸如，他们对于秩序的理解是从日常个人生活环境入手的。经济文化法律等宏观环境对于城市市民来说，更像是一种间接环境，而家庭、社区、职业等空间则像是一种直接环境。这些日常直接环境是普通市民展开生产、消费、交往活动的直接场所，

它虽然受到外在宏观环境的统领，但也拥有自身的独立性和自为性。事实上，那些宏观的间接环境，是需要通过个体人的活动落实在这些微观环境之中的，人们对于政治秩序、经济秩序和文化秩序的感受，也是需要通过这些微观秩序来触摸和实现的。我们可以从几个方面来看待这种来自民间日常私领域的伦理秩序吁求。

其一，人际秩序构建的对等、互惠原则。

对于人际秩序，宏观正义原则可以提供很多规范和要求，诸如奉献、互爱、无私等等。但在日常的微观正义中，也许所有这些宏观正义境界的实现都需要满足最为微观的条件，那也就是日常生活体验中人际缔结真正感受到并需求着的正义原则。我们姑且把它总结为对等和互惠原则。在日常生活中，宏观而笼统地宣讲并要求奉献、博爱固然必要，但有可能难以转化为真正的行为内在机制。

须一瓜的《二百四十个月的一生》[①]这篇小说讲述了一个不同寻常的故事。荷洁的丈夫被醉酒开车的聂总给撞死了，在警察的协调以及对方的哀求下，双方协议商定了以赔偿二十万来了结此事。荷洁是个从乡下嫁到城里的外来媳妇，丈夫文仔是她在城市里唯一的依靠。荷洁对于文仔也有着深厚的感情，她为什么愿意接受赔偿，并为对方写下争取宽大处理的申请书？原因主要有两个，第一，聂总以及聂总妻子的哭泣和“示弱”，这个“弱”是经济上的弱，聂总夫妻不断强调，赔了这二十万家里就陷入绝境了。第二，荷洁家境贫困，丈夫去世后，她的婆婆也去世了。荷洁孤苦无依失去生活来源。正是这后面两个情况，才是荷洁愿意与对方协议解决车祸纠纷的原因。第一个情况让荷洁认为自己与对方是“对等”的，车祸这件事给双方带来对等的问题，对等的困境，甚至对等的灭顶之灾。第二个情况则使她认为，双方和解这件事对彼此都是一种“互惠”。聂家赔钱免责，荷洁也可以靠这笔钱活下去。正是由于这种彼此在代价上形成的“对等”以及在结果上形成的“互

① 参见须一瓜：《二百四十个月的一生》，载《上海文学》2008 年第 1 期。

惠”，让荷洁签下了和解协议。

但是，荷洁很快就后悔了，协议无法取消，这份后悔就变成了恨意。这份恨意越积越深，以至于她潜伏到对方家的小区，不断用刮车的方式报复对方，甚至在发现对方家里遭窃后，主动跑去给小偷指路，放走小偷。直到她得知对方家里被杀死了一个老太太，丢失了一百万的珠宝首饰，她才稍稍感到释然。

我们该如何理解她的这种行为？荷洁表达得很清楚，她认为二十万的赔偿没有为丈夫伸张正义。为什么她在签约之后反而如此认为？一方面她发现聂家根本不像他们自己描述得那么困难，事实上二十万对他们家来说简直什么都不算。荷洁惊讶地发现他们在车祸这件事上的付出其实是严重不对等的。荷洁失去了一切，但聂家依然生活奢靡、全家团圆，每逢周末就高朋满座，夜夜笙歌。另一方面，他们也并没有互惠。聂家用二十万换到了生活的依然如故，但荷洁的二十万却无法换来往日的生活，除了二十万她什么都没有，她永远都得不到文仔曾经给过她的快乐。一旦“对等”“互惠”的关系破裂，荷洁不再能够感受到“正义”的实现，在荷洁的眼里，这样的处理结果不再是正义秩序的形成，因为整饬的社会秩序，意味着要保证生命与生命之间的平等有序，但这二十万赔偿款却恰好暴露了生命的不平等。于是，她疯了一般要独自复仇，通过自己扭曲的行为去为死去的丈夫、婆婆以及自己的幸福“伸张正义”。

在荷洁的故事里，我们不难看到，对于人际秩序的整理和缔结，微观正义与宏观正义的角度是不一样的。宏观概念是在一个抽象的“受害者”和“被害者”的关系中，用一种模式化、类型化的处理方式。但微观正义却看到“受害者”和“被害者”的个体细节，难以用类型概括的具体状况。法律条文那样横平竖直的框架秩序，有时候是关照不到这些细节和具体的状况的。来自微观正义的吁求，比宏观正义更细密，更具体，更具有日常价值判断的浓厚痕迹。

从荷洁的故事里我们看到，要打造日常生活中和谐的人际秩序，仅靠宏观的法律控制或是奉献、互爱、无私等等美德说教，未必能解决所有的问题。如何在宏观正义中注入微观正义的成分，把宏观标准跟微观标准相结合，真正做到人际关系缔结中的"对等"和"互惠"，也许才是建立健康和谐人际秩序的关键所在。相比于"博爱"和"无私"，"对等"与"互惠"能够更为实际地寻找生命之间的尊重和平等，具备更多缔结和谐人际秩序的可能。

《二百四十个月的一生》并不只是一个个案，如果我们愿意翻看新世纪以来的文学叙事，就不难发现，从微观角度以对等和互惠而不是空洞的博爱和无私，来理解人际秩序的有效缔结，已经是相当普遍的道德思维和伦理吁求，毕竟这是更为真实的也更贴近人性本身的原则。尊重这种微观的缔结原则，与宏观正义所提供的超验性的博爱与无私互相配合，真正意义上的人际和谐才能形成。

其二，谋生秩序的公平、福利吁求。

如前所述，对于普通社会成员来说，对于社会秩序的体验大部分都并非是通过宏观的政治经济文化秩序来实现的，而是通过对于人际秩序、谋生秩序、个人发展秩序的体验来获得。

方方的《涂自强的个人悲伤》[①]没有直接提出对于社会秩序的批评，但其潜在的批评又是相当严肃且尖锐的。《涂自强的个人悲伤》里，涂自强的悲剧不是来自社会动荡，不是来自烧杀抢掠，但却来自更为严重的社会"失序"。大学生涂自强拥有诸多优秀的品质，勤奋、乐观、坚韧、平和、豁达、重情重义；他努力学习，却不能找到一份足以谋生的稳定工作；他珍惜每一份收入低廉的工作机会，却依然难求温饱。涂自强并不缺少谋生的能力，甚至也拥有在生存竞争中胜出的才华，但他依然无法主导自己的命运。正如作者所言，"他从未松懈，却也从未得到"。最终涂自强积劳成疾得了绝症，但他连医治自己的钱都没有。一直打

---

① 参见方方：《涂自强的个人悲伤》，载《十月》2013 年第 2 期。

工的他连医保都没有，除了放弃治疗，他没有任何选择。最后，涂自强把老母亲安置在尼姑庵里，自己却一步一步走出这个世界的视线。

从微观正义的角度说，整饬的社会秩序一方面应该保证社会成员之间生存机会和竞争条件的基本对等；另一方面要保证个人劳动与收入之间的对等有序，只有保证了一个人的付出与他的收获基本对等，才能保证个体最基本的生存需求。但在涂自强的生存过程中，这两个方面的秩序基本都没有出现。首先，涂自强从来没能获得和别人公平竞争的条件，低微而赤贫的出身，让他在起跑线上就是弱者。正如涂自强的同学的话："你既没背景，又没财力，你有的只是个人奋斗的动力。但是现在的社会，没有人际关系，个人奋斗到死，也没什么用。"这并不是一句客观真理，也并不能代表所有的事实，但对于涂自强这种来自苦寒乡村，背负着一个毫无经济保障的家庭的人来说，这句话变成现实的几率却又是高得惊人。事实正是如此，赤贫的出身让他根本无法与别人站在同一条起跑线获得公平的发展机会，而毫无经济保障的家庭更是一次次成为他沉重的拖累，让他无从起飞。其次，涂自强的付出也从未获得相应的回报。"他从未松懈，却也从未得到"，这种状况让人联想到老舍笔下的祥子，但是把祥子的付出和回报割裂开来的是各种兵灾人祸，而把涂自强的付出和回报割裂开来的却是社会正义和社会保障的缺失。涂自强曾经非常接近成功，他得到一位老师的青睐，本来可以考研成功。但就在考试前夕他父亲意外病重，为了探父，他耽误了考期。而他父亲的突然得病，是因为没权没势也没钱送礼，导致村里修路时避开了别人家的祖坟，却毁了他家的祖坟。他的父亲想不通，气闷而死。涂自强生命中的另一个致命的突发事件，就是得病，置他于死地的是另外一种社会正义的缺失——作为一名社会成员，他的生命居然毫无保障，没有医保，没有免费医疗，除了等死没有出路。第一次突发事件让他所有学业上的努力化为乌有；第二次突发事件让他所有职业上的努力化为乌有。

追究涂自强故事的真实性是没有意义的,这个故事本身更像是一个寓言。它用一个含义深远的故事,给我们看一种失序状态下的生存。这种失序比社会治安层面的秩序混乱,要严重得多,危害也大得多——在这种失序状态里,所谓“正义”的存在很难被证实。

从这一时期的文学叙事中不难看出,对于公平正义的追求,是城市生存中最核心的伦理诉求。如何为个人生存提供公平环境,缩小或补偿阶层贫富差距以及发展机会差距给弱者带来的伤害,消除城市人群中的不公平现象,关系到城市正义的实现。无论“正义”拥有多少准则,让一个社会成员在社会共同体中获得平等和公正的分配,按照自己的付出得到相应的回报,却是一个社会正义最基本的内容,也才能标志一个社会的健康有序。这种微观正义原则上的秩序,没有多么宏观的架构,但却跟个人的谋生和活命紧密相连,是最为基础也是最为内在的秩序。通过涂自强的悲剧,所表达出的正是这种基于个体社会成员切身利益的正义理解和吁求。

其三,情感秩序的意愿自主吁求。

新世纪文学中,情感失序状态被大量书写。所谓情感失序,指的是私人情感领域内的失序,最典型的表现就是个人的情感无法由个人意愿主宰。

在张静的《有情郎》[①]中,就写到了一系列情感的失序。小林在所爱的人去世后一蹶不振,虽然嫁了人,但却无法建立彼此的感情,以至于她和丈夫李明益之间只有冰冷的恨意,却没有温情;之后小林自缢而死,李明益娶了香兰为妻,但是第一段婚姻留给他的阴影无法剔除,他用小林曾经折磨过他的冷漠,来折磨香兰,香兰最终在沮丧中病逝;李明益生活在情感的颓废之中,没有任何女人能唤起他的热情,他对出现在他生活中的女人,都冷漠而又无情。最终,一个与他纠缠不清的女人,激发了他积累多年的内心的消沉和狂怒,他在失去理性后疯狂地杀

---

① 参见张静:《有情郎》,载《西湖》2007年第2期。

掉了这个女人，也把自己送进了死牢。按照弗洛姆的看法，爱本身是一种“心身能力”，这种能力体现在能够从他人那里获得安全感和信任感。拥有安全感和信任感的人，才能获得按照自己的愿望把握并主导自身行为的能力，也就能获得积极与他人缔结亲密关系的能力。在《有情郎》中，无论小林还是李明益都表现出一种“心身能力”的缺失，而这种能力的缺失使得他们失去了按照自己愿望控制自己的能力，在失控的状态下，他们彼此以及与其他人都无法正常地缔结亲密的关系。如果我们追究他们这种能力缺失的根源，是因为小林深爱的男友在“文革”中惨死。一个善良而富有才华的人因为莫须有的罪名就被折磨致死，这种社会秩序的混乱导致小林对于外在世界和他人再难产生信任感和安全感，就算嫁人，她也再没有爱的“心身能力”；同样深爱小林的李明益在小林的冷酷和无情面前，也慢慢失去了对于他人的信任感和安全感，于是他也再没有爱的“心身能力”。这一连串的情感的失序背后，正是社会失序的后果和缩影。同样，情感的失序，又再次导致主人公社会行为的失序，以至于触犯法律。

在新世纪的文学叙事中，社会秩序就这样被微观地表现在了情感秩序之中。情感领域是一种私领域，情感秩序也是私性秩序，看似与外在的社会秩序无关，但由于私领域和私性秩序跟日常生活以及人性事实密切相连，所以这种私领域的秩序正是社会秩序的微观体现。如果情感是失序的，所谓的外在秩序同样是失去了根基而不可体验的。

金仁顺的《桃花》[①]描写了一对母女的爱恨情仇。夏惠是一位冷静而又文雅的女博士，父亲因车祸身亡，母亲季莲心是一位风姿犹存的戏曲演员，有着夏惠所没有的成熟的韵味和魅力。夏惠开始恋爱以后，她的每一个男朋友都无法逃脱季莲心温柔的感情陷阱，全都跟季莲心暧昧不清。当她潜伏在母亲的家里，目睹了母亲跟自己喜欢的外国男友

① 参见金仁顺：《桃花》，载《作家》2005 年第 11 期。

上床之后,夏惠终于失去了她惯有的冷静和理性,用一把刀杀掉了自己的母亲。在这个情感失序的故事背后,依然隐藏着对于社会失序的悲剧逻辑。季莲心年轻时被当时有职权的老夏强暴,被迫跟他结婚。在季莲心的体验里这是残忍的侵入和毁灭。这种以无序的方式促成的婚姻,给不了季莲心安慰和信任,季莲心也失去了与他人缔结亲密关系的"心身能力",在她的内心世界里被剥夺被毁灭的痛感从未消失,最终演变成不顾一切的掠夺,对比她更"弱"(姿色、阅历和魅力的"弱")的女儿的掠夺。而这种掠夺也最终导致了夏惠安全感和信任感的全盘丧失,母亲的情感失序带来了她的情感失序,她也像《有情郎》里的李明益一样最终发生了社会行为的失序。季莲心和夏惠这对母女的行为失序里,隐藏着最为深刻的人性和情感的失序,如果这种失序存在,所谓外在的社会秩序是无从想象的。

在这些文学叙事中,私领域的"情感失序"和外在的"社会失序",根本就是一而二,二而一的关系。社会的外在失序会导致个人的情感失序和行为失序,而个人的情感失序和行为失序,又再次推动社会的外在失序。新世纪文学叙事所表达的"情感失序",都是"外在失序"的投影。同样,对于社会秩序构建的期盼和吁求,也就常常落脚于对于个人内在情感秩序和行为秩序的期盼和吁求。这就使得新世纪文学叙事一方面讲述情感如何失序,另一方面也在讲述如何以情感秩序抵抗外在失序。在王安忆的《骄傲的皮匠》中,小皮匠面对的是一个动荡不安的城市底层空间,失业、下岗、争斗、纠纷是日常空间的主要内容,面对这一切外在的动荡,小皮匠坚韧地按照自己的意愿主导着自己的行为,不会因为逐利而失去良知,不会因为色诱而失去底线,也不会因为伤害而顿生仇恨。小皮匠对于他人以及外在世界始终保持未曾断裂的信任感和安全感。这种内在的情感秩序,让小皮匠所直接感知并活动其中的"社会"井然有序。同样的情感秩序的描写还有前文提及的迟子建的《起舞》,齐如云和丢丢这两代女性都是通过构建自己情感世界的稳定秩序,来对抗外在社会秩序的混乱和多变。她们用自己对于身边人的信任感和安全感,撑起了一片秩序井然的日常空间。在叙事者们看来,这种秩序井然的日常情感空间就是社会秩序最精密的基础和局部,有了这种井然有序的日常情感空间,宏观的社会秩序才有实现的可能。

综上所述,微观的正义原则对于丰富空间正义的内涵是必不可少的,特别是对于一向以宏观正义原则来理解空间正义的中国城市伦理来说,微观正义原则的出现和实践,更是构建了空间正义的多维度内涵和结构。宏观正义原则大多体现政治权威阶层和文化精英阶层的意识和话语内容,微观正义原则则代表普通市民阶层的感受、体验和吁求,因此,微观正义原则的出现和实践,对于纠正单一的权威和精英式的正义内涵,提出来自普通市民阶层对于正义的理解,是非常重要的;同时,对于整体社会来说,微观正义的出现,也可以改变单一的宏观逻辑,补充微观逻辑。如果我们认可现代社会的发展,将越来越多地以独立、自由的普通个体作为主体力量,那么代表他们利益和声音的微观正义原则和逻辑,也将会日益成为一种时代精神。更重要的是,作为一种行为准则和行为目标,“正义”的内涵必须符合普通市民的需求,它才有可能被普通社会成员接纳,并自觉转化为自身的行为原则。如果只是从顶层设计来限定和理解“正义”原则,就有可能忽视普通社会成员来自微观视角,以及微观需求的内容,这样的“正义”原则将因为脱离普通市民的生活体验和生活吁求,而陷入概念的空悬状态,难以真正被普通市民进行自愿遵循和实践。可见,以立足世俗社会的微观正义与传统的宏观正义相结合,来构建正义和秩序,将是当下城市伦理发展和建设中的关键一环。

第二节 从德性到理性:行为控制和价值意识的改变

中国道德伦理体系是以强调个人的"德性"来实现对于个人行为和社会秩序的控制,虽然不同时代对于社会成员的"德性"的要求不同,但"德性"伦理的本质是一脉相承的。所谓"德性",在根本上是强调个人的道德义务,通过培养人的道德义务意识以及履行这种道德义务的自觉能力,来保证整个社会的道德水平和社会秩序的井然有序。对于社会的发展来说,这种个人的"德性"培养当然是至关重要的,对于这种"德性"的自觉认知和自觉履行在任何时代都是保持空间秩序的重要内在动力和机制。但随着城市市场经济的发展,仅仅依靠传统的个人"德性"来维持空间秩序,显然难以应付越来越复杂的人性困境以及人际困境。虽然"传统道德所希望培养的安分守己的'君子型'道德主体标准依然根深蒂固;另一方面,转型时期城市社会又呼唤着具有创造性的'强者型'道德主体标准诞生"[①]。这种"强者型"的道德主体,指的就是不只是循规蹈矩地按照外在的道德规范行事,而是能够拥有更为强大的主体理性意识,根据自身的生存体验和需求,通过个人与社会关系的理性判断,来自主控制自己的行为。

一、从个人德性到个人法律理性

"德性"伦理是一种心性伦理,强调的是一种"超验"式的君子价值观。"德性"伦理的逻辑前提是同质性的"性善论"。所谓同质性,就是假设所有的社会成员都有着共同的道德体验、道德需求和道德境界。事实上,从城市社会学的视角来看,城市的市民社会是"由原子化的人

---

① 曹典顺、贾贵生:《当代中国社会转型期的伦理危机及伦理重建》,载《内蒙古大学学报(人文社会科学版)》2001年第6期。

们组成,他们相互之间缺乏任何有意义的或者在道德上的紧密联系。这些人显然不是单纯地被设想为孤立的原子,他们之间的联系据说是纯粹契约性的、疏远的和个别的,而不是紧密团结和结合得很好的。”[①]因此,城市具有“集中性、专业化、流动性和异质性等特点”[②]。所谓异质性,是指城市空间中的个体存在越来越多的差异性,人口的流动带来异质的地域文化冲突;社会分工和社会收入的差别,形成了异质的社会分层;血缘、地缘关系的淡化,形成了异质的人际交往。这些都使得城市成为“由不同的异质个体组成的一个相对大的、相对稠密的、相对长久的居住地。”[③]现代市场社会在本质上就是异质社会。在这样的异质社会中,人们对于道德的体验和需求都不可能是相同的。在这种情况下,同质性的“德性伦理”就很难为不同的阶层与人群提供共同的价值范式。

另外,就德性伦理的“性善论”而言,同样也存在问题。“性善论”是假设人性本身就包含着内在的向善的选择愿望和选择能力,外在社会只要能够把这种“善意”激发出来就可以了。不难看出,这两种假设首先忽略了个体之间的差异性,这种差异不仅是个人道德修养水平的差异,也有个人生存状况的差异;其次,这两种假设也忽略了人性的“趋利”和“利己”本质。如果我们相信这是人性的真实状态,那么过于夸大“人性本善”,就是偏于盲目乐观。

张静的《采阴采阳》[④]中,叶子是“我”贴心的闺蜜,小熊是“我”挚爱的男友。无论是友情还是爱情,都是十分真诚而深厚的,但爱“我”的叶子和爱“我”的小熊,还是共同背叛了“我”。在三人共居的日子里,叶子和小熊偷情了。事后,他们都向“我”坦白,表示并不爱对方,他们也

① 〔英〕多米尼克·斯特里纳蒂:《通俗文化理论导论》,阎嘉译,商务印书馆 2001 年版,第 12 页。
② 向德平编著:《城市社会学》,武汉大学出版社 2002 年版,第 80—81 页。
③ 蔡禾主编:《城市社会学:理论与视野》,中山大学出版社 2003 年版,第 65 页。
④ 参见张静:《采阴采阳》,载《当代》2005 年第 6 期。

真的不爱对方。无论对于友情还是爱情,这无疑都是一个"非道德"事件。问题是这样的事件怎么会发生?其原因来自复杂难测的人性真实,从表层来看,叶子失恋受到情感的沉重打击,小熊失业感到前路的渺茫,这两个失意的人急需慰藉和取暖,这是他们"互相看见"的原因。但如果从深层来看,叶子失恋固然痛苦,但为什么会选择挚爱闺蜜的男友下手?事实上,叶子感情生活的一片混乱,与"我"感情生活的井然有序形成太大的对比,这才是叶子难以忍受的东西,她需要打破对方的秩序来寻求平衡;而对小熊来说,他历来就讨厌叶子,可是为什么却选择和叶子上床,这也并非是"一时冲动"能够解释,失业的小熊一直由"我"来供养,而"我"对小熊施加的压力直接导致他濒临崩溃,小熊对于"我"的感情是最为复杂的,有爱也有潜意识中的恨意。正是这样一种潜在的恨意,作为一种发泄让他跟自己并不喜欢的叶子上了床。在这个故事中,人性的复杂远远不是个人的德性所能控制和所能阐释的。当代城市社会巨大的生存压力和情感冲突,都加剧了人性的复杂性,面对这种复杂的人性,单纯信任超验之善的德性控制是虚弱的,同样,面对复杂的生存处境,单纯依靠人们"君子"式的自我控制,显然也是不可靠的。

这种对于德性力量的怀疑在新世纪的文学叙事中是比较普遍的,虽然对于德性力量的信任也一直在延续(如前文分析的《骄傲的皮匠》等作品)。随着城市社会市场经济对于日常生活的渗透,德性伦理体制难以应付复杂的人性状况,也是一个不争的事实。传统的德性伦理,是基于传统的乡村社会结构,整体利益意识发达,而个人意识微弱。"中国的传统社会是一个由乡村社会结构所支配的社会,因此,在社会生活中实际起作用的是同乡村社会结构相适应的家国利益取向、人伦秩序要求的道德"①。"家"与"国"的利益胜过一切,在这种社会结构和社会意识的支持之下,要求超越一己之私,甚至牺牲个人利益,去追求超验

① 杨秀香:《关于城市伦理的几个问题》,载《伦理学研究》2004年第4期。

性的道德价值，才是有可能成立并被积极实践的。

但是，市场社会成立的前提是认同每个个体人的独立性，在这样的前提下，市场社会的个人意识是空前发达的。人们对于"善恶""是非"的理解，难以在传统伦理所提供的超越个人利益需求的超验层面去完成，而是紧贴着自我的生存体验和生存需求来实现。正如霍尔巴赫所认为，每个人都是为了自己的幸福而活动的，人们对于自身行为的判断也基本是根据自身的需求来驱动的。对小熊和叶子来说，一方面是超验性的"友情和爱情需要忠诚于对方"的道德规范，根据这个规范，他们之间必须保持距离；而一方面则是来自自我内心的孤独感、受挫感以及对于"我"的潜在的妒意和敌意，根据这个规范，他们之间的奸情既是互相取暖的必要，也是发泄内心抑郁的最好渠道。因此，他们选择了屈服于后者。

面对人性的自私，德性是虚弱而不堪一击的。这是新世纪文学叙事中不再愿意掩藏或忽略的观点，也代表着当下时代里的共同体验。道德，归根结底是一种基于个人生存的价值认同，只有真正符合并有利于个人生存的价值范式，才会被个体真正接纳。随着当代个人意识的强化，这一点就更为确切。因此，在当下的社会里，依然单纯地依靠宣讲和强调超验式的君子道德境界，是难以起到规范和控制个体行为的作用的。甚至，过分强调超验式的君子道德境界，还会引发"伪道德"的泛滥。池莉的《爱恨情仇》①就触及了这一问题。

《爱恨情仇》中的陈富强以多年寻母的事迹轰动社会，成为远近闻名的"孝子"，道德的楷模。但事实上，他寻母的动机是为了出名。为了赚钱，陈富强苦思冥想，最后得出的结论是必须出名，怎样才能出名呢？"他不会唱不会跳不会侃侃而谈不会开网站，学雷锋又肯定太慢，唯有做出轰动社会的事情"。因此，他到处寻找多年前离家出走的母亲，找到母亲之后立刻联系记者和媒体，对自己的事迹进行宣传和包装。在

① 参见池莉：《爱恨情仇》，载《十月》2014 年第 3 期。

这个过程中,他完全不顾母亲的感受,甚至肆意对母亲进行无情的控制和约束。他的母亲顾命大之所以离家出走,是因为不堪忍受陈富强父亲以及爷爷两代男人的虐待和性侵犯。当年顾命大抱着必死的决心逃离那个可怕的家,受尽折磨和凌辱,才终于找到了一个可以依靠的男人,过上了平稳的生活。陈富强为了出名,强行把母亲"押解"回家,逼着母亲重新去面对那两个给她带来噩梦生活的男人。在被"押解"的路上,顾命大借故下车,冲向了一辆大卡车,自杀身亡。陈富强的"美德"在本质上是一种"恶行"。由于德性伦理是通过提供行为规范,对人的行为进行外在限制,并以人的行为与道德规范的契合度作为评价道德水平的标准,所以在本质上它回答的是"应该如何"的伦理问题,而忽略"意愿如何"的伦理问题。这就使得德性伦理对个人行为的控制效果,只能体现在他的外在行为如何,而不能体现出他内在的真实意愿和动机,形成了动机系统与外在评价系统的严重割裂。这必然造成人性关注的道德盲区,要么造成《采阴采阳》中的个人行为失控,要么造成《爱恨情仇》中的虚伪美德。

正因为德性伦理存在的种种与现代市场社会和真实人性状况和需求的脱节,随着市场经济的发展,超验性的德性伦理越来越难为市民阶层提供解决其真实生存问题的价值范式。在社会转型时期,转型、变革时代恰恰破坏了人们普遍的精神信仰,冲击了人们正常的信用关系以及行为选择的预期。① 传统的基于普遍"无私利他"信仰的个人德性既难以解决个人的生存困境,也不能成为构建社会秩序的主要砝码。个人德性是一种在极大程度上依靠个人自律的行为控制方式,但面对市场经济的冲击,单纯依靠个人自律来实现社会秩序的构建,显然是虚弱无力且过于迂腐的。

在这种情况下,市民社会需要的是更具有自主性,也更具有现实性

---

① 参见方奇志:《我国社会转型时期道德失范的原因及其对策》,载《湖南广播电视大学学报》2004 年第 1 期。

的价值范式的出现。从单纯依靠以美德为基础的个人德性,转向以法律为基础的个人理性,把法律意识引用到道德生活领域,在行为判断时不仅借助德性伦理规范,更借助法律的限定,已经成为当前市民社会越来越强烈的共识。

德性伦理对于个人行为的管理,是通过激发个人内在的道德感,并通过个人对于道德规范的自觉践行来实现的。其约束和控制的效果,在很大程度上受到个人道德水平、文化修养、自律能力的影响。在市场经济中,如果没有制度和法律规范的约束,单纯依靠个人自律,事实上是很难起到个人行为管理的作用的。毕竟市场经济的基本关系是经济关系,人的基本生存价值体现在谋生层面的生存资料获得。趋利是人的天然本性,面对巨大的利益诱惑,简单地依靠个人自律展开“义”“利”之辨,恐怕“义”并没有太多胜算。这就会形成在价值选择和是非判断时的道德缺席,导致个人行为进入一种“为所欲为”的完全失控的状态,对于社会而言,这种个人状态无疑是极其可怕且有害的。我们常常把这种状态的普遍化称为“道德危机”。在思考这种道德危机时,仅仅依靠提高个人内在道德修养是远远不够的,会造成一种道德认知问题的死循环。为个人理性补充新的标准和内容,才是更为客观可行的选择。基于法律认知的个人理性相比于个人德性,其带有实证精神的工具理性特点,就可以很大程度上弥补个人德性在行为控制上的不足。

首先,法律理性是一种公共理性,它为个人提供的是客观稳定且带有强制性的是非标准和价值判断;而以个人德性为核心的道德理性,在判断是非和作出价值选择时则带有更多的主观性,受到个体人纷乱多变的具体心性品格、生活形态和行为处境的影响,并在很大程度上要依赖于个体人自身的道德修养水平和道德自觉能力:“个体的德行不是千人一面、普世皆同的,而是有着非常不同的内容和表现形式,从而显示了不同个体在道德发展中的个性特质"[①]。对个人而言,法律理性的获得更容易形成对于自身行为的客观认知和客观评价,可以弥补仅靠个人德性修养展开是非判断和价值选择的不足。

其次,法律理性与个人德性都是要通过自律和他律的结合,以他律的力量促使个体自律意识和自律能力的提高,从而实现并完成个体行为的自我控制。但法律理性与个人德性的他律机制并不相同。个人德性的他律机制主要是通过社会舆论和他人评价来完成,如果个人的行为不符合道德规范的要求,他将受到社会和他人的负评价。作为社会中的个体,人的天性中包含被集体和他人认可的需求,这种需求的满足是形成自我价值认识的重要前提。个人德性的他律机制就是通过这种天性需求来发挥作用的。来自社会和他人的负评价,让这种渴望被认可的价值需求和荣誉需求难以实现,使主体产生精神上的受挫感;同时,来自社会和他人的负评价,还会导致个体人与他人之间社会关系的缔结困难或是疏远,从而导致个人的孤独感,让个人天性中寻求安全感的需求难以得到满足和实现。这就是个人德性他律机制的基本逻辑。在重视集体生活的时代,由于个人对于集体有着很强的依赖性,这种他律机制的制约力量的确是十分强大的。但是市场经济时代,个人对于集体和族群的依赖被大大削减,个人的独立性和自由性都被空前扩大,"孤独的个人"日渐成为现代城市空间中的个人写照。在这种情况下,来自集体和他人的评价对于个人的影响,不再像以前那样具有强大的影响力和约束力。通过社会舆论来达到个人道德监督和他律的意图,将越来越难以实现。

法律理性的他律机制则不同,它并不依靠社会舆论和他人评价来打击个人的精神价值来实现他律效果,而是通过直接对其行为和生存的权益进行限制来展开制裁,从而实现他律效果。如果说个人德性的他律是通过遏止个人超越性的精神价值的实现展开约束和惩戒,法律

---

① 李肃东:《个体道德论》,华中理工大学出版社 1994 年版,第 3 页。

理性的他律则是通过直接限制个人原有的现实利益和行为自由，展开约束和惩戒。显然在市场经济时代，后者的他律力量将是直接且有力的。相比于个人德性，法律理性能够提供的是更为具体、更为确定的惩戒效果，从而促使个人对自身行为后果进行主动、积极的预测，基于对于法律惩戒的畏惧，自觉展开对自己的行为的管理和自控。法律理性更能针对人性的功利特点，促使其出于自身利益的考虑而展开自我管理，对于市场经济时代的市民社会，这种理性的获得对于自身行为管理无疑是更为现实和有效的。

最后，法律理性能够提供"是非善恶"的衡量尺度，对于普通个体的真实状况也具有更强的针对性。个人德性的价值依存标准和衡量尺度是"至善"，其提供的是一种道德境界，追求的是行为的完美和最高善："道德法则对于绝对完满的存在者的意志是一条神圣性的法则"①；但法律理性的价值依存标准和衡量尺度却是"底线"，追求的是行为的道德底线的完整。个人德性的价值要求，在本质上是对社会成员提出的一种精英式的要求，这种德性的实现，要求个体人具备相当高的道德修养、自觉意识以及个人自律能力，并需要对超越自我的精神境界拥有旺盛的热情，是"君子"式的道德范式；而法律理性则更易于为普通社会成员所掌握，不要求个体人去追求超越自我的道德境界，而是要求个体人守住个人行为的底线，在本质上维护的是一种底线伦理和底线价值。

当然，对于合理的社会秩序构建来说，个人德性与个人法律理性都是不可或缺的，需要二者的互相配合和彼此相融才能最为有效地从个人内心环境和外在环境两个空间构建出井然秩序。二者之间的关系如果出现任何一方的偏失，都将很难构建出真正和谐健康的城市社会空间。但在当前的中国城市，如何让法律理性融入个人道德认知，却是迫切且重要的一环。

---

① 〔德〕康德：《实践理性批判》，韩水法译，商务印书馆2001版，第89页。

二、从义务型价值意识到权利型价值意识

就个人价值意识而言，基于心性伦理的个人德性要求培养的是义务型价值意识。义务型价值意识是以个人义务的认识和践行作为核心内容的，如前分析，在新中国成立后相当长的时间内，城市空间对于普通市民而言，都是作为一种义务空间而存在的。这种义务价值意识成立的前提是集体与个人利益高度一致的假设。人是作为“国家”和“集体”中的人而存在的，国家和集体利益被视为个人利益的完全载体。这种个人与国家集体关系的设定，使得个人的义务意识被绝对化、单向化。无条件的、不求回报的“付出”“奉献”成为城市社会中的主流美德。当然，从 20 世纪八九十年代开始，个人对于国家集体的这种严重的依附关系被逐渐消解，到了新世纪，单方向的个人义务要求以及建立在其上的美德衡量体系，已经很难继续维持。取而代之的，个人对于自身权利的吁求意识越来越强烈，在价值判断和行为选择上，人们更倾向于把维护自身权利作为思考的基点和出发点。

（一）公共空间主体意识的认知与话语权的吁求

市场经济的发展推动了市民意识的发展，城市不再被视为单一的国家政治空间，在城市空间中，市民更倾向于构建出与自己关系更为密切的公共空间。国家空间代表国家利益，其主体是代表国家权力的政府机构；公共空间代表个人利益以及以个人利益为基础的生存共同体利益，其主体是作为个体的市民。公共空间介于国家空间和市民的个人空间之间，并不被国家空间所覆盖，具有一定的独立性。市民正是通过这样的公共空间，参与到公共生活，而只有参与到公共生活中的市民，才能称为真正意义上的“公民”。国家政治空间更像是一种以意识形态为基础的权力实体空间，而公共空间则是以市民意识为基础的权利实体空间。

新世纪以来的公共空间主要体现为两种形式，一种是传统概念上

的物质性公共空间，表现为社区、广场、俱乐部、茶馆、咖啡馆等各类公共场所，或是社会民间组织的团体空间；还有一种则是非物质性空间，这种非物质性空间是随着电视、网络等大众传媒的普及而发展起来的虚拟空间，网络上的各种论坛，传播速度更为迅速的微信空间等等，这些网络空间起着为人们提供参与公共事务、思考社会现象、评价社会管理的作用，在本质上是一种意见空间。进入新世纪以来，这两种空间都有着长足的发展。特别是后者也就是网络空间所发挥的公共空间的功能，甚至超越了传统意义上的物质性公共空间，普通市民参与公共事务建设和评价的能力，将在这样的网络公共空间内得到前所未有的锻炼和提升，其对于社会的影响力是无可限量的。

首先，网络公共空间的匿名特征，消解了社会身份、阶层、文化等各方面的差异，构建了一个完全平等、自由的言论和交往空间。这种虚拟空间的平等、自由的感受，对于实体的个人是一个重要的主体意识培养。在这个虚拟空间中，人们可以学习如何按照平等的原则展开互动和交流，按照自由的原则发表个人看法和意见，根据自己的角度和立场对社会时政展开大胆评点。虚拟公共空间赋予个人对于社会公共事务平等自由的参与权利，并逐步学习如何对政治问题和公共事务展开观察、分析和批评。这在现实的物质性空间中是尚未实现的。新世纪以来虚拟公共空间的崛起和发展，让普通社会成员体验到了什么是社会的主体，并在此体验之上，激发普通社会成员的主体意识。普通社会成员一旦获得这种主体意识，并对平等、自由的空间有了直接体会，就会把这种主体意识和体验带回现实社会空间内，对现实空间提出相应的要求。因此，网络公共空间对于现实空间的促进作用是巨大的，它足以改变人们对于自身社会地位、社会角色的认知，培养着真正意义上的“公民”的诞生和成长。

其次，公共空间除了培养普通市民的自我主体地位认知之外，也有利于培养普通社会成员的话语权意识以及话语能力。公共空间，特别是虚拟公共空间的另一个显著特点是没有话语权的垄断。在虚拟公共空间中，每个人都享有平等的话语权，可以自由地发表自己的看法；公共空间的这种状态极大地激发了人们的话语欲望，也提升着人们的话语能力。利用网络参与公共事务和行政问题的讨论，并利用舆论的力量对权力体系进行监督和约束，这成为新世纪以来越来越普遍的现象。这种网络公共空间的话语表达热情，同样会影响到现实空间中的话语意识。

结合新世纪的文学叙事来看，普通市民的主体意识、话语意识较之以前的确都发生了很大的变化。在陈应松的小说《跳桥记》[①]中，主人公公胡子的鬼牙妹妹在派出所里说了一番话："老娘现在在菜场剮鹌鹑，三天两头工商的来没收我的秤，踩死我的鸟。不给他们进贡不让你做。这社会扎你的心，不跟跳桥有么两样！"当受到派出所警察的指责，又道："讲了这多没见一杯茶，你们派出所对老百姓蛮冷淡咧，是个么态度？我的的士费哪个出吵？"讲完这些话，"她随手拿起桌上的一支烟就点燃吸起来。叼着烟，拿出一长条的士费单来送到警察面前"。直接面对政府权力机关，表现出"不驯服""牢骚满腹"是鬼牙妹妹的基本特点，这是非常有代表性的底层市民形象，也是以前文学作品中并不多见的形象，但在新世纪文学中这种形象比较普遍。鬼牙妹妹的言行有两个基本前提：其一，不再认为自己是"被统治者"，只是认同自己是"被管理者"。这是城市空间从国家政治空间转换为公共空间所必然带来的身份变化。在国家政治空间中，受传统思维惯性的影响，普通市民自觉自愿把自己设定为"被统治者"，"被统治者"是一个"义务"概念，不是"权利"概念，只有"无条件的接受"才是"善"。但是，公共空间作为一种生存共同体，凸显的是管理秩序而非政治秩序，在管理秩序中，形成的是"管理者"和"被管理者"的关系，而非"统治者"与"被统治者"的关系。"管理者"和"被管理者"之间的关系，更易于突出权利和义务对等

① 参见陈应松：《跳桥记》，载《北京文学》2014 年第 6 期。

的原则，“管理者”与“被管理者”之间是一种潜在的契约关系。“被管理者”接受“管理者”的管理，这是其义务，但前提是“管理者”需要提供令“被管理者”满意的管理方式和管理效果。事实上，正是这样一种双方关系的转换，才让鬼牙妹妹发现、指责并否定了“工商”的执法行为。同样，正是由于有了这种个人与权力机关的契约和平等关系的认知，也就让鬼牙妹妹对于“派出所”这样更具强制性色彩的权力机关，同样持有一种“平视”角度。没有自我身份主体的认识以及从“被统治者”到“被管理者”身份意识的潜在变化，这种“平视”角度是很难发生的。这种身份认知的转换，在单一的国家政治空间中是很难真正实现的；但在公共空间中，无论是物质性的实体公共空间还是虚拟的网络公共空间，这种身份的转换都是必然的结果。

其二，对话语权的认知。鬼牙妹妹的牢骚满腹，从社会学的意义上来说是一种积极的现象。虽然这种“牢骚”“怨言”并不具备理性色彩，但它向来是市民阶层学习发声的第一步。在公共空间特别是公共意见空间获得合法性之前，这种“牢骚”和“怨言”只能是以潜在的方式存在，不能出现在公共场合和公共领域，这也是以往时代在公共场合出现“闲谈莫论国事”戒律的内在逻辑。鬼牙妹妹身为一个剐鹌鹑的底层市民，不但公然指责执法机关，而且是当着执法机关人员的面来指责执法机关，这是一个很有意味的变化，是公共空间特别是公共意见空间获得了公认合法性的体现。因此，虽然这种个体的“牢骚”和“批评”是不理性的，是散乱而随意发生的，但它的确是民众发声的基础，是普通市民明确自身话语权利，并把这权利付诸实践的第一步。

在陈应松的另一部小说《一个人的遭遇》中就写到了市民争取话语权的明确的意识和实践。刁有福是一个酒厂工人，厂子破产后，领导们把资产变卖，拒绝安置工人，没有任何补偿也没有任何安置措施，就把工人们赶出了厂门。“职工们含辛茹苦连血带汗几十年建造的工厂，却没有说话权”，刁有福和他的工友们认为这是极大的不公，于是推举刁有福代表全体下岗工人，开始了漫长而艰难的上访之路。在这条上访之路上，刁有福历经被殴打、被欺骗、被利诱、被关押、被劳改等等苦难，支持他走下去的，正是对于自身以及群体权益的话语主张欲望。在这篇小说中，由下岗工人构成的意见空间与当地政府所代表的政治权力空间存在激烈的矛盾。虽然刁有福并没有真正获胜（从博取群体利益妥协为解决个人问题），但在这激烈的对抗本身，就已经显示出市民阶层为了争取自身话语而构建的意见空间，对于政治权力空间的挑战。在迫使政治权力空间更公正、更开放、更平等方面，显示出公共意见空间不可低估的力量。

虽然当下公共意见空间还不够成熟，普通市民的话语能力也有待提高，但普通市民对于自身主体身份以及话语权利的吁求，本身就代表着城市伦理的巨大进步，标志着城市价值体系从义务型价值范式逐步向权利价值范式转换。反之，也正是由于这种从义务型价值范式逐步向权利价值范式转换的趋势，才能进一步扩大公共空间的功能和作用，为普通市民表达自己的意见、主张自己的话语提供足够的平台，"市民主权"才有可能实现，从而为建设以人为本、资源共享、机会平等的城市伦理奠定坚实的基础。

（二）权威信任的减弱与制度保障的吁求

从义务型价值意识到权利型价值意识转变的第二个主要表现，是普通市民对于权威信任的减弱以及对于制度保障的吁求。

在中国漫长的朝堂政治时代，普通社会成员被培养出了对于政治权威的无比信任，表现为"清官情结"的绵延不绝。这种情结的根本机制，来自于朝堂政治时代对于执政者的"神圣化"和"正义化"。由于中国专制政治与宗法伦理互相贯通，"君权"等同于"父权"，突出的是其"天道"色彩以及神圣不可侵犯的绝对权威。这种对于"君主权力"的神圣天道化理解，演变到后世就发展成为对于执政权力阶层的"正义化"演绎和理解。表现在文学叙事上，就是把政治权力执行者进行人格的美德化和正义化，使其成为正义道德的符号。这种对于政治权力执行者的绝对信任，对于构建公平正义平等的政治空间其实是相当有害的。它会大大削减普通社会成员对于执政者的监督和批评意识与能力，容易导致权力的专制和蛮横。

从新世纪开始，把政治权力执行者进行“职业化”理解和表现，意味着对于权威力量信任的减弱。李治邦的《我吃的药不能告诉你》[①]就表现出这种对于官员的职业化理解。篇中的主人公高动易是刚被提拔的博物馆馆长，接手的是一个负债累累的博物馆。如何让这个博物馆继续生存下去，是他面临的主要问题，如何解决这个问题也是这篇小说的主线。在这条主线的叙事中，作者竭力突出的不是高动易的“官性”，而是“职业性”。所谓“官性”，就是通过纯粹的政治角度、脱离日常生活的层面来理解官员，在这个角度下“官性”往往被理解为两个极端：要么是贪图私利的“贪官”，要么就是代表大公无私、绝对美德的“清官”。这两个极端的内层逻辑都是对于权力执行者神圣化、正义化的理解。因为把权力执行者神圣化，所以不允许他们的行为出于个人动机，并根据是否有个人动机来区分官员的优劣。《我吃的药不能告诉你》就避开了这种固定的思维，高动易被描写成一个“职场人”，和其他任何职业的人一样，他的努力和挣扎都并没有立足高尚的、大公无私的理由，他所做的事情都是为了能够保住自己的职位，而保住自己的职位是为了个人的发展和前途。作者没有因为这种求生求发展的个人动机，而认定其为低劣的官员。相反，正是这种求生求发展的个人动机，让高动易充满了旺盛的工作动力，为了扭亏为盈，应付博物馆的财政危机而殚思竭虑，昼夜难眠。当然，高动易也没有被写成大公无私、代表正义的化身。高动易只是一个普通人，脾气坏，易冲动，跟喜欢的女下属有些暧昧的来往，为了解决博物馆的财务问题，冲破良知的底线，偷偷卖掉了一些馆藏艺术品。正是这种贴着日常生活层面的职业化角度，让作者笔下

---

① 参见李治邦：《我吃的药不能告诉你》，载《大家》2014年第2期。

的官员充分展示出了普通职场从业人员的特点，他们求生存谋发展的欲望，从业的压力，严重的抑郁……，这些描写，让"官场"呈现出的是更多的"职场"特征。同样，在尤凤伟的《金山寺》[①]中也可以看到同样的处理。主人公市委副秘书长宋宝琦在与尚增人竞争丹普市市长一职时，作出了让步，成全了尚增人。尚增人做了市长后，意欲报恩，在春节为宋宝琦安排了一次庙中的烧香佛事。没想到不久尚增人因为收受贿赂而被"双规"。受此牵连，宋宝琦也成为调查对象。如何从这麻烦中脱身自保成为整个故事的主线。这不是"清廉"和"贪欲"的斗争，也谈不上是"正义"与"非正义"的斗争，这就是一群普通的从业人员如何自保的故事。在这个故事里，这些官场人物跟普通的职场人员一样，努力工作，苦心经营自己的职位，以求得个人的稳定和发展。这个职业的特殊性用文中人物的话说，不过是"高利益高风险"。他们时时需要在诱惑和理性之间作出选择，而选择的标准不是来自高尚的政治理念和信仰，而是个人利益的权衡。"清"与"浊"的区分，在道德层面也是归于职业道德操守的标准，上升不到国家利益和正义信仰的层面。他们享受权力带来的便利，但也因此失去基本的安全感。宋宝琦因为缺乏安全感而对佛充满敬畏。跟着尚增人烧香拜佛却惹来了麻烦，因为这场法事居然花费了十万元人民币。但怪诞的结局却是，宋宝琦最后却转危为安，他并没有因此获罪，"上面"的处理不了了之。原因竟然是，宋宝琦的问题是烧香拜佛，所以没有任何一个上级官员愿意出面制裁他，如文中纪检委的书记员小丁所说："这事佛是一方事主，哪个愿意多事，惹佛不高兴啊？"看似怪诞的结尾，却写出了这个圈子严重的安全感缺失。在这种官场叙事中，权力执行者们既不神圣也不高尚，他们也只是一群惶惶于求生之道的普通人而已。

文学叙事话语的改变，反映的是城市伦理认知的改变。把政治权力执行者当作普通职业人来看待，政治权利执行者不再具有高高在上

---

① 参见尤凤伟：《金山寺》，载《小说月报》（原创版）2014 年第 6 期。

的绝对权威，也不再被施以超越常人的完美道德感和正义力量感。这种对于官员绝对信任度的削减，毫无疑问是一种积极的社会现象。事实上，这恰好证明了普通市民民主意识的提高，以及对于自身权利保护意识的提高。一方面，把官员视为“人”而非“神”，不再把权力执行者等同于完美的道德和正义的化身，就可以正视他们作为普通人所必然具备的人性局限和行为局限，产生权力监督的意识和吁求，只有把权力执行者视为普通的从业人员，也才能加强对他们的监督和批评，从而防止权力滥用和权力腐败；另一方面，不再把绝对信任赋予权力执行者，也意味着普通民众保护自我权利意识的提高。他们不再把自己视为被动的听从者、跟随者，单一的义务履行者，他们开始寻求权利和义务的对等缔结，在履行自身义务的同时，对于自身的权利有了更为清醒的认知。

更为重要的是，不再绝对信任权力执行者，必然带来对于制度伦理的吁求。绝对信任权力执行者，就等于把社会管理的砝码押在了管理者的个人品德之上。通过对权力执行者的个人品德提出要求，来达到杜绝权力滥用和权力腐败的效果。显然，要依靠某个群体的个人品德和个人自律来达到防止权力滥用和腐败，是远远不够的。如果我们认可人的自然天性是自私和趋利的，那么期望通过提高个人德性和个人自律能力来完善权力执行体制，不但是远远不够的，而且是相当不可靠的。市民阶层对于执政阶层绝对信任的削减，就意味着必须通过合理的制度建设，来约束执政阶层的执政行为，而不能单单依靠其个人的道德自律。如麦金太尔所言：“使用道德词汇永远以共同具有某种社会制度为先决条件。”[①]在我们前文所分析的陈应松的《一个人的遭遇》中，就明显地把刁有福遭遇的根源指向了“制度”设置的粗糙和缺失。刁有福工作的酒厂原本利润不错，之所以江河日下以致破产，就是因为制度设置有问题，厂里的生产决策由厂长一人说了算，整个厂子的命运都托

---

① 〔美〕麦金太尔：《伦理学简史》，龚群译，商务印书馆 2010 年版，第 214 页。

付在厂长本人的智慧和品德上。刁有福所在的工厂就是因为先遇到愚笨的厂长又遇到自私贪财的厂长，于是就彻底破产了。在刁有福代表工友们寻求合理安置的过程中，又是因为制度设置的缺陷，让信访局、轻工局之间来回推诿扯皮，最终导致刁有福只能走上到中央上访的道路。而"上访"现象本身，就是依靠绝对权威来解决问题的思路，是制度不完善的表现。没有完善的制度，人们才会希望通过更高一级的权力给下一级的权力施加压力，达到解决问题的目的。这本身就是陈旧的"朝堂政治"遗留的痕迹。对刁有福进行殴打、关押的信访局"驻京办"，最后释放并厚待了刁有福，并不是因为正义得到了伸张，而是"驻京办"被中央的公安部给训斥了。出于对于上一级权力的畏惧，信访局态度急剧扭转，从"施害者"变为"救助者"，但这显然并不是刁有福所期盼的"正义"。在这篇小说中，制度设置的粗糙和残缺，才是导致权力伤害的根本原因。

只有合理的制度才能合理地规制国家权力，并有效约束权力执行者的执政行为。"政治行为者首先被要求的是按其信念并在法定的游戏规则框架内执行公共事务。在此，决定性的不是个人伦理而是职责伦理"，"制度不仅仅是限制，它同时也使公共的自由成为可能"[①]，因为只有对权力进行有效的监督和制约，才能保证公共权力的有效运行。同时，只有通过合理的制度设计，协调好国家权力与公民权利之间的关系，也才能真正有效地保障普通社会成员的权利，营造社会的公平正义环境。通过这一时期的文学叙事我们已经看到，要求完善社会制度管理，已经是普通市民对于自身权利保障的重要吁求，这种吁求也表现出了以前文学叙事所未曾表现过的强度和力度。

---

① 陈泽环：《道德结构与伦理学》，上海人民出版社 2009 年版，第 127 页。